CHRISTOF A. NIEDERMEIER

Tödliches Sushi

RASANTE MÖRDERJAGD Brutaler Mord auf der Loreley. Ein japanischer Geschäftsmann wird enthauptet aufgefunden. Wer ist der unheimliche Killer und warum hat er den Kopf als grausige Trophäe mitgenommen? Am Abend war der Tote noch bei Jo Weidinger im Restaurant zu Gast. Der junge Küchenchef ist tief erschüttert und beginnt auf eigene Faust zu ermitteln. Doch die Uhr tickt, denn schon bald wird der nächste Japaner kaltblütig ermordet. Trotz fieberhaften Ermittlungen tappt die Polizei im Dunkeln. Mehr und mehr wird Jo klar, dass sich hinter der Mordserie ein uraltes Geheimnis verbirgt. Kurzentschlossen macht er sich auf die Reise ins Land der aufgehenden Sonne, um dem Mysterium auf den Grund zu gehen. Unterstützt von Mikiko Matsuda, einer jungen Professorin für Mittelalterliche Geschichte, gelingt es ihm, das Rätsel Stück für Stück zu entschlüsseln und dem Mörder auf die Spur zu kommen. Eine rasante Jagd in den Häuserschluchten der Megametropole Tokio beginnt – ein Spiel auf Leben und Tod …

Christof A. Niedermeier stammt aus der Nähe von Regensburg. Er studierte Kulturwissenschaften in Passau und Norwich/England. Seit über 20 Jahren lebt und arbeitet er in Frankfurt. Neben seiner Arbeit in einem internationalen Großkonzern schreibt er seit vielen Jahren Kriminalromane. Besonders fasziniert ihn an seiner Arbeit als Krimiautor die Psychologie seiner Figuren. Was bringt einen Menschen dazu, einen anderen zu ermorden? Wo liegt die Wurzel des Bösen? Bei seinen Recherchen taucht der Autor regelmäßig in andere Welten ein, wie beispielsweise ins Milieu von Spielcasinos oder in die Megametropole Tokio. Der Autor reist gern, wobei seine besondere Liebe der Sonne Italiens und der leckeren Mittelmeerküche gilt.

CHRISTOF A. NIEDERMEIER

Tödliches Sushi

Kriminalroman

GMEINER SPANNUNG

Immer informiert

Spannung pur – mit unserem Newsletter informieren wir Sie regelmäßig über Wissenswertes aus unserer Bücherwelt.

Gefällt mir!

Facebook: @Gmeiner.Verlag
Instagram: @gmeinerverlag
Twitter: @GmeinerVerlag

Besuchen Sie uns im Internet:
www.gmeiner-verlag.de

Im Ehnried 5, 88605 Meßkirch
Telefon 07575/2095-0
info@gmeiner-verlag.de

1. Auflage 2018

Lektorat: Claudia Senghaas, Kirchardt
Herstellung: Mirjam Hecht
Umschlaggestaltung: U.O.R.G. Lutz Eberle, Stuttgart
unter Verwendung eines Fotos von: © Andy Ilmberger / Fotolia.com
Druck: CPI books GmbH, Leck
Printed in Germany
ISBN 978-3-8392-2347-5

Personen und Handlung sind frei erfunden.
Ähnlichkeiten mit lebenden oder toten Personen
sind rein zufällig und nicht beabsichtigt.

KAPITEL 1

Die Positionslampen der vorüberziehenden Schiffe glitzerten fahl im Mondlicht.

Herr Watanabe fröstelte, als ein kühler Windstoß über das Plateau hinwegfegte.

Der Tag war sehr sonnig gewesen, doch zum Abend hin hatte es merklich angezogen. Herr Watanabe ließ seinen Blick über das Tal gleiten. Trotz der Dunkelheit waren zahlreiche Schiffe auf dem Rhein unterwegs. Ein Tanker lag fast gleichauf mit einem der Frachtschiffe, die sich mit ihren hingeduckten Kabinenaufbauten selbst klein zu machen schienen. Unwillkürlich musste Herr Watanabe an seine japanische Heimat denken. Vor einiger Zeit hatte er am Hafen in Yokohama gestanden und die riesigen Überseecontainerschiffe beobachtet, die in stetem Rhythmus ein- und ausliefen. Es war ein beeindruckendes Schauspiel, mit welcher Präzision und Geschwindigkeit die großen Container abgeladen wurden. In letzter Zeit kamen die Schiffe immer öfter aus China, dem verhassten Wettbewerber um die Vorherrschaft in Asien.

Herr Watanabe schüttelte den Kopf. Mit Exporten moderner Technik in das rückständige Land hatte Japan das chinesische Wirtschaftswunder überhaupt erst möglich gemacht. Doch statt ihnen dankbar zu sein, setzten die Chinesen alles daran, sie zu überrunden. Bald würden sie die europäischen Märkte mit Hightech-Produkten überschwemmen. Zum Glück war davon bisher nicht viel zu spüren, dachte Herr Watanabe. Er hatte genug Sorgen. Die Konkurrenz aus Osteuropa machte den Japanern zu schaffen. Allein in den vergangenen drei Monaten war der Absatz seiner Firma um mehr als einen Prozentpunkt zurückgegangen. Die Zentrale in Tokio begann bereits unruhig zu werden. Herr Watanabe seufzte. Europa war seine Bewährungsprobe. Nur wenn er es schaffte, die europäische Tochter zum Erfolg zu führen, würde er eine Chance erhalten, in die Leitungsebene des Konzerns aufzusteigen.

Das Schlagen einer Autotür riss Herrn Watanabe aus seinen Gedanken. Unwillig sah er sich um. Niemand war zu sehen. Angespannt lauschte er in die Dunkelheit. Weiter oben raschelte es im Gebüsch. Sonst blieb es ruhig. Wahrscheinlich war der späte Besucher in das weiter oben gelegene Gasthaus gegangen, dachte er und entspannte sich. Er kam gern hierher. Sein Vater hatte als junger Mann einige Jahre in Deutschland verbracht und oft davon erzählt. Schon als Kind hatte Herr Watanabe die Erzählungen über die Loreley geliebt. Mit Staunen und Begeisterung hatte er sich die Bilder der vielen Burgen und der steilen Weinberge des Mittelrheintals angesehen. Auch wenn Herr Watanabe es nie zugegeben hätte, schlummerte hinter der Fassade des nüchternen Geschäftsmanns eine romantische Seele. Wenn er hinunter auf den Rhein blickte, konnte er für einen Moment seine geschäftlichen Sorgen vergessen. Er stellte sich vor, wie das Rheintal im Mittelalter ausgesehen haben mochte. Ursprünglicher und wilder. Mit einem mächtigen Fluss, dessen Stromschnellen um die schroffen Felsen tosten. Ein knackendes Geräusch schreckte Herrn Watanabe aus seinen Träumereien auf. Er fuhr herum und starrte auf die dunklen Büsche, die fast bis an seine Sitzbank heranreichten. Zwischen den Bäumen weiter oben nahm er eine Bewegung war.

»Ist da jemand?«, rief er mit unsicherer Stimme. Doch es waren nur ein paar Blätter, die im Wind hin- und herschwankten. Erleichtert drehte er sich um. Seine Gedanken begannen abzuschweifen. Er stellte sich vor, wie er sich mit einer Gruppe Samurai in einem kleinen Boot durch die tückischen

Wasser kämpfte. In den Gesichtern der Männer stand Furcht, als die Gischt hochspritzte und eine Stromschnelle ihr schmales Gefährt durchschüttelte. Nur er selbst, Hayato Watanabe, stand aufrecht am Ruder ihres Bootes und steuerte es mit sicherer Hand durch alle Gefahren. Gemeinsam waren sie ausgezogen, um eine japanische Prinzessin zu befreien, die von den blassen Langnasen in einer düsteren Burg in der Nähe gefangen gehalten wurde. Das war eine seiner Lieblingsfantasien. Herr Watanabe war so darin versunken, dass er den Mann hinter sich erst bemerkte, als es zu spät war. Wie glühender Stahl fuhr der Schmerz durch seine Eingeweide. Er schrie auf und versuchte sich umzudrehen. Doch jemand hielt ihn mit eiserner Hand fest. Eine Stimme, ganz nah bei seinem Ohr, flüsterte ihm heiser Fragen zu. Herr Watanabe flehte sie an, aufzuhören. Aber die Stimme blieb unerbittlich. Immer drängender wurden die Fragen. Herr Watanabe versuchte sich ihnen zu widersetzen, aber da waren diese Schmerzen, diese unerträglichen Schmerzen … Tränen rannen über sein Gesicht. Er schmeckte Blut im Mund. Stockend begann er zu reden. Erst langsam, dann schneller. Er hoffte, dass er so die Stimme besänftigen könnte. Aber sie war böse und ohne Gnade. Er spürte, wie seine Kräfte schwanden. Da wurde ihm bewusst, dass er sterben würde …

Eleonore von Hohenstein hielt den Blick stur geradeaus gerichtet und versuchte den Lärm hinter sich zu überhören. Sie ignorierte sogar ein Papierkügelchen, das dicht an ihrem Kopf vorbeisauste. Endlich griff einer der Lehrer ein und ermahnte die Gruppe, leiser zu sein. Eleonore schüttelte den Kopf. Schon längst bereiteten ihr die Führungen keine Freude mehr. Vor allem, wenn sie es mit Schulklassen zu tun hatte. Die Kinder von heute waren schrecklich. Keine fünf Minuten konnten sie sich konzentrieren. Immer liefen sie kreuz und quer herum, schwätzten oder stellten freche Fragen. Eleonore beneidete ihre jüngeren Kolleginnen, welche die japanischen Besuchergruppen führen durften. Japaner lärmten nicht, sie kamen nie zu spät und stellten keine Fragen. Diszipliniert und aufmerksam verfolgten sie den Vortrag des Fremdenführers, applaudierten zum Schluss und bedankten sich höflich. Wieder einmal spielte sie mit dem Gedanken, einen Englischkurs zu belegen, damit sie ausländische Besuchergruppen führen konnte.

Der Bus bog auf den Parkplatz oberhalb des Loreleyfelsens ein. Von dort waren es nur wenige Meter bis zur Spitze des Felsens, von wo aus man einen herrlichen Blick auf den Rhein und das idyllisch gelegene Restaurant auf der anderen Flussseite hatte. Eleonore von Hohenstein kletterte behände aus dem Bus. Das Kinn energisch nach vorn gerichtet, ihren Schirm wie die Lanze des Heiligen Georg nach oben gestreckt, marschierte sie strammen Schrittes voran, ohne sich nach ihrer Schülergruppe umzusehen. Sollten sich doch die Lehrer darum kümmern, den undisziplinierten Haufen zu führen. Eleonore war so in Fahrt, dass sie den Mann, der auf der Sitzbank saß, erst bemerkte, als sie schon an ihm vorbeigerauscht war.

Aus den Augenwinkeln nahm sie wahr, dass etwas nicht stimmte.

Sie drehte sich um und musterte ihn. Es dauerte einen Moment, bis ihr bewusst wurde, was sie vor sich hatte. Der Schrei, den sie ausstieß, war so schrill, dass dem 16-Jährigen, der in einer breiten Rapper-Hose hinter ihr hergeschlurft kam, fast das Smartphone aus der Hand geglitten wäre. Dann fiel Eleonore von Hohenstein in Ohnmacht.

Jo Weidinger sog die frische Frühlingsluft mit vollen Zügen ein. Der Duft des herannahenden Sommers vermischte sich mit dem der frisch aufgebrühten Kaffeebohnen, der aus seiner Tasse nach oben strömte. Für einen Moment fühlte er sich wie auf einer südamerikanischen Kaffeeplantage. Er konnte sich keinen besseren Start in den Tag vorstellen, als auf seiner Terrasse zu sitzen und die einzigartige Aussicht zu genießen.

Gegenüber, auf der Loreley, ging es für die Tageszeit ungewöhnlich hektisch zu. Heerscharen von Menschen schienen sich dort zu tummeln. Weiter oben meinte er sogar das Blinken von Blaulichtern zu sehen. Er stellte seine Tasse ab und ging ins Haus. Kurze Zeit später kehrte er mit einem Fernglas zurück. Gespannt spähte er zur anderen Seite hinüber. Zu seiner Enttäuschung konnte er nicht viel erkennen. Einige Uniformierte waren zu sehen, Notarzt und Polizei, aber dort, wo sich die meiste Aufmerksamkeit zu konzentrieren schien, hatte jemand weiße Stellwände aufgebaut.

Vielleicht war jemand abgestürzt, dachte er. Oder sie drehten einen Film?

Jo beschloss, sich auf sein Mountainbike zu schwingen und zur Loreley hinüber zu radeln. Nicht, dass er neugierig war. Er hatte ohnehin geplant, nach dem Frühstück eine Runde Fahrrad zu fahren. Das konnte er gut mit einem Abstecher auf die andere Rheinseite verbinden. Als er eine halbe Stunde später an der Anlegestelle in Sankt Goar ankam, war die Fähre gerade abgefahren. Er vertrieb sich die Zeit mit der Beobachtung der Schiffe, die mit erstaunlich hoher Geschwindigkeit an ihm vorbeizogen. Nachdem er übergesetzt hatte, machte er sich an den Anstieg. Er musste gehörig in die Pedale treten, aber das war der Spaß dabei. Oben auf dem Plateau angekommen, atmete er tief durch. Langsam rollte er in Richtung Loreley. Als er näher kam, sah er mehrere Streifenwagen, die mit blinkendem Blaulicht am Straßenrand parkten. Jo wunderte sich, dass die Polizei in so großer Mannschaftsstärke vertreten war. Vor einer Absperrung, die von Polizisten bewacht wurde, hatten sich Schaulustige versammelt. Jo versuchte einen Blick über die Menge hinweg zu erhaschen, konnte aber nichts erkennen.

»Wissen Sie, was passiert ist?«, fragte er einen älteren Mann, der ebenfalls neugierig nach vorn spähte. Der Angesprochene zuckte wortlos mit den Schultern.

»Da ist einer hops gegangen«, meinte ein Jugendlicher mit einer auffallend roten Baseballmütze und grinste. Der ältere Mann warf dem Jugendlichen einen missbilligenden Blick zu.

»Ist jemand abgestürzt?«, hakte Jo nach.

»Weiß nicht«, antwortete der Teenager mit der Baseballmütze und grinste wieder. Vielleicht wollte er sich auch nur wichtig machen. Jo trat auf einen der uniformierten Polizeibeamten zu, der hinter der Absperrung stand.

»Sie sind mit einem Riesenaufgebot hier, was ist denn los?«, fragte er den Beamten. Der Polizist musterte ihn mit ausdruckslosem Gesicht. »Ich wohne gleich um die Ecke. Besteht für die Anwohner eine Gefahr?«

Der Polizist schwieg eisern.

»Gab es Verletzte?«

Dem Beamten schien es zu dumm zu werden. Ohne Jo eines Blicks zu würdigen, wandte er sich zu einem seiner Kollegen um und begann ein Gespräch mit ihm. Jo ärgerte sich, dass der Polizist ihn ignorierte. Wofür zahlte er eigentlich seine Steuern? Noch mehr ärgerte er sich allerdings über sich selbst. Den Trip auf die andere Rheinseite hätte er sich sparen können. Warum ließ er sich immer wieder dazu verleiten, seine Nase in Dinge zu stecken, die ihn nichts angingen? Er schwang sich auf sein Fahrrad, rollte den Berg hinunter und bog in Richtung Rüdesheim ab. Eine Frage ließ ihn allerdings die Fahrt über nicht los – was hatte sich auf der Loreley zugetragen, das die Anwesenheit von so vielen Polizisten erforderlich machte?

KAPITEL 2

Hauptkommissar Wenger, der Leiter der Mordkommission in Koblenz, begrüßte Oberkommissar Wieland, der den Männern von der Spurensicherung gelangweilt zusah.

»Habt ihr schon was gefunden?«, wollte er von seinem Stellvertreter wissen. Dieser zuckte mit den Schultern.

»Die Jungs sind dran.«

Wenger warf ihm einen missbilligenden Blick zu. Er hätte erwartet, dass Wieland ihm einen vollständigen Bericht gab, was dieser aber augenscheinlich nicht für nötig hielt. So blieb ihm nichts anderes übrig, als zu warten, bis die Spurensicherung fertig war. Insgeheim ärgerte sich Wenger, dass ausgerechnet Wieland als Erster am Tatort gewesen war. Während Wenger in der Regel schon um halb acht hinter seinem Schreibtisch in der Polizeidirektion saß, tauchte Wieland kaum einmal vor neun Uhr im Büro auf. Das hatte sich diesmal als Vorteil für ihn erwiesen, denn er fuhr gerade auf der Autobahn von Mainz herüber, wo er wohnte, als der Anruf bei der Mordkommission einging. Kurz entschlossen war Wieland abgebogen und hatte die Leitung der Ermittlungen vor Ort übernommen. Wenger, der in einer Besprechung mit dem Polizeipräsidenten festgesteckt hatte, war dagegen erst eine Stunde später am Tatort eingetroffen.

Konrad Bohrmann, der Leiter der Spurensicherung, der eben noch um die Sitzbank mit dem Toten herumgekrochen war, stand auf und klopfte seinen weißen Overall ab. Er nickte seinen beiden Mitarbeitern zu und sagte: »Ihr könnt zusammenpacken und an der Straße weitermachen.«

»Schon was gefunden?«, fragte Hauptkommissar Wenger.

Bohrmann zuckte mit den Schultern. Sein verknautschtes Gesicht sah noch unglücklicher aus als sonst.

»Können wir vergessen. Es kommen zu viele Leute hierher. Alleine in der Nähe des Sitzplatzes haben wir zwölf Zigarettenkippen, drei Kaugummis und zwei leere Coladosen gefunden. Dazu weggeworfene Papiertüten, zwei Taschentücher und ein Halstuch.«

»Ein Halstuch?« Wenger war hellhörig geworden.

»Nee, das gehörte nicht dem Opfer«, erklärte Bohrmann bestimmt. »Und auch nicht dem Täter. Da war nämlich kein Blut dran. Es macht keinen Sinn, etwas von den Sachen auf Genspuren zu untersuchen, solange wir keinen Verdächtigen haben«, erklärte er. »Die vom BKA würden mir aufs Dach steigen, wenn ich den ganzen Krempel zur Analyse einschicken würde. Ich möchte nicht wissen, was wir noch alles finden. Ein schöner Schlamassel.«

Wenger nickte.

»Kann ich mir den Toten ansehen?«, wollte er wissen.

»Klar, wir sind fertig. Das haben wir übrigens in seinen Taschen gefunden«, sagte Bohrmann und drückte Wieland eine durchsichtige Plastiktüte in die Hand.

Darin befanden sich eine Geldbörse, eine Brieftasche, zwei Schlüssel und ein zusammengefaltetes Stück Papier.

»Ist alles, was er bei sich trug. Vielleicht hilft es euch bei der Identifizierung. Ich brauche das Zeug aber später wieder. Wir haben noch keine Fingerabdrücke davon genommen.« Er sah Wieland an. »Also nur mit Handschuhen anfassen.«

»Wir sind ja keine Anfänger«, brummte dieser und zog ein Paar Gummihandschuhe aus der Tasche. Hauptkommissar Wenger hatte inzwischen einen Schritt auf das Opfer zugemacht. Er schluckte. Obwohl er in seinem Leben schon einige Tote gesehen hatte, schauderte er.

»Kein schöner Anblick, was? Ich hoffe, es schlägt dir nicht auf den Magen«, sagte Wieland und grinste. In solchen

Momenten hätte Wenger seinem Stellvertreter an die Gurgel gehen können.

»Wieso ist der Rechtsmediziner noch nicht hier?«, herrschte er Wieland an.

»Was regst du dich auf?«, gab dieser zurück, »da kommt er doch.«

In der Tat war Dr. Walter im Anmarsch. Er grüßte die beiden Beamten und trat auf den Toten zu.

»Schöne Sauerei«, meinte der Rechtsmediziner trocken, nachdem er sich die Leiche angesehen hatte. »Die Identifizierung dürfte nicht einfach werden. Oder habt ihr den Kopf schon gefunden?«

Wieland verneinte. »Die Kollegen von der Bereitschaftspolizei suchen noch«, nuschelte er. »Aber wir haben seine Papiere.«

Dr. Walter nickte. »Wenn es derselbe Mann ist wie in seinem Pass«, gab der Rechtsmediziner zu bedenken, »ohne Kopf lässt sich das nicht so leicht feststellen.«

»Vielleicht prüfen Sie erst einmal, ob er schon tot war, als ihm der Kopf abgeschlagen wurde«, ging Hauptkommissar Wenger dazwischen. Die Identifizierung des Toten war schließlich Aufgabe der Polizei. Wortlos machte sich der Rechtsmediziner an die Arbeit. Er begutachtete die Leiche ausgiebig von allen Seiten. Immer wieder ging er in die Hocke und betrachtete die Verletzungen aus unterschiedlichen Blickwinkeln. Besonders viel Zeit verwandte er auf die Stelle, an welcher der Kopf vom Rumpf abgetrennt worden war.

Schließlich richtete er sich auf.

»Und?« Wenger sah ihn fragend an.

»Schwer zu sagen«, erwiderte der Rechtsmediziner. »Durch das viele Blut kann man nicht sehr viel erkennen. Es gibt zusätzliche Wunden am Rücken und am Bauch. Die waren aber vermutlich nicht tödlich. Der Mann hat dadurch allerdings einiges an Blut verloren. Ich denke, er hat noch gelebt, als ihm der Kopf abgeschlagen wurde.«

Wenger nickte.

»Mit Sicherheit kann ich es allerdings erst sagen, wenn wir die Autopsie durchgeführt haben«, beeilte sich Dr. Walter hinzuzufügen.

»Haben Sie eine Idee zur Tatwaffe?«, wollte der Hauptkommissar wissen.

»Soweit ich es beurteilen kann, wurde der Kopf mit einem einzigen glatten Hieb abgetrennt. Es handelt sich um ein sehr scharfes Werkzeug, vielleicht eine Machete. Auf jeden Fall kein handelsübliches Messer, sonst wären die Wundränder stärker ausgefranst.«

»Todeszeitpunkt?«

»Zwischen zehn Uhr abends und zwei Uhr morgens, würde ich schätzen. Nach der Autopsie kann ich es genauer sagen.«

»Warum denken Sie, hat der Täter dem Mann den Kopf abgeschnitten?«, fragte Wieland.

Dr. Walter zuckte mit den Schultern. »Schwer zu sagen. Aus medizinischer Sicht wäre es jedenfalls nicht nötig gewesen. Ein Stich ins Herz hätte fast genauso schnell zum Tod geführt wie die Enthauptung. Vielleicht wollte der Täter die Identität des Toten verschleiern. Wenn seine Fingerabdrücke nicht registriert sind und er in keiner DNA-Datenbank ist, wird es ohne Gesicht und Zahnvergleich sehr schwierig, jemanden zu identifizieren. Dann bleiben Ihnen nur Muttermale, verheilte Knochenbrüche oder andere unveränderliche Merkmale. Aber die Frage, die Sie zuerst beantworten müssen, ist nicht, warum der Täter den Mann enthauptet hat, sondern was mit dem Kopf geschehen ist.«

Wieland nickte zustimmend. Hauptkommissar Wenger hatte sich auch schon Gedanken darüber gemacht.

»Es gibt nur zwei Möglichkeiten: Er hat den Kopf entweder den Hang hinuntergestoßen oder hat ihn mitgenommen«, stellte er fest.

»Oder er hat ihn in den Rhein geworfen«, wandte Wieland ein.

»In den Rhein?«

Ungläubig blickte Wenger hinunter in die Schlucht. Die Vorstellung davon nahm in seinem Kopf Gestalt an. Er wurde blass.

»Das ist doch gar nicht möglich …«, sagte er und sah den Rechtsmediziner fragend an. »Ich meine, ein Kopf würde nicht so weit fliegen, oder?«

»Der Mörder könnte ein Footballspieler sein«, mutmaßte Wieland. »Ein Football eiert auch durch die Luft, und die Jungs kicken ihn trotzdem locker 50 Meter weit.«

Fassungslos starrte Wenger seinen Stellvertreter an. Der blieb todernst.

»Dann ist es ja nicht mehr schwer«, urteilte Dr. Walter und schmunzelte. »Sie müssen nur nach einem Footballspieler mit einem langen Fleischermesser suchen, und schon haben Sie den Täter.«

»Ich finde es geschmacklos, dass du über so was Witze reißt«, fuhr Wenger seinen Stellvertreter an und wandte sich ab.

Wieland und Dr. Walter warfen sich gegenseitig Blicke zu. Wenger verstand nicht, dass Humor manchmal die einzige Möglichkeit war, um mit dem Grauen fertig zu werden. Der Rechtsmediziner verabschiedete sich. Wenger stand am Abhang und starrte nach unten.

»Ich werd ein paar Spezialisten organisieren, die den Felsen für uns absuchen«, informierte Wieland ihn.

»Wo willst du die so schnell herbekommen?«, fragte Wenger erstaunt.

»Zwischen Bingen und Oberwesel wird der Hang neben den Gleisen befestigt. Die Bahn hat dafür Spezialisten aus Österreich engagiert. Vielleicht können wir die Leute für einen oder zwei Tage bekommen.«

»Gute Idee«, sagte Wenger knapp.

»So, dann schauen wir mal, mit wem wir es zu tun haben«, meinte der Oberkommissar, streifte sich die Handschuhe über und öffnete die Plastiktüte, die Bohrmann ihm gegeben hatte. Wenger blickte ihm neugierig über die Schulter, als er die Brieftasche aufklappte und den Pass herauszog.

»Hayato Watanabe«, las Wieland vor. »Anscheinend ein Japaner«, sagte er überrascht. Sie gingen die weiteren Dokumente durch: Führerschein, Aufenthaltsgenehmigung, Kreditkarte, Krankenkassenkarte, alles fein säuberlich aufgereiht. Hayato Watanabe war offensichtlich ein sehr ordentlicher Mensch gewesen. In seiner Geldbörse befanden sich rund 300 Euro und einige japanische Geldscheine.

»Raubmord können wir ausschließen«, schlussfolgerte Wieland.

Wenger nickte. Sie wandten sich den Schlüsseln zu. Der eine sah aus wie ein Haustürschlüssel. Der andere gehörte zu einem Mietwagen. Es hing ein entsprechender Anhänger daran.

»Den Wagen hab ich oben auf dem Parkplatz gesehen«, rief Wieland aufgeregt. »Ein silberner Toyota.«

»Die Spurensicherung soll das Fahrzeug untersuchen«, ordnete Wenger an.

Wieland fischte ein zusammengefaltetes Blatt Papier aus der Tüte und klappte es auf. Neugierig begann er zu lesen.

»Wird dir nicht gefallen«, mutmaßte er und reichte das Dokument seinem Vorgesetzten. Dieser nahm es, warf einen Blick darauf und gab es zurück.

»Da kannst du dich drum kümmern«, erwiderte Wenger mit ausdrucksloser Miene.

Er drehte sich um und machte sich auf die Suche nach Konrad Bohrmann.

Wieland grinste. Er blickte auf die Rechung, die exakt auflistete, was der Tote gegessen hatte. Darunter stand in schön geschwungener Schrift: Restaurant Waidhaus, Inhaber: Jo Weidinger.

KAPITEL 3

Jo stand inzwischen an seinem chromblitzenden Herd im Restaurant und setzte die Sauce für den Hirschbraten an, einer der Spezialitäten des Hauses. Obwohl er beschlossen hatte, sich nicht weiter damit zu beschäftigen, ertappte er sich dabei, dass seine Gedanken hinüber zur Loreley abschweiften.

»Weißt du, was da drüben los ist?«, fragte Pedro, während er aus dem Fenster sah.

Jo schüttelte den Kopf. Der junge Spanier wandte sich an Ute.

»Und du?«

Ute war nicht nur die gute Seele des Waidhauses, sie hörte immer als Erste, wenn in der Gegend etwas passierte. Zu seiner Enttäuschung schüttelte sie ebenfalls den Kopf.

»Hast du keine Arbeit?«, fragte Jo seinen Stellvertreter.

»Doch, natürlich«, antwortete Pedro schnell. Er wusste, dass Jo nicht davor zurückschreckte, ihn Gemüse putzen zu lassen, wenn er auf seinem Posten unterbeschäftigt war. Pedro war ein ausgezeichneter Koch, der es verstand, wunderbare Saucen zu zaubern. Nur ab und an genehmigte er sich eine schöpferische Pause. In dem Moment steckte Kati Müller den Kopf in die Küche herein. Die junge Sommelière und Restaurantleiterin arbeitete erst seit Kurzem im Waidhaus, hatte sich aber hervorragend eingelebt.

»Habt ihr eine Ahnung, was drüben auf der Loreley los ist? Ich bin schon von mehreren Gästen darauf angesprochen worden.«

»Bestimmt drehen sie einen Film«, mutmaßte Pedro.

»Unsinn«, sagte Jo unwillig.

»Könnte doch sein. Vielleicht brauchen sie Statisten.«

»Ich würde mir an deiner Stelle keine zu großen Hoffnungen machen«, meinte Kati und lachte.

»Feurige Spanier wie ich sind immer gefragt«, erklärte Pedro ohne eine Miene zu verziehen. »Guck dir Antonio Banderas an.«

»Der hat seine beste Zeit lange hinter sich«, erwiderte sie spitz.

»Von wegen! Wir können in der Pause rüberfahren und fragen, ob sie uns brauchen. Beim Film sind sie immer auf der Suche nach hübschen Mädels wie dir.«

»Vielen Dank für die Blumen. Aber bevor du noch mehr Süßholz raspelst: Ich hab gerade den letzten freien Tisch vergeben und den Leuten versprochen, dass sie nicht lange auf ihr Essen warten müssen.«

»Hey, du weißt doch, hier stehen die Besten am Herd«, rief Pedro großspurig.

»Na, dann ist es ja kein Problem.«

Ein volles Restaurant bedeutete für die Küchenmannschaft viel Arbeit, und so fand Jo erst gegen 14 Uhr Zeit, sich auf seine Lokalrunde zu machen. An Tisch Zwölf saß Rüdiger Meynert mit zwei amerikanischen Geschäftspartnern. Der Unternehmer gehörte zu Jos Stammgästen und kam oft mit Kunden, am Wochenende aber auch privat mit seiner Frau ins Waidhaus. Jo wusste das sehr zu schätzen, denn Meynert wohnte eigentlich in Düsseldorf. Er betrieb eine Elektronikfirma, die Computerchips für spezielle Anwendungen entwickelte, welche größtenteils nach Japan oder in die USA verkauft wurden. Trotz seines Erfolges – wenn er ohne Kunden kam, fuhr er gern im Ferrari vor – war Meynert ein bodenständiger Typ, der viel lachte und mit dem man sich gut unterhalten konnte.

Am Nachmittag, Jo hatte sich in seiner Wohnung in seinen Lieblingssessel gesetzt und wollte lesen, meldete sich Klaus

Sandner. Der Journalist spielte im gleichen Schachclub wie Jo und gehörte zu seinen besten Freunden.

»Was gibt es Neues in der bunten Welt der Gastronomie?«, wollte Sandner wissen.

»Viel Arbeit«, erwiderte Jo. »Ich könnte eine Aushilfe gebrauchen. Hast du Lust? Das wäre doch ein schöner Erlebnisbericht für deine Zeitung.«

Sandner lachte.

»Nee, lass mal. Ich hab in der Redaktion genug zu tun. Außerdem bin ich besser im Essen als im Kochen. Aber was ganz anderes: Ich hab gehört, dass es auf der Loreley einen Mord gegeben haben soll. Weißt du was davon?«

Einen Mord? Jo spürte, wie es in seinem Magen zu kribbeln begann. »Ich hab heute Morgen einige Polizeifahrzeuge auf der anderen Rheinseite gesehen und jede Menge Leute auf dem Loreleyfelsen. Mehr weiß ich nicht.«

»Du bist doch bestimmt vor Ort gewesen«, sagte Sandner.

»Ja«, gab Jo widerwillig zu. »Aber die Polizei hatte den Tatort abgesperrt und weiße Sichtblenden aufgestellt.«

»Sichtblenden? Seit wann lässt du dich von so was aufhalten? Hast du dich umgehört, was vorgefallen ist?«

»Diesmal nicht«, erklärte Jo, »ich hab mit der Sache nichts zu tun.«

»Was?«, rief Sandner ungläubig. »Da passiert ein Mord quasi vor deiner Haustür und du bist nicht interessiert?«

Klaus Sandner war stellvertretender Chefredakteur des *Rheinischen Tagblatts*, der größten Tageszeitung in der Gegend und hatte mit Jo schon bei mehreren Fällen zusammengearbeitet.

»Du sagst doch immer, ich soll mich aus solchen Dingen raushalten«, meinte Jo. »Das mache ich diesmal.«

»Und das soll ich dir glauben? Aber du hast natürlich recht. Ich sollte dich gar nicht erst auf dumme Gedanken bringen. Falls du trotzdem was hören solltest, wäre ich für jeden Hinweis dankbar. Der Mord auf der Loreley ist für uns ein brandheißes Thema.«

Nach dem Telefonat versuchte Jo sich auf sein Buch zu konzentrieren. Aber so recht wollte es ihm nicht gelingen. Zu gern hätte er gewusst, was auf der Loreley passiert war. Schnell schob er den Gedanken beiseite. Klaus Sandner verfügte über erstklassige Quellen bei der Polizei. Bestimmt würde er in Kürze alles darüber im *Rheinischen Tagblatt* lesen können.

Doch den Fall zu vergessen gestaltete sich schwieriger als gedacht. Als er in seine Restaurantküche hinuntergegangen war, klopfte es an der Seitentür.

»Oberkommissar Wieland! Was wollen Sie denn hier?«, fragte Jo erstaunt.

Der Kriminalbeamte grinste.

»Wenn Sie mich reinlassen, erzähl ich es Ihnen.«

»Ja, natürlich«, sagte Jo und trat beiseite. »Am besten gehen wir in mein Büro.«

Als er hinter seinem Schreibtisch saß, sah er Wieland neugierig an. Die beiden kannten sich von zwei Mordfällen, die Jo praktisch im Alleingang aufgeklärt hatte – eine ziemliche Blamage für die Polizei. Wielands Vorgesetzter war deswegen nicht gut auf ihn zu sprechen. Der Oberkommissar reichte ihm ein Stück Papier in einer Plastikfolie.

»Stammt diese Rechnung von Ihnen?«

Jo warf einen prüfenden Blick darauf.

»Ja, ist von gestern Abend«, erklärte er überrascht.

»Wissen Sie, welcher Gast es war?«

Jo schüttelte den Kopf.

»Der gebeizte Lachs ist gut gelaufen.«

Er sah noch einmal auf die Rechnung.

»Tisch Neun.« Er ließ den gestrigen Abend vor seinem inneren Auge Revue passieren.

»Könnte Herr Watanabe gewesen sein«, sagte er nach kurzem Überlegen. »Wenn Sie wollen, kann ich in unserem Reservierungsbuch nachsehen.«

»Nicht nötig«, winkte Wieland ab.

»Ist das der Mann?«, fragte er und hielt Jo einen geöffneten Reisepass hin.

»Ja«, antwortete er. »Hat er etwas mit dem Mord zu tun?«

Wieland stutzte. Wie hatte Weidinger so schnell von dem Fall erfahren? Er seufzte.

»Sie wissen doch, dass ich Ihnen solche Fragen nicht beantworten darf. Hauptkommissar Wenger lässt Ihnen einen schönen Gruß ausrichten. Wenn Sie sich wieder in die Ermittlungen einmischen, wird er Sie wegen Justizbehinderung belangen. Beantworten Sie nur meine Fragen und kümmern Sie sich ansonsten nicht um die Angelegenheit«, fuhr Wieland fort. »Ich persönlich finde, dass Sie uns einige gute Dienste erwiesen haben. Aber für Hauptkommissar Wenger sind Sie ein rotes Tuch. Der läuft schon grün an, wenn nur Ihr Name fällt.«

Bei dieser Vorstellung mussten beide grinsen.

»Wann war Hayato Watanabe gestern bei Ihnen?«

»Keine Ahnung. Ich bin den Abend über meistens in der Küche. Meine Restaurantleiterin könnte es Ihnen genau sagen. Soll ich sie rufen?«

Wieland nickte. Kurz später betrat Kati Müller den Raum. Der Polizeibeamte kam nicht umhin zu bemerken, wie attraktiv die junge Frau war.

»Das ist Oberkommissar Wieland von der Kriminalpolizei in Koblenz«, stellte Jo ihn vor. »Er ermittelt im Mordfall auf der Loreley.«

»Von Mord hab ich nichts gesagt«, wandte der Beamte ein. Die junge Restaurantchefin sah ihn neugierig an.

»Wann ist Herr Watanabe gestern gekommen, Kati?«, fragte Jo.

»Gegen acht.«

»Was hat er gegessen?«

»Als Vorspeise hatte er das Sushi, als Hauptgang den gebeizten Lachs und zum Abschluss eine Apfeltarte.«

»Sie kochen auch asiatische Gerichte?«, fragte Wieland erstaunt.

»Nicht wirklich«, erwiderte Jo und lächelte. »Es ist ein Rheinisches Sushi vom heimischen Edelfisch. Das arrangieren wir ganz anders als echtes Sushi und marinieren es mit unserer eigenen Sauce. Es schmeckt mehr nach Mittelmeerküche, aber bei unseren japanischen Gästen kommt es trotzdem sehr gut an.«

»Dazu hat er ein Glas von unserer Tagesempfehlung getrunken. Eine Riesling-Spätlese aus Oberwesel«, ergänzte Kati.

»Ich glaube nicht, dass das relevant ist«, sagte Jo.

»Oh, Entschuldigung. Ich bin Sommelière, und daher ist es für mich sehr wichtig, was unsere Gäste trinken.« Die junge Frau lächelte den Oberkommissar gewinnend an. Dieser lächelte zurück.

»Kannten Sie Herrn Watanabe gut?«, wollte er wissen.

»Eigentlich nicht. Seit ich hier arbeite, war er erst zweimal bei uns«, erklärte Kati. »Er ist ein zurückhaltender Mensch und redet nicht viel.«

»Herr Watanabe kommt so alle zwei bis drei Monate zu uns«, schaltete Jo sich ein. »Am Anfang fanden wir das etwas seltsam, denn er kommt immer allein und nur abends. Meistens isst er ein Zwei- oder Drei-Gänge-Menü, trinkt ein wenig, aber nie so viel, dass er nicht mehr hätte Auto fahren dürfen, und verabschiedet sich dann. Üblicherweise gegen 22 Uhr.«

»Wann ging er gestern?«

Kati Müller dachte nach. »Auch so was um den Dreh rum.«

»Wissen Sie, woher er kam oder ob er danach einen Termin hatte?«

Kati schüttelte bedauernd den Kopf.

»Und Sie?« Wieland sah Jo fragend an.

»Ehrlicherweise hab ich mir darüber nie Gedanken gemacht«, antwortete dieser.

»Herr Watanabe ist sehr zurückhaltend«, ergänzte Kati. »Wenn man nicht aufpasst, vergisst man, dass er überhaupt da ist.«

Jo nickte zustimmend. Herr Watanabe war die Zurückhaltung in Person. Er kleidete sich unauffällig, verhielt sich unauffällig und verschwand unauffällig. Immer korrekt gescheitelt, ausgewählt höflich und großzügig beim Trinkgeld, was für einen japanischen Gast durchaus ungewöhnlich war.

»Meinst du, Herr Watanabe ist ermordet worden?«, fragte Kati ihren Chef, nachdem Wieland gegangen war.

»Keine Ahnung. Ich hoffe nicht«, antwortete Jo. Wobei er allerdings nicht den geringsten Zweifel daran hegte, dass es sich bei dem Japaner um das Mordopfer handelte. Warum hätte es für die Polizei sonst von Interesse sein sollen, was Herr Watanabe gegessen hatte? Das konnte nur für die Bestimmung des exakten Todeszeitpunkts von Bedeutung sein.

Jo rief sich zur Ordnung. Nicht, dass ihn die Drohung von Hauptkommissar Wenger sonderlich beeindruckt hätte. Im Gegenteil – sie war eher dazu angetan, ihn herauszufordern. Nein, er hatte sich nach seinem letzten Fall, bei dem er um ein Haar schwer verletzt worden wäre, geschworen, seine Nase nicht mehr in fremde Angelegenheiten zu stecken. Obwohl es ihn natürlich schon etwas anging, wenn einer seiner Gäste ermordet wurde … Schluss jetzt, schalt er sich selbst. Er durfte gar nicht erst damit anfangen!

KAPITEL 4

Am nächsten Morgen stand Jo schon früh auf. Er fuhr mit dem Auto nach Wiesbaden zu seinem bevorzugten Fischhändler. Die Fischgerichte waren in den letzten Tagen gut weggegangen, und er musste Nachschub besorgen. Auf dem Weg zurück ins Waidhaus überlegte Jo, wie er die Karotten-Sauce bei seinem Seeteufelgericht verfeinern könnte. Doch so recht war er nicht bei der Sache. Der Mord auf der Loreley spukte ihm im Kopf herum.

Als er die Küche betrat, waren schon alle da. Zu seiner Überraschung standen Pedro, Ute, Karl-Heinz, Philipp und Kati um den Anrichtetisch herum und sahen sich gemeinsam etwas an. Er trat auf sie zu und warf einen Blick über Pedros Schulter.

Es dauerte einen Moment, bevor er realisierte, worum es sich handelte.

Pedro hatte eine Ausgabe des *Mainzer Express* vor sich liegen.

›Mann auf Loreley geköpft‹, prangte in riesigen Lettern über dem Artikel. Das war jedoch nicht das Schlimmste. Der Beitrag war mit einem Foto illustriert. Die Qualität war nicht sehr gut. Dennoch konnte man darauf jedes Detail erkennen. Der blutüberströmte Körper, der fehlende Kopf … Jo wurde leichenblass.

»Nimm das weg«, sagte er mit rauer Stimme. Alle Blicke wandten sich ihm zu. »Du sollst das wegnehmen!«, schrie er Pedro an.

Der junge Spanier sah seinen Chef verdattert an. So hatte er Jo noch nie erlebt. Dieser machte auf dem Absatz kehrt, riss die Tür auf und schlug sie krachend hinter sich zu. Verdutzt blickten sich seine Mitarbeiter an. Sicher, das Foto war schrecklich, aber kein Grund, so aus der Haut zu fahren! Pedro warf Ute einen fragenden Blick zu. Diese zuckte mit den Schultern. Schnell packte Pedro die Zeitung und wollte sie in den Mülleimer werfen.

»Tu sie besser ganz weg«, riet Ute. »Ich glaube, es wäre nicht gut, wenn er sie im Abfall findet.«

Pedro nickte und verschwand, um die Zeitung in sein Auto zu legen. Als er die Küche wieder betrat, wirkte er zerknirscht.

»Meinst du, ich soll mich bei ihm entschuldigen?«, fragte er Ute. Diese schüttelte den Kopf. »Am besten lassen wir ihn in Ruhe. Das gibt sich wieder.«

Pedro sah sie skeptisch an, aber Ute sollte recht behalten. Eine halbe Stunde später tauchte Jo auf und machte sich an die Arbeit, als ob nichts passiert wäre. Über seinen heftigen Ausbruch verlor er kein Wort.

Als Jo am Abend ins Bett ging, war er aufgewühlt. Nach all den Jahren reichte ein einfaches Foto aus, um ihn völlig aus der Fassung zu bringen. Er schüttelte den Kopf. Es war das Blut. Dieser schreckliche Anblick des Bluts. Die quälenden Erinnerungen, die ihn schon so lange verfolgten, waren mit einem Mal wieder da. Er zwang sich langsam ein und aus zu atmen. Ein und aus …

Er spürte, wie er ruhiger wurde. Das autogene Training hatte ihm in der Vergangenheit oft geholfen, besser mit den Alpträumen zurechtzukommen, die ihn ab und zu quälten. Auch wenn es ihm erst jetzt bewusst wurde – der Vorsatz, sich nicht einzumischen, war wie weggeblasen. Er ballte die Faust. Der Mann, der Herrn Watanabe das angetan hatte, durfte nicht ungeschoren davonkommen!

Jo schlief in dieser Nacht nicht sehr gut. Immer wieder schreckte er hoch. Erst als es dämmerte, übermannte ihn die Müdigkeit. Am nächsten Morgen bemerkte er, dass sich im Hang auf der anderen Rheinseite etwas bewegte. Schnell holte er sein Fernglas. Überrascht ließ er es sinken. Es waren Bergsteiger, die sich Stück für Stück am Loreleyfelsen abseilten. Vermutlich suchten sie im Auftrag der Polizei nach Spuren. Entgegen seiner sonstigen Gewohnheit tauchte Pedro als Erster in der Küche auf. Anscheinend hatte er ein schlechtes Gewissen wegen der Sache mit der Zeitung und wollte seinem Chef keinen Anlass für weiteren Tadel geben.

»Tut mir leid, dass ich gestern so ausgerastet bin«, sagte Jo unvermittelt. »Hatte nichts mit dir zu tun.«

»Schon okay«, nuschelte Pedro verlegen.

»Hast du die Zeitung noch?«

»Ich glaub ja«, stotterte Pedro unsicher.

»Kann ich sie haben?«

Entgeistert starrte der junge Spanier seinen Chef an. Ohne ein weiteres Wort holte er die Ausgabe des *Mainzer Express* aus seinem Wagen und gab sie Jo, der damit in seinem Büro verschwand.

Pedro blickte ratlos auf den Herd und fragte sich, ob er das alles nur geträumt hatte.

Jo war der beste Chef, für den er in seiner bisherigen Karriere als Koch gearbeitet hatte. Er war in der Küche ein echtes Genie. Unglaublich, wie es ihm gelang, scheinbar einfache Gerichte zu verfeinern und mit einer völlig eigenen Geschmacksnote zu versehen. Eine Tomatensuppe von Jo war nicht einfach nur eine Tomatensuppe – es war eine Explosion an Geschmacksnuancen, die einem auf der Zunge zergingen und an die man den ganzen restlichen Tag begeistert zurückdachte. Im Lauf der Zeit war aus ihrer Zusammenarbeit eine Freundschaft geworden. Doch manchmal wurde er aus ihm nicht schlau. Während er meistens gut gelaunt und mit klaren Anweisungen die Küchenmannschaft führte, gab es Tage, an denen er völlig in eine andere Welt versunken schien und kaum ein Wort mit ihnen wechselte. Pedro zuckte mit den Schultern. Besser, wenn er sich nicht zu viele Gedanken darüber machte. Das Leben war zu kurz, um sich mit unangenehmen Dingen zu beschäftigen. Zumal, wenn man sie nicht ändern konnte.

Es dauerte eine Weile, bis Jo in der Lage war, sich das Bild aus der Nähe anzusehen. Trotz der schlechten Qualität und all des Bluts konnte man erkennen, dass der Tote ein weißes Hemd und eine blaue Krawatte trug. Er fragte sich, was Herr Watanabe auf der Loreley gemacht haben mochte. Hatte er sich mit seinem späteren Mörder zu einem Treffen verabredet oder war er zufällig dort gewesen? Und wieso hatte der Mörder ihn enthauptet? Wollte er die Identität des Toten verschleiern? Das würde allerdings nur Sinn ergeben, wenn es sich bei dem Ermordeten gar nicht um Herrn Watanabe handelte! Je mehr Jo darüber nachdachte, umso verwirrender wurde das Ganze. Er schüttelte den Kopf. Ohne zusätzliche Informationen, wie die Tat abgelaufen war, machte es keinen Sinn, Mutmaßungen über die Hintergründe anzustellen. Er las den Artikel zu dem Bild. Bedauerlicherweise war er recht kurz und enthielt kaum nützliche Informationen. Offensichtlich war es der Zeitung vor allem darum gegangen, das Foto abzudrucken. Jo konnte nicht verstehen, dass es erlaubt war, so ein furchtbares Bild zu veröffentlichen. Entschlossen griff er zum Hörer und rief Klaus Sandner an. Ohne Umschweife informierte er den Journalisten über den Besuch von Oberkommissar Wieland und teilte ihm mit, dass es sich bei dem Toten höchstwahrscheinlich um einen seiner Gäste handelte.

Sandner pfiff durch die Zähne.

»Weißt du, wie der Mann heißt?«

»Hayato Watanabe.«

»Ein Japaner?«

»Ja.«

»Vielen Dank für den Hinweis. Die Polizei hat eine Nachrichtensperre verhängt. Das macht es im Moment schwierig für uns.«

»Eine Nachrichtensperre? Aber wie ist dann das Foto in die Zeitung gekommen?«

Sandner lachte.

»Also auf eines kannst du Gift nehmen. Es stammt bestimmt nicht von der Polizei. Im Gegenteil, ich könnte mir vorstellen, dass dein Freund Wenger in die Tischkante gebissen hat, als er es gesehen hat.«

»Woher kommt das Bild dann? Meinst du, der Täter hat es an die Zeitung geschickt?«

»Interessante Hypothese. Wahrscheinlich ist es aber viel banaler. Bei der schlechten Qualität gehe ich davon aus, dass es sich um ein Foto handelt, das mit einer Handykamera geschossen worden ist. Soweit ich gehört habe, wurde der Tote von einer Schülergruppe entdeckt. Bestimmt hat einer der Jugendlichen auf den Auslöser gedrückt.«

Jo war fassungslos. Er konnte sich nicht vorstellen, wie ein Mensch in so einer Situation derart pietätlos sein konnte.

»Selbst wenn es ein Schüler gemacht hat – wie kommt es in die Zeitung?«

Sandner lachte wieder.

»Vermutlich haben es seine Eltern an die Zeitung verkauft. Zumindest wenn sie schlau sind. Ich könnte mir vorstellen, dass so ein Exklusivbild einige Tausend Euro einbringt.«

»Und der *Mainzer Express* darf so etwas veröffentlichen?«, fragte Jo ungläubig.

»Natürlich widerspricht das den Regeln des deutschen Presserats. Aber der ist ein zahnloser Papiertiger. Die werden gegen die lieben Kollegen eine Rüge aussprechen, und das war's. Soweit ich gehört habe, hat der *Mainzer Express* mit dieser Ausgabe die höchste Auflage in seiner Geschichte erzielt. Alles andere ist denen, fürchte ich, herzlich egal«, meinte Sandner bitter.

»Hast du was Neues über den Mord gehört?«, wechselte Jo das Thema.

»Ich dachte, du hältst dich aus dem Fall raus.«

»Wollte ich auch«, entgegnete Jo, »aber da wusste ich nicht, dass es sich bei dem Toten um einen meiner Gäste handelt.«

»Wenn du dich für jeden verantwortlich fühlst, der in dein Restaurant zum Essen kommt, hast du viel zu tun.«

Es entstand eine Pause.

»Bitte, Klaus, es ist wichtig.«

»Also schön«, gab Sandner nach. »Sobald ich Näheres höre, erfährst du es als Erster. Aber du kennst meine Bedingung: Sollte sich bei deinen Ermittlungen etwas ergeben, will ich es exklusiv.«

Diesmal fiel Jo das Zugeständnis nicht schwer. Der Fall schien so mysteriös, dass er vermutlich nichts herausfinden würde. Er saß eine Weile an seinem Schreibtisch und dachte nach. Wenn Herr Watanabe sich mit seinem Mörder auf der Loreley verabredet hatte, musste er ihn gekannt haben. Aber wieso hatten die beiden sich ausgerechnet dort getroffen? Sehr merkwürdig. Er musste sich ein Bild vom Umfeld des Toten machen. Aber wie? Die Polizei würde ihm bestimmt nichts verraten.

Jo wurde bewusst, dass er kaum etwas über die japanische Kultur wusste, obwohl sein Restaurant regelmäßig von Gruppen aus Japan besucht wurde. Die Japaner waren jedes Mal begeistert von der traditionellen Einrichtung des Waidhauses. Jo hatte oft über ihre kindliche Begeisterung gelächelt, wenn sie voller Inbrunst die Jagdhörner fotografierten, die an der Wand hingen, oder den alten Eisenherd, den er zu Dekorationszwecken in seiner Gaststube aufgestellt hatte. Eines schien klar: Japaner reisten gerne und interessierten sich für traditionelle rheinische Gerichte. Im Waidhaus bestellten sie besonders gern regionale Spezialitäten.

Was aber taten die Japaner, die fest in Deutschland lebten? Wo wohnten sie? Welcher Arbeit gingen sie nach? Womit verbrachten sie ihre Freizeit? Jo meinte sich zu erinnern, einmal in einer Zeitung gelesen zu haben, dass sich die japanische Community vor allem in und um Düsseldorf konzentrierte. Vielleicht konnte Rüdiger Meynert ihm weiterhelfen. Zu seinen Kunden gehörten schließlich viele japanische Unternehmen. Er griff zum Hörer.

KAPITEL 5

Wenger saß an seinem Schreibtisch und überflog den Bericht der Spurensicherung. Obwohl sie zahlreiche Objekte am Tatort gefunden und eingesammelt hatten, gab es keine heiße Spur. An keinem der Fundstücke klebte Blut, sodass sich ein DNA-Abrieb erübrigte. Die Labors des BKA und der Landeskriminalämter waren hoffnungslos überlastet. Nur wenn ein Fall besondere Priorität genoss, zum Beispiel bei Kindesentführungen oder Serienvergewaltigungen, bekam man seine Proben kurzfristig analysiert. Bei Fällen, die länger zurücklagen oder bei denen keine unmittelbare Gefahr neuerlicher Straftaten bestand, rückte man in der Warteliste so weit nach hinten, dass man es bleiben lassen konnte. Dabei stand die Ermittlungsgruppe gehörig unter Druck. Das Foto des Toten, das im *Mainzer Express* veröffentlicht worden war, hatte bundesweit für Aufsehen gesorgt. Der rheinland-pfälzische Innenminister ließ sich laufend über die Ermittlungsfortschritte informieren. Bisher konnten sie allerdings nichts Nennenswertes vorweisen.

Wenger verfluchte die Erfindung von Handykameras. Aus seiner Sicht gehörte es verboten, dass Privatpersonen an Tatorten Fotos schossen. Einige Boulevardblätter wie der *Mainzer Express* hatten sogar ein eigenes journalistisches Format entwickelt: den Leserreporter. Für die Zeitungen war es eine lukrative Angelegenheit, kamen sie doch auf diese Weise günstig an Fotos, für die sie bei professionellen Fotografen erheblich mehr hätten zahlen müssen. Hauptkommissar Wenger stieg die Zornesröte ins Gesicht, wenn er nur an den Beitrag im *Mainzer Express* dachte. Er hatte den zuständigen Reporter, einen gewissen Dieter Klein, mit dem sie schon in der Vergangenheit Ärger gehabt hatten, angerufen und ihn fast zehn Minuten lang angeschrien – freilich ohne, dass dies bei Klein Eindruck gemacht hätte. Doch daran wollte Wenger nicht denken. Er musste sich auf die Ermittlungen konzentrieren.

Der Autopsiebericht, der inzwischen vorlag, bestätigte die erste Einschätzung des Rechtsmediziners vom Tatort: Es gab eine weitere Verletzung. Offensichtlich war der Täter von hinten an die Sitzbank herangetreten und hatte dem Opfer in den Rücken gestochen. Der Stichkanal zog sich durch den ganzen Körper, von der Wirbelsäule bis zur Austrittswunde am Bauch. Bei der Waffe handelte es sich demnach um ein langes Messer oder einen Dolch. Zwischen dem Stich in den Rücken und dem Abschlagen des Kopfes waren einige Minuten vergangen. Da aus der Stichwunde vergleichsweise wenig Blut ausgetreten war, musste man davon ausgehen, dass der Täter die Waffe stecken ließ und sie erst kurz vor der Enthauptung herausgezogen hatte. Aus der Art der Wunde konnte man zudem erkennen, dass das Messer oder der Dolch leicht gedreht worden sein musste, während er im Körper steckte.

»Dürfte für das Opfer extrem schmerzhaft gewesen sein«, erklärte Dr. Walter dem Hauptkommissar, als dieser ihn wegen des Autopsieberichts anrief. »Schon ein Stich in den Bauch verursacht schlimme Schmerzen. Wird die Waffe gedreht, kommt es zu wahren Höllenqualen.«

»Haben Sie eine Erklärung dafür, warum er das gemacht hat? Hat der Mann sich gewehrt?«

»Nein. Der Stich ging teilweise durch die Wirbelsäule. Ich denke nicht, dass er danach noch in der Lage war, sich zur Wehr zu setzen. Wenn Sie mich fragen, gibt es nur zwei mögliche Erklärungen. Entweder hatte der Täter Spaß daran, sein Opfer zu quälen oder er wollte etwas von ihm wissen, bevor er ihm den Kopf abgeschlagen hat.«

Hauptkommissar Wenger schluckte.

»Sie meinen, er hat den Mann gefoltert?«

»So könnte man es ausdrücken. Meiner Einschätzung nach haben Sie es mit einem sehr gefährlichen und vermutlich psychisch gestörten Täter zu tun.«

»Irgendwelche Erkenntnisse zur Waffe?«

»Nicht mehr, als in meinem Bericht steht. Es muss sich um ein extrem scharfes und langes Instrument handeln. An der Stelle, an der die Halswirbel durchtrennt wurden, haben wir mikroskopisch kleine Metallsplitter gefunden. Sie sind schon im kriminaltechnischen Labor des BKA in Wiesbaden zur näheren Untersuchung.«

Wenger nickte.

»Haben Sie den Schädel inzwischen gefunden?«, wollte Dr. Walter wissen.

»Die Spezialisten aus Österreich, die den Hang für uns

absuchen, sind noch nicht fertig. Aber ich glaube nicht, dass wir fündig werden. Allem Anschein nach hat der Täter den Kopf mitgenommen.«

Wenger schauderte, als er daran dachte.

»Der Typ muss echt gestört sein«, meinte Dr. Walter. »Oder er wollte etwas verschleiern.«

Der Rechtsmediziner schien sich in die Idee verliebt zu haben, dass der Täter eine Identifizierung des Toten erschweren oder unmöglich machen wollte.

»Wissen Sie, wann die Angehörigen kommen?«

Wenger sah auf die Uhr.

»Heute Abend«, erwiderte er. »Der Polizeipräsident hat vorhin mit der japanischen Botschaft telefoniert. Sie werden einen Diplomaten schicken, der die Ehefrau am Flughafen abholt und sie bei der Identifizierung begleitet.«

»Üble Sache. Muss schlimm für die Frau sein. Ich verstehe nicht, wieso sich dafür niemand anderes gefunden hat.«

Der Rechtsmediziner hielt inne. »Jedenfalls dürfte es einfacher werden als gedacht. Falls es sich bei dem Toten tatsächlich um Herrn Watanabe handelt«, fügte er hinzu. »Das Muttermal auf seinem Rücken ist in dieser Form jedenfalls etwas Besonderes. Es sieht fast aus wie ein Schmetterling. Zuerst dachte ich, es ist eine Tätowierung. Aber wir haben es genau untersucht, ist eine reine Laune der Natur.«

Wenger nickte. Der einzige Lichtblick war dieses Muttermal. Damit würde sich zweifelsfrei klären lassen, ob es sich bei dem Toten um Hayato Watanabe handelte. Der Mageninhalt musste genauer analysiert werden, schien aber auf den ersten Blick zu dem zu passen, was Herr Watanabe in dem Restaurant zu sich genommen hatte.

Die Klärung der Identität des Toten stellte bei den Ermittlungen allerdings nur den ersten Schritt dar. Die Vermutung von Dr. Walter, dass es sich bei dem Täter um einen Psychopathen handelte, der den Kopf als Trophäe mitgenommen hatte, war aus Sicht der ermittelnden Beamten ein mögliches Erklärungsmuster. Nach der ersten Einschätzung der Fallanalytiker, die bereits zu diesem frühen Zeitpunkt eingeschaltet worden waren, konnte es sich jedoch auch um einen Auftragsmord handeln. Der Täter hatte sich nämlich sehr professionell verhalten. Er passte den richtigen Moment ab, hinterließ keine Spuren und verschwand, ohne von jemandem gesehen worden zu sein. Den Kopf konnte er als Beweis mitgenommen haben, dass sein Opfer tatsächlich tot war. Aus westlicher Sicht mochte das archaisch anmuten, aber verlangte die Yakuza, die japanische Mafia, von ihren Mitgliedern nicht bis zum heutigen Tag, dass sie sich als Zeichen der Loyalität und des Respekts ein Fingerglied abschnitten, wenn sie einen Fehler gemacht hatten?

Weit hergeholt? Sicherlich! Aber solch eine Möglichkeit durften sie nicht außer Acht lassen. So oder so mussten sie so schnell wie möglich mehr über Herrn Watanabe in Erfahrung bringen. Zu Wengers Bedauern gab es bisher keine Rückmeldung von den japanischen Behörden. Allein die Kontaktaufnahme erwies sich als reichlich umständlich. Das rheinland-pfälzische Innenministerium wandte sich an das Bundesinnenministerium, dieses leitete den Vorgang weiter an das Außenministerium, welches die japanische Botschaft ansprach. Immerhin waren sie inzwischen so weit, dass es einen Kontakt auf der Arbeitsebene zwischen dem Polizeipräsidium in Koblenz und der japanischen Botschaft gab. Komplizierte Prozesse, kaum Anhaltspunkte und ein immenser öffentlicher Druck – was Wenger unbedingt brauchte, waren schnelle Ermittlungserfolge! Deswegen hatte er sich dazu entschlossen, selbst nach Düsseldorf zu fahren, um die Ermittlungen am Wohnort des Toten zu unterstützen.

Jo hatte in der Zwischenzeit Rüdiger Meynert erreicht. Der Unternehmer fragte ihn nach dem Mord, über den er in der Zeitung gelesen hatte, aber Jo lenkte schnell ab und kam auf den Grund seines Anrufs zu sprechen. Er erzählte Meynert, dass die Zahl seiner japanischen Gäste in letzter Zeit deutlich zugenommen habe und er sich deswegen intensiver mit ihren Gebräuchen und ihrer Kultur befassen wolle.

»Ich hab mir ein paar Bücher gekauft«, ließ er Meynert wissen, »aber das ist alles ziemlich theoretisch. Ich würde mich gern mit jemandem unterhalten, der sich gut mit Japan auskennt und mir etwas über die hier in Deutschland lebenden Japaner erzählen kann. Es gibt eine Reihe von japanischen Geschäftsleuten, die ins Waidhaus kommen. Da wäre es nicht schlecht, wenn ich mehr darüber wüsste, wie sie leben und was sie in ihrer Freizeit treiben.«

»Hm. Wird nicht einfach«, erklärte Meynert. »Die Japaner bleiben am liebsten unter sich. Auch diejenigen, die schon länger hier sind, pflegen außerhalb ihrer beruflichen Tätigkeit kaum Kontakte mit Deutschen.«

Der Unternehmer dachte nach.

»Eine Möglichkeit wäre, dass Sie sich an die Deutsch-Japanische Gesellschaft wenden. Die bietet Informationsveranstaltungen an. Ansonsten fällt mir nur Herr Nakamura ein.«

»Herr Nakamura?«

Meynert lachte.

»Der Name sagt Ihnen natürlich nichts. In Düsseldorf ist Herr Nakamura eine bekannte Persönlichkeit. Er ist einer der wenigen, der sich aktiv für ein besseres Miteinander zwischen Deutschen und Japanern einsetzt. Er ist schon sehr lange in Deutschland – fast zehn Jahre, soweit ich weiß. Die meisten Japaner kommen nur für zwei oder maximal drei Jahre nach Deutschland. Da fällt Herr Nakamura schon deswegen aus dem Rahmen.«

»Meinen Sie, ich könnte ihn ansprechen und um Hilfe bitten?«, fragte Jo.

»Er ist ein vielbeschäftigter Mann und leitet die Europaniederlassung eines großen Elektronikunternehmens, das seiner

Familie gehört. Daher kenne ich ihn auch. Wir haben seiner Firma bei einigen Gelegenheiten mit speziellen Computerchips ausgeholfen. Wenn Sie wollen, kann ich ihn fragen.«

»Das wäre toll!«, rief Jo erfreut.

»Kein Problem«, meinte der Unternehmer lässig. »Ich finde es klasse, dass Sie sich so für die Kultur Ihrer Gäste interessieren.«

Jo nickte zufrieden. Das klappte besser als gedacht.

Hauptkommissar Wenger war inzwischen in Düsseldorf eingetroffen. Die Kollegen vor Ort leisteten gute Arbeit, aber er wollte sich ein eigenes Bild verschaffen. Der Mann, der ihm gegenüber saß, trug einen dunkelblauen Anzug, eine rotgemusterte Krawatte und ein dazu passendes Einstecktuch. Für ein Mitglied der Geschäftsführung schien er sehr jung zu sein. Der Hauptkommissar schätzte ihn maximal auf Mitte 30.

»Seit wann kennen Sie Herrn Watanabe?«, wollte der Beamte wissen.

»Noch nicht lange. Ich bin erst seit einem Jahr wieder in Deutschland«, erwiderte der Manager. »Davor habe ich unsere Vertriebsniederlassung in San Francisco geleitet.«

»Was war er für ein Mensch?«

Richard Schweizer, so hieß der junge Mann, zuckte mit den Schultern. »Wie die Japaner so sind. Sehr zurückhaltend, immer auf die äußere Form bedacht. Sicherlich niemand, mit dem man schnell warm wurde.«

»Wie war er als Vorgesetzter?«

»Auch typisch japanisch«, sagte Schweizer, »sehr hierarchisch und sehr bürokratisch. Er wollte, dass immer alles nach einem genau definierten Prozess abläuft.«

»Wie war sein Verhältnis zu den Mitarbeitern?«

»Außer mit seiner Sekretärin, ein oder zwei Abteilungsleitern und mir selbst hat er kaum mit jemandem in der Firma gesprochen.«

Wenger sah den jungen Mann verwundert an. »Herr Watanabe war also im Unternehmen isoliert?«

»Was heißt isoliert … er hat den Laden halt vor allem vom Schreibtisch aus geführt.« »War die Firma erfolgreich?«

»Über Zahlen darf ich leider nicht sprechen. Strikte Anweisung aus Japan«, bedauerte Schweizer und grinste.

»Es geht mir nicht um einzelne Zahlen«, gab Wenger zurück. »Mich interessiert die Gesamtlage des Unternehmens.«

Der Manager zuckte wieder mit den Schultern.

»Hätte besser sein können«, erklärte er freimütig. »Wie gesagt, Watanabe führte die Firma sehr bürokratisch. In Japan, wo alles nach Befehl und Gehorsam abläuft, mag das der richtige Ansatz sein, aber in Deutschland kommen Sie mit so einem Führungsstil nicht sehr weit. Sie müssen den Mitarbeitern ihre Freiräume lassen, sonst ist die Mannschaft demotiviert. Das wirkt sich schnell negativ auf die Produktivität aus.«

»Herr Watanabe war bei den Mitarbeitern also nicht sehr beliebt?«

»Kann man auch nicht sagen. Die meisten kannten ihn ja gar nicht persönlich. Wissen Sie, die Leute kommen, machen ihre Arbeit und gehen nach Hause. Denen ist es ziemlich egal, wer das Unternehmen leitet. Nur wenn man es schafft, seine Leute für ihre Aufgabe und die Firma zu begeistern, legen sie eine Schippe drauf. Falls nicht, machen alle nur Dienst nach Vorschrift.«

»Wissen Sie, was Herr Watanabe auf der Loreley gemacht hat? Hatte er einen geschäftlichen Termin?«

Schweizer schüttelte den Kopf.

»Das haben wir natürlich als Erstes überprüft. Als er am Morgen nicht zur Arbeit erschienen ist, hat sich seine Sekretärin gleich Sorgen gemacht. Watanabe kam nie zu spät. In seinem Kalender hatte er keine Termine eingetragen. Auch nicht am Abend davor. Sie hat in seiner Wohnung angerufen, aber er ging nicht ans Telefon. Auch über sein Mobiltelefon war er nicht erreichbar. Daraufhin hat sie mich informiert.«

»Wieso Sie?«, wollte Wenger wissen.

»Wen sonst?«, gab Schweizer zurück. »Schließlich bildete er mit mir zusammen die Geschäftsleitung. Ich habe angeordnet, dass ein Fahrer zu ihm nach Hause fährt. Seine Sekretärin besaß einen Schlüssel für die Wohnung, um nach den Blumen zu sehen und den Briefkasten zu leeren, wenn Herr Watanabe in Japan auf Heimatbesuch weilte.«

»Was haben Sie danach getan?«

»Wir haben die Polizei alarmiert. Aber Ihre Kollegen von der Kriminalpolizei haben sich ohnehin kurze Zeit später bei uns gemeldet.«

Wenger nickte.

»Wie hat Herr Watanabe seine Freizeit verbracht?«

»Freizeit? Ich weiß nicht, ob er überhaupt die Bedeutung dieses Wortes kannte.«

Schweizer grinste. »Er war praktisch immer in der Firma, auch am Wochenende. Da er kaum Deutsch sprach, pflegte er, soweit ich weiß, privat keinerlei Umgang mit Deutschen.«

»Wie sieht es aus mit Frau oder Freundin?«

»Freundin?« Schweizer lachte. »Herr Watanabe war nicht unbedingt der romantische Typ, wenn Sie verstehen, was ich meine. Was seine Ehefrau angeht: Die ist zusammen mit der Tochter in Japan geblieben. Ist nicht ungewöhnlich. Nur die wenigsten Entsandten bringen ihre Familie mit.«

»Hatte Herr Watanabe Feinde?«

»Feinde? Nicht, dass ich wüsste. Wer hat denn in der heutigen Zeit Feinde?«, entgegnete Schweizer. »Natürlich gibt es Wettbewerber. Aber da bringt man sich nicht gegenseitig um.«

Hauptkommissar Wenger, der täglich mit Mord und Totschlag konfrontiert wurde, hätte dem jungen Mann dazu einiges erzählen können. »Und diese Wettbewerber – gab es jemanden, der Ihnen das Leben besonders schwer gemacht hat?«

»Die Chinesen … die Deutschen … andere japanische Firmen. Suchen Sie sich was aus. Heute müssen Sie sich bei jedem einzelnen Auftrag gegen harte Konkurrenz durchsetzen.«

Nach dem Gespräch mit dem jungen Geschäftsführer befragte Hauptkommissar Wenger die Sekretärin des Toten und ließ sich seinen Terminkalender zeigen.

Es war, wie Richard Schweizer gesagt hatte: Außer der Arbeit schien es im Leben von Hayato Watanabe nicht viel Berichtenswertes gegeben zu haben. Jedenfalls nichts, wovon seine Kollegen oder Mitarbeiter wussten.

Als Nächstes fuhr Wenger zur Wohnung des Toten. Auch hier gab es keine Auffälligkeiten. Das Firmenappartement, in dem Herr Watanabe logiert hatte, wirkte seltsam unpersönlich. Im Schrank hingen einige Anzüge, neben dem Bett lagen zwei oder drei japanische Bücher, ansonsten gab es nichts, was Rückschlüsse auf die Persönlichkeit des Toten erlaubte.

Auf der Rückfahrt nach Koblenz fragte Wenger sich, was Herr Watanabe im Rheintal zu tun gehabt hatte. Wie sie aus der Befragung von Jo Weidinger wussten, kam der Japaner alle zwei bis drei Monate dorthin.

Aber warum?

Auch Jo ging der Fall nicht aus dem Kopf. Er telefonierte mehrfach mit Klaus Sandner, doch der Journalist konnte ihm nichts Neues berichten. Die strikte Nachrichtensperre, die Wenger angeordnet hatte, zeigte Wirkung, und seine üblichen Quellen hielten sich auffällig zurück. Von Rüdiger Meynert hatte Jo zu seinem Bedauern auch nichts gehört. So blieb ihm nichts anderes übrig, als sich selbst Gedanken über die Hintergründe dieses grausamen Mordes zu machen.

Bei einem von Jos Fällen hatte ein unheimlicher Scharfschütze wahllos auf Jäger geschossen, die auf ihrem Jagdsitz das Wild beobachteten. Damals hatte Jo sich intensiv mit dem Phänomen Serienmörder beschäftigt und eine Reihe von Büchern darüber gelesen. Obwohl er intensiv darüber nachdachte, was den Täter motiviert haben könnte, wollte in seinem Kopf kein rechtes Bild des Mörders entstehen. Handelte es sich um einen Psychopathen, der seine ultimative Gewaltfantasie durch das Enthaupten eines Menschen auslebte und den Schädel dann als Trophäe mit nach Hause nahm? Oder war es ein gezielter Mordanschlag auf Hayato Watanabe? Aber wieso sollte der Täter den Kopf mitnehmen? Das brachte ihn nur unnötig in Gefahr. Falls Hayato Watanabe jedoch ein zufälliges Opfer gewesen war, wieso hatte der Täter gerade ihn ausgewählt?

Das Fehlen konkreter Ermittlungsansätze machte der Polizei zu schaffen. Das Innenministerium übte starken Druck auf die ermittelnden Beamten aus. Bereits zum zweiten Mal musste Hauptkommissar Wenger beim Polizeipräsidenten zum Rapport antreten. Obwohl die Ermittlungsgruppe aufgestockt worden war, gab es nach wie vor keine konkreten Hinweise. Die Abseilspezialisten aus Österreich hatten ihre Arbeit beendet, ohne etwas gefunden zu haben. Bezüglich der Identität des Opfers gab es keine endgültige Klarheit. Die Anreise der Ehefrau aus Japan hatte sich verzögert, ohne dass die Polizisten den Grund dafür erfuhren. Die japanische Botschaft ließ sie lediglich wissen, Frau Watanabe komme einen Tag später. Alle Fragen nach den Hintergründen blieben unbeantwortet.

Dennoch waren Wenger und seine Kollegen ziemlich sicher, dass es sich bei dem Toten um Hayato Watanabe handelte. Alle Fingerabdrücke, die sie in seiner Wohnung genommen hatten – vom Rasierapparat, dem Fön, seinem Kamm und anderen Gegenständen des täglichen Gebrauchs, stimmten mit denen des Toten überein. Auch am Lenkrad und an der Gangschaltung des Mietwagens waren nur diese Fingerabdrücke gefunden worden. Zudem passte die Analyse des Mageninhalts sowohl vom Zeitablauf, als auch von den Speiseresten her exakt zu dem, was Herr Watanabe am Abend im Restaurant Waidhaus zu sich genommen hatte.

»Sind die Fallanalytiker des Landeskriminalamts eingeschaltet?«, wollte Direktor Doldinger, der Polizeipräsident, wissen. Der Hauptkommissar nickte.

»Gibt es ein Täterprofil?«

»Ist in Arbeit«, musste Wenger einräumen. »Dafür bekommen wir in Kürze das Ergebnis der metallurgischen Untersuchung. Dann sollten wir Klarheit hinsichtlich der verwendeten Waffe haben.«

Der Polizeipräsident musterte den Hauptkommissar nachdenklich. »Der Innenminister sitzt mir im Nacken«, informierte er ihn. »Wir sollten eine Pressekonferenz geben. Das beruhigt die Gemüter.«

»Pressekonferenz?« Wenger starrte seinen Vorgesetzten ungläubig an. »Was sollen wir der Öffentlichkeit sagen? Wir haben nichts in der Hand.«

»Lassen Sie sich was einfallen!«, forderte der Polizeipräsident. »Rufen Sie Zeugen auf, sich zu melden. Streuen Sie das Gerücht, es gäbe konkrete Hinweise. Vielleicht macht das den Täter nervös und lockt ihn aus der Reserve.«

Wenger warf Doldinger einen zweifelnden Blick zu.

»Sie werden sehen, das klappt«, meinte dieser jovial.

Bei Jo gab es ebenfalls nichts Neues, was den Fall betraf. Deswegen war er froh, dass das Waidhaus seine volle Aufmerksamkeit erforderte. Eine seiner Herdplatten wurde nicht mehr richtig warm. Das sorgte für Probleme bei den Betriebsabläufen. Jo telefonierte dem Vertreter der Herstellerfirma fast zwei Tage erfolglos hinterher, bis er ihn endlich an die Strippe bekam. Zum Glück hielt sich ein Mechaniker der Firma in der Nähe bei einem anderen Kunden auf, sodass er am Nachmittag vorbeikam und den Herd reparierte. Gerade rechtzeitig, denn am Abend fiel eine Gruppe Amerikaner im Waidhaus ein, die sich quer durch die Karte aßen, ohne sich um die Empfehlung der Küche zu scheren. Normalerweise folgten die meisten Gäste den Vorschlägen auf der Tageskarte. Den Amerikanern schien das egal zu sein. Daher mussten sie zaubern, um den teils ausgefallenen Sonderwünschen gerecht zu werden. Pedro, der als Spanier die Abneigung der Südamerikaner gegen die Gringos teilte, wie er die US-Amerikaner abschätzig nannte, schüttelte den Kopf.

»Warum jagen wir die Burschen nicht zum Teufel?«, fragte er und schwang seinen Kochlöffel bedrohlich in Richtung Gaststube.

Jo lächelte, sagte aber nichts. Er hatte einmal für fast ein Jahr in den USA gelebt und wusste daher, dass gutes Essen in Amerika nicht gerade einen hohen Stellenwert genoss. Jedenfalls nicht in der breiten Bevölkerung. In einer gewissen Art und Weise faszinierte es Jo sogar, wie weit die Amerikaner das »Food-Engineering«, also die künstliche »Verbesserung« von Lebensmitteln inzwischen trieben. Mit einer gewissen Ehrfurcht, aber auch einer gehörigen Portion Abscheu hatte er in einem amerikanischen 24-Stunden-Supermarkt die erste fettfreie Milch in den Händen gehalten. Das heißt, Milch war dafür nicht der richtige Ausdruck. Es handelte sich mehr um eine unbestimmbare, halb weiß, halb durchsichtige Flüssigkeit, die Jo vage an ein Reinigungsmittel für Toiletten erinnerte. Und so schmeckte sie auch.

Noch gruseliger fand er den Null-Prozent-Fett-Käse. In einem mutigen Selbstversuch hatte er damals einen Bissen dieser eigenartig zähen, sich nach altem Gummi anfühlenden Substanz zu sich genommen. Sie schmeckte auf eine widerliche Art und Weise nach Nichts. Schnell spuckte er sie aus. Zu weit wollte er das Experiment nicht treiben.

Jo musste grinsen, als er daran dachte. Das Grinsen verging ihm allerdings, als Kati Müller in der Küche auftauchte. An ihrem Gesichtsausdruck konnte er sehen, dass sie mit etwas Unangenehmen kam.

»Was ist los?«, wollte er wissen.

»Sie wollen Pommes.«

»Was?« Jo glaubte im ersten Moment, er habe sich verhört.

»Pommes Frites.« Kati Müller hielt seinem Blick stand, ohne mit der Wimper zu zucken. »Ich habe ihnen schon gesagt, dass es bei uns nur Kartoffeln gibt, aber einer der Amerikaner hat gesagt, er wüsste schon, dass die Europäer hinterm Mond leben, aber ein paar Pommes Frites würden sie ja wohl zusammen bekommen.«

Jo schoss die Zornesröte ins Gesicht. Er war fast an der Tür, als Pedro ihn am Ärmel festhielt.

»Sag mal, Scheffe, wo willst du mit dem Messer hin?«

Für einen Moment sah Jo ihn verwirrt an. Ihm war gar nicht bewusst gewesen, dass er das Messer vom Fischfiletieren in der Hand hielt.

»Von mir aus kannst du gern einen der Amerikaner massakrieren und seine Ohren anschließend für die anderen auf den Grill werfen, aber das macht keinen guten Eindruck auf die übrigen Gäste.«

Jo sah Pedro an. Der junge Spanier verzog keine Miene. Im nächsten Moment prusteten alle los. Selbst Jo musste lachen. Sein Zorn war mit einem Mal verraucht. Pedro hatte recht! Er sollte sich von den Ess-Banausen aus Amerika nicht provozieren lassen. Als er sich halbwegs gefangen hatte, meinte er zu Kati gewandt:

»Sag ihm, er bekommt was Besseres als Pommes. Wir machen frische Kartoffelschnitten mit italienischem Parmesan für ihn. Die soll er mal probieren. Wenn sie ihm nicht schmecken, lassen wir ihm Pommes Frites aus dem nächsten Schnellimbiss liefern.«

Zu seiner Befriedigung blieb es ruhig. Entweder hatte es den Amerikanern geschmeckt oder sie trauten sich nicht, sich zu beschweren. So oder so, nach dieser Einlage wurde es in der Küche ein sehr lustiger Abend. Sie kicherten und blödelten so viel herum, dass sie ihr Pensum fast nicht geschafft hätten. Aber auch dafür musste Zeit sein!

KAPITEL 6

Hauptkommissar Wenger fühlte sich unwohl in seiner Haut. Mit einer kurzen Bewegung zog Dr. Walter die Decke auf Höhe des Schulterblattes beiseite. Die Frau warf einen Blick auf das schmetterlingsförmige Muttermal und nickte. Dabei zeigte ihr Gesicht keinerlei Regung. Dr. Walter zog schnell die Decke über den entblößten Körper. Die Ehefrau des Toten blieb stumm stehen. Wenger und Dr. Walter tauschten unsichere Blicke aus. Nach einer Weile neigte die Frau den Kopf zu dem Mann neben sich und flüsterte ihm etwas auf Japanisch zu. Der Mann straffte sich. Dann erklärte er an Dr. Walter gerichtet:

»Frau Watanabe sagt, sie möchte den ganzen Körper sehen.«

Der Rechtsmediziner sah ihn ungläubig an. Er räusperte sich.

»Weiß sie, dass der Kopf an der Leiche fehlt?«, fragte er

den Mann. Der Mitarbeiter der japanischen Botschaft verzog keine Miene. »Selbstverständlich.«

»Und sie will ihn trotzdem sehen?«

»Frau Watanabe besteht darauf«, sagte der Diplomat ungerührt.

Der Rechtsmediziner blickte zuerst die Frau des Toten an und dann Hauptkommissar Wenger. Nach kurzem Zögern nickte dieser. Er schluckte, als Dr. Walter den Toten vollständig entblößte. Frau Watanabe sah den Körper ihres Mannes lange an. Schließlich nickte sie, zog die Jacke fester um ihre Schultern, drehte sich um und verließ wortlos den Raum. Dr. Walter und Hauptkommissar Wenger blieben sprachlos zurück. Unglaublich, wie unbewegt die Frau bei dem Anblick geblieben war. Fast hätte man meinen können, sie sähe so etwas nicht zum ersten Mal. Die anschließende Befragung von Frau Watanabe durch die Polizei fiel sehr kurz aus, wobei der Botschaftsmitarbeiter als Übersetzer diente.

Ja, sie habe mit ihrem Mann in fast täglichem Kontakt gestanden. Nein, von Problemen ihres Mannes sei ihr nichts bekannt. Feinde? Nein, ihr Mann habe keine Feinde. Er habe in Japan ein sehr ruhiges Leben geführt. Er habe viel gearbeitet und sei ein guter Ehemann und Vater gewesen. Das Ganze sei für sie schrecklich, und sie könne sich nicht erklären, wieso ihren Mann dieses schlimme Schicksal getroffen habe. Sie habe nie gewollt, dass er nach Deutschland gehe. Solche grausamen Morde gebe es in Japan nicht. Frau Watanabe sagte einige weitere Sätze, wobei sie ein abschätziges Gesicht machte. Der Botschaftsmitarbeiter zögerte kurz mit der Übersetzung. Wenger und Wieland, der ebenfalls anwesend war, sahen den Mann fragend an. Der Beamte schien zu überlegen, was er tun solle. Schließlich sagte er:

»Frau Watanabe ist überzeugt davon, dass der Mörder aus Deutschland kommt. Frau Watanabe sagt, dass Japaner so etwas nicht tun. Sie fordert die deutsche Polizei auf, den Mörder ihres Mannes so schnell wie möglich zu finden und seiner gerechten Strafe zuzuführen.«

Die beiden Kriminalbeamten waren sich unschlüssig, wie sie die Befragung bewerten sollten. Die Frau des Toten machte auf sie einen eigenartig gefühllosen Eindruck. Allerdings hatte auch der Botschaftsmitarbeiter bei der Identifizierung des Toten keine Miene verzogen. Dabei war der Anblick selbst für die hartgesottenen Kriminalbeamten nicht einfach zu verkraften. Wenger sah Frau Watanabe ratlos an. Diese wich seinem Blick aus. Nach einem Moment des Schweigens sagte sie etwas zu ihrem japanischen Begleiter.

»Frau Watanabe fragt, ob sie den Leichnam ihres Mannes mit nach Japan nehmen kann. Frau Watanabe möchte, dass er in der Heimat beerdigt wird.«

Wenger überlegte. Die Untersuchung des Leichnams war abgeschlossen. Es gab keinen Grund, die Freigabe zu verweigern.

Zwei Tage später gab die Polizei eine Pressekonferenz zu dem Fall. Das Medieninteresse war riesig. Aus dem ganzen Bundesgebiet reisten Journalisten an. Der lokale Fernsehsender übertrug die Pressekonferenz live, sodass Jo sie von zu Hause aus verfolgen konnte. Zu seiner Enttäuschung hielt sich der Neuigkeitswert in Grenzen. Hauptkommissar Wenger gab bekannt, dass es sich bei dem Toten um einen japanischen Geschäftsmann mit dem Namen Hayato Watanabe handelte. Anschließend wurde ein Foto eingeblendet.

»Herr Watanabe war am Abend des zweiten Mai in einem gemieteten Wagen der Marke Toyota unterwegs«, sagte der Hauptkommissar in die Kamera gewandt. Er las das Kennzeichen vor. »Der Polizei ist es trotz intensiver Nachforschungen bisher nicht gelungen herauszufinden, was der Tote an diesem Abend auf der Loreley gemacht hat. Uns interessiert daher besonders, wo Herr Watanabe sich in den Stunden vor seinem Tod aufgehalten hat und mit wem er gegebenenfalls Kontakt hatte. Speziell für die Zeit zwischen 22 und 23 Uhr gibt es eine Lücke, die wir nicht schließen konnten. Auch die Frage, ob Herr Watanabe allein unterwegs gewesen ist, spielt für uns eine wichtige Rolle. Wir sind an allen Beobachtungen interessiert, die Spaziergänger oder Besucher der Gaststätte am Abend des zweiten Mai im Umfeld der Loreley gemacht haben. Auch wenn Ihnen in den Tagen und Wochen davor etwas Ungewöhnliches aufgefallen ist, sollten sie sich umgehend bei der Polizei melden.

Für sachdienliche Hinweise, die zur Ergreifung des oder der Täter führen, ist eine Belohnung von insgesamt 10.000 Euro ausgesetzt.«

An der Stelle ging ein Raunen durch den Saal. Die Belohnung war ungewöhnlich hoch.

»Ist der Kopf inzwischen gefunden worden?«, fragte ein Journalist. Jo stutzte. Den Mann kannte er doch. Die abgeschabte alte Lederjacke war unverkennbar – sie gehörte Dieter Klein.

»Nein«, erwiderte der Hauptkommissar einsilbig.

»Also hat der Täter den Kopf mitgenommen?«, hakte Klein nach.

»Zu Details möchten wir uns aus ermittlungstaktischen Gründen zum gegenwärtigen Zeitpunkt nicht äußern«, antwortete Wenger.

»Glauben Sie, dass der Täter erneut zuschlagen wird?«

Klein ließ nicht locker. Seine Kollegen wurden unruhig. Sie wollten auch Fragen stellen.

»Über die Motivlage des Täters wissen wir nicht sehr viel. Nach momentanem Stand gehen wir von keiner erhöhten Gefährdung der Bevölkerung aus«, meinte Wenger.

»Wie können Sie da sicher sein, wenn Sie das Motiv des Mörders nicht kennen?«, wollte eine junge Frau in einem roten Blouson wissen.

»Die Umstände der Tat legen diesen Schluss nahe, aber natürlich können wir keine vollständige Entwarnung geben«, erklärte Wenger vage.

»Halten Sie es für einen Zufall, dass der Tote Japaner war?«, erkundigte sich ein älterer Journalist.

Wenger sah den Pressesprecher des Präsidiums an, der neben ihm saß. »Zum jetzigen Zeitpunkt möchte Hauptkommissar Wenger keine weiteren Fragen beantworten«, sagte dieser, während Wenger aufstand. Die Proteste der Journalisten gingen im Trubel des beginnenden Aufbruchs unter. Mehrere Journalisten bestürmten Wenger auf dem Weg nach draußen mit weiteren Fragen. Dann war die Übertragung der Pressekonferenz zu Ende. Ein Studiosprecher erschien auf dem Bildschirm und fasste die Ergebnisse der Pressekonferenz zusammen. Zudem wurde eine Nummer eingeblendet, an die etwaige Zeugen sich wenden konnten. Jo schaltete ab. Anschließend rief er bei Klaus Sandner an. Der Journalist hatte die Pressekonferenz ebenfalls im Fernsehen verfolgt. Er teilte Jos Einschätzung, dass die Polizei weitgehend im Dunklen tappte.

»Hast du sonst was gehört?«, wollte Jo von Sandner wissen.

»Leider nicht«, erwiderte dieser. »Meine üblichen Quellen können mir nicht mehr sagen, als du eben selbst mitbekommen hast. Ich glaube, wir müssen den weiteren Gang der Ermittlungen abwarten.«

Hauptkommissar Wenger saß an seinem Schreibtisch und starrte auf das Telefon. Er wartete auf einen Rückruf vom BKA. Endlich klingelte es. In Japan war es durch die Zeitverschiebung spät am Abend. Trotz der großen Entfernung war die Leitung erstaunlich gut. Oberkommissar Gossner arbeitete als Verbindungsmann des Bundeskriminalamts an der deutschen Botschaft in Tokio.

»Was haben Sie herausfinden können?«, wollte Wenger von ihm wissen.

»Nicht viel. Die Arbeit in Japan ist schwierig. Die Japaner sind mit Auskünften sehr zurückhaltend. Immerhin habe ich einen Aktenvermerk über diesen Watanabe bekommen.«

Gossner hielt einen Moment inne.

»Laut den Kollegen von der japanischen Polizei liegt gegen Watanabe nichts vor: keine Vorstrafen, keine besonderen Vorkommnisse, ja nicht einmal ein Strafzettel wegen zu schnellen Fahrens. Ein mustergültiger Bürger«, fügte Gossner hinzu. »Das gilt für die meisten Leute hier. Japaner tun alles dafür, um nicht negativ aufzufallen.«

»Wie sieht es mit der Firma aus, für die er gearbeitet hat?«

»Auch nichts«, meinte der BKA-Mann lakonisch. »Das Unternehmen gehört seiner Familie. Der Laden wird von seinem Vater geführt, obwohl der stramm auf die 80 zugeht. Die Firma stellt Elektronikprodukte her – irgendwelche Komponenten für Computer.«

Seine japanischen Kollegen hatten es ihm ausführlich erklärt. Er hatte allerdings nicht viel davon verstanden. Technik war nicht seine starke Seite.

»Hayato Watanabe ist der älteste Sohn«, fuhr er fort. »Er hätte wohl in den nächsten ein bis zwei Jahren die Leitung des Unternehmens übernehmen sollen.«

Wenger wurde hellhörig. »Das heißt, es rückt für ihn nun jemand anderes nach?«

»Das habe ich auch gefragt, aber Watanabe hat nur eine Schwester. Die kommt in Japan für die Unternehmensführung nicht in Betracht. Anscheinend gibt es in der Firma keinen Nachfolger. Das hat mir jedenfalls der Beamte gesagt, der mit dem Vater gesprochen hat.«

»Waren Sie denn nicht selbst bei dem Verhör dabei?«

»Ich?« Gossner lachte. »Können Sie vergessen. Ich bin froh, wenn ich überhaupt Informationen bekomme. Zu einem japanischen Verhör mitgenommen zu werden, ist für einen ausländischen Verbindungsbeamten praktisch ausgeschlossen.

Zumal sie es in diesem Fall nicht einmal Verhör nennen. Es heißt Informationsbesuch. Genau so läuft es auch ab. Kritische Fragen stellt hier keiner. Die Kollegen schleichen mehr um den heißen Brei herum, als dass sie eine konkrete Frage stellen.«

Wenger schüttelte den Kopf.

»Wie sieht es mit möglichen Kontakten ins kriminelle Milieu aus? Könnte es sein, dass die Firma Verbindungen zur japanischen Mafia unterhält?«

»Mafia?« Gossner lachte wieder. »Die existiert nicht. Jedenfalls nicht, wenn man nach den Leuten hier geht«, sagte der BKA-Mann zynisch. »Ich bin fast ein Jahr da, und jedes Mal, wenn die Rede auf die Yakuza kommt, werden alle noch zurückhaltender, als sie es ohnehin sind. Jeder weiß, dass die Mafia einen großen Einfluss hat, aber niemand redet darüber. Es wird so getan, als ob es sich um ein kleines Randproblem handeln würde, dabei kontrollieren die Yakuza-Familien den größten Teil der Prostitution und des illegalen Glücksspiels. Da werden Milliardenbeträge umgesetzt.«

»Genau das meine ich. Diese Gewinne müssen gewaschen werden. Was würde näher liegen, als die Gelder in legale Unternehmen zu investieren? Haben Sie nachgehakt, ob es darauf Hinweise gibt?«, wollte Wenger wissen.

»Hab ich versucht«, sagte Gossner. »Leider ohne Erfolg.«

»Was heißt versucht?«, hakte Wenger nach. »Haben Sie die Frage gestellt oder nicht?«

»So läuft es hier nicht«, verteidigte sich Gossner. »Man darf in Japan nichts überstürzen. Mein japanischer Verbindungsmann hat mir einen langen Vortrag gehalten, dass die japanische Wirtschaft der Stolz des Landes ist und derartige Unterstellungen als ungehörig empfunden werden. Er hat mir aber auch gesagt, dass sie bei Todesfällen routinemäßig eine Abfrage bei den Finanzbehörden starten. Mal sehen, ob dabei etwas herauskommt.«

»Und damit haben Sie sich abspeisen lassen?«, fuhr Wenger

sein Gegenüber an. Er wurde wütend. »Ich muss einen Mordfall aufklären. Da kann ich auf japanische Höflichkeitsrituale keine Rücksicht nehmen. Machen Sie Dampf!«

»Ich tue, was ich kann«, blaffte Gossner zurück, »aber ich mache es auf meine Weise. Wenn Ihnen das nicht passt, können Sie selbst herkommen und Ihr Glück versuchen.«

Das saß. Ohne ein weiteres Wort legte Hauptkommissar Wenger auf. Am liebsten hätte er sein Telefon gegen die Wand geworfen. Diese Ermittlung lief alles andere als rund.

Bei Jo ging es dagegen voran. Rüdiger Meynert meldete sich und teilte ihm mit, dass Herr Nakamura sich freue, ihn in zwei Wochen in Düsseldorf zu treffen. Der junge Küchenchef nutzte seinen freien Nachmittag und fuhr hinüber nach Wiesbaden. In einer Buchhandlung suchte er nach Informationen zum Thema Japan. Bei den Reiseführern gab es ein gutes Angebot. Jo entschied sich für einen dicken Schmöker, der neben vielen Bildern eine Reihe von Landkarten enthielt – insbesondere von den verschiedenen Stadtteilen Tokios. Daneben gab es eine ganze Reihe von Büchern über die Geschichte des Landes, die Samurai, ihre Waffen und ihre Ausrüstung. Obwohl es für seine Ermittlung nicht relevant war, kaufte er zwei davon. Ein Einblick in die Kultur und die Traditionen des Landes konnte nicht schaden. Am Abend blieb es im Restaurant erstaunlich ruhig und sie konnten die Küche etwas früher als normal schließen, sodass Jo Zeit fand, sich vor dem Schlafengehen mit seinen neuen Büchern zu beschäftigen. Zu seinem Erstaunen war das Buch über die Samurai und ihren Ehrenkodex sehr spannend geschrieben. Je mehr er darüber las, umso deutlicher wurde ihm, wie fremd die japanische Kultur ihm war. Falls es sich bei dem Mörder um einen Japaner handelte, würde es nicht einfach werden, sich in ihn hineinzuversetzen.

Hauptkommissar Wenger plagten ganz andere Probleme. Der Polizeipräsident saß ihm im Nacken und forderte Ergebnisse. Doch er konnte ihm keine neuen Erkenntnisse präsentieren. Die Ermittlungen in Japan blieben unergiebig, und auch in Deutschland ging es nur schleppend voran. Wenigstens lag inzwischen der Bericht über die metallurgische Analyse der Splitter vor, die in der Wunde gefunden worden waren. Daraus ergaben sich einige interessante neue Ansatzpunkte. Zwei Beamte der Ermittlungsgruppe gingen diesen Hinweisen nach. Und die Fallanalytiker des Landeskriminalamts hatten einen ersten Zwischenbericht vorgelegt. Im Gegensatz zu den Ermittlungsbeamten begaben sie sich nie selbst zum Tatort. Ihre Beurteilung des Falls beruhte ausschließlich auf der Aktenlage und den Erkenntnissen der Mordkommission. Dadurch sollte sichergestellt werden, dass sie zu einer objektiven Einschätzung gelangten und sich nicht von persönlichen Eindrücken in eine falsche Richtung lenken ließen. Normalerweise hielt Wenger große Stücke auf die Fallanalyse, entsprach sie doch seiner Überzeugung, dass moderne Polizeiarbeit in erster Linie auf wissenschaftlichen Methoden und nicht auf kriminalistischem Gespür oder vermeintlicher Erfahrung basieren sollte.

Im konkreten Fall konnten die Fallanalytiker jedoch nicht sehr viel beitragen.

Nach ihrer Ansicht handelte es sich bei dem Täter um einen Mann im Alter zwischen 25 und 40 Jahren. Die Wahl der Waffe und die Tatausführung legten den Schluss nahe, dass es sich um einen emotional abgestumpften Menschen handelte, dem das Töten nicht viel ausmachte. Daraus schlossen die Fallanalytiker, dass der Mann schon vorher getötet hatte oder zumindest mit anderen schweren Gewaltdelikten wie Raub, Körperverletzung oder Vergewaltigung aufgefallen sein musste. Auch wenn die Möglichkeit, dass es sich um einen professionellen Killer handelte, nicht ausgeschlossen werden konnte, tendierten die Fallanalytiker zu der Annahme, dass sie es mit einem pathologisch gestörten Einzeltäter zu tun hatten. Die Tatsache, dass er das Opfer über einige Zeit gequält hatte, bevor er es enthauptete, konnte ein Hinweis darauf sein, dass sexuelle Motive bei dem Täter eine Rolle spielten. Diese drückten sich nämlich nicht nur in tatsächlichen sexuellen Handlungen, sondern auch durch die Ausübung von Macht über einen anderen Menschen aus.

Zweifelsohne handelte es sich um einen hochgefährlichen, möglicherweise labilen Menschen, der jederzeit erneut zuschlagen konnte.

Der letzte Punkt machte Hauptkommissar Wenger am meisten zu schaffen. In der Pressekonferenz hatte er noch behauptet, die Gefahr einer erneuten Tat sei nicht sehr groß. Nach Einschätzung der Fallanalytiker war diese Aussage nicht haltbar. Dennoch konnten sie damit nicht an die Öffentlichkeit gehen. Schließlich wollten sie eine Panik in der Bevölkerung unter allen Umständen vermeiden. Erschwerend kam hinzu, dass die Fallanalytiker nicht wagten zu prognostizieren, ob und in welchem zeitlichen Rhythmus der Täter zuschlagen würde.

KAPITEL 7

Den ganzen Tag über hatte er auf diesen Moment gewartet. Schon am Morgen, als er an der Bushaltestelle gestanden und in die leeren Augen der Umstehenden geblickt hatte, wusste er, dass er die Arbeit heute vollenden würde. Die eigenartige Anspannung, die ihn immer umfing, wenn er das Allerheiligste seines Tempels betrat, ließ ihn erschauern. Das Flackern der Kerzen warf bizarre Schattenmuster an die Wände, die über und über mit Zeichnungen bemalt waren.

Er hatte sich das Gebäude für seinen Tempel genau ausgesucht. Die Abrissarbeiten würden erst in einigen Monaten beginnen. Das Gelände war abgesperrt und von einem hohen Bauzaun umgeben. Die Gefahr, dass er entdeckt wurde, war denkbar gering. Das ließ ihm freie Hand, sich seinen Tempel nach eigenen Vorstellungen zu gestalten. Er wusste selbst nicht, wieso er begonnen hatte, die Wände zu bemalen.

Eines Nachts war er aufgewacht und hatte eine urtümliche Schöpfungskraft in sich gespürt. Sein Geist glühte fast von den grellen Bildern, die vor seinem inneren Auge zuckten und mit Macht an die Oberfläche drängten. Noch in der Nacht hatte es ihn in seinen Tempel getrieben. Rastlos zeichnete er die Bilder aus seinem Kopf, zuerst mit einem Stift, später mit bunten Kreidestücken. Es waren rohe, wilde Zeichnungen voller Kraft und ausdrucksstarker Farben. Stolz betrachtete er sein Werk. Im flackernden Kerzenlicht wirkten sie noch unheimlicher. Ein seltsam entrücktes Lächeln glitt über seine Gesichtszüge. Er zündete Räucherstäbchen an, die er sich in einem japanischen Geschäft besorgt hatte.

Ein Duft nach Zypressen und Hyazinthen erfüllte den

Raum. Eine feierliche Stimmung umfing ihn. Langsam ließ er sich auf seiner Bastmatte nieder und faltete die Hände. Er verbeugte sich vor dem japanischen Holzschrein, den er in der Mitte des Raums aufgestellt hatte. Er betete zu seinen Ahnen, dass sie ihm Kraft und Stärke geben mögen. Nachdem er einige Zeit ruhig dagesessen hatte, erhob er sich leise und verschwand in der hinteren Ecke des Raums. Nach kurzer Zeit kehrte er zurück. In den Händen hielt er einen Holzkasten. Er kniete sich auf die Bastmatte und legte ihn vorsichtig vor sich auf den Boden. Mit wenigen Handgriffen zündete er eine weitere Kerze an. Dann öffnete er den Kasten und nahm den Schädel von Hayato Watanabe heraus.

Ehrfurchtsvoll blickte er auf sein Werk. Er hatte den Kopf von allen Blutspuren gereinigt und sorgsam mit Balsam eingerieben. Die dunklen Haare hatte er mit einem ätherischen Öl bestrichen, sodass sie matt im Licht der Kerzen glänzten.

Zärtlich strich er über die Züge des Toten. Fast hätte man glauben können, Hayato Watanabe sei noch am Leben. Wenn da nicht diese leeren, seelenlosen Augen gewesen wären. Er hätte viel dafür gegeben, wenn er sie hätte lebendiger machen können. Aber was er auch unternahm, die Augen starrten ihn weiter ohne jeden Ausdruck an. Vorsichtig drehte er den Kopf und begutachtete ihn. Die Arbeit war fast abgeschlossen. Mit etwas dunkler Farbe zog er die Augenbrauen des Toten nach. Zufrieden betrachtete er das Ergebnis. Dann legte er den Kopf zurück in den Holzkasten und verschloss ihn. Sorgsam darauf bedacht, ihn nicht fallen zu lassen, brachte er ihn zurück in sein Versteck.

Für einen Moment hielt er inne. Vorsichtig nahm er einen zweiten Kasten heraus und öffnete ihn.

Er war leer.

Das japanische Zedernholz fühlte sich glatt und warm an. Zum Glück war es ihm gelungen, einen weiteren Kasten aus Japan liefern zu lassen. Der Respekt vor seinen Gegnern gebot es, dass ihre Häupter in japanisches Holz eingeschlagen wurden. Schnell legte er den Kasten zurück an seinen angestammten Platz.

Er musste sich mit den Vorbereitungen beschäftigen.

Es war viel zu tun. So viel zu tun …

Voller Inbrunst betete er zu seinen Ahnen. Er flehte sie an, dass sie ihm beim Gelingen seiner Aufgabe helfen mögen. Als er seine Gebete beendet hatte, öffnete er eine Truhe, die in Handgriffweite neben ihm stand. Der Stahl glitzerte im flackernden Licht der Kerzen. Mit geübten Handgriffen begann er das Schwert vom Blut von Hayato Watanabe zu reinigen.

Es sollte glänzen, wenn es zu seinem nächsten Einsatz kam …

*

Jo stieg aus seinem Volvo und klopfte sich die Hose ab, um sie von Krümeln zu reinigen. Erst auf der Fahrt nach Düsseldorf hatte er Gelegenheit gefunden, ein paar belegte Brote zu essen. Um sich auf das Gespräch mit Herrn Nakamura vorzubereiten, hatte er den ganzen Morgen damit verbracht, in seinen Japanbüchern zu schmökern. Die letzten zwei Wochen waren hektisch gewesen und hatten ihm dafür kaum Zeit gelassen.

Draußen dämmerte es bereits, als er die großzügig geschnittene Halle betrat.

Hinter einem grauen Tresen saß ein älterer Herr in einer dunkelblauen Uniform. Obwohl es in dem modernen Appartementhaus nur eine überschaubare Anzahl von Parteien zu geben schien, leisteten sich die Bewohner den Luxus eines eigenen Wachmanns.

»Zu wem wollen Sie?«, fragte der Mann mit einem ausgeprägt rheinischen Akzent.

»Zu Herrn Nakamura. Ich bin angemeldet.«

»Name?«

»Jo Weidinger.«

Der Mann nickte und hakte ihn auf einer Liste ab. »Das Beste ist, wenn Sie den Aufzug nehmen«, riet er ihm. »Warten Sie, ich hole eine Kabine für Sie«, sagte er und drückte einen Knopf an seinem Schaltbord. »Herr Nakamura wohnt im dritten Stock auf der linken Seite.«

Jo bedankte sich und fuhr mit dem Aufzug nach oben. Zu seiner Überraschung brannte im Flur kein Licht. Als sich die Aufzugstüren hinter ihm schlossen, stand er im Dunklen. Er brauchte einen Moment, um sich zu orientieren. Mit tastenden Schritten näherte er sich dem Lichtschalter, der rechts neben ihm in einem nervösen Rhythmus flackerte. Mit einem lauten Knacken sprang die Deckenbeleuchtung an. Das grelle Licht blendete ihn. Schnell wandte er den Blick ab. Als er hochsah, meinte er einen Schatten zu sehen. Er zuckte zusammen. Doch seine Augen hatten ihm einen Streich gespielt: Der Flur war leer.

Entschlossen trat er auf die Tür zu und klingelte. Er lauschte. Nichts tat sich. Unschlüssig blickte er auf den Klingelknopf. War es unhöflich, noch einmal zu läuten? Mit einem Ruck öffnete sich die Tür. Unwillkürlich trat Jo einen Schritt zurück.

»Oh, ich wollte Sie nicht erschrecken. Die Tür klemmt manchmal«, erklärte Herr Nakamura und lächelte entschuldigend. »Ich habe dem Hausmeister schon zweimal Bescheid gegeben, aber bisher hat er nichts unternommen.«

Zu Jos Erstaunen war das Appartement sehr hell und modern eingerichtet.

»Vielen Dank, dass Sie mich bei sich empfangen«, sagte Jo förmlich. Herr Nakamura nickte freundlich. »Herr Meynert meinte, wenn ich mehr über die japanische Kultur in Erfahrung bringen möchte, wären Sie der beste Gesprächspartner.«

»Zu viel der Ehre«, antwortete Herr Nakamura und hob abwehrend die Hände. »Ich finde es bemerkenswert, dass Sie sich damit beschäftigen.«

Herr Nakamura führte Jo ins Wohnzimmer und bot ihm etwas zu trinken an. Nachdem sie sich gesetzt hatten, begann Herr Nakamura über die Geschichte Japans zu sprechen. Jo hörte ihm eine Weile zu, erfuhr dadurch aber nicht viel Neues. Daher nutzte er eine Atempause des Japaners und fragte: »Worin liegen die größten Unterschiede zwischen Ihrer Heimat und Deutschland?«

»Wir haben mehr gemeinsam, als es auf den ersten Blick scheint«, sagte Herr Nakamura und lächelte. »Beide Länder sind große Wirtschaftsnationen. Beide legen sehr viel Wert auf Ordnung und Disziplin. Denken Sie an das hohe Maß an Pflichtbewusstsein, für das sowohl Deutsche als auch Japaner in der Welt berühmt sind.«

Trotz seines deutlich hörbaren Akzents sprach Herr Nakamura sehr gut Deutsch.

»Aber natürlich gibt es Unterschiede«, räumte er ein. »In Japan legen wir sehr viel Wert auf Gemeinsinn. Jeder ordnet sich in seine Rolle ein. In Europa sind die Menschen individualistischer. Wobei das völlig legitim ist«, beeilte Herr Nakamura sich hinzuzufügen.

»Trotzdem weiß ich manchmal nicht, woran ich bei meinen japanischen Gästen bin. Sie lächeln viel, aber ob es ihnen bei uns im Restaurant gefällt, ist schwer einzuschätzen«, bekannte Jo freimütig.

Herr Nakamura machte eine Pause. Ob er nur über eine Antwort nachdachte oder die Anmerkung missbilligte, konnte Jo aus seiner Miene nicht ablesen. Langsam fragte er sich, was er sich überhaupt von diesem Gespräch erhofft hatte. Außer ein paar Allgemeinplätzen schien Herr Nakamura nicht viel zu bieten zu haben.

»Ein Japaner wahrt in der Öffentlichkeit immer die Form«, erklärte der Geschäftsmann. »Es ist nicht üblich, außerhalb der Familie seine Gefühle zu zeigen. Jedenfalls nicht, wenn es sich um unangenehme Themen wie zum Beispiel Trauer handelt. Das missverstehen Europäer manchmal als fehlende Anteilnahme. Umgekehrt empfinden viele Menschen in Japan europäische Gäste als zu direkt.«

Das war für Jo ein gutes Stichwort.

»Bei uns in der Nähe ist einer Ihrer Landsleute getötet worden. Er kam aus Düsseldorf. Sein Name war Hayato Watanabe. Kannten Sie ihn zufällig?«

»Ich treffe viele Menschen«, antwortete Herr Nakamura ausweichend.

»Auch Herrn Watanabe?«

Die Miene des Japaners blieb völlig ausdruckslos. Es entstand eine unangenehme Pause.

»Hat der Mord nicht für viel Beunruhigung gesorgt?«, fragte Jo weiter.

»Die japanische Gemeinde hat volles Vertrauen in die Arbeit der deutschen Polizei«, erwiderte Herr Nakamura. Er klang fast wie ein Diplomat. Herr Nakamura warf einen Blick auf seine Uhr. »Es war sehr schön, Sie kennenzulernen«, sagte er und erhob sich. »Leider habe ich morgen sehr früh einen Termin, auf den ich mich vorbereiten muss. Vielleicht können wir unser interessantes Gespräch ein andermal fortsetzen.«

Jo erhob sich ebenfalls. Was hätte er auch sonst tun sollen? Er bedankte sich höflich, und sie verabschiedeten sich. In der Halle winkte Jo dem Wachmann zu, aber der blickte nicht einmal von seinem Rätselheft hoch. Als Jo in seinem Wagen saß, schüttelte er unwillig den Kopf. Den Ausflug nach Düsseldorf hätte er sich sparen können. Er steckte den Schlüssel ins Zündschloss und startete den Wagen. Als er hochblickte, sah er einen schwarz gekleideten Mann um die Ecke zum Treppenaufgang huschen.

»Haben Sie etwas vergessen?«, fragte der Wachmann neugierig, als Jo erneut die Halle betrat.

»Ich hab eben einen dunkel gekleideten Mann gesehen«, rief er atemlos. »Er ist die Treppe hoch.«

»Kann nicht sein«, erwiderte der ältere Herr. »Bei mir ist niemand vorbeigekommen.«

»Doch, ganz bestimmt«, beharrte Jo.

Der Wachmann schüttelte den Kopf. »Es gibt nur einen Eingang. Und der ist hier.«

»Und die Tiefgarage?«

»Ich habe einen Monitor. In der letzten Stunde ist niemand hineingefahren.«

Jo spürte, wie ihn eine innere Unruhe ergriff. »Wer ist außer Herrn Nakamura noch im Haus?«, wollte er wissen.

»Was geht Sie das an?«, fragte der Wachmann von oben herab. »Besser, wenn Sie jetzt gehen.«

»Was, wenn es ein Einbrecher war? Wollen Sie nicht nachsehen?«, drängte Jo.

Der ältere Herr schüttelte den Kopf. »Wenn Sie wirklich jemanden gesehen haben, müssen wir die Polizei rufen«, sagte er. »Vielleicht haben Sie sich getäuscht. In ein paar Minuten kommt ein Kollege, der mich ablöst. Den schicken wir auf einen Kontrollgang. Dann sehen wir, ob sich jemand unbefugt im Haus aufhält.«

»Gut, ich warte oben auf Ihren Kollegen«, antwortete Jo und sprintete unvermittelt zum Aufzug.

»Halt! Hiergeblieben!«, rief der Wachmann.

Jo drückte den Aufzugsknopf. Nichts tat sich. Er hörte, wie sich der Wachmann hektisch von seinem Stuhl erhob. Ohne zu zögern riss Jo die Tür zum Treppenhaus auf und lief nach oben. Als er am ersten Stock vorbei war, hörte er jemand im Treppenhaus rufen, aber er rannte weiter. Völlig außer Atem öffnete er die Tür zum dritten Stock. Diesmal brannte das Licht. Vorsichtig lugte er um die Ecke. Es war niemand zu sehen. Er lauschte, konnte aber nur seinen eigenen Atem hören. In seinen Ohren pochte es. Mit leisen

Schritten näherte er sich der Wohnung von Herrn Nakamura. Er lauschte, diesmal direkt an der Tür. Nichts tat sich. Kurzentschlossen drückte er auf den Klingelknopf. Ein erstickter Schrei drang aus der Wohnung. Ohne nachzudenken warf Jo sich gegen die Tür. Nach dem zweiten Ansturm gab sie mit einem lauten Krachen nach. Er hatte so viel Schwung genommen, dass er ins Straucheln geriet und zu Boden fiel. Noch im Fallen sah er, dass jemand Herrn Nakamura an einen Stuhl gefesselt hatte. Mit angsterfüllten Augen blickte der Japaner in Jos Richtung. In seinem Mund steckte ein Knebel. Unvermittelt tauchte ein schwarz gekleideter Mann vor Jo auf. Sein Gesicht war von einer furchterregenden Maske bedeckt. In seiner Hand blitzte ein Samuraischwert. Starr vor Schreck sah Jo die Klinge auf sich niederrauschen. In einem verzweifelten Versuch, sich zu schützen, riss er den Arm nach oben. Doch zu seiner Überraschung zischte das Schwert einige Zentimeter an seinem Kopf vorbei. Der schwarz gekleidete Mann stieß einen kehligen Schrei aus, sprang über ihn hinweg und war im nächsten Moment verschwunden. Jo hörte eine Tür schlagen. Danach polterte der flüchtende Mann das Treppenhaus hinunter. Unsicher rappelte Jo sich auf. Seine Schulter schmerzte. Im Fernsehen sah es so einfach aus, wenn jemand eine Tür einrannte. Vorsichtig tastete er sich ab. Es schien nichts gebrochen zu sein. Danach sah er sich nach Herrn Nakamura um. Der Japaner starrte ihn mit schreckensgeweiteten Augen an.

»Sind Sie verletzt?«, fragte Jo und nahm ihm den Knebel aus dem Mund. Herr Nakamura schüttelte den Kopf. Jo begann ihn loszubinden. Die Knoten waren fest angezogen, sodass es einige Zeit dauerte, bis er den Japaner befreit hatte.

In dem Moment hörte er den Aufzug klingeln. Der ältere Wachmann und ein jüngerer Kollege traten zögerlich in den Flur. Jo konnte sie durch die offene Tür sehen. Der Ältere der beiden hielt eine Pistole in der Hand. Sie zitterte leicht.

»Alles in Ordnung!«, rief Jo laut. »Wir sind hier. Uns ist nichts passiert!«

Er bekam wackelige Knie und sah sich nach einem Stuhl um. Die beiden Wachleute hatten sich inzwischen der Wohnung genähert.

»Sind Sie in Ordnung?«, rief der ältere Wachmann Herrn Nakamura zu. Dieser nickte geistesabwesend. Die beiden Männer sahen unschlüssig zwischen Jo und Herrn Nakamura hin und her. Misstrauisch beäugten sie die Tür, die schräg in den Angeln hing.

»Hat er Ihnen etwas getan?«, wollte der Ältere von dem japanischen Geschäftsmann wissen. Stumm schüttelte Herr Nakamura den Kopf. Er schien nicht richtig bei sich zu sein.

»Ich bin nicht der Einbrecher!«, sagte Jo und lachte nervös. »Der Kerl ist über das Treppenhaus verschwunden.«

Die Wachleute blickten fragend zu Herrn Nakamura. Dieser nickte bestätigend. Erst jetzt fiel die Spannung von ihnen ab. Der Ältere der beiden steckte seine Waffe ein.

»Sind Sie verletzt? Brauchen Sie einen Arzt?«, fragte er.

Jo rieb sich seine schmerzende Schulter. Aber die Sorge der Wachleute galt Herrn Nakamura. Dieser schüttelte den Kopf. Der Angriff des maskierten Mannes hatte ihn offensichtlich schwer erschüttert. In dem Augenblick klingelte der Aufzug erneut, und zwei uniformierte Polizeibeamte betraten den Flur. Auch sie trugen Waffen. Sie starrten die Wachleute an.

»Alles okay, niemand ist verletzt«, rief Jo dazwischen. Die Situation entspannte sich. Die beiden Beamten betraten die Wohnung.

»Was ist passiert?«, wollte der eine wissen. Herr Nakamura hatte sich inzwischen auf einen Sessel gesetzt und starrte auf einen imaginären Punkt vor sich.

»Ein maskierter Mann hat den Wohnungsinhaber, Herrn Nakamura, überfallen und gefesselt«, erklärte Jo. »Ich hab die Tür aufgebrochen. Da ist er weggelaufen.«

Die Beamten blickten ihn skeptisch an.

»Und wer sind Sie?«, fragte der Jüngere der beiden.

»Mein Name ist Jo Weidinger. Ich bin Koch.«

Damit war alles gesagt. Kurz darauf trafen die Kriminalpolizei und ein Arzt ein. Herr Nakamura, der offensichtlich unter Schock stand, bekam eine Spritze und wurde vorsorglich ins Krankenhaus eingeliefert. Jos Schulter wurde begutachtet, aber zum Glück hatte er sich nicht verletzt.

Als er nach unten in die Halle kam, sah er eine ganze Armada von Polizeifahrzeugen mit blinkenden Blaulichtern. In einem der Wagen saß ein blasser Mann mit zerzausten blonden Haaren und einem unsteten Blick. Er trug Handschellen und wurde von mehreren Beamten bewacht.

»Ist das der Angreifer?«, wollte der Kriminalbeamte wissen, der Jo nach unten begleitet hatte. Dieser zuckte unschlüssig mit den Schultern. Es war alles so schnell gegangen. Die schwarze Kleidung, die Maske vor dem Gesicht – es hätte jeder sein können.

»Macht nichts«, meinte der Polizist. »Der Kerl ist unserer Streife direkt in die Arme gelaufen. In der Hand hatte er das Schwert.«

Er schüttelte den Kopf. »Die Kollegen hätten ihn um ein Haar angeschossen. Hat das Ding gerade noch rechtzeitig fallen lassen.«

Jo warf dem blassen jungen Mann einen neugierigen Blick zu. Er wusste nicht warum, aber er hatte ihn sich völlig anders vorgestellt. Nicht so jung. Und nicht so blond. Doch die Lage schien eindeutig: Der Loreleykiller war der Polizei ins Netz gegangen!

»Sonst noch etwas?« Oberkommissar Jensch, ein rundlicher Mann Ende 40, sah Jo über den Rand seiner Brille fragend an.

»Nein, genau so hat es sich abgespielt«, erwiderte dieser und unterschrieb das Protokoll.

»Sehr mutig, junger Mann«, erklärte Jensch anerkennend und nahm das Dokument entgegen. »Wer weiß, wie es ohne Sie geendet hätte.«

Jo blickte verlegen auf seine Hände.

»Wenn Sie das nächste Mal in so eine Situation geraten, rufen Sie besser die Polizei«, riet ihm der Beamte. »Hätte für Sie böse ins Auge gehen können.«

Jo nickte schuldbewusst.

»Eins würde mich allerdings interessieren. Woher wussten Sie, dass es sich um einen Einbrecher handelt? Sie haben den Mann doch kaum gesehen, oder?«

Jo zuckte mit den Schultern. »Weiß nicht«, nuschelte er. »Es ging alles so schnell, fast wie im Film.«

»Aha.« Jensch schien mehr erwartet zu haben. »Kommen Sie gut nach Hause. Ist ja ein Stück zu fahren.«

Auf der Fahrt zurück dachte Jo über die aufregenden Ereignisse des Tages nach. Erstaunlich, welch jähe Wendung dieser Fall genommen hatte. Eigentlich hätte Jo erleichtert sein sollen. Aber ihm kam die Sache komisch vor. Wieso hatte der blonde junge Mann Herrn Nakamura erst gefesselt und nicht gleich getötet? Hatte er geplant, den japanischen Geschäftsmann zu quälen? Oder wollte er ihn verhören? Wenn ja, was hoffte er in Erfahrung zu bringen? Und welches Geheimnis verband Herrn Nakamura und Herrn Watanabe? Jo schüttelte den Kopf. Eine Frage beschäftigte ihn besonders: Wieso war er selbst unverletzt geblieben? Der junge Mann musste absichtlich durch die Luft geschlagen haben. Denn auf die kurze Entfernung hätte er Jo unmöglich verfehlen können. Wieso hatte er ihn verschont? Richtete sich sein Hass nur gegen Japaner?

Hauptkommissar Wenger brauchte einen Moment, bis er realisierte, wo er war.

Das Telefon neben dem Bett klingelte beharrlich. Verschlafen griff er nach dem Hörer.

»Wenger«, knurrte er in den Apparat.

»Hab ich Sie geweckt? Das tut mir leid. Hier ist Jensch.«

»Wer?«

»Oberkommissar Jensch, Kripo Düsseldorf«, half sein Kollege nach. »Sie waren vor zwei Wochen bei uns.«

Jensch machte eine kurze Pause.

»Wir haben ihn.«

»Wen?«

»Ihren Loreleykiller.«

Schlagartig war Hauptkommissar Wenger wach. »Wo? Wann?«, fragte er zusammenhanglos.

»Wir haben ihn hier in Düsseldorf erwischt. Wollte gerade einen anderen Japaner massakrieren.«

»Hat er ihn verletzt?«, fragte Wenger atemlos.

»Nee, Gott sei Dank waren wir rechtzeitig da«, sagte Jensch. »Ein Zeuge hat den Mann beim Betreten des Gebäudes gesehen und uns alarmiert.«

»Großartig!«, entfuhr es dem Hauptkommissar. »Hat er gestanden?«

»So schnell schießen die Preussen nicht. Wir haben ihn gerade mal seit einer Stunde bei uns im Gewahrsam. Bisher schweigt der Bursche eisern. Die erkennungsdienstliche Behandlung hat leider nichts ergeben.«

»Ich mach mich gleich auf den Weg zu Ihnen«, entschied Wenger und sah sich nach seiner Kleidung um.

»Ganz langsam«, entgegnete Jensch, »haben Sie auf die Uhr gesehen?«

Wenger warf einen Blick auf den Radiowecker, der neben seinem Bett stand.

Die roten Leuchtziffern zeigten ein Uhr morgens.

»Es reicht, wenn Sie morgen kommen. Das Verhör ist für elf Uhr angesetzt.«

Wenger war wie aufgedreht. Am liebsten hätte er sich sofort in seinen Wagen gesetzt, aber sein Düsseldorfer Kollege hatte recht. Es wäre idiotisch gewesen, mitten in der Nacht loszufahren. Etwas unwillig bedankte er sich. Viel schlafen würde er wahrscheinlich nicht mehr.

KAPITEL 8

Jo wachte früh auf. Obwohl er erst spät aus Düsseldorf zurückgekehrt war, stellte er das Radio an und lauschte auf die Nachrichten. Zu seiner Enttäuschung erwähnte der Sprecher die dramatischen Ereignisse des Vortags mit keinem Wort.

Offensichtlich hatte die Polizei die Information, dass ihnen der Mörder von Herrn Watanabe ins Netz gegangen war, noch nicht bekannt gegeben. Jo wäre gern beim Verhör dabei gewesen. Zu dumm, dass er kein Polizist war. Vielleicht wusste Klaus Sandner etwas. Er beschloss, den Journalisten im Lauf des Tages anzurufen. Zuerst musste er sich aber um sein Restaurant kümmern. Für den Abend hatte sich eine Besuchergruppe von Mitgliedern eines Gourmet-Vereins aus Frankfurt angesagt. Derartige Vereine waren in letzter Zeit wie Pilze aus dem Boden geschossen. Es war in, sich mit guten Speisen und erstklassigen Weinen verwöhnen zu lassen. Obwohl Jo das prinzipiell begrüßte, gingen ihm die selbsternannten Gourmets mit ihrer oftmals übertriebenen Zelebrierung des Essens auf die Nerven. Trotzdem stellten sie eine wichtige Zielgruppe für ihn dar, da sie sich in Internetforen intensiv austauschten und das Waidhaus über die Region hinaus bekannt machten. Deswegen gab Jo sich bei der Gruppe besonders viel Mühe, obwohl er es nie zugegeben hätte. In Jos Augen bewies ein Restaurant seine Klasse nämlich nicht mit gelegentlichen Spitzenleistungen, sondern im alltäglichen Kampf um ein optimales Ergebnis. Die besondere Stärke des Waidhauses lag in der raffinierten Verfeinerung lokaler Gerichte und der Verwendung frischer Zutaten aus der Region. Dennoch kam Jo nicht darum herum, auch französische Gerichte zu servieren. In der Gourmetküche gab Frankreich den Ton an, auch wenn inzwischen viele junge Küchenchefs in ganz Europa mit einer ambitionierten Regionalküche den französischen Vormachtanspruch in Frage stellten. Um den Gourmetfreunden etwas Besonderes zu bieten, hatte Jo sich eine Mischung aus rheinischen und französischen Gängen ausgedacht.

Zu Beginn sollte es einen Champagner-Aperitif mit Weinbergpfirsich aus dem Rheintal geben, sozusagen eine Vereinigung der beiden Länder. Danach folgten Pilze à la grecque, marinierte Champignons aus Bouches-du-Rhône. Als Zwischengang bot er eine rheinische Brennnesselsuppe nach Großmutter-Art und anschließend Petits Farcis, gefülltes Tomaten- und Zucchinigemüse nach einem Rezept aus Alpes Maritimes. Als rheinischen Hauptgang offerierte er Hasenrücken mit hausgemachten Eiernudeln in Rotweinsauce, gefolgt vom französischen Hauptgang, nämlich Cuisses de grenouilles à la provençale. Jo grinste, als er daran dachte, was seine Gäste für Augen machen würden, wenn er ihnen Froschschenkel auf provenzalische Art servierte. Als Nachspeise plante er Mandelwaffeln mit frischen Erdbeeren als rheinischen Gang und eine gemischte französische Käseplatte als Abschluss.

»Hier ist die Weinliste«, sagte Kati Müller und reichte ihm ein Blatt Papier über den Tresen.

»Wofür soll die sein?«, fragte Jo.

»Für das Gourmet-Menü.«

»Hab ich schon gemacht«, antwortete er und reichte ihr einen handgeschriebenen Zettel. Sie warf einen Blick darauf.

»Du willst einen chilenischen Wein zum Hauptgang anbieten?« Die Skepsis in ihrer Stimme war unüberhörbar.

»Warum nicht? Der Pinot Noir aus dem Casablanca Valley passt perfekt dazu. Die Kombination aus schwarzer Frucht, der rauchigen Note und dem Duft nach edlen Gewürzen macht ihn zu einem perfekten Begleiter für den Hasenrücken. Außerdem hat er einen wunderbar cremigen Abgang.«

»Das stimmt. Trotzdem würde ich einen deutschen Wein bevorzugen«, gab sie zurück. »Der Spätburgunder Kammerberg passt hervorragend dazu und hat den Vorteil, dass er aus der Pfalz kommt.«

»Vielen Dank für den Vorschlag, aber wir bleiben beim Pinot Noir.«

»Für ein deutsch-französisches Menü sollten wir nur deutsche und französische Weine anbieten«, beharrte sie.

»Was?« Jo sah sie irritiert an. »Ich hab die Weine perfekt auf jede Nuance des Menüs abgestimmt. Das ist zehnmal wichtiger, als wo der Wein herkommt«, erklärte er von oben herab.

»Sehe ich nicht so. Bei so etwas sollte eine klare Linie erkennbar sein. Außerdem passt mein Vorschlag genauso gut zum Essen.«

»Kann gar nicht sein. Ich hatte nämlich genau den Pinot Noir vor Augen, als ich die Sauce kreiert habe«, meinte Jo triumphierend.

»Den Kammerberg kennst du doch gar nicht. Den hab ich erst diese Woche neu auf die Karte genommen«, entgegnete sie. »Vielleicht probierst du ihn mal. Ich hab dir ein Glas hingestellt.«

»Muss ich nicht. Der kann gar nicht so gut dazu passen wie meiner.«

»Dann mach doch, was du willst«, fauchte sie ihn verärgert an. »Aber beschwer dich nachher nicht, wenn die Gourmet-Fritzen an unserer Weinauswahl herummäkeln.«

Mit diesen Worten rauschte sie aus der Küche. Die anderen standen mit offenen Mündern da. So hatte bisher noch nie jemand eine von Jos Entscheidungen in Frage gestellt.

»Was ist? Habt ihr nichts zu tun?«, fragte Jo in die Runde. Schnell machten sich alle an die Arbeit.

»Willst du den Spätburgunder nicht wenigstens probieren?«, fragte Ute Jo nach einer Weile.

»Fällst du mir in den Rücken?« Er sah Ute vorwurfsvoll an.

»Das hat doch damit nichts zu tun. Kati hat sich bei der Auswahl viel Mühe gegeben. Das solltest du anerkennen.«

»Find ich auch«, stimmte Pedro ihr zu. »Das Mädel hängt sich wirklich rein.«

»Also schön«, gab Jo widerstrebend nach und trat auf das Glas zu, das noch auf dem Tresen stand. Der Spätburgunder glitzerte in einem kräftigen Rubinrot und duftete nach Süßkirsche, Waldbeeren und einem Hauch Tabak. Er ließ den Wein im Mund kreisen. Er präsentierte sich kraftvoll, elegant und nuancenreich. Selbst Schwarztee und Waldbodenaromen konnte er schmecken. Überrascht setzte er das Glas ab. Der Wein passte perfekt zum Hauptgang. Vielleicht sogar eine winzige Nuance besser als der chilenische Pinot Noir.

»Und?«, fragte Pedro, der ihn neugierig beobachtet hatte.

»Von mir aus können wir den nehmen«, brummte er. »Gibst du ihr Bescheid?«

»Das sagst du ihr besser selber«, gab der Spanier zurück.

Als Kati Jo später auf dem Flur über den Weg lief, war sie fast an ihm vorbei, als er sie kurz anhielt.

»Du kannst deine Liste nehmen«, sagte er kurz angebunden.

»Echt?« Sie sah ihn erfreut an. »Find ich klasse. Du wirst sehen, das kommt bei den Gourmetfreuden bestimmt gut an.«

»Schon gut«, antwortete er und verschwand in der Küche.

Sie konnte sich ein triumphierendes Lächeln nicht verkneifen. Hoffentlich stellte Jo sich nicht jedes Mal so an. Sie hatte weitere Änderungen auf der Weinkarte in petto. Schließlich fiel die Weinauswahl in ihr Ressort.

Am Nachmittag telefonierte Jo mit Klaus Sandner. Zu seiner Enttäuschung war die Nachricht über die Festnahme in Düsseldorf bislang nicht bis zum *Rheinischen Tagblatt* vorgedrungen. Umso neugieriger war der Journalist. Mit knappen Worten schilderte der junge Küchenchef ihm, was passiert war.

»Wie machst du das bloß immer?«, fragte Sandner anerkennend. »Wenn meine Jungs nur halb so fix wie du wären, hätten wir jede Woche eine große Exklusivgeschichte. Falls es mit dem Restaurant mal nicht mehr läuft, kannst du jederzeit bei uns als Kriminalreporter anfangen. Wobei, wenn du so weiter machst, wirst du in dem Gewerbe nicht alt werden. Wieso riskierst du für so etwas dein Leben?«

»Was hätte ich machen sollen? Tatenlos zusehen, wie jemand einbricht?«

»Also ich rufe in so einem Fall die Polizei.«

»Ich konnte ja nicht ahnen, dass der Typ ein Schwert dabei hat.«

»Du solltest echt vorsichtiger sein.«

Jo zuckte mit den Schultern. Natürlich hatte Sandner recht. Aber manchmal ging es nicht anders.

Klaus Sandner blieb nicht der Einzige, der sich über Jos Ausflug nach Düsseldorf Gedanken machte. Als er nach dem Mittagessen nach oben in seine Wohnung wollte, klingelte das Telefon. Er hob ab und hatte Hauptkommissar Wenger am Ohr.

»Sie sollten sich doch aus diesem Fall raushalten!«, herrschte er den jungen Küchenchef an.

»Ich weiß nicht, was Sie meinen«, erwiderte Jo kühl.

»So so, und was wollten Sie in Düsseldorf?«

»Mehr über die japanische Kultur erfahren. Viele meiner Gäste kommen aus Japan. Da muss man sich auf dem Laufenden halten.«

»Erzählen Sie das Ihrer Großmutter!«, fauchte Wenger. »Wenn ich Sie noch einmal beim Detektivspielen erwische, schalte ich die Staatsanwaltschaft ein!«

»Ich kann reden, mit wem ich will!«, gab Jo patzig zurück.

»Sie reden mit gar niemand!«, brüllte der Hauptkommissar. Seine Stimme überschlug sich fast.

»Wenn ich Ihren Namen im Zusammenhang mit dieser Ermittlung noch einmal höre, sorge ich persönlich dafür, dass Sie wegen Behinderung der Justiz vor Gericht kommen!«

Mit diesen Worten knallte Wenger den Hörer auf die Gabel.

Was bildete sich dieser aufgeblasene Wichtigtuer eigentlich ein! Statt ihn zu beschimpfen, hätte Wenger sich bei ihm bedanken sollen. Schließlich hatte er der Polizei den Loreleykiller auf dem Silbertablett serviert. Wütend stapfte Jo hinauf in seine Wohnung.

Hauptkommissar Wenger kochte innerlich. Was glaubte dieser Koch, wer er war? Sherlock Holmes? Am liebsten wäre Wenger direkt zum Staatsanwalt marschiert, aber das war leider eine leere Drohung. Solange der Mann keine Beweise unterschlug oder konkrete Hinweise auf einen Täter vor der Polizei geheim hielt, konnten sie nichts gegen ihn unternehmen. Schnell schob er den Gedanken an den Küchenchef beiseite. Er hatte genug andere Sorgen. Die Vernehmung des mutmaßlichen Loreleykillers stand an. Zusammen mit Oberkommissar Jensch saß er in dessen Büro und wartete darauf, dass der Beschuldigte vorgeführt wurde.

»Hat er seine Personalien angegeben?«, wollte Wenger von seinem Kollegen wissen.

Jensch schüttelte den Kopf.

»Ich hab ihm mehrfach angeboten, seine Familie anzurufen. Bisher null Reaktion. Er sitzt nur da und starrt an die Decke. Wenn Sie mich fragen, stimmt es bei dem hier oben nicht ganz.«

Jensch deutete mit dem Finger auf seine Stirn.

»Er will nicht mal mit einem Anwalt telefonieren. Hab ihm zweimal die Nummer des Pflichtverteidigers hingelegt. Der guckt nicht mal drauf.«

Jensch kratzte sich am Kinn.

»Vielleicht versuchen Sie Ihr Glück«, schlug er vor und grinste süffisant. Hauptkommissar Wenger hatte keinen Zweifel daran gelassen, dass er sich als federführend bei der Ermittlung betrachtete. Es klopfte an der Tür.

»Herein«, rief Oberkommissar Jensch.

Die Tür öffnete sich, und zwei junge Polizeibeamte in Uniform brachten den Verdächtigen herein.

»Sollen wir ihm die Handschellen abnehmen?«, fragte einer der beiden. Er trug einen kleinen Brillantohrring, wie Wenger missbilligend bemerkte.

»Keine Personalien, keine Vergünstigungen«, entschied der Hauptkommissar knapp. Der Mann mit den zerzausten blonden Haaren warf ihm einen feindseligen Blick zu. Er trug die schwarze Kleidung, in der er aufgegriffen worden war.

»Setzen Sie sich«, befahl Wenger, ohne den jungen Mann anzusehen. Dieser machte keine Anstalten, der Anweisung Folge zu leisten. Mit sanfter Gewalt halfen die beiden uniformierten Polizeibeamten nach.

»Vielen Dank!«, sagte Oberkommissar Jensch und nickte ihnen zu. »Sie können draußen warten.«

Nachdem die beiden den Raum verlassen hatten, richtete Wenger zum ersten Mal den Blick auf den Beschuldigten. Dieser vermied es, ihm in die Augen zu sehen.

»Wollen Sie uns nicht endlich Ihren Namen verraten? Am Ende bekommen wir sowieso heraus, wer Sie sind.«

Der junge Mann sah demonstrativ an Hauptkommissar Wenger vorbei.

»Wenn Sie nicht kooperieren, landen Sie in Untersuchungshaft. Wollen Sie das?«, versuchte er den Druck zu erhöhen. »Wenn Sie uns nicht sagen, wie Sie heißen, müssen Sie unter Umständen wochenlang da schmoren.«

Der junge Mann schwieg eisern. Wenger wurde ärgerlich. In dem Moment griff Oberkommissar Jensch ins Gespräch ein.

»Warum haben Sie die ganze Sache überhaupt angefangen?«

»Ich muss aufs Klo«, sagte der junge Mann unvermittelt.

Ratlos blickten sich die beiden Beamten an.

»Also schön«, erwiderte Oberkommissar Jensch. »Vielleicht sind Sie danach gesprächiger.«

Die beiden uniformierten Polizeibeamten begleiteten den jungen Mann zur Toilette.

Als er vor dem Rinnstein stand, drehte er sich um und hielt seinen Begleitern die gefesselten Hände entgegen. Unsicher sah der eine seinen Kollegen an.

»Ihr wollt doch nicht, dass ich mich anpinkle«, sagte der blonde junge Mann und lachte mit rauer Stimme.

Der Ältere der beiden Polizeibeamten nickte seinem Kollegen zu. Dieser zog den Schlüssel aus der Tasche und öffnete die Handschellen. Dann ging alles rasend schnell. Der blonde Mann packte ihn bei den Schultern und rammte ihm das Knie in den Unterleib. Mit einem wimmernden Laut sackte der Polizist zusammen. Sein Kollege versuchte den Angreifer zu packen, doch dieser war schneller. Er stieß ihm seinen Ellenbogen gegen den Hals. Der Beamte versuchte dem Stoß auszuweichen und taumelte nach hinten. Mit einer schnellen Drehung wirbelte der Angreifer herum und traf ihn mit der Handkante zwischen Schulter und Hals. Der Kopf des Polizeibeamten wurde durch den Hieb nach hinten gerissen und schlug krachend gegen die geflieste Wand. Blut spritzte aus einer Wunde am Hinterkopf. Der Polizist verdrehte die Augen und rutschte ohnmächtig an der Wand nach unten. Inzwischen hatte sein Kollege sich von dem Schlag in den Unterleib erholt und fingerte nach seiner Pistole. Doch er war nicht schnell genug. Der blonde Mann traf ihn mit einem gezielten Fußtritt gegen das Kinn. Der Polizist stöhnte, als der Angreifer ihn in die Niere trat. Röchelnd blieb er am Boden liegen.

Als die drei nach zehn Minuten nicht von der Toilette zurückgekehrt waren, begann Jensch sich Sorgen zu machen. Vorsichtig und mit gezückter Waffe näherten sich Hauptkommissar Wenger und sein Kollege der Toilette. Sie postierten sich rechts und links von der Tür. Jensch sah Wenger an. Dieser nickte. Dann riss Jensch die Tür auf. Die beiden jungen Polizisten lagen regungslos am Boden. Um den Kopf des einen Beamten hatte sich eine große Blutlache gebildet. Während Jensch sich zu ihm hinunterbeugte und versuchte mit einem Taschentuch die Blutung zu stillen, durchsuchte Wenger mit vorgestreckter Waffe die Toilettenkabinen. Sie waren leer. Er löste Alarm aus und rief einen Krankenwagen. Alle Eingänge des Polizeipräsidiums wurden abgeriegelt. Anschließend durchsuchte ein Spezialeinsatzkommando das Gebäude. Doch die Mühe war vergeblich. Hauptkommissar Wenger hätte vor Wut laut schreien können.

Der Loreleykiller war der Polizei entkommen!

KAPITEL 9

Das Menü für die Gourmetfreunde war ein voller Erfolg. Als Jo auf seiner Lokalrunde an den Tisch der selbsterklärten Feinschmecker kam, brandete Beifall auf. Ein Mitglied der Runde verstieg sich zu der Aussage, er habe schon bei vielen Sterneköchen gespeist, aber eine derartige Virtuosität sei ihm noch nicht untergekommen. Jo sei ein wahrer Künstler am Herd.

Obwohl er wusste, dass das bei Weitem übertrieben war, schmeichelten ihm die Komplimente. Seine Laune, die unter der Auseinandersetzung mit Hauptkommissar Wenger gelitten hatte, verbesserte sich, und er ließ sich auf ein längeres Gespräch mit den Gourmetfreunden ein.

Am Ende seiner Lokalrunde landete Jo am Jägerstammtisch. Es handelte sich dabei gar nicht um einen Stammtisch im klassischen Sinne. Angefangen hatte es damit, dass sich zwei oder drei Jagdkameraden gelegentlich im Waidhaus zum Essen trafen. Mit der Zeit war daraus eine feste Runde geworden, die sich alle drei bis vier Wochen traf. Neben dem Revierförster Rudolf Kern gehörten dazu Helmut Becker, der eine Schreinerei in Boppard betrieb, Reinfried Persch, dem ein Uhren- und Schmuckladen in St. Goar gehörte, Spenglermeister Wilhelm Stützle und Dr. Robert Enkmann, der Leitende Oberarzt an der Klinik in Oberwesel.

Die Jagdkameraden waren eine lustige Truppe, und Jo freute sich jedes Mal, wenn sie ihn auf ein Glas Wein einluden. Oft blieb er den restlichen Abend bei den Jägern sitzen. Obwohl sie alle deutlich älter als Jo waren, fühlte er sich in ihrer Gesellschaft sehr wohl. Neben den üblichen Themen der großen und der kleinen Politik wurde viel über die Jagd geredet, wobei sich vor allem Spenglermeister Stützle mit haarsträubenden Geschichten hervortat. Ob sie sich tatsächlich so zugetragen hatten oder ob es sich dabei um Jägerlatein handelte, blieb offen. Es spielte auch keine Rolle, denn es gab viel zu lachen. Gegen zwei Uhr morgens verabschiedeten sich mit Wilhelm Stützle und Rudolf Kern die letzten beiden aus der Runde. Jo stellte die Weingläser in die Spüle und brachte die leeren Flaschen in den Keller. Anschließend ging er zu Bett.

Die Nacht von Hauptkommissar Wenger war ebenfalls sehr kurz. Zusammen mit Oberkommissar Jensch hatte er bis spät abends die Fahndung nach dem Flüchtigen koordiniert. Sein Bild war an alle Polizeidienststellen gegangen und würde heute in den Zeitungen veröffentlicht werden. Davon erhoffte sich die Polizei einen Aufschluss über die Identität des mutmaßlichen Killers.

Zum Glück hatten sich die Verletzungen der beiden Polizisten als nicht so schwerwiegend herausgestellt. Der eine hatte nur leichte Blessuren davongetragen und war am gleichen Abend aus dem Krankenhaus entlassen worden. Der zweite Beamte hatte neben einer größeren Platzwunde am Hinterkopf eine Gehirnerschütterung erlitten und würde in den nächsten Tagen im Krankenhaus bleiben müssen. Obwohl Wenger froh darüber war, dass die beiden glimpflich davongekommen waren, hätte er ihnen am liebsten in den Hintern getreten. Sich so überrumpeln zu lassen! Er schüttelte den Kopf. Aber wer hätte ahnen sollen, dass der blonde junge Mann ein ausgebildeter Karatekämpfer war! Davon mussten sie nach Lage der Dinge ausgehen. Denn sonst wäre es für ihn wohl kaum möglich gewesen, zwei bewaffnete Beamte, die regelmäßig im Nahkampf geschult wurden, so zusammenzuschlagen.

Wenger warf einen Blick auf den Einsatzplan. In Düsseldorf patrouillierten heute doppelt so viele Polizisten wie normal: zu Fuß, auf Fahrrädern und in Streifenwagen. Sogar die Pferdestaffel war in voller Mannschaftsstärke ausgerückt. Sie mussten den Mann unbedingt finden! In der Zwischenzeit blieb ihnen nichts anderes übrig, als zu warten. Das Schwert des jungen Mannes war zur metallurgischen Untersuchung zum Bundeskriminalamt nach Wiesbaden geschickt worden. Vielleicht ergaben sich daraus verwertbare Erkenntnisse.

Jo erfuhr von der dramatischen Wendung in Düsseldorf von Klaus Sandner.

»Wie – entkommen?«, fragte Jo entgeistert.

»Tja, so ist es. Der Killer ist geflüchtet.«

»Das kann nicht sein! Die Polizei hatte ihn doch in sicherem Gewahrsam!«, rief der junge Küchenchef entrüstet.

»Er hat zwei Polizeibeamte niedergeschlagen. Die mussten ins Krankenhaus eingeliefert werden.«

Jo schwieg betreten.

»Wie geht's jetzt weiter?«, wollte er wissen.

»Wieder einfangen, würde ich sagen«, antwortete Sandner trocken.

»Das sind echte Helden«, meinte Jo zynisch. »Da riskiert man Kopf und Kragen, damit so einer erwischt wird, und dann lässt die Polizei ihn entkommen.«

»So was passiert. Aber für die Polizei ist es natürlich ein Desaster«, pflichtete der Journalist ihm bei.

Das sah Hauptkommissar Wenger genauso. Deswegen arbeitete er mit seinen Kollegen fieberhaft daran, den Loreleykiller wieder einzufangen. Der erste Hinweis ging gegen halb elf ein. Eine ältere Frau behauptete, der Mann, dessen Bild in der Zeitung veröffentlicht worden sei, wohne im Appartement unter ihr. Eine sofort in die Wege geleitete Überprüfung erbrachte rasch Klarheit: Das in der Meldebehörde hinterlegte Passbild stimmte tatsächlich mit dem Fahndungsfoto überein. Der Name des blonden jungen Mannes lautete Alexander Illiakov, ein Deutschrusse, der vor knapp einem Jahrzehnt mit seinen Eltern aus Kasachstan eingewandert war. Die Eltern schienen mit den Verhältnissen in Deutschland nicht zurechtgekommen zu sein, sie waren vor zwei Jahren in ihre Heimat zurückgekehrt. Der Sohn hatte sich dagegen entschieden, in Deutschland zu bleiben.

Seine Wohnung lag in der Nähe des Bahnhofs. Wenger wollte bei der Festnahme kein Risiko eingehen und bestand auf einem Spezialeinsatzkommando. Innerhalb kürzester Zeit meldete sich das Team einsatzbereit. Die Männer wussten, dass der Täter bei seiner Flucht zwei Kollegen verletzt hatte, und waren entsprechend heiß auf die Festnahme.

»Wissen wir, ob er in der Wohnung ist?«, wollte der Einsatzleiter wissen.

»Nee«, sagte Oberkommissar Jensch. »Die Jungs von der Fahndung sind vor ein paar Minuten in Stellung gegangen. Alles ruhig. Die Vorhänge sind zugezogen.«

»Gut«, meinte der Einsatzleiter. »Die sollen warten, bis wir da sind. Die Hausverwaltung hat uns die Pläne des Gebäudes gefaxt. Es gibt nur einen Eingang.«

Die Beamten sahen sich die Pläne genau an. Dann wurde der Ablauf besprochen.

Keine halbe Stunde später ging das Spezialeinsatzkommando in Stellung.

Vier Beamte hatten sich links vor der Wohnungstür aufgestellt. Ein SEK-Mann mit einer Stahlramme sowie ein weiterer Beamter zur Absicherung hatten sich auf der rechten Seite postiert. Hauptkommissar Wenger und Oberkommissar Jensch kauerten in dem engen Treppenhaus und warteten. Schweißperlen standen ihnen auf der Stirn. Wenger, der um die Ecke spähte, konnte sehen, wie der Einsatzleiter seinen Männern mit den Fingern die Sekunden anzeigte. Drei … zwei … eins … Einsatz! Krachend schlug die schwere Stahlramme gegen die Tür. Der Aufprall war so heftig, dass sie mit einem Ruck aus den Angeln flog. Die dunkel gekleideten Männer stürzten in die Wohnung. Einige Sekunden später war alles vorbei. Der Einsatzleiter trat auf Hauptkommissar Wenger zu und steckte seine Waffe ein.

»Alles gesichert. Ihr Vogel ist ausgeflogen.«

Ernüchtert steckte Hauptkommissar Wenger seine Dienstwaffe weg.

»Die Spurensicherung soll hochkommen«, ordnete Oberkommissar Jensch über sein Funkgerät an. Die Enttäuschung in seiner Stimme war unverkennbar. Das Spezialeinsatzkommando packte zusammen und überließ die Wohnung der Spurensicherung. Nachdem die wenigen auffindbaren Spuren aufgenommen worden waren, durften Hauptkommissar Wenger und Oberkommissar Jensch in die Wohnung. Sie bestand aus einem kleinen Bad, einer Kochnische und einem kombinierten Wohn- und Schlafraum. Der junge Mann schien ein Kampfsportfan zu sein. Die Wohnung war vollgestopft mit Martial Arts Utensilien – von Bambusschwertern über verschieden große Messer bis hin zu einer Auswahl an Wurfsternen. Dazu hingen an den Wänden einige Bruce Lee-Poster.

In den Regalen fanden sich Bücher über japanische Kampfkunst und die besonderen Fähigkeiten von Ninjas, aber auch eine Sammlung von Manga-Heften, japanischen Comics für Erwachsene, die vor Blut und Gewalt strotzten. Insgesamt erweckte der Raum mehr den Eindruck eines Teenagerzimmers denn der Wohnung eines erwachsenen Mannes. Blut oder andere Hinweise, die auf eine Verbindung zu einem Verbrechen hätten schließen lassen, fanden sich nicht – und das obwohl die Wohnung augenscheinlich längere Zeit nicht mehr geputzt worden war. Sie hatten die Durchsuchung fast beendet, als Oberkommissar Jensch auf einmal durch die Zähne pfiff.

»Ich hab hier was«, rief er seinem Kollegen zu. Wenger, der sich im Bad zu schaffen machte, steckte den Kopf herein.

»Was gibt's?«

»Sieht aus wie ein Tagebuch!« Hastig blätterte Jensch durch das schwarz eingebundene Buch.

»Mist!«, fluchte er. »Es endet vor zwei Jahren. Wäre zu schön gewesen, wenn er sich seine Mordpläne notiert hätte.«

Jensch überflog einige Seiten. Es war mehr ein Sammelsurium von wirren Gedankennotizen als ein fortlaufendes Tagebuch. Von Problemen mit den Eltern, die unbedingt nach Russland zurückwollten, über die Schwierigkeiten bei der Berufswahl bis hin zu Freizeitaktivitäten war alles vertreten. Jensch blätterte schnell weiter. Im letzten Drittel des Buches blieb er hängen.

»Hören Sie sich das an!«, rief er Hauptkommissar Wenger zu. »Seine schwarze Kleidung verschmolz mit dem Dunkel der Nacht. Lautlos wie ein Schatten glitt er an den Wachen vorbei. Seine Ninja-Kräfte ließen ihn fast unsichtbar werden. Mühelos erklomm er die Mauer des Palastes. Heute würde Fürst Ikinawa für seine Taten büßen …«

»Was ist das für ein Unsinn?«, wollte Wenger wissen und trat auf Jensch zu.

»Anscheinend hat er sich eine Fantasie aufgeschrieben, in der er ein Ninja-Kämpfer ist.«

Die beiden Beamten blickten sich an. Aufmerksam lasen sie die Passage durch.

Alexander Illiakov beschrieb darin, wie er als Ninja-Kämpfer einen brutalen Fürsten ermordete. Allerdings schlug er ihm in seiner Fantasie nicht den Kopf ab, sondern vergiftete ihn mittels eines an einer Schnur von oben in seinen Mund geleiteten Schlangensekrets.

»Eine frühe Form von Tatfantasie?«, fragte Jensch.

Wenger zuckte mit den Schultern.

»Durchaus vorstellbar. Wir müssen es so schnell wie möglich von einem Kriminalpsychologen untersuchen lassen. Laut dem Datum ist es über zwei Jahre alt. Möglicherweise hat er seine Fantasie inzwischen ausgearbeitet.«

»Vielleicht ist er schizophren und hält sich für einen japanischen Racheengel«, mutmaßte Oberkommissar Jensch.

»Damit sollen sich die Spezialisten auseinandersetzen«, beschied Wenger ihm knapp.

Die Beamten machten sich auf die Suche nach weiteren Tagebüchern, aber wenn es welche gab, hatte Illiakov sie mitgenommen oder vernichtet.

Die gefundenen Waffen wurden beschlagnahmt, in Plastiktüten verpackt und zum BKA nach Wiesbaden geschickt. Das Tagebuch nahm Hauptkommissar Wenger an sich. Er wollte es gründlich durchlesen und anschließend an die Fallanalytiker weitergeben. Es schien, als wären sie auf der richtigen Spur. Der entscheidenden Frage waren sie allerdings keinen Schritt nähergekommen: Wo steckte Alexander Illiakov?

KAPITEL 10

Den ganzen Tag über war die Unruhe nicht von ihm gewichen. Er hatte einen kurzen Spaziergang gemacht, um Luft zu schnappen. Doch schnell kehrte er in sein Versteck zurück. Er hatte ein Polizeifahrzeug in der Nähe gesehen. Für einen irritierenden Moment glaubte er, er sei entdeckt worden. Aber die Beamten schienen ihn nicht bemerkt zu haben.

Er machte sich eine Suppe warm. Der kleine Gaskocher, den er sich gekauft hatte, roch nach Propan. Um den unangenehmen Duft zu überlagern, zündete er ein paar Räucherstäbchen an. Sie erinnerten ihn an Japan. Schnell verdrängte er den Gedanken daran. Seine Aufgabe war noch nicht zu Ende. Er kniete sich auf den kalten Boden vor seinem Altar und begann zu beten. Er flehte die Götter an, dass sie ihm Kraft geben mögen. Kraft, um seine Aufgabe zu erfüllen und seine Feinde zu vernichten.

*

Yasuhiro Kawanishi legte seine Unterlagen zurück in den Koffer, der auf dem Sitz neben ihm lag, und warf einen Blick auf seine Armbanduhr. Es war kurz vor zehn. Er sah aus dem Fenster seiner Limousine und wunderte sich, wie wenige Menschen unterwegs waren. In Tokio ging es um diese Zeit richtig los. Die Nachtschwärmer zogen von Karaokebar zu Karaokebar und feierten ausgelassen das Ende des Arbeitstages. Herr Kawanishi seufzte, als er an die Heimat dachte. Von den drei Jahren, die er in Düsseldorf verbringen sollte, war erst die Hälfte um.

Sein Fahrer gab Gas und rauschte bei Gelb an einer Ampel vorbei. Herr Kawanishi schüttelte missbilligend den Kopf, sagte aber nichts. In Japan hätte ein Hinweis genügt, dass die Ampel Gelb gewesen sei und der Fahrer hätte sich sofort entschuldigt. Hier dagegen erntete man dafür allenfalls ein achtloses Schulterzucken. Deutsche Angestellte waren seiner Erfahrung nach für indirekt geäußerte Kritik nicht empfänglich. Das hatte er erst mit der Zeit lernen müssen. In Deutschland gab es überhaupt wenig Respekt und Höflichkeit. So zumindest sah es Herr Kawanishi.

Einige Minuten später fuhr die Limousine in die Tiefgarage ein. Herr Kawanishi blieb im Fond sitzen, bis der Fahrer ihm die Tür öffnete. Mit einem kurzen Nicken verabschiedete er sich von ihm. Mit schnellen Schritten ging Herr Kawanishi auf den Aufzug zu, während sein Fahrer den Wagen wendete. Dieser winkte ihm zum Abschied zu, aber Herr Kawanishi beachtete ihn nicht.

Er drückte auf den Fahrstuhlknopf. Die Luft in der Tiefgarage roch unangenehm modrig. Herr Kawanishi fühlte sich unwohl. Er hörte, wie die Limousine hinausfuhr und sich das Garagentor mit leisem Rattern schloss.

Er fröstelte. Ungeduldig drückte er erneut auf den Knopf, der orange im Dunklen leuchtete. Wo blieb nur der verdammte Aufzug? Im Hintergrund knackte ein Aggregat. Ängstlich sah Herr Kawanishi sich um. Er hatte auf einmal das Gefühl, dass er beobachtet wurde. Weiter oben konnte er den Aufzug hören. Noch zwei Stockwerke … noch eines … Mit einem Ruck öffneten sich die Türen.

Erleichtert stieg der Japaner ein. Er drückte für sein Stockwerk. Es dauerte einen Moment, dann schlossen sich die Türen, und der Aufzug setzte sich in Bewegung. In der vierten Etage angekommen, trat Herr Kawanishi in den dunklen Flur. Er tastete nach dem Lichtschalter. Mit einem Flackern sprang die Neonlampe an. Herr Kawanishi konnte ihr Summen hören. Mit einer fahrigen Bewegung zog er den Wohnungsschlüssel aus der Tasche. Es schepperte laut, als ihm der Schlüssel aus der Hand rutschte und zu Boden fiel. Herr Kawanishi zuckte erschrocken zusammen. Er schalt sich einen Narren und hob ihn auf. Er wusste selbst nicht, wieso er so nervös war.

Schnell öffnete er die Tür und betrat die Wohnung. Er schaltete das Licht ein und trat auf ein Bild zu, das im Flur hing. Vorsichtig klappte er es beiseite. Darunter kam ein weißer Kasten zum Vorschein, der in die Wand eingelassen war. Er öffnete ihn und drückte zwei Tasten. Dann entspannte er sich. In seinen eigenen vier Wänden und geschützt durch seine moderne Alarmanlage fühlte Herrn Kawanishi sich sicher. Er hatte die Anlage auf »Zuhause«-Modus eingestellt. Dadurch konnte er sich frei in der Wohnung bewegen, ohne den Alarm auszulösen.

In letzter Zeit hatten die Zeitungen über einige Einbrüche in der Nachbarschaft berichtet. Für Herrn Kawanishis Geschmack gab es in Deutschland entschieden zu viel Kriminalität. Kaum ein Tag verging, an dem man nicht etwas über einen Raub oder einen Einbruch lesen konnte. Dazu kamen der Mord an Herrn Watanabe und der versuchte Anschlag auf Herrn Nakamura, die in der japanischen Gemeinde in Düsseldorf ein zusätzliches Gefühl der Verunsicherung ausgelöst hatten.

Dies galt besonders für Herrn Kawanishi, da er beide Männer persönlich kannte. Speziell was Herrn Watanabe anging, verstand er nicht, wie es zu dieser Tat kommen konnte. Seines Wissens war Herr Watanabe ein sehr vorsichtiger Mensch gewesen. Was im Himmel hatte den Mann dazu verleitet, nachts allein zur Loreley zu fahren?

Herr Kawanishi schüttelte den Kopf. Bei Herrn Nakamura wunderte sich der Geschäftsmann hingegen nicht. Für seinen Geschmack gab Herr Nakamura sich viel zu viel mit Deutschen ab. Er lud viele Besucher zu sich nach Hause ein und pflegte Kontakte zu Menschen, die er kaum kannte. Kein Wunder, dass er sich damit dem Risiko eines Überfalls aussetzte! Herr Kawanishi hielt nicht viel von Kulturaustausch. Nach seiner Meinung sollten die Japaner unter sich bleiben. Die meisten Deutschen verstanden von der japanischen Kultur ohnehin nichts. Umgekehrt konnte er mit dem europäischen Individualismus nicht viel anfangen.

Er seufzte. Noch eineinhalb Jahre, dann durfte er zurück in die Heimat.

Herr Kawanishi zog sein Jackett aus und legte es über den Sessel im Wohnzimmer. Er streifte seine Schuhe ab und stellte sie neben den großen begehbaren Wandschrank. Anschließend dimmte er das Licht im Wohnzimmer und betrat die Küche. Endlich Feierabend, dachte er und nahm eine Flasche Bier aus dem Kühlschrank. Er öffnete sie und setzte sich damit an den Küchentisch. Es war das Einzige, was er wirklich an Deutschland schätzte: das Bier. Gekühlt schmeckte es ausgezeichnet, herb und erfrischend. Dazu machte es ein angenehm dösiges Gefühl.

Bis vorhin hatte er über der neuen Vertriebsstrategie für Europa gebrütet und war entsprechend aufgedreht. Er schaltete die Stereoanlage ein, die auf einem Wägelchen neben der Anrichte stand. Die sanften Klänge traditioneller japanischer Musik halfen ihm dabei, sich zu entspannen. Nach dem zweiten Glas Bier begannen Herrn Kawanishis Gedanken wohlig abzugleiten. Er stellte sich vor, dass er in Japan auf einem Hügel stand und in ein Tal blickte. Hoch über ihm strahlte die Sonne, und vor ihm lag ein Meer aus weiß-rosa Kirschblüten. Während Herr Kawanishi sich den Träumen von einer jungen Schönheit in einem Kimono hingab, die mit würdevollen Schritten und einem strahlenden Lächeln auf ihn zukam, glitt im Halbdunkel des Wohnzimmers die Tür zu dem begehbaren Wandschrank lautlos beiseite. Ein schwarz gekleideter Mann trat in den Raum. Er verharrte für einen Moment und lauschte in Richtung Küche. Die Klänge der Musik schwirrten leise durch den Raum. Das Schwert lag leicht und ausbalanciert in seiner Hand. Durch endlose Stunden der immer gleichen Übungen war es zu einem Teil seiner Selbst geworden, einer künstlichen Verlängerung seines Körpers. Er hatte es liebevoll gepflegt. Mit viel Öl und einem traditionellen Schleifstein hatte er es nachgeschärft, wieder und wieder. Jetzt war es scharf wie eine Rasierklinge. Wilde Gefühle durchtosten seinen Körper. Er spürte eine unbändige Kraft in sich. Doch er musste sich beherrschen. Er durfte sich diesen Gefühlen nicht hingeben. Lautlos näherte er sich der Küche. Die Tür war nur angelehnt, und ein heller Lichtstrahl fiel ins Wohnzimmer. Vorsichtig zog er sie auf. Herr Kawanishi saß mit dem Rücken zu ihm gewandt. Er trat auf ihn zu und stieß das Schwert von hinten durch Herrn Kawanishis Körper. Dieser zuckte und schrie auf vor Schmerz. Er versuchte sich zu drehen, aber jede noch so kleine Bewegung verursachte ihm Höllenqualen. Er schrie wieder. Der schwarz gekleidete Mann flüsterte ihm mit heiserer Stimme ins Ohr: »Nicht bewegen.« Mit äußerster Anstrengung nickte Herr Kawanishi. Schweißtropfen bildeten sich auf seiner Stirn. Der brennende Schmerz, der sich durch sein Innerstes gebohrt hatte, war in ein dumpfes Pochen übergegangen, das sein ganzes Bewusstsein ausfüllte. Er wimmerte. Der Fremde flüsterte ihm eine Frage ins Ohr. Mühsam versuchte Herr Kawanishi sich zu konzentrieren. Warmes Blut lief über seinen Körper, aber er spürte es gar nicht.

Die Schmerzen waren unerträglich.

Der Fremde wiederholte seine Frage, doch Herr Kawanishi verstand nicht, was sie bedeuten sollte. Mit zitternder Stimme flehte er den Fremden an, von ihm abzulassen, aber dieser bedrängte ihn weiter mit seinen Fragen. Seine Stimme wurde bösartiger und fordernder. Wieder flehte Herr Kawanishi um Gnade.

Doch der Fremde blieb unerbittlich. Mit einer kurzen Bewegung drehte er das Schwert um einige Millimeter nach rechts. Herr Kawanishi bäumte sich auf. Rote Ringe tanzten vor seinen Augen. Er schrie vor Schmerzen. Sein Mund füllte sich mit Blut. Mühsam versuchte er zu schlucken. Tränen rannen ihm über das Gesicht.

Es tat so weh. So schrecklich weh.

Der Fremde drehte das Schwert ein wenig weiter. Das Brennen in seinem Körper wurde übermächtig. Es war, als würden ihm bei lebendigem Leibe die Eingeweide herausgerissen. Es war mehr, als Herr Kawanishi ertragen konnte. Er sackte nach vorne und verlor das Bewusstsein. Mitleidlos sah der Fremde auf den regungslosen Mann hinab. Dann zog er das Schwert aus seinem Körper. Das Blut hatte eine Lache auf dem Boden gebildet. Der Fremde trat einen Schritt zurück. Mit einer eleganten Bewegung holte er aus und enthauptete Herrn Kawanishi mit einem einzigen Schlag. Der Kopf flog nach vorne, fiel auf den Boden und rollte ein Stück weiter. Dabei hinterließ er eine dunkelrote Spur auf den weißen Fliesen. Das Blut spritzte wie eine Fontäne aus dem Körper des Toten.

Wortlos drehte der Fremde sich um und ging ins Bad. Dort nahm er ein Handtuch aus dem Regal und wischte das Schwert ab. Er legte es vorsichtig auf das Waschbecken und reinigte seine Schuhe, die einige Blutspritzer abbekommen hatten. Auf seiner Hose und seinem Pullover befanden sich ebenfalls Blutspritzer, aber das störte ihn nicht. Das Handtuch ließ er achtlos auf den Boden fallen. Er griff nach seinem Schwert und ging zurück ins Wohnzimmer. Dort trat er in den begehbaren Wandschrank und schaltete das Licht ein. An einem Bügel hing sein schwarzer Mantel. An der Innenseite hatte er eine Scheide angebracht, in die er vorsichtig das Schwert gleiten ließ. Dann zog er den Mantel an. Er kontrollierte sein Spiegelbild und lächelte zufrieden. Es war nicht zu sehen, dass er unter dem Mantel ein Schwert verbarg.

Sein blasses Gesicht erschien ihm seltsam fremd. Schnell drehte er sich um. Er zog einen Plastiksack aus der Tasche und begab sich zurück zur Küche. Ohne den toten Körper von Yasuhiro Kawanishi eines Blickes zu würdigen, trat er auf den Kopf zu, hob ihn auf und steckte ihn in den Plastikbeutel, wobei er sorgsam darauf achtete, dass kein Blut heruntertropfte. Hastig verschloss er ihn.

Anschließend betrachtete er sich erneut im Spiegel. Nirgendwo waren Blutspuren zu sehen. Er lächelte entrückt.

Im Flur klappte er das kleine Bild zur Seite und öffnete das Kästchen mit der Steuerung für die Alarmanlage. Er deaktivierte den Türalarm und sah durch den Spion. Leise öffnete er die Tür und glitt hinaus in den dunklen Flur. Keiner der Schuldigen würde seiner Rache entgehen, dachte er triumphierend.

Er zog die Tür vorsichtig hinter sich ins Schloss. Dann verschwand er lautlos in der Dunkelheit.

KAPITEL 11

Isolde Henning blickte zum wiederholten Mal auf die Uhr. Als Herr Kawanishi gegen halb elf Uhr immer noch nicht im Büro aufgetaucht war, begann sie sich ernsthaft Sorgen zu machen. In den eineinhalb Jahren, die sie für Herrn Kawanishi arbeitete, hatte er nie gefehlt – keinen einzigen Tag, nicht einmal wegen Krankheit oder der Erledigung persönlicher Angelegenheiten. Die Sekretärin griff erneut zum Telefon. Sie versuchte zuerst die Mobilnummer und dann den privaten Anschluss von Herrn Kawanishi. Auf beiden Apparaten klingelte es, aber niemand hob ab. Speziell bei seinem Mobiltelefon war das äußerst ungewöhnlich. Herr Kawanishi liebte sein japanisches Smartphone über alles und machte keinen Schritt ohne das Gerät. Gegen elf Uhr rief Isolde Henning bei der Polizei an. Die Beamten maßen ihrer Meldung keine große Bedeutung bei. Als vermisst galten Personen frühestens 24 Stunden nach ihrem Verschwinden. Vielleicht war Herr Kawanishi mit ein paar seiner Kollegen im Rotlichtmilieu versumpft. So etwas kam in den besten Kreisen vor. Meist tauchten die Männer im Lauf des Tages auf, mit einem heftigen Kater und um mehrere Tausend Euro ärmer.

Als Isolde Henning aber jede Viertelstunde anrief, schickte der Wachhabende eine Streife vorbei. Nachdem mehrfaches Klingeln und Klopfen an der Wohnungstür unbeantwortet blieben, öffnete der Hausverwalter auf Anweisung der Polizei die Wohnungstür. Er hatte die Beamten darauf hingewiesen, dass Herr Kawanishi über eine moderne Alarmanlage verfügte, die sofort losgehen werde. Zu seiner Überraschung blieb die Anlage jedoch still. Vorsichtig durchsuchten die Polizisten die Wohnung. In der Küche stießen sie auf Herrn Kawanishi. Die Beamten wurden blass.

»Schöne Sauerei, was?«, brachte es Hauptkommissar Krauß, der Leiter der Düsseldorfer Mordkommission, auf den Punkt. Er stand zusammen mit seinem Kollegen aus Koblenz, Hauptkommissar Wenger, in der Küche und nahm den Tatort in Augenschein.

»Ist das die Handschrift Ihres Mörders?«, wollte er von Wenger wissen.

Dieser nickte stumm.

Obwohl er den Toten ohne Kopf auf der Loreley gesehen hatte, musste er auch diesmal heftig schlucken.

»Wenn Sie wollen, können Sie mit Ihren Leuten die Federführung übernehmen.

Sie waren ja zuerst an dem Fall dran«, meinte Krauß großzügig.

Er hatte im Moment zwei andere Mordfälle auf dem Tisch und wollte sich nicht noch mehr Arbeit aufladen.

»Einverstanden«, sagte Wenger knapp. Der Anblick des Toten machte ihm zu schaffen.

»Dann schauen wir mal, ob er diesmal Spuren hinterlassen hat«, sagte Krauß und winkte die Männer von der Spurensicherung herein, die ungeduldig auf ihren Einsatz warteten.

Jo saß an seinem Schreibtisch und brütete über der Menüplanung für die nächste Woche, als er von dem Mord erfuhr.

»Wann ist es passiert?«, fragte er atemlos.

»Heute Nacht«, antwortete Klaus Sandner.

»Wie?«

»Genauso wie beim letzten Mal. Er hat dem Mann den Kopf abgeschlagen und mitgenommen.«

Jo schauderte.

»Wer ist es?«, wollte er wissen.

»Wieder ein Japaner. Genaueres weiß ich nicht.«

Sandner machte eine Pause.

»Unsere halbe Redaktion ist ausgeschwirrt. Der Fall wird morgen bundesweit Schlagzeilen machen«, prophezeite er.

Jo dachte an den jungen Mann mit den zerzausten blonden Haaren, den er in dem Polizeifahrzeug gesehen hatte. Er wusste nicht warum, aber schon an dem Abend hatte sein Gefühl ihm gesagt, dass sein blasses, trotziges Gesicht und der grausame Mord auf der Loreley nicht zusammenpassten. Jo schüttelte den Kopf. Irgendetwas stimmte an der Sache nicht.

Im Gegensatz zu dem jungen Küchenchef war die Polizei fest davon überzeugt, dass Alexander Illiakov der Schlüssel zu dem Fall war. Die Untersuchungen am Tatort standen kurz vor dem Abschluss. Der Täter hatte bis auf ein blutiges Handtuch, mit dem er die Tatwaffe abgewischt hatte, keinerlei Spuren hinterlassen.

Allerdings gab es in der Wohnung mehrere unterschiedliche Fingerabdrücke. Darauf setzten die Beamten große Hoffnungen. Vielleicht hatte der Täter etwas angefasst.

Die Leiche von Herrn Kawanishi befand sich inzwischen in der Rechtsmedizin. Wenn auch diesmal mikroskopisch kleine Metallsplitter in der Wunde zurückgeblieben waren, konnten sie einen Abgleich vornehmen. Dann würden sie mit Sicherheit wissen, ob in beiden Fällen dieselbe Waffe verwendet worden war.

Ein Detail, das die Beamten stutzig machte, war die Alarmanlage. Gleich nach seinem Einzug hatte Herr Kawanishi sich eine moderne Anlage aus Japan kommen lassen. Wenger kannte sich auf diesem Gebiet nicht aus, aber ein Kollege aus dem Einbruchsdezernat versicherte ihm, dass es sich dabei um den Rolls Royce der Alarmanlagen handelte.

Dass Alexander Illiakov an so einer Anlage vorbeikam, hielt der Mann aus dem Einbruchsdezernat für ausgeschlossen. Nur Profis, die über ein besonderes Fachwissen verfügten, hatten eine Chance, die Anlage zu knacken. Das legte den Verdacht nahe, dass Herr Kawanishi dem Täter selbst die Tür geöffnet hatte.

Doch warum hätte er das tun sollen? Kannten die beiden sich? Und wie passte Herr Watanabe da hinein? Je tiefer sie sich mit dem Fall beschäftigten, umso mehr Fragen taten sich auf. Die Überprüfung des Umfelds der beiden Toten, aber auch von Alexander Illiakov, lief auf vollen Touren. Daneben wurde die Suche nach dem flüchtigen Deutschrussen intensiv weitergeführt. Oberkommissar Jensch, der den Fall Nakamura bearbeitete, hatte inzwischen die Zielfahnder des Landeskriminalamts in Düsseldorf eingeschaltet. Die Spezialisten verfügten über ein besonderes Know-how beim Aufspüren flüchtiger Täter.

Hauptkommissar Wenger, der selbst eine Zeit lang beim Landeskriminalamt gearbeitet hatte, hielt große Stücke auf die Kollegen. Sie mussten Illiakov unbedingt fassen!

Günter Schmitz pfiff ein munteres Liedchen, während er die Schaufel aus dem Wagen holte. Er hatte sich seit Längerem vorgenommen, im hinteren Teil seines Schrebergartens ein neues Blumenbeet anzulegen. Jetzt war es endlich so weit. Mit gemächlichen Schritten machte er sich auf den Weg. Seit er pensioniert war, verbrachte er viel Zeit in seinem Schrebergarten. In den letzten beiden Wochen war er allerdings nicht mehr dort gewesen, da er mit seiner Frau einige Tage an der Ostsee verbracht hatte.

Als er sich seinem Grundstück näherte, stutzte er. Etwas stimmte nicht.

Er brauchte einen Moment, bevor er realisierte, was es war. Jemand hatte die Vorhänge an seiner Gartenlaube zugezogen! Günter Schmitz blieb stehen. Er war sich hundertprozentig sicher, dass er die Vorhänge nicht geschlossen hatte. Und seine Frau war beim letzten Besuch des Schrebergartens nicht dabei gewesen.

Das konnte nur eines bedeuten: Jemand war in seine Laube eingebrochen!

Unwillkürlich packte er seine Schaufel fester an. Langsam ging er um das Grundstück herum und öffnete die Gartentür, die fast mit wildem Wein zugewachsen war. Leise pirschte er sich von hinten an die Gartenlaube heran.

Es hatte in letzter Zeit einige Einbrüche in ihrer Schrebergartenkolonie gegeben.

Meistens handelte es sich dabei um das Werk von Jugendlichen, die nachts in den Hütten mit viel Alkohol und Zigaretten wilde Partys feierten.

In einem Fall hatte sich ein Obdachloser in einer der Lauben häuslich eingerichtet. Schmitz war daher vorsichtig, als er sich dem Holzhäuschen näherte.

Er lauschte. Nichts tat sich. Gerade, als er sich in Bewegung setzen wollte, hörte er ein Geräusch. Jemand schob einen der Stühle in der Laube beiseite.

Günter Schmitz erstarrte. Der Einbrecher war noch da! Leise schlich er sich zurück. Als er außer Sichtweite war, begann er zu laufen. Zum Glück lag sein Mobiltelefon im Wagen.

Polizeiobermeister Neuß und sein Kollege Herbst näherten sich vorsichtig der Schrebergartenlaube. Neuß lugte um die Ecke und sah, dass das Vorhängeschloss an der Tür aufgebrochen war. Mit Handzeichen bedeutete er seinem Kollegen, um die Hütte herumzuschleichen, und sich auf der anderen Seite der Tür zu postieren.

Als Herbst in Stellung gegangen war, machte Neuß einen Schritt auf die Tür zu. In dem Moment knarzte die Holzbohle unter seinen Füßen. Dann ging alles blitzschnell. Die Tür flog auf und krachte ihm gegen den Kopf.

»Halt, Polizei!«, schrie Herbst von der anderen Seite.

Neuß war benommen. Er hörte mehr, als dass er es sah, wie jemand an ihm vorbeirannte. Dann war sein Kollege bei ihm.

»Bist du verletzt?«, wollte Herbst wissen.

»Nein, geht schon«, gab Neuß zurück.

Er rieb sich die Stirn. Fast zeitgleich setzten sich die beiden Beamten in Bewegung. Der Mann vor ihnen hatte einen guten Vorsprung. Mit einem beherzten Satz sprang er über den Gartenzaun. Neuß konnte mit seinem jüngeren Kollegen nicht mithalten. Sein Kopf brummte von dem harten Schlag. Das würde bestimmt eine mächtige Beule geben, dachte er, während er versuchte, an den beiden Männern dranzubleiben, die vor ihm liefen. Es ging um eine Kurve, und Neuß musste immer mehr abreißen lassen. Sein Herz pumpte, er schnaufte angestrengt. Herbst hatte den ganz in schwarz gekleideten Mann fast eingeholt. Auf einmal wirbelte dieser herum und zog ein Messer.

Herbst kam abrupt zum Stillstand und riss mit einer raschen Handbewegung seine Pistole aus dem Halfter.

»Fallen lassen«, schrie er mit sich überschlagender Stimme. Seine Hand zitterte vor Aufregung. Für einen Moment schien es, als wollte der Mann in Schwarz ihn anspringen. Herbst drückte den Sicherungshebel an seiner Dienstwaffe nach unten.

»Fallen lassen oder ich schieße«, schrie der Polizist.

Neuß war fast bei ihm. Das Blut rauschte in seinen Ohren. Da löste sich ein Schuss. Der blonde Mann in Schwarz ließ augenblicklich seine Waffe fallen und hob die Hände.

»Ganz ruhig«, schnaufte Polizeiobermeister Neuß, als er neben seinem Kollegen stand. Die Waffe in der Hand seines Kollegen zitterte.

»Wir haben ihn«, keuchte Neuß. Dann zog er ebenfalls seine Waffe.

»Auf die Knie«, befahl er atemlos.

Als sie dem Mann Handschellen angelegt hatten, konnte Neuß endlich durchschnaufen.

»Weißt du eigentlich, wer uns da ins Netz gegangen ist?«, wollte er von seinem jüngeren Kollegen wissen. Herbst schüttelte den Kopf. Er war die letzten beiden Tage nicht auf der Wache gewesen und kannte die neuesten Fahndungsbilder nicht.

»Wir haben den Loreleykiller gefangen«, sagte Neuß und klopfte seinem Kollegen anerkennend auf die Schulter.

Trotzig und mit zerzausten Haaren saß der junge Mann vor Hauptkommissar Wenger und seinem Kollegen Krauß. Er starrte demonstrativ an den beiden Beamten vorbei. Diesmal war er nicht nur an den Händen gefesselt, sondern trug zusätzlich Fußfesseln. Zwei Beamte des Spezialeinsatzkommandos standen an der Tür und ließen ihn nicht aus den Augen. Der Anwalt des Beschuldigten hätte längst da sein sollen, war aber bei Gericht wegen eines anderen Falls aufgehalten worden.

»Wieso tun Sie sich nicht selbst einen Gefallen und reden

endlich mit uns«, unternahm Hauptkommissar Krauß den zigsten Versuch, den jungen Mann zum Reden zu bringen. Doch Alexander Illiakov starrte weiter wortlos an die Wand.

»Sie reiten sich nur mehr hinein. Wir haben alles, was wir brauchen – die Waffe, das Einbrecherwerkzeug und einen Zeugen, der Sie in der Halle gesehen hat«, versuchte Krauß Illiakov eine Reaktion zu entlocken.

Dieser schwieg eisern. Krauß seufzte.

»Vielleicht bringt Ihr Anwalt Sie zur Vernunft.«

»Wenn Sie Pech haben, müssen Sie 30 Jahre sitzen«, schaltete sich Hauptkommissar Wenger in das Gespräch ein. Solange der Anwalt nicht da war, konnten sie ruhig bluffen. Alexander Illiakov blickte ihn feindselig an.

»Ja, bei besonders brutalen Morden gibt es 30 Jahre.«

Der junge Mann schien für einen Moment verwirrt.

»Solch brutale Morde kommen bei deutschen Gerichten ganz schlecht an. Außerdem haben Sie zwei Polizeibeamte verletzt«, fuhr Wenger fort. »Da können Sie sich mildernde Umstände abschminken.«

Mit einem Mal wurde Alexander Illiakov klar, worauf der Hauptkommissar hinauswollte.

»Sie glauben, ich hätte etwas mit dem Loreley-Mord zu tun?«

Er machte ein verächtliches Gesicht.

»Das war ich nicht. Ich hab niemanden getötet.«

Endlich hatten sie ihn geknackt. Wenger musste sich zusammenreißen, um sich den Triumph nicht anmerken zu lassen.

»Die Parallelen sind offensichtlich«, wandte Hauptkommissar Krauß ein.

»Sie sind bei Herrn Nakamura eingedrungen, haben ihn gefesselt und wollten ihn anschließend töten. Genau so haben Sie es mit Herrn Watanabe und bei Herrn Kawanishi gemacht.«

»Die kenn ich überhaupt nicht«, erklärte Illiakov.

»So so, und was wollten Sie mit dem Schwert bei Herrn Nakamura? Sie haben ihn bedroht und wollten ihn ebenfalls töten«, warf Wenger ihm vor.

»Das stimmt nicht«, brach es aus dem jungen Mann hervor. »Ich wollte ihn nur erschrecken.«

»Erschrecken? Warum denn das? Kazuhiro Nakamura ist ein harmloser älterer Herr.«

Hauptkommissar Krauß versuchte freundlich zu klingen.

»Von wegen harmlos! Er will uns unsere Arbeitsplätze wegnehmen!«, rief Illiakov wütend. »200 Arbeitsplätze! Wissen Sie, was das in der heutigen Zeit bedeutet?«

Die beiden Polizisten tauschten Blicke aus. Wovon redete der junge Mann?

»Vielleicht erzählen Sie uns Ihre Geschichte von Anfang an«, schlug Krauß vor. Er gab sich Mühe, väterlich zu klingen. Illiakov biss sich auf die Lippen. Doch es war zu spät. Jetzt konnte er gleich alles sagen.

»Ich arbeite in einer der Firmen, die Herrn Nakamura gehören«, eröffnete er den beiden Kriminalbeamten. »Seit die Japaner unseren Betrieb gekauft haben, wurde es immer schlimmer. Die Geschäftsleitung hat Druck auf den Betriebsrat gemacht. Wir mussten unbezahlter Mehrarbeit zustimmen, und sie haben uns das Weihnachtsgeld gekürzt. Die haben immer wieder gesagt, dass die Produktivität besser geworden ist, und jetzt wollen sie das Werk trotzdem nach Rumänien verlegen. Das ist doch nicht gerecht!«

Vorwurfsvoll sah er die Kriminalbeamten an. Krauß nickte verständnisvoll.

»Da haben Sie beschlossen, etwas zu unternehmen.«

Illiakov nickte.

»Ich hab herausgefunden, wo der Nakamura wohnt, und ihn beobachtet. Dann bin ich in seine Wohnung und hab ihn gefesselt. Ich wollte, dass er unterschreibt, dass unser Werk nicht geschlossen wird. Aber bevor er mir seine Unterschrift geben konnte, kam dieser andere Typ. Ich meine den, der die Tür aufgebrochen hat. Da hab ich es mit der Angst zu tun bekommen. Ich bin auf ihn zugestürmt und habe ihn angeschrien. Danach bin ich weggelaufen.«

Wenger musterte den jungen Mann skeptisch.

»Wenn Sie Herrn Nakamura nur zu einer Unterschrift bringen wollten, wozu hatten Sie die Waffe dabei?«

Illiakov zuckte mit den Schultern.

»Ohne Schwert hätte er doch nie unterschrieben«, sagte er trotzig.

»Und wieso haben Sie sich ausgerechnet als Ninja verkleidet?«

Die Frage kam von Hauptkommissar Krauß.

»Ich hatte im Fernsehen einen Bericht über den Mord auf der Loreley gesehen. Da kam ich auf die Idee. Ich dachte, dass ich dem Nakamura richtig Angst machen muss. Sonst hätte er das Papier vielleicht unterschrieben, aber die Firma trotzdem nach Rumänien verlegt. Ich wollte, dass er glaubt, ich hätte dem anderen Japaner den Kopf abgeschlagen. Deswegen habe ich mich als Ninja verkleidet. Ich dachte, das wirkt bedrohlicher.«

»Sie wollen uns allen Ernstes erzählen, dass Sie ihm nichts tun wollten?«, hakte Hauptkommissar Wenger nach.

»Nein! Ich wollte nur unsere Arbeitsplätze erhalten.«

Fast flehentlich sah der junge Mann Hauptkommissar Krauß an.

»Woher hatten Sie die Waffe?«, wollte dieser wissen.

»Aus einem Geschäft in der Nähe vom Bahnhof.«

»Das Schwert stammt nicht aus Japan?«

»Keine Ahnung. Da steht ja nichts drauf. Ich hab es jedenfalls in Düsseldorf gekauft.«

Alexander Illiakov verstand nicht, worauf die Polizeibeamten mit ihren Fragen hinaus wollten. Trotzdem antwortete er bereitwillig. Die Polizisten befragten ihn noch ausführlich, wie er ins Haus gelangt war, woher er wusste, auf welchem Stockwerk Kazuhiro Nakamura wohnte und wie lange er schon in dessen Firma beschäftigt war.

»Wenn Sie mit dem Mord an Herrn Watanabe nichts zu tun hatten, warum sind Sie geflohen?«, nahm Hauptkommissar Wenger sein ursprüngliches Thema auf.

Alexander Illiakov schwieg und starrte auf die Tischplatte, auf der eine Reihe von Akten lag.

»Und?«, hakte Wenger nach.

»Ich wollte nicht ins Gefängnis«, antwortete Illiakov widerstrebend.

»Sie schlagen zwei Polizeibeamte krankenhausreif, nur damit Sie nicht ins Gefängnis kommen?«

Wenger klang wütend. Illiakov zuckte mit den Schultern.

»Ich wollte denen nichts tun«, verteidigte er sich. »Ich wollte nur weg.«

»Woher können Sie so gut Karate?«, fragte Hauptkommissar Krauß.

»Das ist nicht Karate«, meinte Illiakov verächtlich. »Ich mache Tek-wan-do. Seit ungefähr zehn Jahren. Ich war sogar nordrhein-westfälischer Jugendmeister«, fügte er stolz hinzu.

Die beiden Beamten sahen sich an.

»Woher kannten Sie Herrn Watanabe?«, wollte Wenger wissen.

»Den kenn ich nicht. Hab ich doch gesagt«, erwiderte Illiakov trotzig. »Ich hab seinen Namen im Fernsehen gehört.«

»Und Herrn Kawanishi?«

»Der Name sagt mir gar nichts.«

Illiakov sah die Beamten unsicher an. Entweder wusste er wirklich nicht, wovon Wenger sprach, oder er war ein verdammt guter Schauspieler.

»Wo waren Sie am Abend des zweiten Mai, zwischen 20 und 24 Uhr?«

Illiakov dachte nach.

»Was ist das für ein Wochentag?«, wollte er wissen.

Hauptkommissar Krauß reichte ihm einen Kalender über den Tisch. Die Lippen des jungen Mannes bewegten sich lautlos. Offensichtlich rechnete er die Tage zurück. Dann ging ein triumphierendes Leuchten über sein Gesicht.

»Ich hab gearbeitet«, sagte er bestimmt. »Da können Sie jeden von meiner Schicht fragen.«

»Wo waren Sie gestern Abend?«

Wenger ließ nicht locker.

»Hab mich in der Laube versteckt. Dort, wo ich festgenommen worden bin.«

»Und das sollen wir Ihnen glauben?«

»Fragen Sie die Leute auf der Arbeit. Die können Ihnen bestätigen, wo ich am zweiten Mai gewesen bin.«

Illiakov setzte sich gerade hin und zog die Schultern hoch. Als sein Anwalt im Polizeipräsidium eintraf, hatte sein Mandant das Vernehmungsprotokoll bereits unterschrieben. Wenigstens für den Fall Nakamura hatten sie ein Geständnis. Was die Morde betraf, beharrte Illiakov darauf, dass er damit nichts zu tun habe.

Hauptkommissar Wenger und sein Kollege Krauß besprachen das weitere Vorgehen. Das Schwert, das Alexander Illiakov bei seinem Überfall benutzt hatte, und seine anderen Waffen befanden sich im Labor des Bundeskriminalamts. Ihre metallurgische Zusammensetzung sollte mit den Splittern vom ersten Tatort verglichen werden. Außerdem wurden seine Fingerabdrücke untersucht und mit denen abgeglichen, die in der Wohnung von Yasuhiro Kawanishi gefunden worden waren.

»Was denken Sie?«, fragte Wenger seinen Kollegen. »Sagt er die Wahrheit?«

Hauptkommissar Krauß zuckte mit den Schultern.

»Hört sich ziemlich abgedreht an. Könnte trotzdem stimmen. Ich meine, wer würde sich so etwas ausdenken? Außerdem können wir es leicht überprüfen. Wenn er während des ersten Mordes wirklich an seinem Arbeitsplatz war, scheidet er als Täter aus. Außer er hat einen Komplizen. Aber das glaube ich nicht.«

Wenger machte ein langes Gesicht. Krauß hatte völlig recht. Gut möglich, dass ihr Mörder noch auf freiem Fuß war.

Jo hörte kurze Zeit später von Illiakovs Festnahme.

»Hat er gestanden?«, wollte er von Klaus Sandner wissen.

»Keine Ahnung. Ich bin froh, dass wir überhaupt davon Wind bekommen haben«, erwiderte der Journalist. »Manchmal glaube ich, du stellst dir unsere Arbeit zu einfach vor.«

»So habe ich es nicht gemeint«, versicherte Jo. »Ich bin halt neugierig.«

»Du kannst morgen unsere Zeitung lesen, vielleicht wissen wir bis dahin mehr.«

»Mach ich sowieso.«

»Dann ist ja gut. Jetzt muss ich weitermachen.«

Jo bedankte sich. Nach dem Telefonat setzte er sich an seinen Schreibtisch und überdachte die Lage. Eigentlich hätte er beruhigt sein können. Der Täter schien gefasst. Warum aber spürte er keine Erleichterung? Um sich abzulenken, machte Jo sich an die Menüplanung. Als Gruß aus der Küche plante er Kartoffel-Canapés nach Hausmacherart. Dafür wurden Pellkartoffeln mit Salz und Lorbeer weichgekocht. Anschließend ließ man sie ausdampfen, pellte sie und stellte sie über Nacht kalt. Am nächsten Morgen wurden sie in Scheiben geschnitten, mit Butterschmalz goldgelb gebraten und mit Salz und einer Prise Muskat abgeschmeckt. Danach wurden sie mit einer halben zusammengeklappten Scheibe Hausmacheraufschnitt belegt. Durch die Wärme der Kartoffeln wurde die Sülze leicht glasig, und die Wurst bekam ein kräftigeres Aroma. Die Kartoffelhappen wurden vor dem Servieren mit Zwiebelringen, Gurkenscheiben und Majoran garniert. Das sah nicht nur dekorativ aus, sondern schmeckte auch wunderbar.

Die Ermittlungen der Polizei liefen unterdessen mit unverminderter Intensität weiter.

Die Auswertung der Fingerabdrücke erwies sich jedoch als Rückschlag für die Ermittler. Zwar konnten nicht alle am Tatort gefundenen Abdrücke eindeutig Personen zugeordnet werden, die regelmäßig Zugang zu der Wohnung hatten, es stand jedoch fest, dass die von Alexander Illiakov nicht dabei waren.

Die Nachforschungen hatten zudem ergeben, dass er die Wahrheit gesagt hatte. Er arbeitete tatsächlich als Mikrosystemtechniker in einer Fabrik, die zur Nakamura-Gruppe gehörte. Auch, dass die Firma nach Rumänien verlagert werden sollte, stimmte. Die Auswertung der Dienstpläne und eine anschließende Befragung seiner Kollegen bestätigte seine Aussage, dass er am Abend des Loreley-Mordes in Düsseldorf gewesen war.

Die Laube, in der er sich nach eigenen Angaben seit seiner Flucht aufgehalten hatte, war inzwischen gründlich durchsucht worden – ohne Ergebnis. Weder fand sich eine weitere Waffe noch Spuren, die darauf hindeuteten, dass die beiden Köpfe der Toten dort gelagert worden waren. Damit blieb den Ermittlern nur übrig, auf die Überprüfung der Waffen zu warten. Wenn sich daraus keine Übereinstimmung mit den Metallsplittern aus Herrn Watanabes Körper ergab, war Alexander Illiakov zumindest für diese Tat entlastet. Doch nach der Befragung seiner Kollegen gab es an seiner Unschuld bezüglich der Morde ohnehin kaum Zweifel. Die Polizei musste sich mit dem Gedanken anfreunden, dass sich der Loreleykiller weiterhin auf freiem Fuß befand.

KAPITEL 12

Die modrige Luft der alten Fabrikhalle hing wie ein düsterer Schleier über ihm. Trotz der Räucherstäbchen, die er angezündet hatte, ließ sich der Geruch nicht vertreiben.

Der Betonboden fühlte sich unter seinen nackten Füßen unangenehm an – kalt und abweisend. Er kniete sich vor seinen Altar und dankte seinen Ahnen für ihre Unterstützung. Er warf sich auf den Boden und erhob sich, warf sich auf den Boden und erhob sich – immer wieder, bis seine Knie bluteten und wie Feuer brannten. Aber er ließ nicht nach. Sein inneres Selbst verlangte von ihm, sich zu erniedrigen. Nur so würden ihm seine Ahnen weiter ihre Gnade schenken.

Schließlich wich die Unruhe von ihm, die ihn die ganze Zeit über gequält hatte.

Er setzte sich auf und atmete tief durch. Langsam verbeugte er sich vor dem Altar.

Dann zog er den weißen Plastikbeutel zu sich heran, der vor ihm auf dem Boden lag, und öffnete ihn. Er hatte eine Schüssel mit Wasser gefüllt. Kritisch betrachtete er das verzerrte Gesicht von Yasuhiro Kawanishi.

Schade, dass der Mann ihm nicht hatte weiterhelfen können. Aber er würde auch so zum Ziel gelangen. Mit einem feuchten Tuch begann er den Kopf von den Blutspuren zu reinigen. Immer wieder tauchte er das Tuch in die Wasserschüssel, die bald blutrot gefärbt war. Nachdem er den Kopf gründlich gesäubert hatte, tupfte er ihn vorsichtig mit einem trockenen Handtuch ab. Er zog ein Fläschchen mit Öl aus der Tasche und begann die Haare einzureiben. Vorsichtig massierte er sie so lange, bis sie pechschwarz glänzten. Zufrieden betrachtete er sein Werk.

Er öffnete eine Cremedose, die er bereit gelegt hatte, und begann das Gesicht einzufetten. Es hatte ihn Wochen in der Bibliothek gekostet, bis er endlich auf die richtige Mixtur gestoßen war. Einen Kopf dauerhaft zu konservieren war nicht einfach. Er hatte sogar mit toten Tieren experimentiert, um seine Technik zu verfeinern. Er wollte, dass die Toten gut aussahen.

Nachdem er seine Arbeit beendet hatte, betrachtete er den Kopf von Herrn Kawanishi von allen Seiten und nickte zufrieden. Zärtlich strich er mit der Hand durch die geölten Haare. Dann legte er den Kopf vorsichtig in den leeren Holzkasten, der vor ihm auf dem Boden stand. Mit einem leisen Klack schloss er ihn. Es war an der Zeit, dass er nach Japan zurückkehrte.

Er lächelte.

*

Am nächsten Morgen stürzte sich Jo voller Neugierde auf die Zeitungen. Obwohl er das Blatt nicht ausstehen konnte, hatte er sich eine Ausgabe des *Mainzer Express* besorgt. Die las er zuerst. Über dem Artikel prangte in riesigen Lettern: »Loreley-Ripper schlägt wieder zu – Polizei nimmt Täter fest.«

So reißerisch wie die Schlagzeile war der ganze Artikel geschrieben. Dieter Klein berichtete von dem Mord und der anschließenden Festnahme, als sei er selbst zugegen gewesen. Dabei sparte er nicht an blutrünstigen Details. Angewidert legte Jo den *Mainzer Express* beiseite. Obwohl er schon mehrfach mit Klein zu tun gehabt hatte, konnte er sich an den Stil des Mannes nicht gewöhnen.

Das *Rheinische Tagblatt* hob sich wohltuend davon ab. In sachlichem Ton berichtete die Zeitung über die Ereignisse. Nach dem neuerlichen Mord sei bereits ein möglicher Täter festgenommen worden. Das *Rheinische Tagblatt* machte allerdings deutlich, dass die Ermittlungen der Polizei andauerten und es offen sei, ob der Mann tatsächlich für die beiden Morde verantwortlich sei.

Jo stutzte, als er das las. »Möglicher Täter« – das klang erstaunlich vage. Er musste unbedingt Klaus Sandner fragen, ob es nur die übliche Vorsicht seiner Zeitung war oder ob mehr hinter dieser Formulierung steckte. Zuerst wartete allerdings die Arbeit auf ihn. Eine Reisegruppe in einem Bus hatte sich angesagt. Viel Arbeit für die kleine Küchenmannschaft.

Auch Hauptkommissar Wenger konnte sich nicht über einen Mangel an Arbeit beklagen. Ganz im Gegenteil: Die Ermittlungsgruppe, die sich aus Beamten der Kriminalpolizei Koblenz und Düsseldorf zusammensetzte, war erheblich aufgestockt worden. Die Erkenntnis, dass sich der Täter auf freiem Fuß befand, hatte die Polizeiführung auf das Äußerste alarmiert. Kleinlaut mussten die beiden Polizeipräsidenten den zuständigen Innenministern in Düsseldorf und Mainz berichten, dass die Ermittlungen praktisch von vorne losgingen.

Das sorgte für ordentlich politischen Wirbel, da die japanische Botschaft auf eine rasche Aufklärung der Morde drängte.

Jeden Morgen mussten Hauptkommissar Wenger und sein Kollege Krauß ihren Vorgesetzten Bericht erstatten. Doch trotz intensivster Ermittlungsarbeit ging es nur schleppend voran. Immerhin war es der Polizei gelungen, fast alle Fingerabdrücke in Kawanishis Wohnung zuzuordnen. Das Gros der Abdrücke stammte vom Wohnungsinhaber selbst. Daneben fanden sich zahlreiche Abdrücke seiner Putzfrau und des Hausmeisters, der gleichzeitig eine Art Concierge-Funktion ausübte und sich deshalb öfter in der Wohnung aufhielt.

Es erwies sich für die Polizei als außerordentlicher Glücksfall, dass der Wachmann am Empfang alle Besucher notierte. So konnten die Personen, die Kawanishi zu Hause besucht hatten, identifiziert und überprüft werden. Dabei handelte es sich ausnahmslos um japanische Geschäftsfreunde. Ein Abdruck ließ sich jedoch nicht zuordnen. Er stammte ausgerechnet von der Alarmanlage. Da sich außer den Abdrücken von Yasuhiro Kawanishi keine weiteren darauf fanden, mutmaßte die Polizei, dass er möglicherweise vom Täter hinterlassen worden war. Wenger schickte ihn sofort an Interpol, um ihn dort mit der internationalen Datenbank abgleichen zu lassen. Er fluchte, als er die Rückmeldung in den Händen hielt. Der Fingerabdruck war nicht registriert. Das stellte die Polizei vor eine interessante Frage: War der Täter nur nachlässig gewesen, oder wusste er, dass seine Fingerabdrücke nicht registriert waren? Und warum hatte er keine Handschuhe getragen?

Ein weiteres Rätsel stellte die Alarmanlage selbst dar. Kawanishi schien damit sehr penibel umgegangen zu sein. Alle Gäste berichteten übereinstimmend, dass er sie sofort aktivierte, sobald ein Besucher die Wohnung betreten hatte.

Offensichtlich hatte Yasuhiro Kawanishi vor irgendetwas Angst gehabt – aber wovor? Da es keinerlei Anzeichen für ein gewaltsames Eindringen gab, ging die Polizei inzwischen davon aus, dass der Wohnungsinhaber selbst seinem Mörder die Tür geöffnet hatte. Da er nach den Aussagen seiner Bekannten Fremden gegenüber äußerst misstrauisch gewesen war, ließ dies nur einen logischen Schluss zu: Kawanishi musste seinen Mörder gekannt haben!

Damit rückte das Umfeld des Toten in den Mittelpunkt der Nachforschungen. Die Ermittler fragten sich insbesondere, welche Beziehungen zwischen ihm und Hayato Watanabe bestanden hatten. Obwohl nicht endgültig bewiesen werden konnte, dass die beiden Männer vom selben Täter ermordet worden waren, ging die Polizei fest davon aus. Hauptkommissar Wenger, der sich inzwischen fast mehr in Düsseldorf als in Koblenz aufhielt, saß gerade zusammen mit seinem Kollegen Krauß in dessen Büro, als das metallurgische Gutachten des

Bundeskriminalamts in Düsseldorf eintraf. Krauß ließ Wenger den Vortritt. Mit vor Aufregung zitternden Händen riss dieser den Umschlag auf. Rasch überflog er die Zusammenfassung.

»Und?«, wollte Krauß wissen.

»Keine Übereinstimmung.«

Hauptkommissar Wenger konnte seine Enttäuschung nicht verbergen. Insgeheim hatte er die Hoffnung nicht aufgegeben, dass Alexander Illiakov doch der Täter sein könnte.

»Der Stahl von Illiakovs Schwert und die Splitter, die wir im Körper von Watanabe gefunden haben, stimmen nicht überein.«

»Was ist mit den anderen Waffen, die wir in seiner Wohnung gefunden haben?«

»Auch negativ.«

Hauptkommissar Krauß machte ein langes Gesicht.

»Was ist mit den Splittern aus dem Körper von Kawanishi? Gibt es wenigstens da eine Übereinstimmung?«

Wenger blätterte in dem Gutachten. Seitenweise ging es um komplizierte chemische Verfahren und die Bearbeitung von Stahl. Wobei Wenger den Großteil der Ausführungen nicht verstand. Anscheinend war der Aufbau des Metalls so außergewöhnlich, dass das BKA zur exakten Analyse einen externen Fachmann hinzugezogen hatte. Er würde später mit den Kollegen in Wiesbaden sprechen müssen, um sich das Fachchinesisch in vernünftiges Deutsch übersetzen zu lassen. Rasch überblätterte er die langatmigen Ausführungen. Schließlich schüttelte er enttäuscht den Kopf.

»Von den anderen Splittern steht hier nichts«, teilte er Krauß mit. »Anscheinend werden die separat untersucht. Ich werde gleich mit den Kollegen telefonieren. Vielleicht können sie mir vorab was sagen.«

Krauß nickte.

»Zumindest können wir ausschließen, dass Illiakov der Mörder ist«, meinte er nach einer kurzen Pause. Wenger nickte.

Dann vertiefte er sich wortlos in das metallurgische Gutachten. Er wollte den Inhalt besser verstehen, bevor er mit den Experten telefonierte.

Im Waidhaus kostete Jo zum wiederholten Male seine Ochsenschwanzsuppe. Sobald sie fertig war, würde sie mit einem Blätterteighut serviert werden. Das sah nicht nur sehr dekorativ aus, sondern schmeckte auch vorzüglich. Das ursprüngliche Rezept ging auf Paul Bocuse zurück und stand bereits 1975 auf der Speisekarte seines berühmten Restaurants in Collonges-au-Mont-d'Or. Als Jo diese Delikatesse zum ersten Mal in seinem Leben gekostet hatte, war er hellauf begeistert gewesen. Nach gut drei Jahren, die er das Waidhaus nun führte, fand er es an der Zeit, diese besondere Suppe auf seine Karte zu nehmen. Allerdings trieb ihn sein Ehrgeiz dazu, dass Gericht zu verfeinern und von der Jahreszeit unabhängig zu machen. Frische Trüffel, die einen wichtigen Bestandteil des Originalrezepts ausmachten, gab es nur von Herbst bis ins Frühjahr. Um dem Problem aus dem Weg zu gehen, arbeitete Jo an einer Marinade für das Rindfleisch, die aus feinem Trüffelöl, einem speziellen Sherryessig, den er aus der Nähe von Jerez in Spanien importierte, sowie einer Mischung rheinischer Kräuter bestand, deren genaue Zusammensetzung er selbst vor seinen Mitarbeitern geheim hielt. Aus dem Rindfleisch und den Ochsenschwanzstücken hatte er eine leckere Brühe gekocht, die er nun mit allerlei Zutaten zu verfeinern suchte. Wieder und wieder ließ er die Suppe an seinem Gaumen vorbeiwandern. Dabei machte er ein schlürfendes Geräusch, das sich nicht sehr appetitlich anhörte, für die optimale Verteilung im Mundraum und die Ansprache aller Geschmacksnerven aber unerlässlich war. Er gab einen Minispritzer Zitrone hinzu. Dann kostete er erneut. Seine Miene hellte sich auf. Wortlos reichte er den Löffel an Pedro weiter. Der junge Spanier putzte ihn kurz an seinem Tuch ab, das er lässig am Gürtel festgebunden hatte, und probierte. Er schloss die Augen und ließ den Geschmack auf sich wirken.

»Super«, sagte er schließlich. »Absolute Weltklasse! Besser kann man es nicht hinkriegen.«

Jo strahlte. Er wusste, dass Pedro mit seiner ehrlichen Meinung nicht hinter dem Berg hielt. Jetzt durften die anderen die neue Köstlichkeit versuchen. Auch bei Ute, Philipp und Karl-Heinz stieß das Ergebnis auf große Begeisterung.

Kati hatte es sich ebenfalls nicht nehmen lassen, das neue Gericht auf der Karte zu probieren. Bewundernd sah sie Jo an. Sie hatte schon in einigen Sternerestaurants gegessen, aber im Waidhaus schmeckten die Gerichte alle mindestens eine Klasse besser. Sie wunderte sich, dass er bisher keinen Stern erhalten hatte. Nun ja, im Weinkeller gab es einige Lücken und zu viele Exoten. Die waren geschmacklich zwar durchweg erstklassig, ließen aber eine klare Linie vermissen. Sie seufzte. Bis zu einem Weinkeller auf Sterneniveau war es ein gutes Stück Weg, aber dafür war sie ja jetzt da. Sie lächelte zufrieden.

»Genug palavert«, setzte Jo dem ausufernden Lob seiner Kreativkünste ein Ende. »Jetzt muss es nur noch den Gästen schmecken.«

Davor gab es genug vorzubereiten. Das Gemüse musste angebraten und der Blätterteig aus dem Kühlhaus geholt werden. Wenn er am Vortag zubereitet und über Nacht kühl gelagert wurde, bekam er eine besonders feste Struktur, wodurch sich das Risiko verminderte, dass der Teig beim Backen in sich zusammenfiel oder gar in der Suppe versank.

Am Nachmittag telefonierte Jo mit Klaus Sandner. Obwohl der Journalist nicht viel Zeit hatte, brachte er seinen Freund auf den neuesten Stand. Seinen Informationen nach ging die Polizei inzwischen nicht mehr davon aus, dass der blonde junge Mann, sein Name lautete Alexander Illiakov, die Morde an Watanabe und Kawanishi begangen hatte.

»Was?«, rief Jo überrascht aus. »Wieso das?«

»Genaues weiß ich nicht. Soweit ich gehört habe, hat er für einen der beiden Morde ein bombensicheres Alibi. Unser Korrespondent in Düsseldorf bemüht sich, mehr herauszubekommen. Ist aber schwierig. Dein Freund Wenger hat die Gesamtverantwortung für die Ermittlung übertragen bekommen und eine strikte Nachrichtensperre verhängt. Der Kerl geht mir mit seiner Geheimniskrämerei echt auf den Geist.«

Jo grinste. Wenigstens war er nicht der Einzige, der Wenger nicht ausstehen konnte.

»Danke für die Informationen.«

»Ist ja nicht viel«, sagte Sandner. »Wenn ich sonst was höre, melde ich mich. Wenn du mich fragst, tappt die Polizei völlig im Dunklen.«

Hauptkommissar Wenger saß an seinem Schreibtisch und blätterte sich durch die jüngsten Ermittlungsergebnisse. Die Sonderkommission »Loreleykiller« arbeitete mit Hochdruck an dem Fall: Freunde, Bekannte, Kollegen, Geschäftspartner, jeder aus dem Umfeld der beiden Toten wurde intensiv befragt. Da einige der Japaner kaum Deutsch und nur mäßig Englisch sprachen, musste zu vielen Vernehmungen ein Dolmetscher hinzugezogen werden, was die Arbeit nicht einfacher machte.

»Können die Scheiß-Japaner nicht Deutsch lernen, bevor sie hierher kommen!«, stöhnte Hauptkommissar Krauß, als er mit Wenger zusammensaß und ihn über den letzten Stand der Befragungen informierte. »Und immer diese ausdruckslosen Gesichter! Ich kann sie nicht mehr sehen! Können die nicht wenigstens einmal eine Reaktion zeigen? Da ermordet ein Verrückter zwei ihrer Landsleute auf bestialische Weise und die scheint das nicht zu jucken. Die sitzen da, hören sich die Fragen an und verziehen noch nicht einmal eine Miene.«

Er schüttelte den Kopf. Wenger, der selbst einige Befragungen durchgeführt hatte, konnte seinem Kollegen nur beipflichten. Die Arbeit mit den Japanern war äußerst frustrierend. Keiner konnte sich die Morde erklären, keiner wollte eine Vermutung äußern, was der Hintergrund der Taten sein könnte. Schon die Frage, ob sie die beiden Toten persönlich kannten, ließ die Befragten meist verstummen. Mühsam musste man ihnen jede noch so kleine Information aus der Nase ziehen. Einer der Dolmetscher hatte es Hauptkommissar Wenger so erklärt: »In Japan ist man sehr auf die Wahrung der Form bedacht. Selbst Kollegen, die sich seit Jahrzehnten im selben Büro gegenübersitzen, sind selten per Du. Gegenüber Fremden verhalten sich viele Japaner ersteinmal zurückhaltend. Das gilt umso mehr bei unangenehmen Angelegenheiten und insbesondere bei Verbrechen. Damit will niemand etwas zu tun haben. Kein Wunder, dass alle so tun, als hätten sie die Toten nicht sehr gut gekannt. Das sollten Sie aber nicht mit fehlender Anteilnahme gleichsetzen.«

Trotz dieser Schwierigkeiten verfügte die Polizei inzwischen über ein recht gutes Bild der Toten. Beide wurden als pflichtbewusst, fleißig und pünktlich beschrieben. Sowohl Kawanishi als auch Watanabe schienen sich die meiste Zeit im Büro aufgehalten zu haben. Ihre spärliche Freizeit verbrachten sie entweder zu Hause oder bei Treffen mit japanischen Bekannten. Ob es sich dabei tatsächlich um private Beziehungen in einem engeren Sinn handelte, erschloss sich den Beamten nicht recht. Jedenfalls gab es ausnahmslos zu allen Japanern, mit denen die beiden Geschäftsmänner verkehrt hatten, geschäftliche Beziehungen. Man musste insoweit mehr von Geschäftspartnern als von Freunden sprechen. Mit Deutschen schienen beide kaum Kontakte gepflegt zu haben, die über die Arbeit im Büro hinausgingen.

Sehr viel Zeit verwandten die Ermittler darauf, das Verhältnis der beiden Toten zu untersuchen. Zwischen ihren Firmen bestanden Geschäftsbeziehungen, und sie waren sich wiederholt begegnet, sowohl in direktem geschäftlichem Zusammenhang, aber auch bei verschiedenen, eher formlosen Abendessen. Allem Anschein nach kannten sich die beiden Geschäftsleute mehr als 20 Jahre. Doch so sehr sich die Polizisten bemühten, eine tiefergehende Beziehung oder gar ein gemeinsames Geheimnis, das die beiden verband, ließ sich nicht nachweisen.

Auch die Nachforschungen in Japan verliefen im Sande. Obwohl Wenger wiederholt mit dem Verbindungsbeamten des BKA in Japan, Oberkommissar Gossner, telefonierte und ihn zu weiteren Ermittlungen antrieb, war das Ergebnis gleich Null.

Es gab keine feststellbaren kriminellen Bezüge, keine Eifersuchtsdramen, keine Erbstreitigkeiten – einfach nichts.

Egal, in welche Richtung sie sich wandten, sie liefen gegen eine Wand.

Hauptkommissar Wenger konnte sich des Eindrucks nicht erwehren, dass die japanischen Kollegen mauerten. Am liebsten wäre er selbst nach Japan geflogen, um sich vor Ort ein Bild zu machen. Aber als er mit der Idee vorsichtig bei Direktor Doldinger vorfühlte, schmetterte der Polizeipräsident das Ansinnen rundheraus ab.

So blieb den Beamten nichts anderes übrig, als auf das zweite metallurgische Gutachten zu warten. Darin sollten die Splitter aus dem Körper von Yasuhiro Kawanishi und Hayato Watanabe verglichen werden. Zwei Tage später war es endlich so weit. Hastig riss Hauptkommissar Wenger den Umschlag auf und zog das Gutachten heraus. Er blätterte es durch, bis er auf die Zusammenfassung stieß.

»Und?«

Hauptkommissar Krauß sah ihn gespannt an.

»Volltreffer«, rief Wenger. »Die beiden Metallproben stimmen überein.«

Er las weiter.

»Die Kollegen gehen mit 99-prozentiger Wahrscheinlichkeit davon aus, dass es sich um dieselbe Waffe handelt.«

»Zumindest wissen wir jetzt, dass wir es nur mit einem Täter zu tun haben«, stellte Krauß fest. Hauptkommissar Wenger nickte. Gleichzeitig war damit endgültig klar, dass Alexander Illiakov trotz des fehlenden Alibis auch für den zweiten Mord nicht in Frage kam. Hauptkommissar Wenger schüttelte müde den Kopf. Sie standen wieder am Anfang …

Im Waidhaus herrschte ebenfalls eine trübe Stimmung. Philipp und seine Freundin Andrea, mit der er seit einiger Zeit zusammen war, hatten sich heftig gestritten. Es ging um ein Fußballspiel, das Philipp unbedingt sehen wollte und welches zur selben Zeit stattfand wie die Geburtstagsfeier der besten Freundin seiner Angebeteten. Sie bestand darauf, dass er sein Fußballspiel sausen ließ. Philipps Freunde machten sich über ihn lustig, dass er ein ganz schöner Pantoffelheld geworden sei. Das konnte Philipp nicht auf sich sitzen lassen und entschied sich für das Fußballspiel. Böser Fehler! Andrea regte sich darüber so auf, dass sie ihm den Freundschaftsring, den er ihr vor einiger Zeit bei einem besonders romantischen Abendessen geschenkt hatte, wutentbrannt vor die Füße warf und von dannen rauschte. Darüber hatte Philipp sich so geärgert, dass er ihr hinterher rief, sie bräuchte sich gar nicht mehr bei ihm sehen zu lassen. Von da ab hatten die beiden kein Wort mehr miteinander gewechselt. Pedro, der nie um einen dummen Spruch verlegen war, hielt sich auffällig zurück.

Philipp redete sich trotzig in Rage, dass er keine Freundin brauche und allein ohnehin viel besser dran sei. Doch während seiner Pausen saß er meist wie ein Häuflein Elend in der Ecke und starrte wortlos vor sich hin. Am dritten Tag konnte Pedro es nicht länger mit ansehen.

»Nach der Arbeit gehen wir in die Disko«, entschied der junge Spanier, als Philipp sich wieder einmal mit Leidensmiene auf die Terrasse zurückgezogen hatte.

»Und du kommst mit«, meinte er zu Jo gewandt.

»Ich?«, fragte der junge Küchenchef überrascht. »Wieso? Ich hab keinen Liebeskummer.«

Pedro lachte.

»Dafür müsstest du erst einmal eine Freundin haben! Du guckst in den letzten Tagen aber auch ziemlich trüb aus der Wäsche«, sagte er unverblümt.

Jo sah ihn erstaunt an. Tatsächlich war er in den letzten Tagen in eine melancholische Stimmung verfallen. Die beiden Morde ließen ihn nicht los. Die Vorstellung, dass draußen ein gefährlicher Mörder sein Unwesen trieb und er nichts dagegen tun konnte, machte ihm zu schaffen.

»Besser, wenn du mit Philipp allein gehst«, erwiderte er.

»Auf keinen Fall!«, gab Pedro zurück. »Du bist der Chef. Geknickte Mitarbeiter aufzumuntern ist deine Aufgabe. Ich bin nur der Gehilfe.« Er grinste spitzbübisch.

Jo musste lachen, sagte aber nichts weiter. Er hatte nicht vor, seinen Abend in einem Tanzschuppen zu verbringen. Doch er hatte nicht mit der Hartnäckigkeit des jungen Spaniers gerechnet. Den ganzen Tag summte er einen Diskohit nach dem anderen und zwinkerte seinem Chef bei jeder sich bietenden Gelegenheit zu.

»Du bist ein Clown«, sagte Jo und schüttelte den Kopf.

»Von wegen Clown«, rief Pedro mit gespielter Entrüstung. »Ich bin der weltbeste Diskotänzer.«

Um seiner Behauptung Nachdruck zu verleihen, tanzte er mit Lambada-Hüftschwung durch die Küche, wobei er mit zwei Kochlöffeln den Takt trommelte und dazu »The Sound of Lambada« sang. Selbst Philipp konnte nicht mehr an sich halten und musste schallend lachen. Das erste Mal seit Tagen, dass er eine fröhliche Miene machte.

»Also, was ist?«, rief Pedro, »kommt ihr mit?«

Angesichts seiner Begeisterung kapitulierte Jo und nickte ergeben. Kurz darauf verschwand er im Kühlhaus.

»Und was ist mit dir?«

Pedro sah Philipp an.

»Nee, besser nicht«, antwortete dieser.

»Lass dich doch nicht hängen! Sogar der Chef geht mit.«

»Na gut, aber nicht so lange«, nuschelte Philipp. »Ich muss morgen früh raus.«

In dem Augenblick steckte Kati Müller den Kopf in die Küche herein, um eine Bestellung abzugeben.

»Hast du Lust, mit in die Disko zu gehen?«

»Mit dir?«

»Mit uns allen. Philipp, Jo, ich …«

»Der Chef kommt auch mit?«, fragte sie überrascht. »Ich wusste gar nicht, dass er gern tanzt.«

»Tut er auch nicht. Dafür ich umso mehr. Wenn du einen echten Breakdancer auf der Tanzfläche sehen willst, solltest du dir den Abend nicht entgehen lassen.«

»Breakdance? Ist doch total out.«

»Von wegen. So wie ich das mache, ist es super in.«

Sie lachte.

»Lass mal. Ich glaube nicht, dass Jo begeistert wäre, wenn ich mitkomme.«

»Unsinn. Der freut sich.«

»Ein anderes Mal vielleicht«, sagte Kati und verschwand schnell aus der Küche, bevor Pedro sie weiter bequatschen konnte.

Gegen Mitternacht waren sie in der Küche fertig. Sie vereinbarten, dass Philipp und Pedro nach Hause fahren und sich umziehen sollten. Danach wollten sie sich alle bei Pedro treffen, um gemeinsam mit Jos Volvo nach Wiesbaden zu fahren.

Jo duschte und zog sich eine Jeans und ein dunkles Hemd über. Es war eine Ewigkeit her, seit er das letzte Mal in einer Disko gewesen war. Seit er das Waidhaus eröffnet hatte, blieb ihm für derartige Vergnügungen kaum Zeit. Früher, als er auf dem Kreuzfahrtschiff gearbeitet hatte, waren sie oft in der Disko gewesen. Natürlich nicht in einer der drei großen Diskotheken auf dem Oberdeck. Die waren den Gästen vorbehalten. Tief unten im Bauch des Schiffes gab es einen Aufenthaltsraum für die Crew, den die Mitarbeiter in eine Disko umgebaut hatten. Dort ging es in den Nächten hoch her. Denn irgendwie musste der Stress raus – kaum Privatsphäre, ständig lange arbeiten. Das ging auf die Dauer an die Substanz.

Wie sagte Otto, der stellvertretende Bordingenieur, der sich mit Jo und zwei anderen Kollegen eine Kabine teilte, gern: »Wenn du in dem Laden nicht Party machst, drehst du irgendwann durch.«

Jo blickte aus dem Fenster hinaus auf den Rhein, der im Licht der Straßenlampen träge glitzerte. Er spürte, wie die Müdigkeit langsam durch seinen Körper kroch. Am liebsten wäre er ins Bett gegangen. Aber er konnte keinen Rückzieher mehr machen.

KAPITEL 13

Vom Meer her wehte eine leichte Brise, und ein kalter Windhauch strich über den Hafen. Benito Juarez stand an der Reling und zog seine abgetragene Jacke enger um seine schmalen

Schultern. Er hustete. Zwei volle Tage lagen sie schon im Hamburger Hafen und warteten darauf, dass das verdammte Ersatzteil endlich angeliefert wurde. Es war das dritte Mal in diesem Jahr, dass eine ihrer beiden 6.000 PS starken Maschinen Probleme machte und repariert werden musste. Der Filipino spuckte verächtlich aus. Der alte Kahn würde einmal ihr Tod sein. Nicht auszudenken, wenn während eines Sturmes die beiden großen Dieselmotoren ausfielen.

Drei lange Jahre fuhr er schon auf der ›Victor Antonow‹, einem uralten Frachter, der vor mehr als zwei Jahrzehnten von den Russen ausrangiert und nach Liberia verkauft worden war. Danach hatte das Schiff mehrfach den Besitzer gewechselt. Gegenwärtig gehörte es einem reichen Libanesen, war aber auf den Bahamas registriert. Die ›Victor Antonow‹ pendelte laufend zwischen Europa, Afrika und Japan.

Meist waren die riesigen Lagerräume mit allem möglichen Schrott gefüllt. Diesmal hatten sie alte Kühlschränke und Waschmaschinen, kaputte Fernseher und einige Möbel geladen, die sie in Kopenhagen an Bord genommen hatten. Alles Dinge, die von den reichen Europäern weggeworfen wurden, weil sie zu alt und unansehnlich geworden waren. Viele der Geräte waren defekt. Die Reparatur lohnte sich für ihre Besitzer nicht mehr, und so wurde etwas Neues angeschafft. In Afrika, wo es keine Rolle spielte, wie viel Zeit die Instandsetzung dauerte, war der »Schrott« dagegen sehr begehrt. Mit selbstgebastelten oder aus anderen Geräten ausgebauten Ersatzteilen wurden die Waschmaschinen und Kühlschränke funktionsfähig gemacht und starteten eine zweite Karriere als Haushaltshelfer in der südlichen Hemisphäre.

Benito Juarez hasste es, zur See zu fahren. Die harte Arbeit und die sich endlos dahinziehende Monotonie, wenn sie während ihrer Freiwachen in der Kajüte herumsaßen, rauchten oder an die Decke starrten, machten ihm zunehmend zu schaffen. Er sehnte sich nach seiner philippinischen Heimat und nach seiner Frau, die mit den Kindern ungeduldig auf seine Rückkehr wartete. Nur noch vier Wochen, dann hatte er einen Monat frei. Das war der Rhythmus, in dem sich sein Leben abspielte, seit er aus dem Gefängnis gekommen war: fünf Monate auf See, ein Monat zu Hause.

Von dem Geld, das er damit verdiente, konnten sie gerade so leben.

Benito spuckte aus.

Er hatte sich geschworen, nie mehr eine Straftat zu begehen. Doch in letzter Zeit stellte er sich zunehmend die Frage, ob sich ehrliche Arbeit wirklich lohnte. Er rackerte sich jeden Tag bis zum Äußersten ab, nahm lange Trennungen von seiner Familie in Kauf, aber kam auf keinen grünen Zweig. Während seiner fast fünfjährigen Karriere als Kleinkrimineller war es ihm wesentlich besser gegangen. Er konnte sich ein Moped leisten und ein kleines Haus. Jetzt lebten sie dagegen eingepfercht in einer winzigen Wohnung in einem Vorort von Manila. Benito hatte als junger Mann mit kleinen Gaunereien angefangen: Taschendiebstähle und Trickbetrügereien mit Touristen. Im Lauf der Zeit verlegte er sich auf Einbrüche und Autodiebstähle. Da war mehr Geld zu holen. Aber dann reichte ihm das nicht mehr, und er stieg in den Drogenhandel ein. Er war nur ein kleines Licht und verkaufte Haschisch auf der Straße für einen der großen Dealer, welche die Armenviertel von Manila beherrschten. Damit verdiente er mehr als doppelt so viel wie zuvor. Sein Leben schien sich in bessere Bahnen zu entwickeln. Er lernte seine Frau kennen, und sie heirateten rasch: das erste Kind war unterwegs.

Anfangs wusste seine Frau nicht, womit er sein Geld verdiente. Er hatte ihr erzählt, dass er mit Grundstücken handelte. Doch dann wurde er von der Polizei gefasst.

Zu seinem Unglück hatte er gerade eine neue Lieferung von seinem Zwischenhändler übernommen. Die Menge war so groß, dass sie ihm fünf Jahre Gefängnis einbrachte. Dort musste er sich mit 20 Mitgefangenen eine Zelle teilen, die ursprünglich für sechs Häftlinge ausgelegt war. 20 Mann und nur eine einzige Toilette. Dazu eine Spülung, die selten funktionierte. Es stank entsetzlich. Die Krankheiten unter den Gefangenen häuften sich.

Benito schüttelte sich, als er daran dachte. Dazu das schlechte Essen, der ständige Hunger und die Schikane durch die Wärter … Die Zeit an diesem schrecklichen Ort war die schlimmste in seinem Leben gewesen. Wenn seine Frau nicht zu ihm gestanden hätte, wäre er wahrscheinlich nicht lebend herausgekommen.

So aber hatte er sich durchgekämpft. Er hielt sich aus allen Streitereien unter den Gefangenen heraus und versuchte, sich mit den Wärtern gut zu stellen – soweit das überhaupt ging. Als er vorzeitig freikam, musste er seiner Frau hoch und heilig versprechen, nie wieder etwas Illegales zu tun.

Daran hatte er sich gehalten. Bis jetzt. Doch in letzter Zeit spürte er eine vermehrte Unruhe in sich. Etwas musste sich ändern. Er wollte nicht sein restliches Leben zur See fahren. Natürlich hatte er nicht vor, wieder als Kleinganove anzufangen. Das wäre wahrscheinlich das Ende seiner Ehe gewesen, denn Maria hätte es keinesfalls hingenommen. Nein, was ihm vorschwebte, war der große Coup, das eine große Ding, das ihm so viel Geld einbrachte, dass er danach nicht mehr würde arbeiten müssen.

Ihm fehlte eine zündende Idee. Aber vielleicht ergab sich bald eine Gelegenheit. Er hielt die Augen offen. Auf der ›Victor Antonow‹ ging einiges vor, das ihn nachdenklich stimmte. Der Kapitän, ein Russe, kümmerte sich nicht darum, was auf seinem Schiff passierte. Auf hoher See verbrachte er die meiste Zeit auf der Brücke oder in seiner Kajüte. Wenn sie vor Anker lagen, verschwand er von Bord und kehrte erst einige Stunden vor dem Auslaufen zurück. Es war ein offenes Geheimnis, dass er sich in dieser Zeit bis zur Besinnungslosigkeit betrank und regelmäßig einen halben Tag benötigte, bis er einigermaßen nüchtern war.

Einen ersten Offizier gab es nicht an Bord, seit der letzte Stelleninhaber vor einem Jahr das Schiff verlassen hatte. Damit lag die ganze Verantwortung für die Beladung des Schiffs, die Versorgung mit Lebensmitteln und die Führung der Besatzung in der Hand des zweiten Offiziers, eines zwielichtigen Ägypters, dessen unsteter Blick sofort in eine andere Richtung wanderte, wenn man ihm in die Augen sah.

Tief unten im Bauch des Schiffes gab es mehrere kleine Frachträume, die nie benutzt wurden. Jedenfalls nicht für offizielle Fracht. Die alten, angerosteten Stahltüren blieben verschlossen. Der zweite Offizier war der Einzige, der einen Schlüssel dafür besaß. Einmal, sie lagen im Hafen von Mogadischu vor Anker, hatte Benito sich mitten in der Nacht an Deck geschlichen, um eine Zigarette zu rauchen. Aus seinem Versteck hinter einem der Rettungsboote beobachtete er, wie einige dunkle Holzkisten von einem alten Lastwagen abgeladen wurden. Der Ägypter stand nervös an der Reling und beaufsichtigte, wie sie an Bord gebracht wurden. Sie verschwanden unter Deck und waren danach nicht mehr auffindbar. Benito durchsuchte in den folgenden Tagen die großen Frachträume nach den ominösen Kisten. Er stöberte in allen Ecken und kroch in die hintersten Löcher, aber die Kisten blieben verschwunden. Zweifelsohne lagerten sie in den verschlossenen Räumen. Benito hätte zu gerne gewusst, was die Kisten enthielten, aber er wagte nicht, eine der Türen aufzubrechen.

Bei seinem nächsten Besuch zu Hause packte er vorsichtshalber sein altes Einbrecherwerkzeug ein, das tief unten in seiner Werkzeugkiste verborgen lag, wo seine Frau es nicht finden konnte. Seitdem begleitete es ihn auf jeder seiner Touren auf dem Meer, gut versteckt in seinem Seesack. Er wollte gerüstet sein, falls der Ägypter wieder etwas Geheimnisvolles an Bord schaffen ließ.

Danach sah es heute jedoch nicht aus. Im Gegenteil, der zweite Offizier hatte ihm sogar aufgetragen, an Deck Wache zu stehen. Er sollte auf ein neues Besatzungsmitglied warten, das er angeheuert hatte. Es war äußerst ungewöhnlich, dass der neue Mann in Deutschland an Bord kam. Die Deutschen arbeiteten normalerweise nicht auf Schiffen wie der ›Victor Antonow‹. Sie fuhren, wenn überhaupt, auf modernen Containerschiffen, bei denen fast alles automatisch lief und man sich viel weniger die Finger schmutzig machen musste. Doch die Verstärkung war dringend notwendig. In Kopenhagen waren zwei Nigerianer verschwunden, die auf der ›Victor Antonow‹ gearbeitet hatten. Wahrscheinlich waren sie untergetaucht, um in ein paar Tagen in Dänemark Asyl zu beantragen.

Der Vorfall hatte für einigen Ärger gesorgt. Beamte der Einwanderungsbehörde kamen an Bord und stellten viele Fragen: Wie die beiden aussahen, wie ihre Namen lauteten und welche Pläne sie verfolgen mochten.

Er schüttelte den Kopf. Als ob die Nigerianer so etwas irgendjemanden erzählt hätten! Da wären sie schön dumm gewesen! Außerdem redeten die verschiedenen Nationalitäten an Bord kaum miteinander. Neben dem Kapitän und dem zweiten Offizier bestand die Besatzung nur aus 13 Mann: acht Filipinos, zwei Malaien, den beiden Nigerianern und dem rumänischen Schiffsingenieur. Viel zu wenige Menschen für die ganze Arbeit, die zu tun war!

Nach dem Abgang der beiden Afrikaner schafften sie es überhaupt nicht mehr, obwohl die verbliebenen Matrosen bis zum Umfallen schufteten. Benito fragte sich, wo der Ägypter den neuen Mann aufgetrieben hatte.

»Soll ich mir seine Papiere zeigen lassen?«, fragte er den zweiten Offizier.

»Ist schon alles überprüft«, antwortete dieser schnell.

Für Benitos Geschmack eine Spur zu schnell. Irgendetwas stimmte nicht. Das hatte er sofort im Gefühl. Vielleicht handelte es sich um einen entflohenen Sträfling, der aus Deutschland verschwinden musste, dachte er und zündete sich eine Zigarette an. Falls das zutraf, ließ sich der Ägypter dafür bestimmt gut bezahlen.

Vielleicht fiel ein wenig von dem Geld für ihn ab. Einen Sträfling roch er zehn Meilen gegen den Wind. Aber er musste höllisch aufpassen, dabei keinen Fehler zu machen. Mit dem Ägypter war nicht zu spaßen!

Seine Zigarette hatte er fast bis zum Filter abgeraucht. Mit einer lässigen Bewegung, die er sich in einem amerikanischen Film abgeguckt hatte, schnippte er sie ins Meer. Er sah auf die Uhr. Schon fast acht. Der Mann hätte längst da sein sollen. Angeblich hieß er David. Doch als sich das neue Besatzungsmitglied dem Aufgang zur ›Victor Antonow‹ näherte, wusste Benito sofort, dass der Name erfunden war. Der Mann, der sich über die schmale Treppe nach oben hangelte und eine große, silbernglänzende Aluminiumkiste hinter sich herzog, war kein Deutscher.

Er war nicht einmal Europäer. Benito vermutete, dass er aus Japan stammte. Er sah zumindest japanisch aus. Der Schluss lag nahe, denn die Reise der ›Victor Antonow‹ sollte mit Zwischenstopps in Abijan und Dakar, wo die Ladung gelöscht wurde, nach Japan gehen.

»Hallo«, sagte der Filipino auf Englisch. »Bist du der neue Matrose?«

Der Mann nickte stumm. Benito spürte sofort, dass mit dem Kerl etwas nicht stimmte. Er hätte nicht sagen können, wieso. Vielleicht waren es seine Augen. Darin lag etwas Kaltes, Abschätziges.

Schnell wandte der Filipino seinen Blick ab.

»Komm mit, ich zeig dir den Schlafraum«, sagte er und drehte sich um. Während er vor ihm herlief, meinte er den durchdringenden Blick des Mannes in seinem Nacken zu spüren. In der Kabine zeigte er dem Neuankömmling die Betten.

»Du kannst dir eines aussuchen, die vier da hinten sind frei.«

Der Mann sah ihn stumm an. Dann schob er seine Kiste in Richtung des am weitesten hinten gelegenen Betts. Das war ungewöhnlich, denn die meisten Matrosen wollten möglichst nah an der Tür schlafen. Wenn man todmüde von der Schicht zurückkam, war es angenehm, wenn man sich direkt in seine Koje fallen lassen konnte und nicht ein paar Extraschritte laufen musste.

Benito legte sich auf sein eigenes Bett und griff zu einem Magazin, das auf dem Kästchen daneben lag. Aus den Augenwinkeln beobachtete er, wie der Japaner die braune Überwurfdecke so auffaltete, dass sie an der Seite bis zum Boden fiel. Nun konnte man die hellglänzende Metallkiste nicht mehr sehen, die er sofort unter sein Bett geschoben hatte. Offensichtlich wollte er nicht, dass sie zu sehr ins Auge stach.

Benitos Gedanken kreisten die ganze Zeit um diese Kiste. Aus zwei Gründen: Zum einen war sie mit einem speziellen Schloss verriegelt. Nicht eines von den billigen, einfachen Vorhängeschlössern, wie man sie in jedem Baumarkt kaufen konnte. Nein, es handelte sich um ein hochwertiges Modell mit einem aufwändigen Schließmechanismus und einem Bügel aus extra gehärtetem Stahl. Es war extrem teuer. So ein Schloss kaufte man nicht, wenn man damit nur Wäsche und ein paar Bücher schützen wollte. Viel interessanter fand Benito, dass der Japaner seine Kiste während der ganzen Zeit nicht eine Sekunde aus den Augen gelassen hatte. Auch jetzt, da sie sicher unter seinem Bett verstaut war, setzte er sich so hin, dass ihr Aufbewahrungsort in seinem Blickfeld blieb.

Eines hatte Benito in seiner Zeit als Taschendieb gelernt: Es war ein untrügliches Zeichen für einen wertvollen Inhalt, wenn der Besitzer seine Tasche besonders fest hielt oder sich immer wieder vergewisserte, dass sie noch da war.

Zu gerne hätte er gewusst, was der seltsame Kerl darin aufbewahrte …

KAPITEL 14

Als Jo beim Haus von Pedros Eltern eintraf – der junge Spanier wohnte noch zu Hause –, warteten die beiden schon. Pedro hatte eine CD mitgebracht, auf der er einen bunten Mix aus Diskoklassikern und neuen Liedern zusammengeschnitten hatte. Die warf er in Jos CD-Spieler und drehte die Lautstärke auf. Das vertrieb wenigstens die Müdigkeit. Nach ein paar Minuten saßen alle drei in ihren Sitzen und wippten im Takt mit, während Jo in Richtung Wiesbaden rauschte.

Zu Jos Erstaunen war die Disko gut gefüllt. Auf der Tanzfläche tummelten sich jede Menge Teenies, aber auch einige ältere Semester waren darunter. Jo fragte sich, ob das Publikum in der Disko immer schon so jung gewesen war, oder ob es ihm nur auffiel, weil er selbst Anfang 30 war.

Für philosophische Betrachtungen blieb ihm jedoch keine Zeit. Pedro zog sie auf die Tanzfläche, und nach ein paar Minuten rockten die drei ab, als ob sie nie etwas anderes gemacht hätten.

Pedro mit seinen langen dunklen Haaren und den feurigen Augen war nach kurzer Zeit in ein intensives Gespräch mit einer dunkelhaarigen Schönheit vertieft. Das heißt, von Gespräch konnte nicht die Rede sein. Die beiden tanzten miteinander und schrien sich abwechselnd etwas ins Ohr. Nach einer Weile hatten Jo und Philipp von der Herumhopserei genug und verzogen sich an die Bar. Jo, der fahren musste, holte sich eine Cola, Philipp entschied sich für eines dieser neumodischen Mixgetränke aus Wodka und irgendeiner bunten Limonade. Auch an der Bar war es ziemlich laut, sodass es nicht sehr viel Spaß machte, sich zu unterhalten. So hingen die beiden ihren Gedanken nach und sahen den anderen beim Tanzen zu. Nach einer Weile tauchte Pedro auf, der zwischenzeitig im Gewühl verschwunden war.

»Was ist los? Ihr seid ja allein«, rief er ihnen ins Ohr. »Ihr müsst abdancen, dann lernt ihr am besten jemand kennen.«

Jo zuckte mit den Schultern.

»Siehst du da drüben die kleine Blonde?«, sagte Pedro und stupste Jo mit dem Ellenbogen in die Seite.

»Die ist scharf auf dich!«

Pedro grinste. Jo folgte seinem Blick. Ein hübsches blondes Mädchen, das ihn intensiv gemustert hatte, sah schnell zur Seite. Sie war ihm vorher schon aufgefallen, weil sie in seiner Nähe getanzt hatte.

»Geh doch mal rüber und quatsch sie an«, forderte Pedro ihn auf.

Jo schüttelte den Kopf.

»Die ist keine 20 Jahre alt«, rief er ihm ins Ohr.

»Ist doch egal«, gab Pedro zurück. »Du sollst sie ja nicht heiraten. Ein bisschen quatschen, ein bisschen knutschen, und wenn du Glück hast, geht sogar mehr.«

Pedro grinste.

»Du meinst wohl so wie mit deiner Dunkelhaarigen!«, erwiderte Jo.

»Ja, klar. Sie heißt Nadja und macht eine Lehre als Kosmetikerin. Wenn sie vom Klo zurückkommt, zeigt sie mir, wie ich meine Augen besser zur Geltung bringen kann.«

Pedro grinste breit. Jo lachte und schüttelte den Kopf. Der junge Spanier war unverbesserlich. Keine Viertelstunde später war er allerdings zurück. Zu seiner Enttäuschung musste seine Kosmetikerin schon gehen. Sie wohnte bei ihren Eltern und hatte spätestens um zwei Uhr morgens zu Hause zu sein, sonst gab es Ärger. Wenigstens hatte sie ihm ihre Telefonnummer gegeben.

Obwohl Pedro gerne länger geblieben wäre, wollten die

beiden anderen nach Hause. Die kleine Blondine warf Jo einen sehnsuchtsvollen Blick hinterher. Sie hatte sich solche Mühe gegeben, aber der sportliche Typ an der Bar hatte sie trotzdem kaum beachtet. Männer, dachte sie enttäuscht. Na ja, wahrscheinlich wäre er ohnehin zu alt für sie gewesen. Aber er hatte schöne blaue Augen. Irgendwie geheimnisvoll, fand sie. Mit einem Seufzer stürzte sie sich auf die Tanzfläche.

Vielleicht lernte sie ja jemand anderen kennen.

Am nächsten Morgen brauchte Jo eine Weile, bis er aus dem Bett kam. Obwohl er nichts getrunken hatte, fühlte sich sein Kopf an, als habe eine Horde wildgewordener Shetlandponys darin eine Party veranstaltet. Er steckte ihn unter kaltes Wasser. Das half. Als er aus dem Bad kam, klingelte das Telefon. Zuerst verstand er den Namen nicht richtig und musste nachfragen. Dann fiel bei ihm der Groschen.

»Herr Nakamura«, rief er überrascht. »Womit kann ich Ihnen helfen?«

»Ich würde mich gerne mit Ihnen treffen«, sagte der Japaner ungewöhnlich direkt.

»Äh, sehr gerne«, erwiderte Jo überrascht. »Worum geht es?«

»Das sage ich Ihnen dann«, erklärte Herr Nakamura geheimnisvoll. Sie vereinbarten, sich am kommenden Montag in der Firma des Japaners in Düsseldorf zu treffen.

Nach dem Telefonat starrte er ratlos auf den Apparat. Was hatte die überraschende Einladung zu bedeuten?

Doch der Anruf von Herrn Nakamura sollte nicht die einzige Überraschung in dieser Woche bleiben. Die Polizei setzte kurzfristig eine Pressekonferenz an. Jo erfuhr davon, wie immer, von Klaus Sandner. Zu seinem Bedauern konnte der junge Küchenchef sich diesmal die Pressekonferenz nicht ansehen, obwohl sie im Fernsehen übertragen wurde. Er hatte Termine mit einigen seiner Lieferanten vereinbart, die er nicht verschieben wollte. Seufzend erklärte sich Sandner bereit, ihm später Bericht zu erstatten. Jo plagte ein schlechtes Gewissen, dass er die Freundschaft zu dem Journalisten so ausnutzte. Aber was blieb ihm anderes übrig?

Wenn er in diesem Fall etwas herausfinden wollte, war er dringend auf Informationen angewiesen. Gegen Abend meldete sich der Journalist wieder.

Er klang müde.

»Stressigen Tag gehabt?«, fragte Jo teilnahmsvoll.

»Kannst du laut sagen. Kurzfristig sind zwei Kollegen wegen Krankheit ausgefallen, die ich fest mit Artikeln eingeplant hatte. Deswegen musste ich selbst einen Bericht schreiben. Das hat meine ganze Tagesplanung über den Haufen geworfen.«

»Du hattest keine Zeit, die Pressekonferenz anzusehen?« Jo klang enttäuscht. Sandner musste lachen.

»Nein, so schlimm war es nicht. Du weißt doch, dass ich deine Aufträge immer pflichtschuldigst erledige«, meinte er spöttisch.

»Was hat die Polizei gesagt?«, wollte Jo wissen, ohne auf den spitzen Unterton einzugehen.

»Letztlich nicht viel. Sie haben sich hin und her gewunden, aber dann zugegeben, dass der junge Mann, an deren Festnahme du so heldenhaft mitgewirkt hast, nicht für die Morde verantwortlich ist.«

»Und da sind sie sich hundertprozentig sicher?«

»Ja. Zum einen hat er für einen der beiden Morde ein Alibi. Zum anderen scheinen die Waffen, die sie bei diesem Deutschrussen gefunden haben, nicht mit der Mordwaffe übereinzustimmen.«

»Ich dachte, die Mordwaffe ist nicht gefunden worden«, wandte Jo ein.

»Ist sie auch nicht. Sie haben es anders festgestellt. Die Polizei wollte aber aus den berühmten ermittlungstechnischen Gründen nicht sagen, wie.«

»Hat an der Stelle niemand nachgebohrt?«

»Nicht wirklich. Dein Freund Wenger ist bekanntermaßen ein Geheimniskrämer vor dem Herrn. Wahrscheinlich steckt nicht viel dahinter.«

»Kannst du versuchen, mehr herauszubekommen?«

»Warum sollte ich?«

Jo wusste selbst nicht, wieso er gerade an dieser Frage hängen geblieben war.

»Da könntest du etwas Exklusives für deine Leser herausfinden«, versuchte er den Journalisten bei seiner Berufsehre zu packen.

»Ich glaub nicht, dass sich viele meiner Leser dafür interessieren. Allenfalls einer vielleicht«, fügte er trocken hinzu.

»Ach, komm schon.«

»Also schön«, gab Sandner nach. Er war zu müde, um über den Punkt zu diskutieren. »Wenn ich in den nächsten Tagen Zeit finde, hör ich mich um.«

Am Montag fuhr Jo früh los. Er wollte in Düsseldorf einkaufen, bevor er sich mit Kazuhiro Nakamura traf. Die Arbeit ließ ihm selten Zeit für größere Shoppingtouren. Es war höchste Zeit, dass er sich ein paar Hosen und Hemden kaufte. Auf der Königstraße arbeitete er sich systematisch durch die wichtigsten Geschäfte und kam schließlich mit mehreren Tüten bepackt zu seinem Auto zurück. Anschließend zog er los und aß in einem kleinen Restaurant am Rhein eine Suppe und einen Salat. Die Suppe war versalzen und konnte ihn nicht überzeugen. Dafür schmeckte der Cappuccino, den er sich nach dem Essen gönnte, ausgezeichnet.

Gegen halb drei brach er auf. Die Firma von Herr Nakamura lag etwas außerhalb von Düsseldorf. Kurz vor drei traf er am Werksgelände ein. Am Empfang wurde er bereits erwartet. Eine hübsche Hostess brachte ihn nach oben zu Nakamuras Büro. Sie klopfte und öffnete für ihn die Tür, bevor sie sich mit einem Lächeln verabschiedete.

Herr Nakamura erhob sich von seinem Schreibtisch und kam auf Jo zu. Zur Begrüßung verbeugte er sich kurz. Jo tat es ihm gleich, obwohl er sich komisch vorkam. Mit einer Handbewegung lud der Geschäftsmann ihn ein, auf einer Sitzgruppe im vorderen Bereich des Raums Platz zu nehmen. Etwas neidisch blickte Jo sich um. Sein eigenes Büro hätte in das von Herrn Nakamura gut und gerne dreimal hineingepasst. Anscheinend konnte man mit dem Verkauf von Elektronik mehr Geld verdienen als mit einem Restaurant, dachte er und grinste.

»Vielen Dank, dass Sie den Weg nach Düsseldorf gefunden haben«, sagte Herr Nakamura, nachdem sie sich gesetzt hatten. »Eigentlich wollte ich Sie in Ihrem Restaurant besuchen, aber mein Terminkalender lässt einen Ausflug ins Rheintal gegenwärtig nicht zu.«

Er lächelte entschuldigend.

»Sie haben sich sicherlich gefragt, was der Grund meines Anrufs ist. Wenn Sie nicht dazwischengegangen wären, hätte dieser verwirrte junge Mann sich vielleicht zu einer Gewalttat hinreißen lassen. Deswegen wollte ich mich persönlich bei Ihnen bedanken.«

Unvermittelt erhob der Japaner sich und machte eine tiefe Verbeugung. Jo wusste nicht, was er darauf antworten sollte und sah Nakamura verlegen an. Schließlich setzte sich der ältere Herr. Die Szene kam Jo eigenartig förmlich vor. Fehlte nur, dass er eine Urkunde überreicht bekam. Herr Nakamura musterte ihn nachdenklich.

»Warum haben Sie das getan?«, wollte er wissen. »Schließlich hätten Sie schwer verletzt werden können.«

Jo zuckte mit den Schultern. Es enstand eine Pause.

»Ich habe mich über Sie erkundigt«, fuhr Nakamura fort. »Es ist nicht das erste Mal, dass Sie an der Aufklärung eines Mordfalls mitwirken.«

Jo wurde das Gespräch immer unangenehmer. Worauf wollte der Japaner hinaus?

»Bei unserem letzten Treffen war ich kurz angebunden, als die Rede auf meinen bedauernswerten Landsmann Herrn Watanabe kam. Heute habe ich mehr Zeit.«

Erst jetzt fiel bei Jo der Groschen. Obwohl er nicht genau wusste, ob Kazuhiro Nakamura dies aus Dankbarkeit tat oder weil er glaubte, Jo könne mehr als die Polizei erreichen, wollte er sich die Gelegenheit nicht entgehen lassen.

»Kannten Sie Herrn Watanabe und Herrn Kawanishi persönlich?«

Der Geschäftsmann nickte.

»Was war Herr Watanabe für ein Mensch?«

»Nun, er war fleißig, arbeitsam und immer bestrebt, die Erwartungen seines Vaters zu erfüllen. Soweit ich gehört habe, waren seine Managemententscheidungen allerdings nicht immer von Erfolg gekrönt.«

»Das heißt, er musste um seine Position im Unternehmen kämpfen?«

»Er war der älteste Sohn. Die Führung wäre ihm automatisch zugefallen. Sein Vater wollte jedoch, dass er in Europa beweist, dass er für die Aufgabe bereit ist. Das war für ihn nicht einfach. Er hat mir einmal erzählt, dass er sich sehr für Kunst und Musik interessiert. Aber dafür blieb ihm nicht viel Zeit.«

»Was wäre passiert, wenn Herr Watanabe sich als nicht geeignet erwiesen hätte?«

Nakamura zuckte mit den Schultern.

»Dann hätte ein Cousin oder ein anderer Verwandter einspringen müssen. Oder im schlimmsten Fall ein familienfremder Manager.«

»Und Herr Kawanishi?«

»Oh, er war geschäftlich sehr erfolgreich. Er wäre wohl in Kürze an die Spitze der Kawanishi-Gruppe gerückt. Sein Vater ist sehr alt. Der Tod von Yasuhiro muss für ihn ein besonders schwerer Schlag sein. Er war sein einziger Sohn.«

Der Japaner hielt inne.

»Wissen Sie, ob es zwischen den beiden eine besondere Beziehung gab?«, fragte Jo.

»Die beiden Familien verbindet eine jahrhundertealte Partnerschaft«, erklärte Nakamura feierlich.

Der junge Küchenchef sah ihn ungläubig an.

»So etwas kennen Sie im Westen nicht. In Japan haben sich viele Verbindungen aus der Feudalzeit erhalten. Familien, die durch traditionelle Treue- und Lehensverhältnisse gebunden waren, haben diese in der Neuzeit fortgeführt. Solche Partnerschaften gehen weit über normale Kunden- und Lieferantenbeziehungen hinaus. Deswegen ist es für westliche Firmen schwer, auf dem japanischen Markt Fuß zu fassen. Wir geben eine Verbindung nicht auf, nur weil ein anderer Anbieter ein paar Cent günstiger ist.«

»Und so ein Treueverhältnis besteht zwischen den Familien Watanabe und Kawanishi?«

Herr Nakamura nickte.

»Beides sind alte Samuraifamilien.«

»Samurai? Ich dachte, die wären längst ausgestorben«, sagte Jo gedankenlos.

»Die Privilegien der Samurai wurden im 19. Jahrhundert abgeschafft. Viele Samuraifamilien verloren dadurch ihr traditionelles Einkommen und mussten sich nach neuen Betätigungsfeldern umsehen. Doch der Geist der Samurai spielt bis heute eine wichtige Rolle in der japanischen Gesellschaft«, erläuterte Nakamura.

»Was glauben Sie, warum sind die beiden ermordet worden?«, wollte Jo wissen.

Kazuhiro Nakamura zuckte mit den Schultern.

»Ich habe keine Erklärung.«

»Aber es kann kein Zufall sein, dass es gerade zwei Ihrer Landsleute getroffen hat.«

»Vielleicht ja, vielleicht nein. Ich weiß zu wenig, um mir ein Urteil zu erlauben.«

»Wie sieht es aus mit der japanischen Mafia? Könnte hier der Schlüssel liegen?«

Nakamura lachte.

»Es gibt sehr eigenartige Vorstellungen im Westen über die Yakuza. Ich glaube, viele Europäer verwechseln sie mit der italienischen Mafia. Die Yakuza bewegen sich am Rand der Gesellschaft. Ihr Einfluss auf die Wirtschaft in Japan ist sehr gering. Ich weiß nicht, was der Hintergrund für diese grausamen Morde ist, aber sie haben sicherlich nichts mit der Yakuza zu tun.«

Jo fragte sich, wie der Geschäftsmann so sicher sein konnte. Als sie sich erhoben, um sich zu verabschieden, fiel Herrn Nakamura noch etwas ein.

»Ich weiß nicht, ob es für Ihre Nachforschungen wichtig ist, aber Sie sollten wissen, dass Yasuhiro Kawanishi eine Teiko-Alarmanlage besaß.«

»Eine was?«

Jo warf dem Geschäftsmann einen verständnislosen Blick zu.

»Die Firma Teiko stellt die besten Alarmanlagen der Welt her«, erläuterte Nakamura mit einem gewissen Stolz. »Herr Kawanishi hat extra das neueste Modell aus Japan kommen lassen. In Expertenkreisen gilt so eine Anlage als praktisch unüberwindbar.«

Er sah Jo mit einer undurchdringlichen Miene an.

»Ich dachte, das würde Sie vielleicht interessieren.«

Auf der Rückfahrt ließ Jo sich das Gespräch durch den Kopf gehen.

Was hatte der Japaner ihm mit dem Hinweis auf die Alarmanlage sagen wollen?

Dass Kawanishi seinen Mörder gekannt und ihm selbst die Tür geöffnet haben musste? Oder dass ein Geheimdienst oder eine andere Regierungsorganisation seine Finger im Spiel hatte? Denn wer sollte sonst die Fähigkeit besitzen, eine angeblich einbruchsichere Alarmanlage zu überwinden? Oder bedeutete es doch, dass die Mafia in den Fall involviert war? Je mehr er darüber nachdachte, umso verwirrender erschien ihm die Angelegenheit. Auch wenn Jo es sich nicht gerne eingestand: Er war mit seinem Latein am Ende.

Kazuhiro Nakamura saß in seinem großen Ledersessel und blickte von seiner Wohnung auf das nächtliche Düsseldorf hinunter. Es war fast zwei Uhr morgens, und er wartete immer noch. Endlich klingelte das Telefon. Er nahm den Hörer ab und meldete sich.

»Sind Sie allein?«, fragte eine männliche Stimme.

»Ja«, antwortete Nakamura.

»Was haben Sie herausgefunden?«

»Nicht viel. Ich habe mich umgehört und meine Kontakte spielen lassen. Die deutsche Polizei tappt bezüglich der Morde nach wie vor im Dunkeln.«

»Sind Sie sicher?«

»Ja.«

»Was ist mit diesem Koch, über den wir letztes Mal gesprochen haben? Sind Sie unserer Anweisung gefolgt?«

»Selbstverständlich. Wie Sie es gewünscht haben, habe ich mich mit ihm getroffen.«

»Was haben Sie herausgefunden?«

»Ich glaube nicht, dass er etwas weiß«, meinte Nakamura halbherzig.

»Das war nicht unsere Frage. Sie hatten die klare Anweisung herauszufinden, ob er sich mit dem Fall beschäftigt.« Die Stimme klang ungehalten.

»Er hat Fragen nach den beiden Toten gestellt und welche Beziehungen zwischen ihnen bestanden«, räumte der Geschäftsmann ein.

Er hörte, wie sein Gegenüber unmerklich die Luft anhielt.

»Was haben Sie ihm erzählt?«

»Nicht viel. Eigentlich gar nichts«, sagte Nakamura schnell.

Für einen Moment blieb es still in der Leitung.

»Treiben Sie kein Spiel mit uns!«, warnte die Stimme. »Sie wissen, dass Sie erhebliche Unannehmlichkeiten bekommen könnten.«

»Ich weiß nicht, was Sie von mir wollen. Ich habe alles getan, was Sie verlangt haben.«

»Sie sollten ihn aushorchen, aber Sie sollten ihm keine Informationen geben«, erwiderte die Stimme böse.

»Das habe ich nicht getan«, verteidigte sich Herr Nakamura. »Sie wollten schließlich, dass ich mit ihm spreche.«

»Schon gut. Bleiben Sie weiter wachsam. Sobald Sie etwas Neues hören, informieren Sie uns sofort.«

Nakamura nickte.

»Außerdem brauchen wir seinen vollen Namen und die exakte Schreibweise. Falls dieser Koch nach Japan kommt, müssen wir ihn im Auge behalten.«

Widerstrebend folgte der Geschäftsmann der Aufforderung. Er hatte keine Wahl.

Trotzdem fühlte er sich Jo Weidinger gegenüber schuldig. Er wollte nicht, dass der junge Koch Schwierigkeiten bekam. Andererseits würde er sicher nicht so verrückt sein, wegen der Morde nach Japan zu fahren! Das Ganze ging ihn schließlich nichts an.

Am nächsten Morgen saß Jo früh im Sattel und drehte eine Runde mit seinem Fahrrad. Er hatte sich eine besonders schwierige Strecke durch die Weinberge ausgesucht, denn er wollte den Kopf freibekommen. Kaum war er zu Hause, klingelte das Telefon. Es war Klaus Sandner.

»Da hast du wieder einmal den richtigen Riecher gehabt«, sagte der Journalist anerkennend. »Die Polizei hat an beiden Leichen mikroskopisch kleine Metallsplitter gefunden, die von der Tatwaffe stammen. Laut den Untersuchungen der Polizei stimmen die Splitter von der Zusammensetzung her vollständig überein. Und jetzt kommt der Knackpunkt: Mein Kontakt hat mir erzählt, das Metall sei 16-fach gefaltet.«

»16-fach gefaltet? Was bedeutet das?«

»Keine Ahnung«, erwiderte Sandner. »Hört sich aber toll an, irgendwie nach Origami.«

Er lachte.

»Es hat etwas mit der Herstellung des Metalls zu tun. Eine 16-fache Faltung ist was ganz Besonderes. Das gibt es nur bei ganz wenigen, sehr alten Schwertern in Japan. Das deutet auf jeden Fall darauf hin, dass der Hintergrund der Morde in Japan liegt. Wenger und seine Kollegen versuchen im Moment mehr darüber herauszubekommen, aber das scheint nicht so einfach zu sein.«

»Und was machst du jetzt mit der Information?«

»Für die Zeitung? Nichts. Für uns wäre es nur interessant, wenn die Polizei tatsächlich in Japan ermitteln würde. Aber danach sieht es nicht aus.«

»Okay, vielen Dank dafür. Was ganz anderes: Komm doch mal wieder im Waidhaus vorbei. Dann könnten wir eine Partie Schach spielen.«

»Gern. Muss mal schauen, wann es passt. Im Moment habe ich viel um die Ohren.«

KAPITEL 15

Der weitere Sommer verlief erstaunlich ereignislos, sah man davon ab, dass Philipp sich mit seiner Freundin versöhnte. Damit verbesserte sich seine Stimmung, und er steckte voller Tatendrang. Zusammen mit Ute erweiterte er die Dessertkarte um ein Apfelparfait mit Zitronenmousse und Mandelcrêpes mit Himbeeren, was beides bei den Gästen sehr gut ankam. Das schöne Wetter hielt sich, und die Terrasse war durchgehend gut besucht, weswegen Jo zwei zusätzliche Aushilfen im Service einstellen musste. Für die Küchenmannschaft bedeutete der hohe Andrang zusätzlich Arbeit, sodass sie oft bis spät abends in der Küche standen und die Gerichte für den nächsten Tag vorbereiteten.

In seiner spärlichen Freizeit beschäftigte sich Jo mit japanischen Schwertern und ihrer Herstellung. Die Schwertschmiedekunst stand in Japan in sehr hohem Ansehen. Das Schmieden einer Klinge wurde als beinahe religiöser Akt gesehen. Die Schwertschmiede bereiteten sich oft mit Fasten und verschiedenen Reinigungsriten auf die Herstellung einer Klinge vor. Das Besondere der japanischen Schwerter lag in ihrer einzigartigen Zusammensetzung. Oftmals waren Schwerter entweder aus sehr hartem, sprödem Stahl hergestellt, wodurch die Klingen zwar sehr scharf waren, aber schnell brachen, oder aus nachgiebigem, weichem Stahl, der schnell stumpf wurde. Der Trick bestand nun darin, eine optimale Verbindung zwischen Härte und Nachgiebigkeit zu schaffen. Dies wurde erreicht, indem ausgesuchtes Roheisen durch Hämmern und Falten zu Stahl mit hohem Kohlenstoffgehalt verwandelt wurde. Dieser weichere Stahl wurde mit einem kohlenstoffärmeren und damit härteren zweiten Stahlblock verbunden und verschweißt. Durch immer weitergehende Faltung wurden weiche und harte Stahlschichten übereinander gelegt. So entstanden einzigartige Schwerter von enormer Schärfe und gleichzeitiger Biegsamkeit, wodurch harte Schläge abgefedert werden konnten. Der Stahl für diese Klingen wurde selten mehr als 15 Mal gefaltet, da sonst die Gefahr bestand, dass der Kohlenstoffgehalt abnahm und der Stahl sich zersetzte.

Als bester Schwertschmied aller Zeiten galt Meister Matsuoka. Er war schon zu seinen Lebzeiten am Ende des 13. Jahrhunderts eine Legende. Seine Schwerter waren im Adel sehr begehrt, und selbst die Shogune, die in dieser Zeit faktisch das Land regierten, benutzten nur Klingen aus seiner Hand. Als seine Meisterstücke galten sieben Schwerter, die er in hohem Alter für seine sieben Söhne angefertigt hatte. Der Legende nach wurde für ihre Herstellung Eisenerz aus einer ganz besonderen Grube verwendet, das sich in einzigartiger Weise für das Schmieden von Klingen eignete. Dadurch gelang es Meister Matsuoka nach der Überlieferung, die sieben Schwerter 16-fach zu falten, ohne dass der Stahl an Härte verlor. Die sieben Schwerter wurden dadurch allen anderen Klingen überlegen. Obwohl sich Jo intensiv damit beschäftigte und viel im Internet recherchierte, gelang es ihm nicht, mehr in Erfahrung zu bringen. So oder so, er schenkte der Legende keinen großen Glauben. Wenn es einem Schmied tatsächlich gelungen war, besonders scharfe Schwerter herzustellen, die durch ihre Faltung anderen überlegen waren, hatte er davon bestimmt mehr als sieben Stück angefertigt. Die Verwendung eines derartigen, offensichtlich sehr alten und damit seltenen Schwertes bestätigte allerdings seine erste Vermutung: Der Schlüssel für die Morde lag in Japan.

Zu dem Schluss war auch die Sonderkommission um Hauptkommissar Wenger gelangt. Die Nachforschungen der Polizei steckten in einer Sackgasse. Die Beamten hatten alle Spuren ausgewertet und Dutzende Zeugen befragt. Selbst wenig Erfolg versprechenden Hinweisen waren sie nachgegangen. Doch alle Bemühungen, mehr Informationen aus Japan zu bekommen, verliefen im Sande. Kleinlaut mussten Wenger und Krauß ihren Vorgesetzten berichten, dass es nach wie vor keinerlei konkrete Hinweise auf den Täter gab. Zu ihrem Glück hatte das öffentliche Interesse nachgelassen. Da es zu keinem weiteren Mord gekommen war und es keine neuen Erkenntnisse gab, schienen sich die Journalisten nicht mehr für den Fall zu interessieren. Sah man einmal von Dieter Klein vom *Mainzer Express* ab, der sich fast jede Woche bei Wenger nach dem aktuellen Stand der Ermittlungen erkundigte. Wenger ließ sich jedoch meist verleugnen, was sich nicht positiv auf die ohnehin gespannten Beziehungen zu dem Boulevardblatt auswirkte. Klein veröffentlichte einen Kommentar in seiner Zeitung, in dem er die Tatenlosigkeit der Polizei mit scharfen Worten geißelte. Allerdings fand der Artikel kaum Widerhall in der Bevölkerung, sodass die Morde zunehmend in Vergessenheit gerieten.

Für Hauptkommissar Wenger war es nur ein schwacher Trost, denn wenn es ihm nicht bald gelang, neue Ermittlungsansätze zu finden, würde er den Fall als »ungeklärt« zu den Akten legen müssen.

Einige Tage später stand Jo wieder einmal gedankenverloren am Fenster und sah hinüber zur Loreley.

»Nicht so viel grübeln, sonst bleiben Falten«, sagte Ute und klopfte ihm aufmunternd auf die Schulter. Jo lachte.

»Glaub mir, mein Junge, ich weiß, wovon ich rede«, meinte die 60-Jährige und schnitt eine Grimasse.

»Die meisten 30-Jährigen wären froh, wenn sie so eine makellose Gesichtshaut hätten wie du«, erwiderte Jo.

»Du alter Charmeur«, gab Ute zurück.

Für einen Moment schwiegen beide.

»Du denkst an die Morde, stimmt's?«

Es war mehr eine Feststellung als eine Frage.

»Warum tut ein Mensch so etwas?«, fragte er, ohne seinen Blick von der Loreley abzuwenden. Ute sah ebenfalls hinüber zu den hoch aufragenden Felsen.

»Ich weiß es nicht«, antwortete sie. »Er muss ein sehr einsamer Mensch sein.«

Einsam? So hatte er die Sache noch nie betrachtet.

»Ich glaube, der Mörder braucht dringend Hilfe«, fuhr Ute fort, »sonst wird er wieder morden.«

»Danke«, sagte er unvermittelt und lächelte ihr zu. »Du hast mir sehr geholfen.«

Ute, die nicht recht wusste, worauf Jo hinauswollte, nickte. Dann wandte sie sich ihrem Herd zu. Sie hatte einen Kuchen im Ofenrohr, der fast fertig war. Apfel mit Zimt – Jos Lieblingskuchen.

KAPITEL 16

Unruhig rutschte Benito Juarez auf seinem Stuhl hin und her. Es war einer der seltenen Momente, dass der große Mannschaftsraum praktisch leer war. Drei der Filipinos, die gerade frei hatten, waren an Deck gegangen, um in einem abgelegenen Teil des Schiffes Boule zu spielen. Sie hatten Benito eingeladen, sie zu begleiten, aber er gab vor, müde zu sein. Nur der rumänische Bordingenieur saß am Tisch und las in einem Buch. Sein Teller war längst leer gegessen, und der Filipino fragte sich, wieso der Mann nicht endlich das Feld räumte und sich in seine Kabine begab. Als einem der Offiziere stand ihm eine eigene Kajüte zu. Dort verbrachte er die meiste Freizeit. Nur zum Essen kam er in den großen Mannschaftsraum. Schließlich beendete er das Kapitel, stellte sein Glas und seinen Teller in die Spüle und verließ den Raum, ohne den philippinischen Matrosen eines Blickes zu würdigen. Manchmal ärgerte Benito sich darüber, mit welcher Geringschätzung sie von den Europäern behandelt wurden. Heute war er jedoch froh darüber.

Endlich allein!

Er lauschte auf die Schritte des Rumänen, die sich im Gang verloren.

Dann sprang er auf. Mit wenigen Schritten war er an der Tür und spähte vorsichtig hinaus auf den Gang. Alles ruhig. Die Bahn war frei. Benito lächelte zufrieden.

Als er am Bett des Japaners stand, sah er sich um. Er wollte keinesfalls von ihm überrascht werden. Der Kerl konnte bestimmt sehr unangenehm werden, wenn man in seinen Sachen herumstöberte. Doch es würde Stunden dauern, bis er zurückkehrte. Seine Schicht hatte gerade erst angefangen.

Vorsichtig hob er die Überwurfdecke an und schlug sie nach oben. Er wusste, dass er nichts verändern durfte. So wie der Japaner die ganze Zeit auf sein Bett und das Versteck für seine Kiste achtete, würde er sicherlich die kleinste Veränderung bemerken. Neugierig sah er sich das Schloss aus der Nähe an. Es würde nicht einfach werden. Natürlich hatte er in der Vergangenheit viele Vorhängeschlösser geknackt. Aber noch nie eines, das über einen so aufwändigen Schließmechanismus verfügte. Das bedeutete einige Fummelei. Wenn er es überhaupt schaffte.

Hoffentlich dauerte das Boulespiel lang genug. Manchmal, wenn es anfing zu regnen, kamen die Jungs schnell zurück. Aber der Wetterbericht war gut gewesen. Er ging zu seinem Schlafplatz, zog seinen Seesack unter dem Bett hervor und wühlte darin. Ein zufriedenes Lächeln huschte über sein Gesicht, als er sein Einbruchswerkzeug mit der Hand ertastete.

Schlagartig hatte ihn eine Unruhe befallen. Er warf einen Blick auf seine Uhr.

Sie zeigte nichts an. Sein Instinkt sagte ihm, dass etwas nicht stimmte. Im Lauf der Zeit hatte er gelernt, seinen Instinkten zu vertrauen. Er durfte keine Zeit verlieren. Mit der Hand deutete er an, dass er sich nicht wohlfühlte. Er drehte sich um und verschwand eilig in Richtung der Deckaufbauten, in denen sich die Mannschaftsquartiere befanden. Der Malaie, der mit dem Japaner zusammen das Deck geschrubbt hatte, grinste. Er fragte sich, wieso dieser seltsame Kerl überhaupt als Matrose angeheuert hatte. Er war erkennbar nicht seetauglich. Jedenfalls lief sein Gesicht sofort in einem leichten Grünton an, sobald die Wellen höher schlugen und das Schiff mehr zu schlingern begann. Dennoch musste der Japaner sich erstaunlich selten übergeben. Der Malaie hatte Männer gesehen, die sich ohne jede Erfahrung auf dem Wasser als Matrosen verdingten und den größten Teil der Passage damit verbrachten, mit dem Kopf nach unten über der Reling zu hängen.

Der Japaner schien erstaunlich gut zurechtzukommen. Oder er verfügte über eine außergewöhnliche Selbstdisziplin, wenn er es schaffte, den offensichtlichen Drang sich zu übergeben, ständig zu unterdrücken. Aber diesmal schien es ihm nicht gelungen zu sein. Der Malaie grinste wieder. Er nahm einen Gang heraus und verlangsamte das Arbeitstempo. Übelkeit hin, Übelkeit her, er hatte keine Lust, das Deck allein zu schrubben.

Der Japaner war inzwischen auf dem Gang zum großen Mannschaftsraum angelangt. Er rannte fast. Dabei ließ er seine Uhr nicht aus den Augen. Seine größte Sorge war immer die Rückreise gewesen. Er wusste, dass er mit dem Schwert und dem Inhalt der beiden Holzkisten, die sich in der glänzenden Aluminiumbox befanden, kein Flugzeug besteigen konnte. Deswegen war er auf die Schiffspassage angewiesen. Er hatte den Ägypter in einer heruntergekommenen Kneipe im Hafen von Yokohama kennengelernt, als er damals auf der Suche nach einer Überfahrtgelegenheit nach Europa war. Er hatte sofort gespürt, dass der Mann für seine Zwecke der Richtige war. Dem Ägypter ging es nur ums Geld. Dafür stellte er keinerlei Fragen. Allerdings musste er sich verpflichten, als Matrose auf dem Schiff zu arbeiten – zusätzlich zu der nicht unerheblichen Summe, die er dem zweiten Offizier der ›Victor Antonow‹ bezahlte, damit dieser ihm die Überfahrt ermöglichte. Der Ägypter befürchtete nämlich unangenehme Fragen seines Kapitäns, wenn sich herumsprach, dass er einen Passagier an Bord genommen hatte.

Er war fast da. Die Uhr zeigte nichts an. Da er die Kiste nicht die ganze Zeit beaufsichtigen konnte, hatte er sie mit einer Alarmanlage versehen. Er hatte einen doppelten Boden eingebaut, in dem die Technik für die Übertragung eines Funksignals untergebracht war. Wurde die Kiste geöffnet, gab es einen elektrischen Impuls, der den Funksender aktivierte. Seine Armbanduhr verfügte über einen Empfänger, der genau auf dessen Frequenz eingestellt war. Es hatte ihn viel Zeit gekostet, die ganze Vorrichtung zu installieren.

Er riss die Tür zum Mannschaftsquartier auf und blieb wie angewurzelt stehen. Der Raum war leer. Bis auf einen der Filipinos, der auf seinem Bett lag und schlief.

Misstrauisch betrat er das Mannschaftsquartier. Dabei ließ er den Filipino nicht aus den Augen. Dieser atmete ruhig und fest. Abschätzig sah er den Mann an. Die kleinen Filipinos waren in seinen Augen Menschen niederer Qualität. Geboren, um den großen Nationen zu dienen. Leise näherte er sich seinem Bett. Alles schien in Ordnung zu sein. Er schlug die Decke zurück und betrachtete die Aluminiumkiste.

Sie stand genau so, wie er sie zurückgelassen hatte. Mit einem dünnen Filzschreiber hatte er Punkte auf dem Boden markiert. Sie zeigten ihm an, dass die Kiste nicht verschoben worden war. Die Spannung in ihm ließ nach. Trotzdem warf er dem Filipino einen weiteren misstrauischen Blick zu. Ihm war aufgefallen, dass der Mann ihn öfter musterte als die anderen Mannschaftsmitglieder.

Vielleicht war er nur neugierig. Doch wenn er etwas nicht brauchen konnte, war es Neugierde. Er würde den Mann im Auge behalten müssen …

Als der Japaner das Mannschaftsquartier verlassen hatte, schlug Benito Juarez die Augen auf. Das war knapp, dachte er erleichtert und setzte sich auf. Er hatte etwas auf dem Gang gehört und es gerade noch geschafft, sich auf sein Bett zu werfen und sich schlafend zu stellen. Er fragte sich, woher der Japaner so schnell aufgetaucht war. Nicht auszudenken, wenn er ihn dabei erwischt hätte, wie er an dem Schloss zu seiner Aluminiumkiste herumhantierte.

Er schüttelte den Kopf. Besser, wenn er die Sache für heute abblies. Er musste einen Moment abpassen, bei dem er sicher sein konnte, dass der Japaner ihn nicht stören würde.

KAPITEL 17

Jo blätterte in seinem Telefonregister. Er war sicher, dass er die Nummer irgendwo aufgeschrieben hatte. Nach einigem Suchen fand er sie. Er blickte auf die Uhr.

Kurz nach zwei: In Japan musste es Abend sein. Nach dem dritten Klingeln hob jemand ab und sagte etwas auf Japanisch.

»Hallo, hier ist Jo Weidinger«, antwortete er auf Englisch. »Kenji, bist du das?«

Am anderen Ende der Leitung herrschte für einen Moment Stille.

»Jo? Mensch, von dir hab ich ewig nichts mehr gehört!«, rief Kenji in den Hörer.

»Wie geht's dir?«

»Gut«, erwiderte er. »Und dir?«

»Könnte nicht besser sein. Was macht dein Restaurant? Hast du inzwischen drei Sterne zusammen?«

Jo musste lachen. Kenji hatte sich nicht verändert. Immer noch der gleiche Überschwang. Damit hatte Kenji ihn früher schon aufgezogen, als sie zusammen zur See fuhren. Er war fest davon überzeugt, dass Jo es als Koch einmal sehr weit bringen würde. Obwohl sie seit knapp zwei Jahren nicht mehr miteinander gesprochen hatten, war es so, als hätten sie sich gestern zum letzten Mal gesehen. Kenji redete ohne Punkt und Komma und wollte alles über Jos Restaurant wissen. Er war ein ausgeflippter Typ. Gar nicht so steif und unnahbar, wie man sich die Japaner vorstellte. Vielleicht lag es daran, dass er in den USA studiert hatte und danach viel herumgekommen war.

Kenji gehörte auf dem Kreuzfahrtschiff zu den »Fabulous Four«, wie Otto sie in Anlehnung an die Beatles getauft hatte: vier Nachwuchsführungskräfte, die auf dem Sprung zum nächsten Karriereschritt waren. Die vier teilten sich eine Kabine.

Kenji Matsuda war »Assistant Hotel Manager«, so etwas wie die rechte Hand des Hoteldirektors auf dem Schiff. Otto Keller kümmerte sich als zweiter Schiffsingenieur um die 32.000 PS-Motoren des Schiffes und Mark Bülow arbeitete als Arzt an Bord.

Jo war zum Ende seiner Zeit auf dem Kreuzfahrtschiff einer der beiden Stellvertreter des Küchenchefs.

Zusammen bildeten sie eine unschlagbare Truppe. Speziell Kenji war ein echtes Multitalent. Durch seine Arbeit als Hotel Manager kannte er die halbe Belegschaft an Bord persönlich. Er konnte ausgezeichnet organisieren und machte für sein Leben gern Party. Wenn er zum Abschluss einer langen Diskonacht zum Mikrofon griff und in bester Karaoke-Manier sein musikalisches Talent unter Beweis stellte, hielt es niemanden mehr auf den Sitzen.

Für Jo, dem es damals nicht sehr gut ging und der in dieser Zeit viel grübelte, war Kenji ein Segen. Der Japaner schleppte ihn überall mit hin und duldete keine Ausreden, wenn Jo lieber allein in der Kabine geblieben wäre.

Dadurch kam er auf andere Gedanken und war mehr unter Menschen. In Kenjis Gegenwart konnte man sowieso nicht lange trüber Stimmung sein. Dazu war er viel zu quirlig. Vor gut drei Jahren hatten die »Fabulous Four« fast zeitgleich abgemustert. Otto übernahm das Schiff seines Vaters, der als einer der letzten freien Unternehmer ohne Anbindung an eine größere Reederei Waren von Holland bis ans Schwarze Meer transportierte. Mark wechselte an ein Krankenhaus in Köln, und Jo hatte sich entschlossen, ein eigenes Restaurant zu eröffnen. Kenji ging zurück nach Japan. Seine Eltern besaßen ein kleines Hotel, wo er nach dem Wunsch seines Vaters im heimischen Betrieb eine leitende Stellung übernehmen sollte.

»Wie läuft es in euerm Hotel?«, wollte Jo wissen, nachdem sie sich ausführlich über das Waidhaus unterhalten hatten.

»Sehr gut! Stell dir vor, vor einem halben Jahr hat mich mein Vater zu seinem Stellvertreter ernannt. Ich komm ganz groß raus!«, sagte Kenji und grinste.

Sie plauderten eine Weile munter weiter, bevor Jo auf den eigentlichen Grund seines Anrufs zu sprechen kam.

»Vielleicht komme ich demnächst nach Japan.«

»Echt? Super!«, rief sein Freund begeistert. »Dann können wir zusammen um die Häuser ziehen – wie in den guten, alten Zeiten! Wann geht deine Maschine?«

Jo lachte. Kenjis Begeisterung war ansteckend. Am liebsten wäre er morgen geflogen. Aber das ging nicht. Schließlich konnte er sein Restaurant nicht zusperren.

»Leider erst Anfang August. Da haben wir unsere Betriebsferien.«

»Und wie lange bleibst du?«, wollte Kenji wissen.

»Weiß ich noch nicht, ich dachte an zwei Wochen.«

»Toll! Dann nehm ich mir Urlaub!«

Jo freute sich darüber. Insgeheim hatte er gehofft, dass Kenji sich freinehmen würde. Denn für das, was er vorhatte, brauchte er einheimische Hilfe. Schließlich sprach er kein Wort Japanisch.

»Mein Vater wird nicht begeistert sein. Er ist als Chef ein ziemlicher Sklaventreiber«, meinte Kenji unverblümt und lachte. »Aber da mir aus den letzten drei Jahren ungefähr 60 Tage Urlaub zustehen, sollte es kein Problem sein.«

»Ich hätte noch eine andere Sache, bei der ich dich um Hilfe bitten wollte«, sagte Jo zögerlich.

»Schieß los.«

»Kannst du etwas für mich herausfinden?«

»Klar. Soll ich dir einen Flug heraussuchen?«

»Nein. Was ganz anderes. Könntest du nachsehen, ob es in letzter Zeit in Japan einen Mord gegeben hat, bei dem das Opfer geköpft wurde?«

Kenji stutzte.

»Hast du eben ›geköpft‹ gesagt?«

Jo wusste, wie seltsam sich das für jemand anders anhören musste. Deswegen erzählte er Kenji die ganze Geschichte.

»Alles schön und gut«, sagte der Japaner, nachdem er sich Jos Ausführungen angehört hatte. »Aber wieso kümmerst du dich um die Sache? Ist das nicht Aufgabe der Polizei?«

»Die haben bisher nichts herausbekommen. Herr Watanabe war einer meiner Stammgäste. Da interessiert man sich halt für die Hintergründe.«

»Wir hätten viel zu tun, wenn wir uns um jeden Gedanken machen würden, der mal bei uns im Hotel übernachtet hat«, erwiderte Kenji trocken. »Aber was soll's! Wenn du deswegen nach Japan kommst, soll es mir recht sein. Das wird bestimmt lustig«, begann er sich für die Aufgabe zu erwärmen. »Wir jagen gemeinsam Verbrecher in Tokio. Du als Sherlock Holmes und ich als dein treuer Doktor Watson.«

Jo konnte es ihm nicht verdenken, dass er sich darüber lustig machte.

»Vielen Dank!«, sagte er nur.

»Dafür nicht, Alter.«

»Eines noch – könntest du mir eine Pension empfehlen?«

»Quatsch. Du wohnst natürlich bei uns im Hotel!«, erklärte der junge Japaner bestimmt. »Normalerweise hätte ich gesagt, du übernachtest bei mir, aber da gibt es ein Problem. Meine Freundin und ich haben uns getrennt. Man könnte auch sagen, sie hat mich rausgeschmissen. Deswegen wohne ich vorübergehend bei meinen Eltern.«

Er klang nicht sehr zerknirscht. Kenji und die Frauen – das war ein ganz eigenes Thema.

»Gut, aber ich bezahle für das Zimmer«, betonte Jo. »Ich möchte nicht, dass ihr meinetwegen Einnahmeausfälle habt.«

»Unsinn. Du bist unser Gast. Ich geb dir ein Zimmer, das gerade frei ist. Dadurch entstehen keine Kosten.«

»Also schön«, gab Jo zum Schein nach. Er wollte sich auf keinen Fall etwas schenken lassen.

Das Telefon klingelte. Jo brauchte einen Moment, um sich zu orientieren. Die Leuchtziffern an seinem Radiowecker zeigten zwei Uhr morgens.

»Ja«, meldete er sich verschlafen.

»Hab ich dich geweckt?«, fragte Kenji fröhlich. »Sorry. Aber ich muss gleich auf eine Dienstreise. Deswegen dachte ich, ich melde mich vorher. Was deine Enthauptung angeht, hab ich drei Fälle in den letzten beiden Jahren gefunden. Ein Schüler hat seine Mutter umgebracht, ihr den Kopf abgeschnitten, ihn in eine Plastiktüte gepackt und ist damit zur nächsten Polizeistation gegangen. Ich glaube, der kommt für dich nicht in Frage, denn der Junge sitzt noch. Beim zweiten Fall handelt es sich wahrscheinlich um einen Selbstmord. Ein Mitarbeiter der staatlichen Eisenbahngesellschaft hat sich so auf die Schienen gelegt, dass der Zug ihm den Kopf abgeschnitten hat und der Körper einige Hundert Meter weit mitgeschleift wurde. Dabei hat er sich in seine Einzelteile zerlegt.«

Jo verzog angewidert das Gesicht.

»Also auch nichts für dich«, fuhr der Japaner ungerührt fort. »Bleibt nur der letzte: ein Student, 23 Jahre alt. Ist vor eineinhalb Jahren in seinem Appartement gefunden worden. Jemand hat ihn enthauptet und seinen Kopf mitgenommen.«

Jo war schlagartig hellwach.

»Wo ist das passiert?«

»In Tokio.«

»Hat die Polizei den Täter gefunden?«

»Nein. Er hat keinerlei Spuren hinterlassen. Trotz intensivster Ermittlungen ist der Fall ungelöst.«

Jo spürte ein eigenartiges Kribbeln.

»Ich glaube, das ist er«, entfuhr es ihm.

»Da wäre ich nicht so sicher«, wandte Kenji ein. »Wenn ich mich richtig erinnere, waren deine beiden Toten ältere Geschäftsleute. Hier handelt es sich um einen jungen Studenten. Außerdem liegt der Mord eineinhalb Jahre zurück«, gab er zu bedenken. Doch Jo ließ sich nicht beirren. Genau die gleiche Vorgehensweise – das konnte kein Zufall sein.

»Weißt du, was für eine Waffe bei diesem Mord verwendet wurde?«

»Nein. Es ist keine 24 Stunden her, dass wir telefoniert haben. Du solltest froh sein, dass ich überhaupt etwas herausgefunden habe.«

»Tut mir leid«, entschuldigte Jo sich. »Wie hast du das so schnell in Erfahrung gebracht?«

»Du weißt doch, für den guten alten Kenji ist nichts zu schwer«, sagte der Japaner und lachte. »Ich hab meine Quellen«, fügte er geheimnisvoll hinzu.

Jo hätte zu gerne mehr gewusst, aber er wollte nicht weiter in ihn dringen.

»Du bist klasse!«

»Es bleibt dabei, du kommst Anfang August?«, wollte der Japaner wissen.

»Klar.«

»Okay, dann gib mir Bescheid, sobald du deine Flugdaten hast. Ich hol dich vom Flughafen ab.«

Die drei Wochen bis zum Urlaub schienen sich endlos in die Länge zu ziehen. Auch die anderen sehnten die Betriebsferien herbei. Philipp plante mit seiner Freundin einen großen Versöhnungstrip nach Norwegen. Sie wollten sich Oslo ansehen und anschließend mit dem Auto kreuz und quer über Land fahren. Er hatte sich einige Reiseführer besorgt und verbrachte jede freie Minute damit, seine Reiseroute auszuarbeiten. Andrea liebte die Natur. Philipp suchte daher eifrig nach dem schönsten Fjord des Landes, wo er einige Tage mit ihr zelten wollte.

Pedro fuhr wie immer nach Südspanien. Seine Großeltern und ein guter Teil seiner weitverzweigten Familie lebten in Andalusien. Wenigstens einmal im Jahr zog es ihn in das Land seiner Vorfahren.

»Ich darf doch meine Wurzeln nicht verlieren«, pflegte er zu sagen. Dass die Strände zu dieser Jahreszeit mit Schönheiten aus ganz Europa gefüllt waren, mochte ein weiterer Grund für Pedros Heimatliebe sein.

Karl-Heinz mietete mit seiner Frau ein Strandhaus an der Ostsee, wie schon die letzten zehn Jahre. Er und seine Frau mochten es beschaulich und logierten immer am selben Ort.

Nur Ute und Anton blieben im Lande. Ute liebte ihren eingewachsenen Garten und pflegte mit Hingabe ihre Blumen. Sie genoss es, jeden Tag in ihrem Garten zu sitzen und sich an der bunten Pracht zu erfreuen. Anton, der mit seiner großen Familie in einer viel zu engen Wohnung lebte, war seit einiger Zeit stolzer Besitzer eines Schrebergartens. Dort verbrachte er im Sommer jede freie Minute. Zusammen mit seinen Söhnen hatte er eine große Laube gebaut, die fast als kleines Sommerhaus durchgehen konnte. Dort gab es immer etwas zu werkeln und zu basteln. Da sie alles selber machten, von der Elektroinstallation bis zum Verlegen der Wasserrohre, ging die Arbeit nie aus.

»Wo fährst du in Urlaub hin?«, wollte Pedro von Kati wissen.

»Nach Miami.«

»Nach Amerika? Ganz allein?«

»Ich glaub nicht, dass es dich was angeht, mit wem ich fahre«, meinte sie und lächelte geheimnisvoll.

»Sag schon. Bist du mit einem Kerl unterwegs, oder was?«, hakte Pedro ungeniert nach.

»Wie kann man nur so indiskret sein«, tadelte Ute. Aber auch Jo sah Kati neugierig an.

»Ich würd auch erzählen, wenn ich mit einem Mädel unterwegs wäre«, sagte der junge Spanier. Er sah Kati erwartungsfroh an, aber diese schüttelte lachend den Kopf.

»Wo wir gerade von Urlaub sprechen, was sind denn deine Pläne?«, wollte Pedro von Jo wissen.

»Ich fliege nach Japan und besuche dort einen Freund«, antwortete dieser beiläufig.

Alle starrten ihn überrascht an. Pedro bekam vor lauter Staunen den Mund nicht zu.

»Was ist? Warum sollte ich nicht auch wegfahren?«

»Ja, klar«, beeilte sich Pedro zu sagen. »Ist nur ein großer Schritt – sonst immer Urlaub zu Hause und jetzt auf einmal Japan.«

Jo zuckte mit den Schultern.

»Du würdest dich wundern, wo ich früher überall gewesen bin«, meinte er.

»Erzähl doch mal«, gab Pedro zurück.

Für einen Moment herrschte betretenes Schweigen. Jo erzählte nie etwas von seiner Vergangenheit und reagierte empfindlich, wenn man ihn danach fragte.

»Wen besuchst du in Japan?«, fragte Ute in die Stille hinein.

»Kenji Matsuda, einen Freund, den ich auf der ›MS Fantastic Star‹ kennengelernt habe.«

»Na, dann wird sich dein Freund sicher freuen, wenn ihr euch schon so lange nicht mehr gesehen habt«, sagte Ute und beendete damit die Diskussion über Jos Reisepläne.

Als sie später ihre Schürze abband und sich für den Heimweg fertig machte, fragte sie Jo, ob er einen Moment Zeit für sie habe. Dieser nickte.

»Deine Reise nach Japan hat nicht zufällig etwas mit diesen beiden Morden zu tun?«, wollte sie wissen, als die beiden alleine waren.

»Wie gesagt, ich besuche einen Freund.«

»Und das soll ich dir glauben?«

Sie sah ihn durchdringend an.

»Versprich mir wenigstens, dass du vorsichtig bist. In Japan gehen die Uhren anders.

Dort kannst du schnell in Probleme kommen, wenn du deine Nase in Dinge steckst, die dich nichts angehen.«

»Ich wusste gar nicht, dass du dich in Japan auskennst«, antwortete er trocken.

Ute lachte.

»Nur aus dem Fernsehen.«

Sie wurde ernst.

»Pass auf dich auf!«, sagte sie eindringlich.

Dann wandte sie sich um und ging.

KAPITEL 18

Benito Juarez spürte, wie die Spannung in ihm stieg. Er lag auf seinem Bett und beobachtete die beiden Malaien ungeduldig dabei, wie sie sich für ihre Schicht fertig machten. Die Filipinos und der Japaner waren vor fünf Minuten aufgebrochen.

Der kleinere der beiden Malaien knöpfte sich die Jacke zu. Er sagte etwas zu seinem Landsmann in Malaiisch. Der lachte. Dann waren sie fertig und gingen. Benito Juarez lauschte auf ihre Schritte, die sich langsam im Flur entfernten. Endlich allein! Fast zwei Wochen hatte er auf diese Gelegenheit gewartet. Er sprang auf und schlich sich zur Tür. Mit einem schnellen Blick kontrollierte er den Flur.

Die Luft war rein.

Er achtete darauf, die Tür nur anzulehnen. So konnte er hören, wenn sich jemand näherte. Schließlich wollte er nicht bei einem Einbruch ertappt werden. Da verstanden die anderen Matrosen keinen Spaß. Er lauschte erneut nach draußen.

Alles ruhig.

Der Japaner war mit den anderen auf dem Vorderdeck eingeteilt. Im Hafen von Dakar hatte die ›Victor Antonow‹ eine große Ladung edler Tropenhölzer an Bord genommen. Die stapelten sich nicht nur in den großen Lagerräumen im Bauch des Schiffes, sondern auch auf dem Vordeck, wo sie mit einer riesigen Plane bespannt waren. Alle paar Tage mussten die Taue der Plane nachgezogen werden, damit kein Meerwasser an das wertvolle Holz gelangte.

Er schnitt eine Grimasse. Es handelte sich dabei um eine sehr anstrengende Tätigkeit, bei der jede Hand gebraucht wurde. Nur er war von der Arbeit befreit, da er die Nachtwache übernommen hatte. Die Männer würden für Stunden beschäftigt sein. Diesmal konnte der Japaner nicht einfach verschwinden und nach seiner Kiste sehen, an der er augenscheinlich so hing. Benito grinste. Vorsichtig trat er auf das Bett des Japaners zu und schlug die Decke nach oben. Da stand die Aluminiumkiste und glänzte geheimnisvoll. Er widerstand dem Impuls, sie sofort hervorzuziehen. Stattdessen kniete er sich hin und suchte den Boden ab. Ein zufriedenes Lächeln glitt über seine Züge, als er die winzigen Markierungen entdeckte. Was für ein cleverer Bastard, dachte er anerkennend. Wenn jemand die Kiste auch nur geringfügig verrückte, würde der Japaner es sofort bemerken. Da er wusste, wo sich die Markierungen befanden, konnte er sie gefahrlos herausziehen.

Er musste sie nur an derselben Stelle positionieren, dann würde der Japaner nichts von dem Diebstahl bemerken. Seit er an Bord gekommen war, hatte er nämlich seine Kiste nicht ein einziges Mal geöffnet. Jedenfalls nicht, soweit Benito es beurteilen konnte. Er vertraute darauf, dass es so bleiben würde. Wenn er Glück hatte, würde der Japaner den Verlust der wertvollen Fracht, die er beförderte, erst feststellen, wenn die ›Victor Antonow‹ wieder auf hoher See war. Ehrfurchtsvoll betrachtete er das Sicherheitsschloss. Es wog schwer in seiner Hand. Er zog das Etui mit seinem Einbrecherwerkzeug aus seiner Jackentasche und öffnete es. Kritisch betrachtete er die verschiedenen Instrumente. Die meisten hatte er in mühevoller Kleinarbeit selbst angefertigt. Er griff nach einem dünnen Stab, der sich nach oben verjüngte und an der Spitze leicht gebogen war. Ein zweites, ähnlich aussehendes Instrument legte er auf den Boden neben sich. Jetzt würde sich zeigen, ob seine Kunstfertigkeit ausreichte. 20 Minuten später saß Benito immer noch auf dem Boden und kämpfte mit den Tücken des Schließmechanismus. Er bekam das Scheißding einfach nicht zu fassen. Schon zweimal hatte er geglaubt, er hätte den letzten entscheidenden Zacken am Haken, aber dann war er wieder abgeglitten. Schweiß sammelte sich auf seiner Stirn. Sein Gesicht war vor Konzentration verzerrt. Er drehte seinen Dietrich eine winzige Spur nach links. Er hatte es fast. Nur noch einen minimalen Tick. Nicht zu schnell, hämmerte er sich ein. Ganz langsam … du musst ganz vorsichtig sein …

Es knackte, als der Zacken einrastete.

Dann sprang der Bügel auf. Benito atmete tief durch. Mit dem Handrücken fuhr er sich über das Gesicht und wischte den Schweiß beiseite. Er lockerte seine Arme, die sich durch die ungewohnte Haltung verkrampft hatten. Ehrfürchtig strich er mit der Hand über das kalte Metall. Die Spannung in ihm stieg. Was mochte der Japaner in seiner Kiste verborgen haben: Gold? Edelsteine? Kokain? Schließlich hielt er es nicht mehr aus. Er zog die Aluminiumbox soweit nach vorne, dass er sie bequem aufmachen konnte. Er zögerte einen kurzen Augenblick.

Dann öffnete er den Deckel.

Im ersten Moment spürte er eine gewisse Enttäuschung. In der Kiste schienen nur alte Decken zu liegen. Er wusste nicht, was er erwartet hatte, aber er hatte geglaubt, sie würde bis zum Rand gefüllt sein. Aber vielleicht verbargen sich unter den Decken geschmuggelte Diamanten! Gespannt schlug er sie auf. Darunter fand er zwei mittelgroße Holzkisten und einen länglichen, schwarzen Samtbeutel. Benito war so mit sich und seiner Hoffnung auf schnellen Reichtum beschäftigt, dass er den unauffälligen Kontaktschalter nicht bemerkte, den er beim Öffnen des Deckels aktiviert hatte. Unschlüssig sah er zwischen den Holzkisten und dem Beutel hin und her. Der schwarze Samt gewann. Er nahm den Beutel heraus. Mit zitternden Fingern zog er das Bändchen auf, mit dem er verschlossen war. Atemlos starrte er auf den Inhalt.

Ein Schwert.

Benito konnte es nicht fassen. Der Japaner verwahrte in seiner Kiste ein verdammtes Schwert! Wozu in aller Welt reiste jemand mit so einem Ding durch die Gegend, fragte er sich. Aber der Kerl war ihm gleich merkwürdig vorgekommen. Achtlos ließ er das Samtsäckchen in die Kiste zurückfallen. Für ein japanisches Schwert würde er bei seinem Hehler nicht viel bekommen. Außerdem konnte er es nicht in seinem Seesack von Bord bringen.

Blieben nur die beiden Holzkisten. Neugierig sah er sie an. Wenn der Japaner eine Waffe benötigte, um den Inhalt zu beschützen, mussten sie etwas sehr Wertvolles enthalten. Und es gab zwei davon! Er nahm eine davon in die Hand. Sie wog schwer. Schließlich konnte er die Spannung nicht länger aushalten und öffnete sie. Die leeren Augen von Hayato Watanabe starrten ihn an. Benito Juarez erbleichte. Er wollte schreien, aber aus seinem Hals kam nur ein Krächzen. Ein Gefühl der Panik überkam ihn. Er wollte wegrennen, aber seine Beine gehorchten ihm nicht. Seine Hände begannen zu zittern, als ihm klar wurde, was der grausige Fund bedeutete. Sie hatten einen Wahnsinnigen an Bord! Nur ein Psychopath trug die Köpfe von Toten mit sich herum. Er musste unbedingt den Kapitän informieren! Als er aufstehen wollte, spürte er auf einmal etwas Kaltes an seinem Hals und einen stechenden Schmerz.

»Wenn du schreist oder dich bewegst, schneide ich dir die Kehle durch«, hörte er eine heisere Stimme an seinem Ohr. Benito hatte den Mann nicht kommen hören. Er hatte nicht einmal seine Nähe gespürt. Der schreckliche Anblick des toten Schädels hatte seine ganze Aufmerksamkeit absorbiert.

»Ich habe dich nur angeritzt. Eine falsche Bewegung und ich töte dich«, flüsterte die heißere Stimme.

Das Messer saß so dicht an seiner Kehle, dass Benito den Kopf nur minimal bewegen konnte. Er deutete mit einem Nicken an, dass er den Mann verstanden hatte.

»Steh ganz langsam auf.«

Der Filipino gehorchte. Er war starr vor Angst. Auf einmal verschwand der Druck von seinem Hals. Er schluckte und musste husten. Dann spürte er einen kurzen Stich an seiner Halsschlagader. Er griff mit der Hand danach und versuchte die Spritze herauszureißen, aber es war zu spät. Seine Gedanken begannen zu verschwimmen.

Es war, als habe er eine halbe Flasche Whiskey auf einmal getrunken. Sein ganzer Körper fühlte sich warm und schwerelos an. Er wollte weglaufen, aber seine Beine gehorchten ihm nicht. Widerstandslos ließ er sich die Hände nach hinten binden.

»Was hast du mit mir vor?«, lallte er und versuchte sich umzudrehen. Da spürte er etwas in seinem Mund. Er versuchte es auszuspucken, konnte aber dem Druck nicht widerstehen. Der Knebel saß so fest, dass er die Zunge nicht bewegen konnte.

Mit sanfter Gewalt wurde er nach vorne geschoben. Er setzte brav einen Fuß vor den anderen. Wo brachte der Japaner ihn hin? Sein Gehirn war wie benebelt. Das helle Licht des Flurs tanzte grell vor seinen Augen. Er schwankte. Eine Tür öffnete sich vor ihm, und er wurde in einen engen Schrank gestoßen. Es wurde dunkel um ihn herum. Mit letzter Willenskraft versuchte er sich von seinen Fesseln zu befreien.

Dann schwanden ihm die Sinne.

Der Abflugtag rückte näher. Jo telefonierte mit Kenji und teilte ihm seine Ankunftszeit mit. Er wühlte sich durch die Reiseführer und überlegte hin und her, was er alles an Anziehsachen mitnehmen sollte. Durch Zufall stellten Jo und Pedro fest, dass sie nicht nur am selben Tag, sondern auch fast zur gleichen Uhrzeit aus Frankfurt abflogen. Pedro bot Jo an, dass er mit ihnen zum Flughafen fahren könne. Am Tag der Abreise holten Pedro und seine kleine Schwester ihn ab. Sie sollte den Wagen zurück nach Oberwesel bringen. Wie bei der Familie Sanchez üblich, blieb es nicht bei der Schwester. Seine Mutter, eine Cousine und sein kleiner Bruder fuhren ebenfalls mit. Dadurch wurde es auf der Rückbank zwar sehr eng, dafür umso lustiger. Die Mädchen schnatterten ununterbrochen und schienen fast mehr vom Reisefieber gepackt zu sein als die beiden Männer. Speziell die weite Reise nach Japan regte ihre Neugier an, und Jo musste Tausend Fragen beantworten.

In der Abflughalle kam es zur großen Abschiedsszene. Pedros Mutter hatte Tränen in den Augen, und auch die Mädchen hätten fast geweint. Jo, der sich in emotionalen Momenten immer sehr zurückhielt, kam nicht ungeschoren davon. Der Reihe nach wurde er von allen geherzt und umarmt, sodass er am Ende froh war, als er endlich im Flugzeug saß. Neben ihm wuchtete sich ein unglaublich dicker Mann in den Sitz, in den er kaum hineinpasste. Er grinste entschuldigend. Das konnte ja heiter werden, dachte Jo, während er versuchte, es sich trotz des spürbar geschrumpften Platzes bequem zu machen. Zuerst versuchte er zu lesen. Später sah er sich zwei Filme an. An Schlaf war nicht zu denken. Der dicke Mann neben ihm schnarchte so laut, als müsse er während des Fluges einen ganzen Wald umsägen. Jo schwor sich, beim nächsten Mal Business Class zu buchen, obwohl es bei so einem langen Flug deutlich teurer war. Er überlegte, ob er die Reise bei der Steuer als Betriebsausgaben absetzen konnte – Weiterbildung im Sushi-Kochen. Er musste selbst grinsen. Um sich die Zeit zu vertreiben, blickte er hinunter auf die endlos scheinenden Weiten Russlands. Die Minuten und Stunden zogen sich dahin. Längst hatte er das Zeitgefühl verloren. Er sah auf die Uhr: Sie waren mehr als acht Stunden in der Luft. Es war dunkel geworden. Einzelne Lichter tauchten zwischen der öden Finsternis Sibiriens auf. Wie mochte es wohl sein, wenn man in dieser Einsamkeit wohnte? Schließlich nickte er ein. Allerdings nicht sehr lange. Sie näherten sich den japanischen Inseln, und das Flugzeug ging in den Sinkflug über.

Benito Juarez spürte einen brennenden Durst. Jede Faser seines Körpers lechzte nach etwas zu trinken. Er hatte jegliches Zeitgefühl verloren. Seine Beine waren eingeschlafen, und seine Arme schmerzten. Hilflos versuchte er sich zu bewegen.

Langsam begannen seine Gedanken klarer zu werden. Er wusste nicht, was der verdammte Japaner ihm gespritzt hatte, aber das Zeug hatte ihn völlig außer Gefecht gesetzt. Wirre Fieberträume hatten sich abgewechselt mit Schüttelfrost und einem lähmenden Gefühl der Angst. Er meinte, dass er ein Rumoren und Rufe gehört hatte. Sogar sein Name war durch die Gegend geschwirrt. Oder war das nur ein Traum gewesen?

Er spürte einen pochenden Schmerz in seinem Kopf. Es fiel ihm schwer, sich zu konzentrieren. Mühselig versuchte er seine Zehen zu bewegen. Er musste seine Beine aktivieren. Vielleicht konnte er die Schranktür aufbekommen.

Stück für Stück rückte er mit dem Fuß etwas nach links. Wenn er es nur schaffte, mit dem Knie gegen das Schloss zu kommen!

Auf einmal hörte er etwas. Jemand näherte sich. Vielleicht einer seiner Schiffskameraden! Er versuchte zu schreien, aber durch den Knebel brachte er nur ein unterdrücktes Stöhnen zustande. Verzweifelt bemühte er sich, gegen die Innenwand des Schrankes zu treten. Bitte, flehte er innerlich, bitte Herr lass ihn mich hören. Mit einem Ruck wurde die Schranktür geöffnet. Das grelle Licht der Deckenlampe blendete ihn. Für einen kurzen Augenblick durchströmte ihn ein Gefühl der Erleichterung. Doch dann sah er, wer vor ihm stand. Er blickte dem Japaner direkt in die Augen. Da wusste Benito Juarez, dass er sterben würde.

Verzweifelt versuchte er, sich gegen die Spritze zu wehren, aber er hatte keine Chance. Nachdem die Wirkung eingesetzt hatte, wurde er willenlos wie zuvor. Es ging um einige Ecken und einen langen Flur entlang. Dann waren sie im Freien.

Obwohl seine Sinne benebelt waren, konnte er den Duft des Meeres riechen. Er dachte an seine Frau und seine Kinder. Er sah ihre Gesichter vor sich und wünschte, er hätte bei ihnen sein können. Schritt für Schritt näherten sie sich der Reling.

Sein Verstand rebellierte, er wollte stehen bleiben … wegrennen … schreien … aber es funktionierte nicht. Der Japaner schob ihn weiter. Die Reling kam näher. Langsam drehte Benito den Kopf. Das Wasser glitzerte dunkel im fahlen Mondlicht. Verzweiflung überkam ihn. Er spürte einen Ruck. Er wollte sich festhalten, aber sein Körper gehorchte ihm nicht. Kopfüber fiel er nach vorne. Das kalte Wasser schlug über ihm zusammen. Er versuchte, die Hände freizubekommen, aber das Meer zog ihn unerbittlich in die Tiefe. Mit letzter

Kraft kämpfte er gegen sein Schicksal an. Seine Glieder wurden schwerer. Er schluckte Wasser.

Immer mehr. Dann gab er auf. Der letzte Gedanke galt seiner Frau. Die arme Maria, dachte er. Sie würde nie erfahren, was aus ihm geworden war.

KAPITEL 19

Als er an der Gepäckausgabe auf seinen Koffer wartete, fühlte Jo sich wie gerädert. Durch das lange Sitzen im Flugzeug waren seine Beine eingeschlafen, was sich mit einem unangenehmen Kribbeln bemerkbar machte. Er war fast 20 Stunden auf den Beinen und sehnte sich nach einer heißen Dusche und einem weichen Bett. Als er dem Grenzbeamten seinen Reisepass reichte, hielt dieser ihn unter einen elektronischen Scanner. Jo mochte sich täuschen, aber er hatte das Gefühl, dass der Mann einen Tick zu lange auf den Bildschirm starrte.

»Grund Ihres Aufenthalts in Japan?«, fragte er in passablem Englisch.

»Urlaub«, erwiderte Jo knapp.

Der Grenzbeamte musterte ihn mit ausdruckslosem Gesicht.

»Wir haben einige Fragen an Sie«, sagte er und winkte einen Kollegen zu sich.

Er flüsterte ihm etwas auf Japanisch zu. Jo wurde unruhig. Er war müde und durchgeschwitzt. Außerdem wartete Kenji in der Halle auf ihn.

Der zweite Beamte bedeutete ihm, dass er ihm folgen solle. Es ging einen langen Flur entlang und um einige Ecken herum. Dann blieb der Mann vor einer schmalen Tür stehen. Er bedeutete ihm einzutreten. In dem kahlen Raum gab es nur einen Tisch und zwei Stühle. Der Grenzbeamte folgte ihm und lud ihn mit einer knappen Geste ein, sich zu setzen. Jo leistete der Aufforderung widerstrebend Folge. Zu seiner Überraschung blieb der Beamte an der Tür stehen.

»Ich hab nichts zu verzollen«, sagte Jo. »Sie können gern einen Blick hineinwerfen.«

Er deutete mit der Hand auf seinen Koffer, den er neben sich abgestellt hatte.

Der Beamte verzog keine Miene. Jo fragte sich, ob er ihn überhaupt verstand.

Plötzlich ging die Tür auf. Ein Mann in mittleren Jahren betrat den Raum. Er trug einen dunklen Anzug und ein helles Hemd, dazu eine dezente Krawatte. In der Hand hielt er Jos Reisepass. Erst jetzt fiel dem jungen Küchenchef auf, dass die Beamten ihn einbehalten hatten. Der Mann musterte ihn von oben herab. Dann setzte er sich.

»Warum sind Sie nach Japan gekommen?«, fragte er in tadellosem Englisch.

»Ich mache Urlaub. Das hab ich bereits Ihrem Kollegen gesagt. Ich hab nichts zu verzollen. Können Sie gern überprüfen.«

»Sie sind zum ersten Mal in Japan?«

Jo nickte.

»Haben Sie Pläne, was Sie sich ansehen wollen?«

»Ich werde das übliche Programm machen: Kaiserpalast,

Tempel, Museen. Außerdem plane ich, die Einkaufsmöglichkeiten in Ihrem herrlichen Land in Anspruch zu nehmen.«

Er konnte sich einen spöttischen Unterton nicht verkneifen.

»Wo werden Sie wohnen?«

»Im Hotel Matsuda.«

»Besuchen Sie während Ihres Aufenthalts jemanden?«

»Nein«, log Jo.

Er hatte keine Lust, dem Beamten Kenjis Namen zu nennen.

»Planen Sie, sich außerhalb Tokios aufzuhalten?«

»Wieso? Ist das verboten?«

»Beantworten Sie nur die Frage.«

Zum ersten Mal zeigte der Mann im Anzug eine Reaktion. Er konnte eine leichte Verärgerung nicht verbergen.

»Ich weiß noch nicht. Vielleicht sehe ich mir den Fuji an. Ich hab gelesen, dass es ein heiliger Berg ist. Etwas Erleuchtung könnte mir nicht schaden.«

Der Mann gegenüber schien zu spüren, dass Jo ärgerlich wurde.

»Sprechen Sie Japanisch?«

Jo schüttelte den Kopf.

»Dann möchte ich Ihnen einen Rat mit auf den Weg geben. Verlassen Sie nicht die touristisch erschlossenen Gebiete. Sie könnten sonst leicht in Schwierigkeiten geraten.«

Etwas an der Art, wie er das Wort »Schwierigkeiten« aussprach, machte Jo stutzig.

Was sollte das sein? Eine Warnung? Oder gar eine Drohung? Ratlos sah er den Mann im Anzug an. Die Miene des Japaners blieb völlig ausdruckslos.

»Vielen Dank für den Hinweis«, antwortete Jo und erhob sich. »Bekomme ich meinen Reisepass zurück?«

Der Mann sah ihn nachdenklich an. Dann reichte er ihm wortlos das Dokument. Der uniformierte Grenzbeamte brachte Jo zum Einreiseschalter. Jo ärgerte sich über die verlorene Zeit. Wenn er nicht so müde gewesen wäre, hätte er sich mehr Gedanken über die seltsame Begegnung gemacht. Speziell die Tatsache, dass der Mann sich nicht vorgestellt hatte und ihm keinen Ausweis gezeigt hatte, hätte ihm zu denken geben sollen. So aber war er froh, dass er die Einreiseformalitäten hinter sich gebracht hatte. Er trat mit seinem Koffer durch zwei große Glastüren in die Ankunftshalle.

Mit einem Mal war er in Asien. Die hektische Betriebsamkeit Japans traf ihn völlig unvorbereitet. Atemlos starrte er auf das unübersichtliche Gewirr. Das pulsierende Leben zog ihn völlig in seinen Bann. Ein steter Strom von fremden Gesichtern zog an ihm vorbei. Er musste sich konzentrieren, um nicht den Überblick zu verlieren. Von Kenji war weit und breit nichts zu sehen. Hilflos blickte er sich um. Auf einmal stand ein kleiner, schwarzhaariger Japaner vor ihm. Er trug einen dunklen Anzug, eine Schirmmütze und weiße Handschuhe. In der Hand hielt er ein Schild. Darauf stand: »Joseph Weidinger«.

»Mr. Weidinger-San?«, sagte er in einer lustigen Mischung aus Englisch und Japanisch. In der Hand hielt er ein Foto von Jo, das ihn an Deck der ›Fantastic Star‹ zeigte.

»Matsuda-San lässt sich entschuldigen. Ich habe Auftrag, Sie zu Hotel bringen«, sagte der Fahrer.

»Wo ist Herr Matsuda?«, fragte Jo enttäuscht. Er hatte erwartet, dass Kenji ihn persönlich abholen würde.

»Dringend Geschäfte«, antwortete der Mann und lächelte entschuldigend. Dabei verbeugte er sich.

»Ich nehmen Koffer. Bitte mitkommen.«

Der Mann schlängelte sich trotz des Koffers so geschickt durch die Menschenmassen, dass Jo Mühe hatte, ihm zu folgen. Draußen packte der Mann Jos Koffer in den Wagen. Dann öffnete er ihm die Tür zum Fond einer Limousine und lächelte freundlich. Es handelte sich um einen dunklen Lexus. Er fühlte sich geschmeichelt, aber gleichzeitig war es ihm unangenehm, dass sein Freund so viel Geld ausgab, nur um ihn abholen zu lassen. Doch als er sich in den bequemen Ledersitzen zurücklehnte und der Wagen angenehm leise durch den Morgenverkehr glitt, verflogen seine Bedenken. Wahrscheinlich bezahlte Kenji dafür gar nichts, sondern jemand, der bei einem Limousinen-Service arbeitete, tat ihm einen Gefallen. Im Bilden von Netzwerken war der Japaner ein unübertroffener Meister. Nachdem sie das Flughafengelände verlassen hatten, ging es auf die Autobahn. Die Gegend war erstaunlich ländlich. Es ging vorbei an Reisfeldern und kleinen Häusern. Nach gut einer Stunde Fahrt wurden die Ausläufer der Megametropole Tokio spürbar. Die Bebauung nahm zu und das ein oder andere Hochhaus ragte zwischen den umliegenden Gebäuden heraus. Und auf einmal befanden sie sich mitten im Gewühl der Großstadt. Die Straßen quollen vor Menschen über, die hektisch zur Arbeit hasteten. Hochhäuser und kleine, nur drei oder vierstöckige Häuser wechselten sich in rascher Folge ab. Überall gab es bunte Werbeplakate und Leuchtreklamen. Jo war davon so gefesselt, dass er nicht bemerkte, dass ihnen ein silberner Mazda unauffällig folgte.

Nach einer endlos erscheinenden Fahrt über mehrspurige Autobahnen und durch ein Gewirr enger Straßen, hielt die Limousine vor einem Hochhaus an. Der Fahrer stieg aus und öffnete Jo die Tür. Wieder lächelte er freundlich. Jo, dem vor Müdigkeit und den vielen bunten Bildern der Kopf brummte, stieg zögerlich aus. Er hatte erwartet, dass der Fahrer ihn direkt bis zum Hotel der Matsudas bringen würde. Die Glasfassade des riesigen Gebäudes glitzerte im Morgenlicht. Das Haus musste mindestens 40 Stockwerke hoch sein. Der Fahrer hatte inzwischen den Koffer ausgeladen und strebte dem Eingang entgegen.

»Stopp«, rief Jo ihm hinterher. »Das ist ein Irrtum. Ich wollte zum Hotel Matsuda.«

Der Fahrer blickte ihn verständnislos an.

»Matsuda Ressort Tokio«, sagte er und setzte sich in Bewegung. Jo hatte Mühe ihm zu folgen. Als er am Empfang ankam, hatte der Fahrer seinen Koffer abgestellt. Er verbeugte sich und war im nächsten Moment verschwunden.

Hilflos sah Jo ihm hinterher.

»Ich glaube, ich bin hier falsch«, sagte er zum Portier. »Ich wollte zum Hotel Matsuda.«

»Sie sind schon richtig«, erwiderte der Portier in perfektem Englisch und lächelte. »Herr Matsuda Junior hat sie angekündigt. Ihr Zimmer ist fertig. Haben Sie Ihren Pass parat?« Wortlos reichte Jo ihm das Dokument. Der Mann nickte freundlich.

»Ich habe eine Nachricht für Sie«, sagte er und reichte ihm einen Umschlag.

Anschließend brachte ein livrierter Page Jo mit dem Aufzug nach oben. Als er in seinem Zimmer alleine war, musste er sich setzen. Er hatte einen atemberaubenden Blick über die Stadt. Er erinnerte sich an den Umschlag. Er riss ihn auf und zog eine Karte heraus.

»Hallo Jo«, stand darauf. »Es tut mir leid, dass ich dich nicht persönlich abholen konnte, aber leider sind mir dringende geschäftliche Termine dazwischengekommen. Deswegen habe ich dir den Fahrer geschickt. Räum erst einmal deinen Koffer aus und mach es dir gemütlich. Wenn du willst, können wir uns heute Abend unten im Restaurant zum Essen treffen. Sagen wir 20 Uhr?

Dein Kenji.«

Verwirrt ließ Jo die Karte sinken. Er kannte die Matsuda-Hotelkette von einer früheren Reise durch Asien. Wie Kenji geredet hatte, war bei Jo der Eindruck entstanden, dass seine Eltern nur ein kleines Hotel betrieben, mehr so eine Art Pension. Dass er aus einer der größten Hoteldynastien Asiens stammte, war ein echter Hammer! Nachdem Jo geduscht und seinen Koffer ausgeräumt hatte, legte er sich aufs Bett. Einige Minuten später war er fest eingeschlafen. Er wachte erst auf, als es hektisch an seiner Tür klingelte. Er rieb sich den Schlaf aus den Augen und öffnete die Tür.

»Wo bleibst du denn? Ich steh mir unten die Beine in den Bauch!«, rief Kenji statt einer Begrüßung und grinste, als er Jo in seinem Schlafdress sah. Der sah auf die Uhr. Verdammt! Schon acht Uhr! Er hatte verschlafen!

»Ich hatte das Vergnügen, im Flugzeug neben einem dicken Mann zu sitzen, der so laut geschnarcht hat, dass beinahe ein Flügel abgefallen wäre. Ich hab kein Auge im Flugzeug zugemacht«, erklärte Jo entschuldigend.

Kenji lachte. Er trug einen eleganten dunklen Anzug, ein blütenweißes Hemd und eine rote Krawatte mit einem auffälligen Muster. Schon früher war er ein Anhänger von farbenfrohen Outfits gewesen – wenigstens in seiner Freizeit, in der er mit Vorliebe schreiendbunte Hawaii-Hemden anzog.

Jo holte eine Jeans aus dem Schrank und ein Polohemd. Bei seiner Ankunft war es draußen angenehm warm gewesen. Fünf Minuten später war er startbereit. Zusammen fuhren sie im Fahrstuhl nach unten. Das Restaurant des Hotels war in edlen Hölzern und gedeckten Farben eingerichtet – traditioneller japanischer Stil. Die weiblichen Bedienungen trugen bunte Kimonos und grüßten die beiden mit lustig anzusehenden Verbeugungen. Die Tische waren um ein riesiges Aquarium herum angeordnet. Die indirekte Beleuchtung tauchte den Raum in ein geheimnisvolles Blau. Dutzende exotische Fische tummelten sich zwischen Wasserpflanzen und kleinen Felsen. Ihre schillernden Farben und eleganten Bewegungen nahmen den Betrachter augenblicklich gefangen. Unwillkürlich blieb Jo stehen, um die Fische zu bewundern. Kenji grinste.

»Das Aquarium war meine Idee«, sagte er. »Cool, oder?«

Jo nickte. Eine der Bedienungen brachte sie zu ihrem Tisch.

»Toll, dass es geklappt hat«, meinte Kenji. »Wie lange ist es her, dass wir uns nicht gesehen haben?«

»Über drei Jahre.«

»Wahnsinn.«

Der Japaner bestellte eine Flasche Wasser und zwei Drinks, dann griff er zu der Karte, die zu Jos Glück die Speisen auch in Englisch auflistete.

»Sorry, dass ich dich nicht selber abholen konnte, aber mir ist leider ein wichtiger geschäftlicher Termin dazwischengekommen.«

»Kein Problem.«

Jo sah Kenji an.

»Wieso hast du uns nie gesagt, dass deiner Familie die Matsuda-Hotels gehören, und uns stattdessen die Geschichte mit der Pension aufgetischt?«

Kenji machte eine Unschuldsmiene.

»Hab ich das? Soweit ich mich erinnern kann, hab ich nie gesagt, wie groß unser Hotel ist. Da musst du was missverstanden haben.«

Jo überlegte. Tja, wenn man zurückdachte, Kenji hatte tatsächlich nie viel über zu Hause erzählt. Sie waren wie selbstverständlich davon ausgegangen, dass es sich nur um ein kleines Hotel handelte. Der Japaner grinste spitzbübisch.

»Außerdem sind wir in den letzten beiden Jahren stark gewachsen – seit wir an der Börse sind.«

»Du willst mir doch nicht erzählen, dass die Matsuda-Gruppe erst seit zwei Jahren so groß ist!«, protestierte Jo.

Kenji lachte.

»Mein Großvater hat vor 40 Jahren wirklich mit der Pension seiner Eltern angefangen. Im Lauf der Jahre ist der Laden gewachsen. Mein Vater hat früh erkannt, dass die japanische Wirtschaft einen starken Aufschwung nehmen wird. Deswegen haben wir uns auf Geschäftsreisende spezialisiert.«

Kenji machte eine Pause.

»Als ich von zu Hause weggegangen bin, war ich nicht sicher, ob ich das Unternehmen übernehmen würde. Es war mir alles zu festgefügt. Ich wollte Kenji sein und nicht Matsuda-San, der Hotelerbe«, fuhr der Japaner fort. »Das wäre in Japan nicht möglich gewesen, dazu ist meine Familie zu bekannt. Deswegen hab ich darauf bestanden, im Ausland zu studieren und mir erst meine eigenen Sporen zu verdienen – ganz ohne die Hilfe meines Vaters. Die Reisen auf der ›Fantastic Star‹ haben mir unheimlich Spaß gemacht, gerade weil dort niemand wusste, wer ich bin.«

Jo konnte Kenji gut verstehen. Manchmal brauchte man das: weggehen und alles hinter sich lassen.

»Was hältst du von einer gemischten Fischplatte für zwei? Die ist ganz ausgezeichnet«, erklärte der Japaner.

Jo nickte. Sie quatschten munter über die alten Zeiten auf der ›Fantastic Star‹. Nach einer Weile wechselte Jo das Thema und kam auf den Grund seiner Reise nach Japan zu sprechen.

»Hast du mehr über den toten Studenten herausfinden können?«, wollte er wissen.

»Nicht viel«, bedauerte sein Gegenüber. »Das Umfeld des Toten wurde intensiv durchleuchtet. Er stammt aus der Mittelschicht, ein Einzelkind. Der Junge war überall beliebt, hatte keine Feinde und nahm keine Drogen. Aus seiner Wohnung wurde nichts gestohlen, nicht einmal die paar Tausend Yen, die er in seiner Geldbörse bei sich trug. Es fanden sich keine Hinweise auf eine Beziehungstat. Der Fall ist äußerst mysteriös. Die Ermittler gehen davon aus, dass es sich bei dem Täter um einen Psychopathen handelt, der sich sein Opfer willkürlich ausgesucht hat. Sie haben den Fall bis auf Weiteres zu den Akten gelegt.«

»Was ist mit dem Kopf, wurde der gefunden?«

»Ist nie wieder aufgetaucht«, sagte Kenji und schlürfte nonchalant an seinem Drink. »Das ist eine Parallele zu den Morden in Deutschland. Trotzdem glaub ich nicht, dass die beiden Fälle etwas miteinander zu tun haben. Warum sollte der

Typ bis nach Deutschland fahren, wenn er Japaner umbringen will? Davon gibt es hier genug.«

Ein guter Punkt. Jo zuckte mit den Schultern.

»Vielleicht ist die Auswahl der Opfer nicht zufällig. Vielleicht gibt es einen Zusammenhang.«

»Wo sollte der liegen? Zwei ältere Geschäftsleute und ein junger Student – ich glaube nicht, dass es Berührungspunkte gab. Oder waren die Opfer miteinander verwandt?«

Der junge Küchenchef schüttelte den Kopf.

»Sag mal, woher hast du eigentlich die ganzen Informationen über den Fall herbekommen?«

»Ich bin eben gut!«

Kenji lachte, als er sah, dass Jo vor Neugierde fast platzte.

»Also schön«, meinte er großzügig. »Obwohl es wie bei einem guten Zauberer ist. Wenn ich dir den Trick verrate, bist du enttäuscht.«

Er grinste.

»Der Sicherheitschef meines Vaters war früher ein hohes Tier bei der Polizei in Tokio. Den hab ich gefragt. Er hat mir die nötigen Informationen über seine alten Kontakte besorgt.«

Jo konnte es nicht fassen. Er selbst musste bei seinen Ermittlungen jedes Mal viel Zeit und Mühe investieren. Kenji griff dagegen nur kurz zum Hörer.

»Aber niemandem weitererzählen«, flüsterte der Japaner verschwörerisch. »Ich will nicht, dass Tanomura-San deswegen Ärger bekommt.«

»Kein Problem. Meinst du, euer Sicherheitschef könnte noch was anderes herausfinden?«

»Sicher, worum geht es?«

»Mich würde interessieren, ob an der Leiche des jungen Studenten kleine Metallsplitter gefunden wurden, die einen Rückschluss auf die verwendete Waffe zulassen.«

»Ich werde sehen, was ich tun kann.«

»Wie hieß der junge Mann?«

»Warte, ich hab es mir aufgeschrieben«, sagte Kenji und zog einen Zettel aus der Tasche.

»Kaito Nakane.«

Jo notierte sich den Namen.

»Ich finde es super klasse, dass du mir hilfst und deswegen Urlaub nimmst. Du kannst mir Tokio zeigen. Mit der ›Fantastic Star‹ sind wir ja leider nie bis hierher gekommen.«

In dem Moment wurde das Essen serviert. Die verschiedenen Fischsorten waren liebevoll in kleinen Häppchen arrangiert. Dazu gab es Reis und Gemüse. Der Fisch war kräftig gewürzt und schmeckte ausgezeichnet. Jo nickte anerkennend.

»Ich muss dir was sagen.« Kenji machte ein schuldbewusstes Gesicht. »Urlaub klappt leider nicht.«

»Was?« Jo sah seinen Freund entgeistert an.

»Einer unserer Wettbewerber ist in wirtschaftlichen Schwierigkeiten. Sie haben uns völlig überraschend ihre Hotelkette zum Kauf angeboten. Wenn das klappt, wäre es für unser Haus die größte Übernahme seit zehn Jahren. Das würde uns in eine andere Liga katapultieren.«

Er hielt inne.

»Mein Vater hat mir die Aufgabe übertragen, die Übernahmeverhandlungen zu führen. Deswegen konnte ich dich auch nicht abholen. Ich hab mich mit den Bankern und Anwälten getroffen, die uns bei der Transaktion beraten. Ist für mich eine Riesenchance zu beweisen, was ich kann.«

Auch wenn Jo dafür Verständnis hatte, konnte er seine Enttäuschung nicht verbergen.

»Guck nicht so traurig«, rief Kenji aufmunternd. »Wir können uns trotzdem öfter sehen, zum Frühstück oder zum Abendessen. Vielleicht scheitern die Verhandlungen. Dann könnte ich mir doch Urlaub nehmen.«

Jo nickte tapfer.

»Du musst keine Angst haben, dass ich dich allein herumlaufen lasse! Ich hab eine Reiseleitung für dich organisiert.«

Der Japaner grinste.

»Meine Tante Mikiko ist Professorin für Mittelalterliche Geschichte. Sie hat im Moment ein Freisemester. Sie kümmert sich um dich, während du in Tokio bist.«

»Nee, lass mal«, erwiderte Jo. »Ich komm alleine zurecht. Außerdem hat deine Tante sicher andere Dinge zu tun, als einem Ausländer die Stadt zu zeigen.«

»Quatsch«, rief Kenji. »Tante Mikiko steckt ihren Kopf sowieso viel zu viel in trockene Bücher. Der tut es gut, wenn sie an die frische Luft kommt.«

Das konnte ja heiter werden, dachte Jo. Erst hatte Kenji keine Zeit und dann halste er ihm auch noch seine Tante auf.

»Kann sie Englisch?«, fragte er ohne große Begeisterung.

»Ein bisschen. Mittelalterliches Japanisch kann sie besser«, meinte Kenji und prustete los, als er Jos Gesicht sah.

»Guck nicht so, als hätte ich dir die Butter vom Brot geklaut«, sagte er und stupste Jo in die Seite. »Tante Mikiko ist okay. Manchmal ist sie ein wenig schrullig, aber dafür kennt sie sich unheimlich gut in Geschichte aus. Die kann dir Tokio viel besser zeigen, als ich es könnte. Ich kenn doch nur Bars und Kneipen.«

Jo sah sich nach der Bedienung um und bestellte sich einen Long Island Ice Tea. Er brauchte einen kräftigen Schluck, um den Schock zu verdauen. Als die beiden später das Restaurant verließen, erhob sich ein Mann, der die ganze Zeit über an der Bar gesessen und sie unauffällig beobachtet hatte. Er griff nach seinem Mobiltelefon und verschwand über den Hinterausgang. Kenji brachte Jo zum Aufzug.

»Tante Mikiko holt dich morgen früh um neun ab«, rief er Jo zu.

Dann schlossen sich die Aufzugstüren.

KAPITEL 20

Am nächsten Morgen wurde Jo durch die Rezeption geweckt.

»Hier ist Besuch für Sie«, teilte ihm der Portier mit. »Frau Mikiko Matsuda.«

Jo sah auf die Uhr. Zehn Minuten vor neun. Verdammt! Er hatte schon wieder verschlafen. In Windeseile sprang er auf und duschte. Während er sich die Haare fönte, putzte er sich gleichzeitig die Zähne. Er streifte sich eine Jeans über und zog ein dunkelblaues Hemd an. Kritisch betrachtete er sich im Spiegel. Mist! Er hatte vergessen, sich zu rasieren. Mit seinem Dreitagebart hätte er besser nach Italien an den Strand gepasst. Aber er konnte es nicht mehr ändern. Vielleicht machte er damit einen schlechten Eindruck auf die Tante und sie verlor die Lust, ihm die Stadt zu zeigen, dachte er. Dann könnte er allein losziehen und seinen Ermittlungen nachgehen. An der Rezeption checkten zwei japanische Geschäftsleute ein. Neben einer der Marmorsäulen am Eingang stand eine junge Japanerin. Sie trug einen aufreizend kurzen Rock und eine enge weiße Bluse. Sie sah aus wie Anfang 20. Für einen Moment kreuzten sich ihre Blicke. Zu Jos Überraschung sah sie nicht weg, wie es die anderen Japaner sonst automatisch taten, sondern musterte ihn mit unverhohlener Neugier. Schnell wandte er seinen Blick ab. Auf einem Sofa in der Mitte der Halle saß eine ältere Japanerin, kerzengerade, als hätte sie einen Stock verschluckt. Sie hatte ihr Kinn streng nach vorn gereckt und starrte auf einen imaginären Punkt vor sich. Jo biss sich auf die Lippen. Am liebsten hätte er sofort kehrtgemacht. Kenji, was tust du mir an, dachte er verzweifelt. Zögernd trat er auf Kenjis Tante zu. Sie würdigte ihn keines Blickes und sah weiter schnurgerade aus.

»Hallo«, sagte er auf Englisch. »Sind Sie Kenjis Tante?«

Die Frau behandelte ihn, als wäre er Luft. Schrullig? Das war die Untertreibung des Jahrhunderts. Er sprach sie noch einmal an. Plötzlich wandte sie sich ihm zu und sagte etwas auf Japanisch. Ein wahrer Wortschwall ging auf ihn nieder. Obwohl er nicht verstand, was sie sagte, hörte es sich nicht sehr freundlich an. Jo war verwirrt. Ratlos starrte er die alte Dame an. Auf einmal stand die junge Japanerin neben ihm.

»Ich glaube, es ist besser, wenn Sie die Dame nicht weiter belästigen«, sagte sie in perfektem Englisch.

»Belästigen? Hier liegt ein Irrtum vor«, widersprach Jo. »Ich bin mit der Dame verabredet.«

»Ist sie nicht etwas alt für Sie?«, sagte die junge Japanerin und kicherte. »Sie ist über Ihre Avancen nicht erfreut und hat gedroht, die Polizei zu rufen, wenn Sie sie nicht in Ruhe lassen. Gehen Sie lieber. Sie wollen doch keinen Ärger, oder?«

Sie drehte sich um und strebte dem Ausgang entgegen. Ratlos blickte er ihr hinterher. Spontan entschloss er sich, ihr zu folgen. Dabei fiel ihm auf, wie elegant die junge Frau ihre Hüften schwang. Kaum merklich, aber doch gerade so viel, dass sein Blick hinunter zu ihrem engen Minirock wanderte. Ob sie das mit Absicht machte? Draußen auf dem Gehweg blieb sie stehen.

»Puh, gerade noch einmal gut gegangen«, sagte sie und sah ihn mit ihren geheimnisvollen braunen Augen an.

»Machen Sie so was öfter? Ich meine, wildfremde ältere Damen ansprechen?«, fragte sie und fing an zu kichern, als sie Jos verdutztes Gesicht bemerkte.

»Ich bin Mikiko Matsuda«, sagte sie und streckte ihm ihre Hand entgegen. Jo klappte vor Überraschung den Mund zu. Wortlos schüttelte er ihre Hand.

»Haben Sie schon gefrühstückt, Jo-San? Ich kenne ein tolles Café, zwei Straßen weiter.«

Ohne auf eine Antwort zu warten, marschierte sie los. Jo

hatte Mühe, ihr im Gewühl des Morgenverkehrs zu folgen. Als sie sich in zwei leuchtend roten Sesseln gegenüber saßen, hatte Jo sich endlich gefangen.

»Sie müssen verzeihen, aber Kenji hat mir gesagt, dass mich seine Tante am Hotel abholen würde. Daher das Missverständnis.«

Die junge Frau kicherte wieder.

»Aber ich bin doch seine Tante«, erwiderte sie mit unschuldigem Augenaufschlag.

Jo wusste nun gar nicht mehr, wie er dran war. Aus der Nähe betrachtet sah sie zwar etwas älter aus. Trotzdem hätte er sie maximal auf 25 geschätzt. Sie konnte unmöglich Professorin sein!

»Was hat Kenji Ihnen erzählt?«

»Nicht viel«, erwiderte er. »Nur, dass Sie Professorin für Mittelalterliche Geschichte sind und ein Freisemester haben. Deswegen dachte ich, dass Sie älter sind.«

»Oh, Sie finden mich nicht distinguiert genug?«

»Nein, so meine ich es nicht …«, setzte er an.

Mikiko prustete los. Jos Verlegenheit schien sie außerordentlich zu amüsieren. »Ich hab Kenji schon oft gesagt, er soll mich nicht immer als seine Tante vorstellen.

Aber der Schuft will nicht hören!« Mit gespielter Verzweiflung warf sie die Arme hoch. »Eigentlich sind wir mehr wie Cousin und Cousine. Wir sind zusammen aufgewachsen. Mein Vater, Kenjis Großvater, hat nach dem Tod seiner ersten Frau erneut geheiratet. Kenji ist tatsächlich mein Neffe, obwohl er sogar älter ist als ich. Ich nenne ihn daher lieber meinen ›Quasi-Cousin‹. Das passt besser als Neffe.«

Jo schüttelte ungläubig den Kopf.

Kenji war letztes Jahr 30 geworden. Sie musste doch älter sein, als er geschätzt hatte.

»Woher können Sie so gut Englisch?«, fragte er. »Kenji hat mir gesagt, Sie könnten sich gerade so verständlich machen.«

»Was? Dieser Halunke! Er bildet sich mordsmäßig etwas auf seinen Pseudo-Südstaatendialekt ein«, rief sie empört. »Dabei spreche ich viel besser Englisch als er. Ich hab in Oxford studiert und dort meinen Doktortitel gemacht.«

Das erklärte einiges. Das Studium in den angelsächsischen Ländern dauerte nur drei Jahre. Wenn Sie direkt danach ihren Master gemacht und promoviert hatte, konnte sie mit Ende 20 zur Professorin ernannt worden sein. Trotzdem merkwürdig. Er konnte sich nicht vorstellen, dass es in Deutschland im Fach Mittelalterliche Geschichte so junge Professorinnen gab. Jedenfalls keine so gut aussehenden.

»Vielen Dank, dass Sie mir die Stadt zeigen wollen«, sagte er förmlich.

»Mach ich gerne, Jo-San«, gab sie ebenso förmlich zurück.

Die Anrede war ihm unangenehm. In seinem Reiseführer hatte er gelesen, dass das an den Namen angehängte »San« der sehr formellen Anrede »Herr« im Deutschen entsprach.

»Sie können mich einfach Jo nennen«, bot er ihr an.

Mikiko kicherte.

»Dabei hört sich Jo-San so schön Japanisch an.« Sie strahlte ihn mit ihren großen braunen Augen an. »Dann musst du aber auch Kiki zu mir sagen«, meinte sie und hielt ihm die Hand entgegen. »So nennen mich meine Freunde.«

Er schlug ein.

»So. Nachdem wir den formellen Teil hinter uns haben, was möchtest du machen?«

Jo sah sie ratlos an. Eigentlich hatte er mit Kenji einen Mörder aufspüren wollen. Über ein Sightseeing-Programm hatte er sich keine Gedanken gemacht.

»Was würdest du vorschlagen?«, spielte er den Ball zu ihr zurück.

»Hm. Da du nach Japan gekommen bist, um auf Mörderjagd zu gehen«, sagte sie in freundlichem Plauderton, »sollten wir vielleicht damit anfangen.«

Jo verschluckte sich fast an seinem Tee. Konsterniert stellte er die Tasse ab. Er konnte nicht fassen, dass Kenji das seiner Tante oder Cousine (oder was auch immer sie war) erzählt hatte. Kiki merkte, dass ihre letzte Bemerkung ihn aus der Fassung gebracht hatte.

»Oh, hätte ich das nicht wissen sollen?«, fragte sie mit unschuldigem Augenaufschlag. »Du darfst Kenji nicht böse sein. Er ist wie ein großer Junge. Er kann nichts für sich behalten. Jedenfalls nicht bei mir. Er ist wie ein kleiner Bruder für mich. Auch wenn er älter ist.«

Sie sah ihn mit ihren braunen Mandelaugen entwaffnend an. Jo überlegte, was er tun sollte. Aber nachdem Kenji Mikiko eingeweiht hatte, machte es ohnehin keinen Unterschied mehr. Vielleicht konnte sie ihm tatsächlich helfen, wenn sein Freund anderweitig beschäftigt war. In knappen Worten erzählte er ihr alles, was er bisher herausgefunden hatte. Kiki hörte ihm aufmerksam zu. Als er geendet hatte, saß sie für einen Moment ruhig da und dachte nach. Es war in der kurzen Zeit ihrer Bekanntschaft das erste Mal, dass sie nicht in einem fort plauderte.

»Schlimm, dass ein Mensch anderen so etwas antut«, sagte sie mit ernstem Gesichtsausdruck. »Wieso bist du sicher, dass der Mörder aus Japan kommt?«, wollte sie wissen.

Jo war überrascht. Sonst wurde er immer als Erstes gefragt, wieso er sich überhaupt für die Morde interessierte. Er zuckte mit den Schultern.

»Ich weiß nicht … beide Opfer waren Japaner. Die Tatwaffe war ein Schwert oder Dolch, der aus 16-fach gefaltetem Stahl hergestellt wurde. Ich hab in einem Buch über japanische Schmiedekunst gelesen, dass solche Schwerter sehr selten sind. Anscheinend gibt es davon nicht viele außerhalb Japans.«

»Davon existieren überhaupt nicht mehr viele. Schwerter mit einer so starken Faltung waren meist zu weich und nutzten sich schnell ab. Deswegen beließen die meisten Schmiede es bei 14 oder 15 Faltungen. Lediglich in einer kurzen Periode am Ende des 13. Jahrhunderts wurde eine größere Zahl solcher Schwerter hergestellt.«

»Ich weiß«, bemerkte Jo stolz. »Meister Matsuoka hat sieben solcher Schwerter für seine sieben Söhne geschmiedet.«

Kiki lachte.

»Ich bin beeindruckt, Jo-San! Du hast dich also schon damit beschäftigt.«

Sie machte eine kleine, angedeutete Verbeugung.

»Wie vieles in unserer Geschichte ist auch die Legende der Sieben Schwerter nur eine Erzählung«, erklärte sie ihm. »Aber viele dieser alten Sagen basieren auf einem wahren Kern. Die Forschung hat sich intensiv mit der Frage beschäftigt, wieso es nur in dieser kurzen Zeitspanne zur Herstellung 16-fach gefalteter Schwerter kam. Man schätzt, dass über eine Periode von gut 25 Jahren rund zweihundert dieser Schwerter geschmiedet wurden.«

»Zweihundert?«

Jo machte ein langes Gesicht. Er hatte gehofft, dass er nur der Spur der Schwerter folgen müsse und automatisch zum Täter geführt würde. Doch bei einer so großen Zahl derartiger Schwerter konnte er sich das abschminken.

»Nach den neuesten Forschungsergebnissen geht man davon aus, dass das Geheimnis dieser Schwerter in einer einzigartigen Zusammensetzung des Eisenerzes liegt. Der Kohlenstoffgehalt muss höher gewesen sein als normal. Anscheinend gab es dieses Eisenerz nur in einer Region um Kioto. Dort war Meister Matsuoka ansässig. Er und seine Schüler achteten peinlich darauf, dass niemand den genauen Ort ihrer Grube erfuhr. Nach 25 Jahren müssen die Vorräte erschöpft gewesen sein, und die Periode dieser außergewöhnlichen Schwerter fand ihr abruptes Ende.«

»Wie viele gibt es davon noch?«

»Schwer zu sagen. Die Schwerter waren schon in der damaligen Zeit höchst begehrt. Ihre überlegene Kampfkraft machte sie zu einzigartigen Raritäten. Sie wurden intensiv im Kampf eingesetzt. Sicherlich gingen viele in der Schlacht verloren oder wurden durch die starke Inanspruchnahme beschädigt. Viele sind in den Familien ihrer Eigentümer wie Schätze gehütet worden. Nur sehr wenige Exemplare haben ihren Weg in die Museen meines Landes gefunden«, bedauerte sie. »Wenn ich schätzen müsste, würde ich annehmen, dass es heute vielleicht 50 Stück davon gibt, vielleicht 60 oder 70. Sicherlich nicht mehr. Ein gutes Dutzend davon wird in Museen ausgestellt. Die restlichen dürften sich in Privatbesitz befinden. Doch die Eigentümer reden nicht darüber. Aus gutem Grund: Da es praktisch kein Angebot gibt, sind fanatische Sammler bereit, nahezu jeden Preis dafür zu bezahlen. Es würde sofort Diebe und Einbrecher auf den Plan rufen, wenn jemand so unvorsichtig wäre, öffentlich zu erzählen, dass er eine solche Waffe besitzt.«

»Und wer sind diese Eigentümer?«

»Die Nachfahren von Samurai natürlich.«

»Samurai?«

Hatte Herr Nakamura ihm nicht gesagt, dass Hayato Watanabe und Yasuhiro Kawanishi aus alten Samuraifamilien stammten? Vielleicht hatten die beiden solche Schwerter besessen, und der Mörder hatte sie ihnen gestohlen?

»Die beiden Toten kamen aus Samuraifamilien!«, rief Jo aufgeregt.

»Ein interessanter Aspekt«, sagte Kiki nachdenklich. »Aber am Ende auch wieder nicht. Viele Samurai gingen nach der Meiji-Restauration und der Abschaffung ihrer Privilegien in bürgerliche Berufe, besonders in die Wirtschaft.«

»Aber es könnte mit diesen Schwertern zu tun haben!« So schnell wollte Jo nicht von seiner Idee lassen. »Wenn die Schwerter so teuer sind, könnte das doch ein Motiv sein.«

»Vielleicht. Aber warum sollte der Mörder seinen Opfern den Kopf abschlagen und mitnehmen? Und warum sollten die beiden Mordopfer wertvolle Schwerter, wenn sie solche tatsächlich besessen haben, mit nach Deutschland nehmen, statt sie hier in Japan sicher in einem Tresor zu verwahren?«, wandte Kiki ein. »Ganz abgesehen davon, wie haben sie diese transportiert? Man kann sie nicht einfach im Handgepäck an Bord eines Flugzeugs bringen.«

Jo schüttelte den Kopf. Die junge Professorin hatte völlig recht. Einfach würde sich der Fall nicht lösen lassen.

»Warum setzen wir nicht bei dem Toten in Japan an?«, schlug Kiki vor.

Obwohl sie Professorin war, schien sie praktisch veranlagt zu sein. Oder ihre wissenschaftliche Ausbildung sorgte dafür, dass sie ein Thema systematisch anging.

»Hat Kenji dir ein Dossier über den Toten gegeben?«

Jo schüttelte den Kopf.

»Nur einen Namen.«

Er reichte ihr den Zettel, auf den er ihn notiert hatte. Sie warf einen kurzen Blick darauf.

»Das nutzt uns nichts«, bedauerte sie. »Wir brauchen den Namen in japanischen Schriftzeichen. Bevor wir eine größere Recherche machen, wollen wir sicher sein, dass wir die exakte Schreibweise haben und nicht der falschen Person nachjagen. Die Übersetzung in lateinische Schriftzeichen ist oft nicht sehr genau.« Sie zog ihr Mobiltelefon aus der Tasche. »Wir rufen Kenji an. Bestimmt hat Tanomura-San ihm die ganze Akte des Falls besorgt. Er wollte sie nur nicht herausrücken.«

»Ich glaube, es ist besser, wenn wir ihn nicht stören«, wandte Jo ein. »Er ist bestimmt mit der Übernahme beschäftigt.«

»Papperlapapp«, wischte Kiki seine Bedenken beiseite. »Wenn er schon seinen ausländischen Besuch bei mir ablädt, kann er uns wenigstens helfen.«

Jo bekam ein schlechtes Gewissen. Für die junge Frau musste es eine Zumutung sein. Erst sollte sie sich um einen ihr unbekannten Freund ihres »Quasi-Cousins« kümmern, und nun verwickelte dieser sie in eine Morduntersuchung. Kiki hatte ihr Telefonat beendet.

»Er hat mir den Namen buchstabiert«, sagte sie. »Das Dossier bekommen wir im Übrigen auch.« Sie sah ihn triumphierend an.

»Ich hab dich gar nicht gefragt, ob du überhaupt Zeit für diese Sache hast«, antwortete er. »Bestimmt hast du was Besseres zu tun, als mit mir irgendwelchen Hirngespinsten nachzujagen.«

Kiki saß einen Moment still. Dann prustete sie los. Jo wusste nicht, was es da zu lachen gab, und sah sie verunsichert an.

»Ist schon in Ordnung«, sagte sie, nachdem sie sich gefangen hatte. »Ich bin sehr gern deine Reiseführerin, Jo-San. Aber sobald ich eine spannendere Aufgabe finde, lasse ich es dich sofort wissen«, fügte sie mit ernstem Gesichtsausdruck hinzu. Im nächsten Augenblick kicherte sie schon wieder. Jo wurde aus dieser Frau nicht schlau. Sie winkte die Bedienung herbei. Jo bezahlte für sie beide. Kiki bedankte sich mit einem artigen Lächeln.

»So, jetzt fangen wir deinen Mörder«, erklärte sie und sprang auf.

»Wo gehen wir hin?«, wollte Jo wissen, aber die junge Frau war schon auf der Straße. Eilig hastete er ihr hinterher. Bei der nächsten U-Bahn-Station holte er sie ein. Es war unglaublich, was Kiki für ein Tempo vorlegte.

»Wo fahren wir hin?«, wollte er wissen, als sie zusammen mit zahllosen anderen Japanern die Treppen hinunterhasteten.

»Ins zentrale Zeitungsarchiv«, erwiderte sie.

Sie waren auf dem Bahnsteig angelangt. Jo hatte vorher in einem seiner Reiseführer über die Tokioter U-Bahn gelesen.

Sie war die Lebensader der Stadt. Deswegen war sie nahezu immer überfüllt, speziell während des Berufsverkehrs.

Die Beschreibungen wurden der Realität allerdings nicht annähernd gerecht: Der Bahnsteig war brechend voll. Unübersehbare Massen von Menschen warteten auf ihren Zug. Dicht gedrängt standen Geschäftsleute im konservativen dunkelblauen Anzug neben aufgestylten Jugendlichen in schreiend bunten Farben. Dazwischen tummelten sich Kinder in Schuluniformen und auffallend viele ältere Frauen mit riesigen Einkaufstüten. Trotz der qualvollen Enge drängelte und schob niemand. Mit stoischer Gelassenheit und einem unübersehbaren Fatalismus reihten sich die Fahrgäste in großen Schlangen vor auf den Boden gemalten Markierungen auf.

»Wofür sind denn diese Striche?«, wollte Jo wissen und deutete auf die Markierungen.

»Sie zeigen an, wo die Züge zum Halten kommen und sich die Türen öffnen«, erklärte Kiki. Jo staunte über so viel Präzision. Er sah sich nach den berühmt-berüchtigten »U-Bahn-Stopfern« um, jenen Metro-Angestellten, die angeblich die Fahrgäste zu Stoßzeiten in die Waggons quetschten. Aber es war keiner von ihnen zu sehen.

Im U-Bahn-Zug standen sie dicht an dicht mit zahllosen anderen Mitfahrern. Der Waggon war über und über mit grellbunten Werbeplakaten bepflastert. Jo konnte die Texte zwar nicht lesen, aber den Bildern nach zu urteilen, ging es nur um zwei Themen: Reisen in exotische Länder und Kontaktanbahnung zwischen Männern und Frauen. Passte ja irgendwie zusammen, zuerst suchte man sich den Traumpartner und dann fuhr man zusammen in die Karibik. Er grinste. Um ihn herum standen zahlreiche Männer, die den Kopf in Manga-Hefte steckten. Jo konnte nicht umhin, sich einige der Bilder anzusehen. Die Hefte strotzten vor Gewalt und expliziten Sex-Darstellungen. Ein konservativ aussehender Geschäftsmann blätterte kunstvoll mit zwei Fingern um, während er das Heft mit den verbliebenen Fingern weiter festhielt. In der anderen Hand trug er den obligatorischen schwarzen Koffer. Ungerührt und ohne äußeres Anzeichen von Verlegenheit, sah er sich eine Szene an, in der ein älterer Mann ein barbusiges junges Mädchen mit großen Kulleraugen und üppigen Brüsten mit einer Peitsche züchtigte. Schnell blickte Jo zur Seite. Kiki, die seinem Blick gefolgt war, kicherte, sagte aber nichts. Die beiden standen so dicht beieinander, dass er ihr Parfüm riechen konnte. Ein Hauch von Mandelblüten stieg ihm in die Nase. Sein Blick fiel auf einen anderen Geschäftsmann. Er war im mittleren Alter. Jo blieb der Mund offen stehen. Der Mann hielt seinen dunklen Koffer mit beiden Armen über seinen Kopf. Die Augen waren starr auf einen imaginären Punkt vor sich gerichtet.

»Noch zwei Stationen«, teilte Kiki ihm von unten mit.

Sie war knapp einen Kopf kleiner als Jo. Als sie im Freien waren, atmete er tief durch.

»Machst du das jeden Tag mit?«, fragte er und wischte sich die Schweißperlen von der Stirn.

»Wieso?«, erwiderte sie und sah ihn mit unschuldigen Augen an. »Hat dir unsere U-Bahn nicht gefallen? Dabei ist sie viel sauberer als die in London.«

Das war auch nicht schwer, dachte er grimmig. Wobei er zugeben musste, dass er noch nie in einer U-Bahn-Station gewesen war, die so sauber und gepflegt aussah.

»Nein«, sagte er schnell. »Aber mir wäre es auf Dauer etwas zu eng.«

»Anscheinend bist du noch nicht richtig in Japan angekommen«, meinte Kiki und grinste. »Aber falls es dich tröstet – ich fahre auch lieber mit dem Fahrrad.«

Eine Frage brannte Jo auf den Lippen.

»Sag mal … dieser Kerl … also der mit der Tasche – was sollte das?«

»Tasche?«

Kiki runzelte die Stirn.

»Na, der Typ, der seinen Koffer über dem Kopf hochgehalten hat!«

»Ach der!« Ihre Miene hellte sich auf. »Der wollte nur zeigen, was für eine tolle Tasche er hat. Es handelt sich nämlich um das neueste Modell.«

Er warf ihr einen misstrauischen Blick zu. Und richtig, Kiki prustete los, als sie sein Gesicht sah. Sie hatte ihn wieder auf den Arm genommen!

»Der Mann ist besonders ängstlich«, erklärte sie ihm schließlich. »Wenn es sehr eng zugeht, kommt es in der U-Bahn öfter vor, dass Frauen begrapscht werden. Oft fällt der Verdacht auf den armen Kerl, der am nächsten dran steht, auch wenn er gar nicht der Übeltäter ist. Mit der mit beiden Händen nach oben gestreckten Tasche stellt er unter Beweis, dass er ganz brav gewesen ist.«

Wieder suchte er nach Anzeichen, dass sie ihn veräppeln wollte. Aber diesmal blieb sie ernst. Jo schüttelte den Kopf. Japan war wirklich ein eigenartiges Land!

KAPITEL 21

»Hast du was gefunden?«, raunte Jo Kiki zu. Obwohl er sich Mühe gab, sehr leise zu sprechen, war es nicht leise genug. Er handelte sich umgehend einen tadelnden Blick eines der Aufseher ein, die im halben Dutzend den großen Lesesaal überwachten. Seit einer knappen halben Stunde saßen sie an einem der Leseterminals und wühlten sich durch alte Zeitungsausgaben. Das heißt, Kiki wühlte und Jo langweilte sich. Da er nicht Japanisch lesen konnte, war er zur Untätigkeit verdammt. Deswegen fragte er alle paar Minuten nach.

»Pst«, flüsterte Kiki ihm zu. »Du musst leise sein, sonst fliegen wir raus.«

Offensichtlich hielt sie sich öfter in japanischen Lesesälen auf. Jedenfalls verfügte sie über die beeindruckende Fähigkeit zu sprechen, ohne dass sich ihre Lippen erkennbar bewegt hätten. Noch mehr faszinierte ihn, dass sich die Aufseher nicht nur völlig lautlos zu bewegen schienen, nein, sie hielten auch die Besucher in Zaum, ohne ein einziges Wort zu verlieren. Eine hochgezogene Augenbraue, ein böser Blick genügte, um einen unbedachten Geräuschverursacher sofort vor Scham im Boden versinken zu lassen. Wenn er da an den Lärm dachte, den seine kleine Küchenmannschaft verursachte, wenn es im Waidhaus hektisch zuging … Gedanklich machte er sich eine Notiz: Mitarbeiter zur völligen Geräuschlosigkeit erziehen. Er grinste. Zumindest bei Pedro hätte das wohl sein Ende bedeutet, denn der junge Spanier konnte nicht einmal einen Raum betreten, ohne ein ganzes Sammelsurium verschiedenster Geräuschen abzugeben –

angefangen bei einem fröhlich gerufenen »Hola Muchachos, qué tal?«*, über das laute Schlagen mit der Tür bis hin zum Absingen ganzer Weihnachtsklassiker, wenn die Adventszeit nahte.

Während Jo sich Gedanken über seine neue, völlig geräuschlose Küche machte, schien seine Mitdetektivin auf etwas gestoßen zu sein. Von einem auf den anderen Moment schien sie alles um sich herum zu vergessen. Fast unmerklich bewegten sich ihre Lippen, als sie Zeile für Zeile in sich aufsog. Am Ende der Passage stutzte sie und schlug sich an die Stirn. Sie wollte etwas sagen, aber im letzten Moment wurde ihr bewusst, wo sie war. Sie versuchte den Satz hinunterzuschlucken, aber es war zu spät. Heraus kam ein spitzes, quäkendes Geräusch. Es hörte sich an, wie wenn aus einem Quietschentchen im Bad die Luft entwich. Jo musste an sich halten, um nicht lauthals zu lachen. Und Kiki lief fast rot an in dem Bemühen nicht loszuprusten. Ein wahres Gewitter missbilligender Blicke und gerunzelter Stirnfalten ging auf sie nieder. Wenn es sich um spitze Pfeile gehandelt hätte, wären sie wohl nicht lebend aus der Bibliothek herausgekommen. Draußen auf der Straße platzten sie beide vor Lachen. Vorübergehende Passanten warfen der jungen hübschen Japanerin und dem schlanken Fremden, die sich in völlig unangebrachter Weise vor Lachen ausschütteten, peinlich berührte Blicke zu. Als sie sich einigermaßen gefangen hatten, winkte Kiki ein Taxi herbei.

»Wo wollen wir hin?«, fragte er sie atemlos.

»Wir fahren zum Fernsehen«, erwiderte sie. Dann griff sie zu ihrem Mobiltelefon und telefonierte auf Japanisch. Jo hätte zu gerne gewusst, was das alles zu bedeuten hatte, aber Kiki ließ sich nicht mehr entlocken. Vor einem großen Gebäude hielt das Taxi an. Während Jo bezahlte, sprang Kiki aus dem

---

* »Hallo Jungs, wie geht es Euch?«

Wagen und strebte dem Eingang entgegen. Am Empfang holte er sie ein. Sie sagte etwas zu der Empfangsdame. Diese nickte und griff zum Telefon.

Nach einigen Minuten tauchte ein junger Mann auf. Auf dem Kopf trug er einen grünen Lederhut. Auch sein sonstiges Outfit war sehr eigenwillig. Zu orangen Jeans hatte er gelbe Turnschuhe und dazu passende Socken angezogen. Sein rundes Gesicht zierte ein kleines Bärtchen, das Jo an einen Ziegenbock erinnerte.

Er trat auf Kiki zu, umarmte sie und gab ihr rechts und links ein Küsschen.

»Das ist Kousuke«, stellte Kiki ihm den Mann in dem schrägen Outfit vor.

Jo gab ihm kühl die Hand. Er wusste nicht wieso, aber der Mann war ihm unsympathisch. Dieser schien davon nichts zu bemerken. Im Gegenteil, er plauderte munter drauf los. Sein Englisch war ganz passabel, sodass Jo ihn gut verstehen konnte. Nachdem sie sich über das Wetter und den hektischen Verkehr in der Stadt unterhalten hatten, ließ Kousuke die beiden für einen Moment alleine, um sich um die Anmeldeformalitäten zu kümmern.

»Ist das dein Freund?«, flüsterte Jo Kiki zu.

Er wusste selbst nicht, wieso er die Frage stellte.

»Kousuke?« Die hübsche Japanerin kicherte los. »Nein. Er ist ein Studienkollege«, sagte sie, »aber ein netter. Leider ist er der Geschichtswissenschaft nicht treu geblieben und geht beim Fernsehen fremd.«

Bevor sie hineindurften, mussten sie sich nacheinander an eine bestimmte Stelle vor den Empfangstresen stellen und wurden fotografiert. Kurze Zeit später drückte Kousuke ihnen Besucherausweise mit ihrem Namen und ihrem Foto in die Hand. Jo war beeindruckt. Einen Besucherausweis mit eigenem Bild hatte er noch nie bekommen. Anschließend fuhren sie mit dem Aufzug nach oben.

»Am besten gehen wir in Schneideraum 1«, schlug Kousuke vor. »Der ist frei.«

Als sie in dem Raum angekommen waren, ließ er die beiden kurz allein. Mit zwei dampfenden Tassen Kaffee tauchte er wieder auf.

»Ich hab euch die Aufzeichnung herausgesucht«, sagte er zu Kiki gewandt. »War gar nicht einfach, es auf die Schnelle zu finden.«

»Du bist ein Goldstück«, antwortete sie.

»Sag das mal meiner Frau«, gab er zurück. Beide lachten.

»Mit dem Drehregler kannst du vor- und zurückspielen«, erklärte er ihr. »Ihr kommt ja bestimmt alleine zurecht, oder?«

Kiki nickte. Auf dem Schirm vor ihnen lief eine Unterhaltungsshow. Jo konnte nicht verstehen, worum es ging, aber anscheinend war es sehr lustig, denn im Studio wurde viel gelacht.

»Was machen wir hier?«, wollte er wissen.

Kiki spulte die Aufzeichnung nach vorne.

»Voilà. Das ist er«, sagte sie und sah Jo voller Stolz an. Auf dem Bild war ein junger Japaner zu sehen. Sein äußeres Erscheinungsbild war äußerst eigenwillig – um nicht zu sagen exzentrisch. Er trug eine alte Uniformjacke, auf die goldene Pailletten aufgenäht waren. Seine Augen hatte er mit schwarzen Lidstrichen untermalt, wodurch sie sehr deutlich zur Geltung kamen. Das Beeindruckendeste an ihm waren allerdings seine Haare. Sie waren in einem dunklen Industrieblau gefärbt und senkrecht nach oben gegelt. Er sah aus wie ein Kakadu, der in einen blauen Farbtopf gefallen war.

»Als ich den Namen gelesen habe, kam er mir gleich bekannt vor. Aber ich wusste nicht mehr, woher. Als ich den Artikel über seinen Tod in der Zeitung gelesen habe, fiel es mir wieder ein.«

Jo verstand nicht.

»Ich hab die Sendung damals selbst gesehen«, sprudelte es aus Kiki heraus. »Muss allerdings zwei Jahre her sein. Der Name der Sendung ist *Sag die Wahrheit*. Das Spiel geht über drei Runden. In den ersten beiden Abschnitten sitzen sich jeweils vier Frager und drei Personen gegenüber. Jeder der drei behauptet, dass er eine bestimmte Person ist, die was ganz Besonderes kann oder was ganz Ausgeflipptes gemacht hat, also zum Beispiel, ›mein Name ist Mikiko Matsuda, ich bin Weltmeisterin im Rückwärtsreden.‹ Die Mitspieler müssen durch geschickte Fragen herausfinden, wer die echte Person ist und sich nach der Fragerunde festlegen. Dann wird aufgelöst. In der letzten Runde sitzen die ›Lügner‹ aus den ersten beiden Durchgängen wieder da. Diesmal verfügt einer von diesen verbliebenen vier über eine besondere Eigenschaft, und man muss raten, wer es ist. Die Eigenschaft, um die es in der letzten Runde ging, war, dass einer der vier Kandidaten seinen Stammbaum über 600 Jahre zurückverfolgen kann. Ich hatte darüber vorher in der Zeitung gelesen und wollte sehen, wer es ist. Du wirst es nicht glauben, es war dieser ausgeflippte Junge mit den blauen Haaren. Darf ich vorstellen: Kaito Nakane.«

»Der Typ?« Jo sah sich das Bild genauer an. »Sehr geschichtsbewusst sieht er nicht aus.«

»Als er in der Sendung etwas darüber erzählen sollte, zeigte sich, dass er überhaupt keine Ahnung von den 600 Jahren Tradition seiner Familie hatte. Er wusste nur von seinem Vater, einem Beamten, dass es so ist. Sehr viele Familien verfügen über private Aufzeichnungen, die manchmal über Jahrhunderte gehen. Stammbaumdatierungen sind in Japan nämlich Pflicht und reichen vielfach bis in die Edo-Zeit zurück. Das ist für die historische Forschung von höchstem Interesse. Leider ist es mit diesen Privatarchiven wie mit den Schwertern: Die Familien sprechen nicht darüber, sondern behalten die Unterlagen lieber für sich. Deswegen hatte ich gehofft, dass ich nach der Sendung mit dem Kandidaten in Kontakt treten kann. Aber der Fernsehsender wollte mir aus datenschutzrechtlichen Gründen die Adresse des jungen Manns nicht geben. Im Telefonbuch hab ich auch nichts gefunden.«

Sie hielt inne.

»Ich hatte die Sache ganz vergessen, aber als ich vorhin den Artikel gelesen habe, fiel es mir wieder ein.«

»Weißt du, ob der junge Mann aus einer Samuraifamilie stammt?«, fragte er.

»Das ist sehr gut möglich.«

Jo dachte nach. Zwischen den Familien Kawanishi und Watanabe gab es eine jahrhundertealte Verbindung. Vielleicht bestand eine ähnliche Beziehung zur Familie Nakane!

»Ich werde Kousuke bitten, uns eine Kopie der Aufzeichnung zu machen. Dann fahren wir in mein Büro und fassen zusammen, was du bisher herausgefunden hast. Vielleicht lässt sich ein Muster erkennen.«

Jo wunderte sich, dass Kiki sich so für die Aufgabe begeisterte.

»Ich hätte noch eine Frage«, sagte er mit harmlosem Gesichtsausdruck.

»Ja?«

»Wie wird man Weltmeisterin im Rückwärtsreden?«

»Idiot!«, gab Kiki zurück und knuffte ihn in die Seite.

Mit der U-Bahn fuhren sie nach Hongo Bunkyo, dem Stadtteil, in dem Kikis Universität lag. Jetzt um die Mittagszeit drängten sich weniger Menschen in den U-Bahn-Schächten. Zu Jos Überraschung stellten sich die Wartenden trotzdem artig in Reihen auf, obwohl dies bei dem geringeren Andrang gar nicht nötig gewesen wäre. Die Engländer waren nicht die Einzigen, die das Schlangestehen liebten!

Als sie Kikis Büro erreichten, spürte Jo, wie sich das Verhalten der jungen Frau merklich veränderte. Ihre Körperhaltung straffte sich, ihre Miene wurde ernster, und ihr Gang schien ihm weniger weiblich zu sein. Als sie ihr Büro betrat, war sie ganz die seriöse Professorin. Eine junge Frau, die im Vorzimmer saß, sprang auf und verbeugte sich vor ihnen. Kiki wechselte ein paar Worte mit ihr.

Die Sekretärin reichte ihr mit einer weiteren Verbeugung einige Dokumente. Dann ging die junge Professorin in das Zimmer nebenan. Jo folgte ihr. Der Raum war nicht sehr groß und mit Büchern vollgestopft. Die Regale quollen regelrecht über, und auf dem Besuchertisch stapelten sich dicke, in Leder gebundene Folianten. Der Schreibtisch machte dagegen einen sehr aufgeräumten Eindruck. Außer einem eleganten Computer in modernem Design, einem Telefon und einer Papierablage war er leer.

Kiki stellte ihre Handtasche achtlos auf den Boden und ließ sich in ihren Ledersessel fallen. Er verfügte über eine Kippautomatik und sah unheimlich bequem aus.

»Du hast aber viele Bücher!«, meinte Jo beeindruckt. »Hast du die alle gelesen?«

»Ja«, antwortete sie geistesabwesend, während sie ihre Post durchsah. Sie wirkte sehr geschäftsmäßig, fast kühl.

»Kenji hat mir erzählt, dass du ein Bücherwurm bist«, versuchte er die Konversation am Leben zu halten.

»Bücherwurm?«

Sie blickte hoch und schnitt eine Grimasse.

»Nur weil Kenji in seinem Leben nichts anderes als Manga-Hefte gelesen hat, ist nicht jeder, der zwei Bücher im Regal stehen hat, gleich ein Bücherwurm.«

Ups. Anscheinend kein gutes Thema.

»Ich finde es toll!«, schob Jo schnell hinterher. »Ich lese auch gerne Sachbücher.«

»Damit meinst du hoffentlich keine Kochbücher, oder?«

»Als ob ich das nötig hätte!«, rief er mit gespielter Entrüstung. »Ich kreiere meine Rezepte grundsätzlich selbst«, erklärte er würdevoll.

Kiki kicherte.

»Quel Fauxpas! Dann nehme ich meine letzte Bemerkung in aller Form zurück und entschuldige mich dafür. Allerdings nur, wenn du mir deine Kochkünste einmal vorführst.«

»Jederzeit gern«, erwiderte er und setzte sich auf den einzigen freien Stuhl im Raum. Auf dem anderen lagerte ein großer Bücherstapel. Kiki beschäftigte sich weiter mit ihrer Korrespondenz. So hatte Jo Zeit, sich die Bücher näher anzusehen, die auf dem Tisch lagen. Die meisten waren in Japanisch. Er fand, dass die Schriftzeichen sehr interessant aussahen. Daneben gab es englische Werke. »Bushido – the Soul of Japan«, las er auf einem der Buchrücken – von Inazo Nitobe.

»Was bedeutet Bushido?«, fragte er neugierig.

Kiki blickte hoch. »Auf Englisch übersetzt heißt es so viel wie ›Der Weg des Kriegers‹«, erklärte sie ihm.

»Worum geht es in dem Buch?« Er hielt es ihr entgegen.

»Um den Ehrenkodex der Samurai«, antwortete sie. »Oder vielmehr der Bushi. Das ist der richtige Begriff für den Kriegerstand in der Feudalgesellschaft. ›Samurai‹ war im alten Japan die Bezeichnung für ›Diener‹ – abgeleitet von dem Verb samurau, was so viel heißt wie ›dienen‹ oder ›aufwarten‹. Die Samurai verrichteten sehr viele Aufgaben in der Verwaltung des Landes und kümmerten sich um die Finanzen. Die Bewachung ihres Herrn und die Übernahme polizeilicher Aufgaben war nur ein kleiner Teil ihrer Funktionen. Insoweit entsprechen die Samurai mehr den Vasallen der einzelnen Lehensherren als den Rittern. Für die Kriegerkaste verwenden wir in Japan lieber den Begriff Bushi.«

»Und worin besteht der Kodex des Bushido?«

Kiki lachte. »Falls es dich wirklich interessiert, kannst du im nächsten Semester in meine Vorlesung kommen. Da werde ich mich intensiv mit dem Bushido befassen. Aber um es kurz zu machen: Im Grunde sind es die Leitlinien für den Kriegerstand – Rechtschaffenheit und Mut, Wohltätigkeit und Ehrgefühl. Vor allem aber bedingungslose Hingabe und Loyalität zu seinem Fürsten, dem Daimyo. Wenn es sein muss, bis in den Tod.«

»Wieso liest du das Buch nicht im Original?«, fragte er weiter.

Die junge Professorin lachte. »Englisch ist das Original. Der Autor, Inazo Nitobe, hat es 1899 in Amerika veröffentlicht. Er war ein christlicher Gelehrter und schloss sich bei einem Aufenthalt in den USA der Quäker-Bewegung an. Er hat auch in Deutschland und Österreich studiert.«

»Vielleicht sollte ich wirklich zu einer deiner Vorlesungen kommen«, sagte Jo. »Das klingt interessant.«

»Erzähl das mal meinen Studenten«, erwiderte sie und kicherte. »Manche finden den Stoff so spannend, dass sie während meiner Vorlesung einschlafen.«

Nachdem Kiki ihre Korrespondenz erledigt hatte, kümmerte sie sich um andere Verwaltungsvorgänge, die ihr die Sekretärin in großen schwarzen Mappen auf den Schreibtisch legte. Anschließend lud Kiki Jo zum Mittagessen in die Mensa ein. Auch dort ging alles sehr gesittet zu. Die Studenten stellten sich brav in langen Schlangen an, wobei sie allerdings intensiv und in einer gehörigen Lautstärke miteinander schnatterten.

Zurück im Büro, machten sich die beiden an die Arbeit und schrieben alles auf, was sie bisher herausgefunden hatten. Danach gingen sie Punkt für Punkt durch und überlegten ihre nächsten Schritte. Kiki schlug vor, an einem der nächsten Tage erneut ins zentrale Zeitungsarchiv zu fahren und alles an Material zusammenzutragen, das sie über die Familien der drei Toten finden konnten. Vielleicht ergaben sich daraus Anknüpfungspunkte.

Jo hätte gerne die Familie des toten Studenten befragt. Immerhin war er das erste Opfer. Diesem Mord kam insoweit eine besondere Bedeutung zu. Vorausgesetzt, die drei Morde hingen tatsächlich zusammen.

Kiki war skeptisch. Sie meinte, dass japanische Familien bezüglich ihrer privaten Angelegenheiten sehr zurückhaltend seien. Daher sei es sehr unwahrscheinlich, dass die Eltern des toten Jungen mit ihnen sprechen würden.

»Können wir es nicht trotzdem versuchen?«, zeigte sich Jo beharrlich.

»Lass mich darüber nachdenken«, beschied seine Mitdetektivin ihn. »Vielleicht fällt mir etwas ein.«

»Okay, du bist der Boss. Was machen wir stattdessen?«

»Jetzt finden wir heraus, ob dein treuloser Freund Zeit für dich erübrigen kann«, meinte sie und griff zum Hörer.

Zu ihrer Enttäuschung dauerten die Verhandlungen an. Kenji vertröstete die beiden auf den Abend.

»Er hat vorgeschlagen, dass ich mit dir ins Kino gehen soll«, teilte sie ihm mit. »Du stehst doch auf modernes japanisches Kino? In den letzten Jahren haben sich einige sehr ambitionierte junge Regisseure etabliert, die künstlerisch anspruchsvolle Filme jenseits des amerikanischen Kommerz-Kinos machen.«

»Sind die auf Englisch?«, fragte Jo ohne große Begeisterung.

»Das nicht«, gab sie zu. »Ist auch nicht nötig. Die Filme leben hauptsächlich von ihren grandiosen Bildern und den minimalistischen Gesten der Schauspieler. Der Fachbegriff für diese Richtung ist Minimal-Art-Kino.«

Jo schwante Schreckliches. Nach seiner Erfahrung waren »künstlerisch« und »anspruchsvoll« bei Filmen Synonyme für »völlig unverständlich« und »tödlich langweilig«. Aber Kiki klang so begeistert, dass er es nicht übers Herz brachte, sie um einen anderen Film zu bitten. Als sie in den flauschigen roten Sitzen des Kinos saßen und es dunkel wurde, flimmerte der Metro-Goldwin-Meyer-Löwe über die Leinwand. Er warf Kiki, die neben ihm saß und aus einer riesigen Tüte Popcorn futterte, einen zweifelnden Blick zu. Die prustete los, als sie sein Gesicht sah.

Sie beugte sich zu ihm hinüber und flüsterte ihm ins Ohr: »Hast du wirklich geglaubt, ich schleppe dich in einen japanischen Kunstfilm? Die sind absolut öde.«

Erleichtert ließ Jo sich in den Sitz zurückfallen. Der Film war reinstes Hollywood: eine romantische Komödie, bei der sich die beiden Hauptdarsteller zuerst bekriegten, bevor sie nach vielen Wirrungen doch ihre Zuneigung füreinander entdeckten. Das zumeist weibliche Kinopublikum gab jede Zurückhaltung auf. Die jungen Frauen lachten und kreischten, viele Szenen wurden von Zwischenrufen begleitet. Bei jeder Kussszene ging ein schmachtendes »Ahhh« durch den Saal. Jo konnte sich der aufgekratzten Stimmung nicht entziehen und musste ein ums andere Mal herzhaft lachen. Auch Kiki kreischte und johlte, als wäre sie ein 14-jähriges Schulmädchen. Nach dem Kino fuhren sie mit dem Taxi zum Hotel, wo sie sich mit Kenji treffen wollten. Als er ausstieg, blieb Kiki im Wagen sitzen.

»Kommst du nicht mit?«, fragte er überrascht.

»Ich bin ziemlich müde«, erwiderte sie und sah ihn treuherzig an.

Für einen Moment stand Jo unschlüssig an der offenen Fahrzeugtür. Kiki machte keine Anstalten auszusteigen. So blieb ihm nichts anderes übrig, als sich für ihre Hilfe zu bedanken. Sie lächelte und winkte ihm zum Abschied zu.

Dann war sie weg.

Als er in die Bar kam, wartete Kenji schon auf ihn. Er war direkt von den Verhandlungen gekommen und trug noch seinen dunklen Anzug. Wenigstens das Jackett hatte er ausgezogen und auf den Stuhl neben sich gehängt.

»Wie war dein Tag?«, fragte der Japaner und grinste. »Bist du gut mit Tante Mikiko ausgekommen?«

»Deine ›Tante‹ möchte noch ein Wörtchen mit dir darüber reden, wie du sie mir beschrieben hast«, antwortete Jo.

»Wieso? Ich hab nichts gesagt, was nicht stimmt, oder?«

»Etwas besser Englisch, als du behauptet hast, kann sie schon«, widersprach Jo seinem Freund.

»Aber nur dieses gekünstelte Oxford-Englisch«, verteidigte sich Kenji. »Das versteht doch kein Mensch!«

Jo musste lachen.

»Du hast mich ganz schön hinters Licht geführt«, stellte er fest.

»Ach was, du solltest mir dankbar sein! Was wäre das Leben ohne eine gelegentliche Überraschung? Erzähl, wie war euer Tag?«

»Nett.«

»Wie nett?«

»Na, nett eben.«

»Was habt ihr gemacht?«

»Zuerst sind wir zum Zeitungsarchiv gefahren und dann zu einem Fernsehsender.«

»Fernsehsender? Was wolltet ihr da?«

In knappen Worten erzählte Jo ihm die Geschichte.

»Ich wusste gar nicht, dass Kiki da jemanden kennt«, wunderte sich ihr Quasi-Cousin. »Aber du hast mir immer noch nicht gesagt, wie du mit ihr klar gekommen bist.«

»Gut«, meinte der junge Küchenchef.

»Echt? Den letzten Kumpel, um den sie sich für mich einen Tag kümmern sollte, einen Amerikaner aus Los Angeles, hat sie einfach in einem Einkaufszentrum stehen lassen. Auf einmal war sie verschwunden. Der Freund hat sie eine Stunde lang gesucht. Mann, war der sauer …« Kenji grinste, als er daran dachte.

»Du organisierst mir eine Reiseleiterin, die ihre Schützlinge im schlimmsten Gewühl von Tokio alleine lässt?«, rief Jo vorwurfsvoll.

»Bei dir hat sie es ja nicht gemacht«, gab der Japaner zurück. »Anscheinend hat sie dich in ihr Herz geschlossen. Sonst ist sie nicht sehr geduldig mit Leuten, die sie nicht kennt.«

»Wie auch immer. Ich finde sie nett«, meinte Jo.

»Wirklich? Damit bist du ziemlich allein. Die meisten Leute, die sie kennen, halten sie für verrückt.«

»Wieso das?«, fragte Jo überrascht.

»Sie ist sehr direkt und sagt immer ihre Meinung. Das empfinden die Leute in Japan als ungehörig. Speziell bei einer Frau.«

Für einen Moment wirkte Kenji nachdenklich.

»Sie ist eben eine echte Matsuda. Wir sind alle ein wenig verrückt«, sagte er und grinste. »Das liegt in der Familie.«

Jo fand es an der Zeit, das Thema zu wechseln.

»Wie laufen die Übernahmegespräche?«, wollte er wissen.

»So la la«, erklärte sein Freund und machte ein säuerliches Gesicht. »Die Jungs von der Gegenseite sind ziemlich harte Verhandlungspartner. Aber wir schlagen uns auch nicht schlecht.«

Sie plauderten über unverfänglichere Themen, bevor Jo vernehmlich gähnte. Als sie nahe des Aufzugs waren, blieb Kenji stehen.

»Tanomura-San hat sich übrigens erkundigt. Deine Vermutung war richtig. Der arme Junge ist ebenfalls mit einem 16-fach gefalteten Schwert enthauptet worden.«

KAPITEL 22

»Was können Sie Neues berichten?«, fragte der ältere der beiden Männer und sah sein Gegenüber an.

»Es ist, wie Sie befürchtet haben. Der Koch ist nach Japan gekommen. Bei der Grenzkontrolle hat er angegeben, dass er Urlaub machen will. Aber das war gelogen. Er ist hier, um sich mit dem Fall zu beschäftigen.«

»Sind Sie sicher?«

»Ja. Ich habe selbst mit ihm gesprochen.«

»Was haben Sie dagegen unternommen?«

»Bisher nichts. Er ist gerade erst angekommen. Meine Leute haben ihn vom Flughafen bis ins Hotel verfolgt.«

»Spricht er Japanisch?«

Der Jüngere der beiden schüttelte den Kopf.

»Dann wird er nichts herausfinden. Vielleicht müssen wir uns gar keine Sorgen um ihn machen.«

Der Jüngere schwieg für einen Moment.

»Vielleicht doch«, sagte er schließlich. »Er hat sich mit Kenji Matsuda getroffen.«

»Dem Sohn von Inazo Matsuda?«

»Ja.«

Der jüngere Mann spürte, wie die Augen seines Gegenübers auf ihm lagen. Er fühlte sich unwohl. Er wusste, dass es eine alte Verbindung zu Inazo Matsuda gab.

»Ziehen Sie Ihre Leute zurück«, befahl der Ältere nach längerem Nachdenken. Der Jüngere sah ihn ungläubig an.

»Wollen wir ihn wirklich herumschnüffeln lassen?«

Der Ältere warf ihm einen durchdringenden Blick zu.

Schnell sah der jüngere Mann zu Boden. Offene Kritik zu äußern war gefährlich.

»Ich kenne Kenji Matsuda. Er verbringt seine Freizeit am liebsten in Bars und Kneipen. Er wird nicht so unvorsichtig sein, seine Nase in einen Mordfall zu stecken.«

»Und falls doch?«

Diesmal hielt der jüngere Mann dem Blick seines Gegenübers stand.

»Dann werden wir uns bei Zeiten darum kümmern.«

Am nächsten Morgen stand Jo sehr früh auf. Er duschte kurz. Dann ging er hinunter zum Frühstück. Als er fertig war, sah er ratlos auf seinen leer gegessenen Teller. Er hatte am Abend zuvor nicht daran gedacht, Kenji zu fragen, wie es weiterging. Würde er sich um Jo kümmern oder war Kiki weiter für das Besucherprogramm eingeteilt?

Er wollte der jungen Frau nicht zu viel zumuten. Immerhin hatte sie den ganzen gestrigen Tag mit ihm verbracht. Bestimmt hatte sie etwas Besseres zu tun, als dauernd für ihn die Reiseleitung zu spielen. Wenn Kenji keine Zeit hatte, konnte er sich selbst ein Programm zusammenstellen. Wofür hatte er schließlich seine Reiseführer mitgenommen?

Als er am Empfang vorbeikam, winkte ihm der Portier.

»Sie haben eine Nachricht per E-Mail erhalten«, sagte der Mann und händigte ihm einen weißen Umschlag aus. Überrascht nahm Jo das Kuvert entgegen. Eine Nachricht – noch dazu per E-Mail? Es wusste niemand, dass er hier war.

Neugierig riss er den Umschlag auf. Er enthielt einen Computerausdruck. In der Überschrift stand: Hotel Matsuda Ressort Tokio, zu Händen Jo Weidinger, Zimmer 1007. Schnell überflog er die wenigen Zeilen.

»Lieber Jo,

leider bin ich heute Vormittag in dringenden Institutsangelegenheiten an meinem Lehrstuhl beschäftigt. Schau dir doch die Stadt an. Wenn du Lust hast, komm gegen 14 Uhr in mein Büro. Dann können wir von dort aus ins Zeitungsarchiv starten.

Viele Grüße

Kiki«

Seine Laune verbesserte sich schlagartig. Beschwingt machte er sich auf den Weg in sein Zimmer. Kurze Zeit später marschierte er los, bewaffnet mit seinem Reiseführer und einem Stadtplan. Obwohl es sehr früh war, quoll die U-Bahn-Station vor Menschen über. Es war noch schlimmer als beim letzten Mal.

Fasziniert sah er zu, wie sich viele im Vorbeihasten ihr Frühstück oder einen kalten Kaffee in der Dose aus einem der unzähligen Automaten zogen, die allgegenwärtig zu sein schienen. In einem seiner Reiseführer hatte er gelesen, dass auf jeden Einwohner Tokios 20 Automaten kamen.

Er kaufte sich ein Ticket und versuchte sich auf dem riesigen U-Bahn-Plan zu orientieren, der über den Fahrkartenautomaten hing. Obwohl die Angaben zu den wichtigsten Linien auch in Englisch vorhanden waren, fand er sich auf dem Plan nicht zurecht. Er versuchte sich mittels Abzählen der einzelnen Stationen zu behelfen – aussichtslos! Nach fünf Minuten Starren, Suchen und Zählen begannen die einzelnen U-Bahn-Linien vor seinen Augen zu tanzen. Es war fast so, als habe eine riesige Spinne ihr unüberschaubares Netz über die Stadt gesponnen. Er sah sich nach Hilfe um. Der Stationsmanager, ein kleiner Mann mit einer eindrucksvollen, aber viel zu großen Uniform, reichte ihm einen U-Bahn-Plan mit englischsprachiger Beschriftung.

»Sie nehmen die Tozai-Linie bis Otemachi. Dort steigen Sie in die Mita-Linie und fahren bis Hibiya, wechseln in die Hibiya-Linie, und drei Stationen weiter ist schon die Tsukiji-Haltestelle«, ratterte er in radebrechendem Englisch herunter. Jo nickte ergeben, obwohl er nur die Hälfte verstanden hatte. Mit bangem Gefühl machte er sich auf den Weg. Doch zu seiner Überraschung klappte es gut. Einmal geriet er auf die falsche Plattform und fuhr zwei Stationen in die entgegengesetzte Richtung.

Ein freundlicher junger Mann half ihm auf den richtigen Weg zurück. Endlich kam er an der gewünschten U-Bahn-Station an. Erleichtert strebte er dem Ausgang entgegen. Noch um zwei Straßenecken, dann war er an seinem Ziel angelangt. Vor ihm lagen die Hallen von Tsukiji, dem angeblich größten Fischmarkt der Welt.

Tag für Tag wurden hier über 2.000 Tonnen Fisch und Meeresfrüchte umgeschlagen. Das entsprach fast einem Drittel des japanischen Gesamtverbrauchs. Ehrfürchtig blickte er auf das bunte Gewirr. Armadas von alten, eingedellten Kleinlastwagen reihten sich vor den Hallen aneinander. Dutzende von Wägelchen, die aussahen wie fahrbare Mülltonnen, sausten zwischen den turmhoch aufgestapelten Styroporkisten, Metallwannen und Pappschachteln hindurch. Bärtige Männer mit breiten Schultern und verwegen aussehenden Tätowierungen schichteten Holztruhen übereinander, randvoll mit frischen Fischen. Über die Holztische mit den Waren riefen sich Käufer und Verkäufer laufend neue Preise zu. Frauen, die in schmalen Holzverschlägen saßen, addierten in Windeseile Dutzende von Zahlenkolonnen zusammen und kassierten nach erfolgreichem Abschluss die bunten Scheine, die sie schnell in Metallkassetten verschwinden ließen.

Überall wuselten Menschen hin- und her, Karren ziehend, Fische hochhaltend, große Gesten machend. Wenn man die Hallen betrat und sich in ihre hektische Umtriebigkeit hineinziehen ließ, war es fast so, als habe man eine andere Welt betreten. Mit großen Augen streifte Jo zwischen den Ständen hindurch. Immer wieder musste er einem Karren oder einem anderen Gefährt ausweichen. Wildfremde Menschen rempelten ihn an oder schoben ihn einfach beiseite. Die normalen

Regeln der japanischen Höflichkeit schienen an diesem Ort außer Kraft gesetzt zu sein. Obwohl Jo in seinem Leben auf vielen Fischmärkten eingekauft hatte, konnte er sich nicht erinnern, je eine derartige Auswahl gesehen zu haben. Es gab Muscheln, so groß wie Suppenteller, mit muränendicken Leibern, Fische, deren Silberfarbe hell wie Aluminium glänzte und deren Augen in Azurblau leuchteten. Massive Blöcke aus Walfleisch, die in Form und Farbe an ein frisches Rinderfilet erinnerten, lagen neben Schatullen voller Fischrogen oder Pyramiden von kleinen Tintenfischen. Lange Seeaale tummelten sich in Becken neben Kästen voller Meeresspinnen, die sich erfolglos zu befreien suchten.

In einer Halle wurde Kinkai versteigert, der einheimische Thunfisch. Atemlos verfolgte Jo, wie der Preis in schwindelerregende Höhen stieg. Durch Überfischung der Gewässer rund um die japanischen Inseln war der Kinkai fast ausgerottet. Gelang es doch, eines der riesigen Tiere zu fangen, konnte er leicht Preise von 15.000 Dollar erzielen – pro Fisch!

Jo schüttelte den Kopf. Fasziniert sah er zu, wie der Fisch anschließend zerlegt wurde. Vier Männer waren dazu notwendig, die mit armlangen Messern kunstvoll einzelne Portionen herausschnitten. Das Filettieren dieser Kostbarkeit war eine Kunst: ein falscher Schnitt, und man vernichtete einen Wert von mehreren Hundert Dollar.

Gegen zehn Uhr wurde es schlagartig ruhiger. Die Verkaufsschlacht war für den heutigen Tag geschlagen. Schnell packten die Händler ihre verbliebene Ware zusammen, um sie nun an Supermärkte und Stammkunden weiter zu liefern.

Die Lastwagen knatterten vollbeladen in alle Himmelsrichtungen.

Jo hatte genug gesehen. Voller neuer Eindrücke und erschlagen von der schieren Wucht dieses einzigartigen Marktes machte er sich auf den Rückweg. Schon seit er während seiner Lehrzeit zum ersten Mal über den Fischmarkt von Tsukiji gelesen hatte, wollte er ihn mit eigenen Augen sehen. Nun hatte er es endlich geschafft!

Auf dem Weg machte er halt an einem Imbiss und aß zu Mittag. Das Personal verstand kein Englisch, aber mit Zeichensprache und gutem Willen auf beiden Seiten wurde man sich rasch handelseinig. Jo entschied sich für einen ihm unbekannten Fisch, der ihn in der Auslage anlächelte. Er wurde kräftig gewürzt und landete direkt auf dem Grill. Serviert wurde er mit Reis und Gemüse. Zum Glück hatte er auf einer früheren Reise nach Asien den Umgang mit Essstäbchen so gut gelernt, dass er sehr geschickt damit umzugehen verstand. Das erwies sich als Vorteil, denn in der Imbissbude war man auf fremde Gäste nicht eingerichtet und hielt Messer und Gabel gar nicht erst bereit. Obwohl es sich um eine einfache Küche handelte, schmeckte der Fisch ausgezeichnet.

Zufrieden fuhr er zurück zum Hotel. Er wollte die Unterlagen durchgehen, bevor er sich auf den Weg nach Hongo zur Universität machte. Um sich den erneuten Kampf mit dem unübersichtlichen U-Bahn-Netz zu ersparen, gönnte er sich diesmal ein Taxi. Das half allerdings nur bedingt weiter, denn der Taxifahrer sprach kaum Englisch. Zum Glück hatte er den Stadtplan eingesteckt, sodass er dem Fahrer das gewünschte Ziel auf der Karte zeigen konnte. Entspannt lehnte er sich zurück und ließ das abwechslungsreiche Stadtbild Tokios auf sich wirken. Kleine, traditionell gebaute Häuser duckten sich in die Häuserschluchten neben große, gesichtslose Betonbauten, die ihn an die Bausünden aus den 60er- und 70er-Jahren in Deutschland erinnerten. Doch es gab auch architektonische Meisterwerke, ultramoderne Hochhäuser mit eigenwilligen Formen und Farben, manchmal futuristisch anmutend, manchmal an den traditionellen Stil Japans angelehnt. Dazwischen reihten sich Obst- und Gemüseläden neben großen Supermärkten, winzige Zeitungsgeschäfte fanden ein Plätzchen zwischen zwei Kaufhäusern, die mit prächtig dekorierten

Schaufensterauslagen Kunden lockten. Strom und Telefonkabel spannten sich in einem unübersehbaren Gewirr zwischen den Häusern und über die kleinen, engen Gassen hinweg. Am meisten beeindruckte ihn aber, wie hemmungslos die Japaner ihre Stadt mit Werbeplakaten zupflasterten. Ihre grellen Farben und auffälligen Bildmotive standen in eigenartigem Kontrast zu der Uniformität der dahinhastenden Geschäftsleute in ihren konventionellen blauen Anzügen.

Als er auf dem Universitätsgelände ankam, musste er sich zuerst orientieren. Am Vortag war er Kiki hinterhergelaufen. Diesem Energiebündel auf den Fersen zu bleiben, ließ keine Zeit, sich groß umzusehen. Deswegen brauchte er eine Weile, bis er den Weg zu ihrem Büro fand.

Die Sekretärin sprang auf und verbeugte sich vor ihm, als er den Raum betrat. Sie sagte etwas auf Japanisch, das Jo nicht verstand. Deswegen behalf er sich mit der landestypischen Universallösung für alle Probleme: Er lächelte freundlich und verbeugte sich ebenfalls. Anscheinend die richtige Antwort, denn die junge Sekretärin wandte sich um und klopfte an der dunklen Holztür. Nach einem kurzen Moment des Wartens, öffnete sie für ihn und ließ ihn in das Büro ihrer Chefin treten.

Kiki saß in ihrem großen Ledersessel und tippte eifrig auf ihrem Computer.

Als sie Jo sah, ging ein strahlendes Lächeln über ihr Gesicht.

»Hallo Jo-San«, rief sie ihm fröhlich zu. »Setz dich. Ich muss rasch etwas fertig machen. Möchtest du einen Kaffee?«

Jo nickte. Sie sagte etwas zu ihrer Sekretärin, die daraufhin im Nebenzimmer verschwand. Kurze Zeit später tauchte sie mit einer großen Tasse dampfenden Kaffees auf. Danach ließ sie die beiden alleine.

»Hast du etwas Sightseeing gemacht?«, fragte die junge Professorin, während sie munter auf ihren Computer einhackte. Anscheinend konnte sie zwei Dinge gleichzeitig tun: konzentriert arbeiten und Konversation betreiben. Eine Fähigkeit, die der junge Küchenchef gern besessen hätte. Wenn er sich stark konzentrieren musste, vergaß er alles um sich herum. Dann merkte er nicht einmal, wenn ihn jemand ansprach.

»Ich bin auf dem Fischmarkt von Tsukiji gewesen«, sagte er.

Für einen Moment unterbrach sie ihr Stakkato und sah ihn erstaunt an. »Du bist in der großartigsten Metropole der Welt, und das Einzige, was du dir ansiehst, ist stinkender Fisch?«

Jo fühlte sich auf den Schlips getreten. Er wollte gerade zu einer langatmigen Erklärung ansetzen, als sie laut loslachte.

»Ich finde es klasse!«, rief sie begeistert. »Die meisten Touristen hasten nämlich von einem Tempel zum nächsten. Dabei ist Tsukiji viel interessanter. Ich geh selber gern dorthin. Es ist jedes Mal ein Erlebnis! Außerdem bekommt man dort den frischesten Fisch der Stadt! Warum hast du nichts gesagt, ich hätte dir alles zeigen können!«

Sie nahm ihre Arbeit wieder auf. Jo ließ seinen Blick über ihr vollgestopftes Büro wandern. Irgendwie passte es nicht zu ihr – eine so aufgeschlossene, quirlige junge Frau und die vielen dicken Schmöker.

»So, fertig«, sagte Kiki und drückte die »Speichern«-Taste. »Sorry, aber den Brief musste ich fertig machen. Langweiliger Verwaltungskram«, fügte sie hinzu und schnitt eine Grimasse. »Zwei Stunden haben wir darüber diskutiert, welche Bücher wir für das Institut anschaffen können.« Sie schüttelte den Kopf. »Es geht seit fast einem Monat so. Jede Woche sitzen wir zusammen, und jeder macht seine Vorschläge. Dafür reicht aber leider das Geld nicht. Damit niemand sein Gesicht verliert, wird die Entscheidung vertagt. Dabei müssten wir nur ein paar Drittmittel von Industrieunternehmen einwerben.«

»Warum schlägst du das nicht vor?«, warf Jo ein.

»Schlaumeier. Hab ich längst gemacht! Aber es gibt nichts Spießigeres als Geschichtsprofessoren! Sie haben Angst, dass wir uns damit in die Fänge der Wirtschaft begeben – wenn ich das höre! Als ob jemand Interesse daran hätte, auf die

Geschichtsforschung Einfluss zu nehmen!« Sie hatte sich richtig in Rage geredet. »Lieber sitzen sie jede Woche da und zerbrechen sich den Kopf, wer der Dumme sein soll, der für seinen Lehrstuhl leer ausgeht. Dabei steht es ohnehin fest.« Sie klang verbittert. »Am Ende werde ich es wieder sein. Nur weil ich die Jüngste bin!« Sie sah ihn grimmig an. »Sie trauen sich nicht, es mir zu sagen. Beim letzten Mal hab ich einen ziemlichen Aufstand gemacht.« Sie lächelte böse. »Das hat es am ehrwürdigen Institut für Historische Forschungen bis dato noch nie gegeben. Die jungen Professoren haben das ungeschriebene Gesetz der Seniorität immer klaglos akzeptiert. Ich bin die Erste, die aufbegehrt. Deswegen bin ich schon zweimal beim Dekan zum Rapport einbestellt worden.« Sie kicherte. »Der arme Kerl. Er hat sich bei der Besetzung des Lehrstuhls für mich eingesetzt. Das hat damals für gehöriges Aufsehen gesorgt«, erklärte sie ihm. »Noch nie ist jemand in meinem Alter in Japan Professor geworden – noch dazu eine Frau. Das hat nicht jedem meiner Professorenkollegen gefallen. Aber Dekan Shinohara hat mich gegen alle Widerstände durchgeboxt.«

Sie seufzte. »Ich will nicht, dass er meinetwegen Ärger bekommt.«

»Warum besorgst du nicht für deinen Lehrstuhl Drittmittel?«, schlug Jo vor. »Dann wärst du auf das Institut nicht angewiesen.«

»Hab ich mir auch überlegt«, meinte sie nachdenklich. »Ich hab Onkel Inazo schon gefragt.«

»Onkel Inazo?«

»Kenjis Vater. Er ist mein Halbbruder, aber da er fast 30 Jahre älter ist, nenne ich ihn Onkel. Er wäre bereit, mich zu sponsern. Ich bräuchte nur die Zustimmung von Dekan Shinohara. Mal sehen ...« Sie zuckte mit den Schultern.

»Genug von den langweiligen Institutsgeschichten. Ich habe dich noch gar nicht richtig begrüßt.«

Sie sprang auf, kam auf ihn zu und drückte ihm rechts und links ein Küsschen auf die Wange. Jo war perplex.

»Du hast deinen Dreitagebart abrasiert«, stellte sie fest. »Schade, damit sahst du so verwegen aus.«

»Ich kann ihn ja nachwachsen lassen«, sagte Jo verlegen.

Kiki lachte hell auf. »Mach dir keine Sorgen, Jo-San. Ich nehme dich auch so mit.«

Er sah sie unschlüssig an. Meinte sie das ernst oder nahm sie ihn auf den Arm? Sie war heute sehr konservativ angezogen: dunkelblaues Kostüm mit einem knielangen Rock, durch den ihre hübschen Beine kaum zur Geltung kamen. Kiki schnappte sich ihre Handtasche, und sie machten sich auf den Weg.

»Ich finde dich übrigens gar nicht spießig«, sagte Jo, als sie zur U-Bahn gingen.

»Spießig?« Die junge Japanerin runzelte die Stirn.

»Na, du hast doch gesagt, dass alle Geschichtsprofessoren Spießer sind«, meinte er und sah sie treuherzig an.

»Blödmann!«, sagte sie und knuffte ihn in die Seite.

Als sie im großen Saal des Zeitungsarchivs saßen, konnte sich Jo ein langes Gähnen nicht verkneifen. Obwohl er wusste, dass die Recherche nötig war, langweilte er sich. Immerhin hatte er sich so weit an die örtlichen Gegebenheiten angepasst, dass er das Gähnen hinbekam, ohne einen Laut von sich zu geben. Kiki war dagegen in ihrem Element. Ohne jedes Anzeichen von Ermüdung oder nachlassendem Enthusiasmus durchforstete sie Zeitungsartikel um Zeitungsartikel. Ab und zu machte sie sich Notizen. Er fragte sich, was er ohne die junge Professorin gemacht hätte. Kenji hätte wahrscheinlich nicht annähernd so viel Geduld aufgebracht. Spätestens nach einer halben Stunde hätte er aufgegeben und Jo in die nächstgelegene Kneipe geschleppt. Seine »Cousine« saß dagegen seit zwei Stunden vor dem Schirm und arbeitete sich geduldig durch immer neue Zeitungsseiten.

»Wird dir das nicht langweilig?«, flüsterte Jo ihr zu. Obwohl er sich bemüht hatte, seine Lippen so wenig wie möglich zu bewegen, und sich sicher war, dass seine Stimme kaum mehr Luft in Bewegung gesetzt haben konnte als ein einzelner Flügelschlag eines Schmetterlings, erntete er sofort eine hochgezogene Augenbraue von einem der Aufseher. Allerdings handelte es sich dabei nur um einen moderaten Tadel der Stufe drei. Jo hatte sich die Zeit des Wartens damit verkürzt, die Aufseher bei ihrem Kampf gegen die bösen Geräusche zu beobachten. Ganz nebenbei hatte er eine Skala der verschiedenen Stufen des Tadels entwickelt.

Nach seiner Schätzung stand es gegenwärtig 23 zu 2. 23 Mal war es den Archivwärtern gelungen, durch vorausschauende einschüchternde Blicke und geschicktes Verlagern von Personal in Regionen potenzieller Ruhestörung drohende Geräusche im Keim zu ersticken.

Zwei Mal hatten allerdings die Geräusche gewonnen. Einmal hatte es sogar ein mittelschweres Knarzen eines Stuhles geschafft, die gesammelte Aufmerksamkeit der Wachmannschaft auf einen bedauernswerten Studenten zu richten, der vor Scham beinahe im Boden versunken wäre.

»Ich bin gleich fertig«, wisperte Kiki und lächelte ihm aufmunternd zu. Einige Minuten später deutete Kiki an, dass sie genug gelesen hatte. Sie packten ihre Sachen zusammen und verließen das Zeitungsarchiv.

Am frühen Abend aßen sie in einem zauberhaften Restaurant in der Nähe der Universität. Es war in einem schmalen Häuschen untergebracht, das von außen wie eines der winzigen, alten Wohnhäuser aussah. Drinnen gab es dunkle Holztische und bequeme Stühle. Die Atmosphäre strahlte eine gediegene Behaglichkeit aus. Die junge Professorin bestellte für sie beide. Zuerst kam eine Suppe, danach gab es eine gemischte Meeresfrüchteplatte, dem Geschmack nach zu urteilen – fangfrisch.

Dazu tranken sie Wasser und den einheimischen grünen Tee, der aus unfermentierten Teeblättern zubereitet und ohne Zucker, Milch oder Zitrone serviert wurde.

Während des Essens brachte Kiki ihn auf den neuesten Stand. Die Zeitungsrecherche hatte sich als nicht sehr ergiebig erwiesen. Das Unternehmen der Watanabes war nicht an der Börse gelistet und zu klein, um für die Wirtschaftspresse von Interesse zu sein. Deswegen hatte Kiki fast nichts über die Familie gefunden – geschweige denn über Hayato Watanabe selbst. Etwas besser sah es bei Yasuhiro Kawanishi aus. Die Kawanishi-Gruppe war in einem Nebenwerte-Index der japanischen Börse gelistet und wurde daher ab und zu in den Zeitungen erwähnt. Yasuhiros Aufrücken in die Geschäftsleitung vor einigen Jahren und die Übernahme der Verantwortung für das Europageschäft der Gruppe fanden ebenso Niederschlag wie das starke Wachstum des Unternehmens in den letzten Jahren. Auffälligkeiten oder gar Verwicklungen in kriminelle Aktivitäten gab es nicht zu verzeichnen.

Über die Familie Nakane oder den bedauernswerten Sohn Kaito fand sich in den Zeitungen gar nichts, sah man von den Artikeln über seine Ermordung ab.

Immerhin war Kiki in einer kleinen Regionalzeitung auf die Todesanzeige des Jungen gestoßen. Die Zeitung wurde in einer ländlichen Region, rund einhundert Kilometer nordwestlich von Tokio, herausgegeben. Das legte den Schluss nahe, dass er von dort nach Tokio zum Studieren gekommen war. Außerdem wussten sie nun die Vornamen seiner Eltern. Das würde die Recherche einfacher machen, falls sie mit der Familie sprechen mussten. Doch danach sah es gegenwärtig nicht aus. Jo war frustriert.

Ihre ganzen Nachforschungen schienen im Sande zu verlaufen. Er selbst war im Hotel alle Punkte durchgegangen. Aber egal, wie man es drehte und wendete: Es ergab sich daraus keine heiße Spur.

»Ich fürchte, das bringt uns alles nicht weiter«, sagte er resigniert. »Vielleicht sollten wir die Sache beenden, bevor wir noch mehr Zeit unnütz damit vergeuden.«

»Was?«, rief Kiki ungläubig. »Du willst aufgeben?«

Sie sah ihn vorwurfsvoll an.

»Da kommst du 10.000 Kilometer weit geflogen, um einen Kriminalfall zu lösen, und bei den ersten Schwierigkeiten steckst du gleich auf?«

»Nein, natürlich nicht«, erwiderte Jo gekränkt, »aber was sollen wir machen? Wenn wir keine Anhaltspunkte finden, können wir keine weiteren Nachforschungen anstellen.«

Kiki musste lachen, als sie seine betröppelte Miene sah.

»Zum Glück bist du Koch geworden und hast nicht Geschichte studiert, Jo-San«, kicherte sie. »In meinem Metier wärst du nicht glücklich geworden.«

»Wieso?«, fragte er indigniert. »Ich hab Geschichte an der Schule immer sehr gerne gemacht.«

»Wirklich? Das finde ich toll«, meinte sie. »Aber Geschichte an der Schule und Geschichte an der Universität sind zwei verschiedene Paar Schuhe. In der historischen Forschung wühlt man sich oft Monate, manchmal sogar Jahre durch die Archive. Da braucht man viel Geduld. Wenn ich jedes Mal gleich die Flinte ins Korn werfen würde, hätte ich kein einziges Buch zustandegebracht.«

»Hast du viele geschrieben?«

»Na ja, ein paar …«

»Nun sag schon.«

»Neun, wenn du es genau wissen willst.«

»Echt? Beeindruckend!«

»Damit bist du allerdings die große Ausnahme«, sagte sie und kicherte. »Die Männer, die ich sonst kennenlerne, finden es abschreckend.«

»Warum?«, fragte er erstaunt.

Sie zuckte mit den Schultern. »Muss wohl daran liegen,

dass die meisten Männer in ihrem Leben nicht einmal neun Bücher gelesen haben.«

Jo grinste. »Wenn du mir eines deiner Bücher auf Englisch beschaffen kannst, verspreche ich dir, dass ich es lese.«

»Du solltest vorsichtig sein, Jo-San«, erwiderte sie. »Ich nehme dich beim Wort.

Kannst du Schlittschuh laufen?«, fragte sie unvermittelt.

Jo sah sie verständnislos an. »Ein bisschen«, sagte er vorsichtig.

»Na, dann komm«, rief sie und sprang auf.

Nachdem Kiki ihn aus ihrem Büro geschickt hatte, um sich umzuziehen, tauchte sie kurz darauf in einer engen Jeans und einem leuchtend gelben T-Shirt auf, das mit japanischen Schriftzeichen bedruckt war. Jo rätselte, wo sie die Umziehklamotten in ihrem kleinen Büro versteckt haben mochte. Wahrscheinlich unter einem der Bücherstapel. Eines musste man ihr lassen: Sie verstand es hervorragend, ihn zu überraschen. Mit der U-Bahn fuhren sie in den Stadtteil Takadanobaba. Jo war seit Ewigkeiten nicht mehr Schlittschuhlaufen gewesen und hatte Bammel, sich zu blamieren. Die Eissporthalle war ein beeindruckendes Bauwerk. Unter einer futuristisch anmutenden Kuppel, die ihn an das Opernhaus von Sydney erinnerte, befand sich ein riesiges Unterhaltungscenter. Es handelte sich mehr um ein Einkaufszentrum, in dessen Mitte eine große Eiskunstlaufbahn eingebettet war. Außen herum gruppierten sich in bunter Folge moderne Cafés und Sportgeschäfte, in denen man von Schlittschuhen über Eishockeyschläger bis hin zur kompletten Golfausrüstung ziemlich alles bekommen konnte, was man für eine sportliche Betätigung benötigte. Darüber hinaus gab es Modegeschäfte, die sich mit Jeans und grellen Accessoires vor allem an Jugendliche wandten, und natürlich die allgegenwärtigen Spielcenter, in denen sich Dutzende von Japanern um die neuesten Spielkonsolen drängten.

Jo und Kiki liehen sich Schlittschuhe aus, die ihnen in Plastikfolie eingeschweißt übergeben wurden. Mit vorsichtigen Bewegungen und gehörigem Respekt machte Jo die ersten Schritte auf dem Eis. Auf wackeligen Beinen fuhr er nah an der Bande entlang, um sich im Notfall festhalten zu können. Kiki war dagegen ganz in ihrem Element. Mit wenigen Schritten gewann sie an Geschwindigkeit und drehte einige elegante Kurven, bevor sie ein Bein nach oben streckte und auf einem Schlittschuh über das Eis glitt. Es sah unheimlich professionell aus. Jo war von ihrer Vorstellung für einen Augenblick abgelenkt und geriet in Rückenlage. Mit verzweifeltem Armrudern versuchte er das Gleichgewicht zurückzugewinnen, aber es war zu spät. Wie ein ungelenker großer Käfer fiel er nach hinten und landete schmerzhaft auf dem Rücken. Es sah so lustig aus, dass Kiki nicht an sich halten konnte und laut lachte. Mühsam rappelte Jo sich auf. Sein Hinterteil tat ihm weh, und ihm war kalt. Mit wenigen Schritten war die junge Japanerin bei ihm.

»Hast du dir wehgetan?«, fragte sie besorgt.

»Geht schon«, knurrte er, während er sich mühsam an der Bande hochzog. Auch dabei machte er keine sehr elegante Figur. Kiki musste wieder lachen.

»Ich bin das letzte Mal als Kind gefahren«, erklärte er mit säuerlicher Miene.

»Das wusste ich nicht. Warum hast du nichts gesagt? Komm, ich helfe dir.«

Sie fuhr an ihn heran und hakte sich bei ihm unter. Durch die Kleidung hindurch konnte er ihren warmen Körper spüren. Als er sich an ihr festhielt, ging es besser.

Mit kleinen, schnellen Schritten nahmen sie Fahrt auf und glitten in einem sanften Bogen an der Bande entlang. Nach ein, zwei Runden merkte Jo, wie das Gefühl für das Eis zurückkam. Als Kind war er viel mit seiner Mutter Schlittschuh gelaufen – auf einem zugefrorenen See in der Nähe von

Straubing. Damals waren die Winter kälter gewesen, sodass der See oft über mehrere Wochen für das Eislaufen genutzt werden konnte.

»Geht doch ganz gut«, rief Kiki ihm zu und ließ ihn los.

Auch alleine klappte es besser. Fast wie ein Paar beim Eistanz liefen sie nebeneinander her. Die junge Japanerin drehte einige perfekte Pirouetten. Jo sah ihr bewundernd zu und fuhr in zunehmend sichereren Kreisen um sie herum. Obwohl er zweimal hinfiel, machte Jo das Eislaufen mehr Spaß. Nachdem sie eine Stunde ausgelassen über das Eis getobt waren, machte Kiki zum Abschluss einen gewagten Sprung, einen Axel, den sie aber sicher landete. Sie drehte zwei Pirouetten und kam mit einem eleganten Schwung zum Stehen.

Jo applaudierte.

»Glatte Zehn!«, rief er und streckte den Daumen nach oben.

»Du Charmeur«, erwiderte sie und lächelte.

»Wo hast du so gut Schlittschuhlaufen gelernt?«, wollte er wissen.

»Meine Mutter hat es mir beigebracht. Sie war Eiskunstläuferin und hat mich als Kind oft in die Eishalle mitgenommen.«

Für einen Moment schien sie in Gedanken. Er vermeinte einen Ausdruck von Wehmut in ihrem Gesicht zu erkennen. Aber schon war sie wieder unterwegs.

»Fang mich«, rief sie ihm zu, während sie mit schnellen Schritten beschleunigte.

Jo gab Gas, hatte aber keine Chance. Seine Eislaufpartnerin saß schon auf der Bank und knöpfte sich die Schlittschuhe auf, als er an der Bande ankam. Sie fuhren mit dem Taxi zurück, und Kiki setzte ihn bei seinem Hotel ab.

»Morgen kann ich leider nicht«, sagte sie bedauernd. »Ich hab am Vormittag Sprechstunde für meine Studenten und treffe mich am Nachmittag mit einem Lektor wegen meines neuen Buchs.«

»Kein Problem«, meinte Jo und versuchte dabei cool zu

klingen. Doch ganz konnte er seine Enttäuschung nicht verbergen.

»Nun guck nicht so traurig«, erwiderte sie. »Kenji wird sich bestimmt um dich kümmern.«

Spontan beugte sie sich zu ihm hinüber und drückte ihm einen Kuss auf die Wange.

Jo konnte ihn noch spüren, als er mit dem Aufzug nach oben fuhr.

Da er von seinem Freund nichts gehört hatte, zog er sich um und begab sich ins Fitnessstudio. Er setzte sich auf einen der modernen Hometrainer, die sogar mit einem Fernseher ausgestattet waren. Da darauf aber nur japanische Programme liefen, schaltete Jo den Bildschirm ab. Er fand es ohnehin merkwürdig, beim Fahrradfahren fernzusehen. Am liebsten wäre er draußen durch die Straßen geradelt, aber er kannte sich zu wenig aus und fürchtete, den Weg zum Hotel nicht zurückzufinden. Außerdem wusste er nicht, ob man sich im Hotel überhaupt Fahrräder ausleihen konnte. So blieb ihm nichts anderes übrig, als sich im Fitnessstudio zu verausgaben. Um ihn herum trainierten nur japanische Männer. Mit verbissenem Gesichtsausdruck, meist mit einem Kopfhörer ausgestattet, um sich die Fernsehübertragung an ihren Geräten ansehen zu können, arbeiteten sie ihr Trainingsprogramm ab. Niemand sagte ein Wort, und es war nur das Surren der elektrischen Geräte und das ein oder andere Schnaufen zu hören.

Als er in sein Zimmer zurückkam, fand er eine Nachricht von Kenji vor. Sein Freund ließ sich entschuldigen. Er musste mit seinen Verhandlungspartnern essen gehen und konnte daher nicht kommen. Obwohl er wusste, wie wichtig diese Verhandlungen für Kenjis Familie sein mussten, war Jo enttäuscht. Er las in seinem Reiseführer und ging früh ins Bett.

KAPITEL 23

Die kleinen Rollen holperten über den unebenen Asphalt, als er die Aluminiumkiste in einen dunklen Hinterhof zog. Die Lichter der Straße waren kaum zu sehen, und ein paar Meter weiter verschluckte ihn die Dunkelheit. Vor einer unscheinbaren grauen Stahltür blieb er stehen. Er zog den Schlüssel aus der Tasche und steckte ihn ins Schloss. Mit einem Knirschen öffnete sich die Tür. Routinemäßig blickte er sich um. Er war allein. So spät kam normalerweise niemand mehr zu den alten Lagerräumen. Trotzdem durfte er nicht unvorsichtig werden. Er stieß die Tür auf und trat in den Vorraum. Der Putz blätterte von den kahlen Wänden, ein modriger Geruch lag in der Luft. Schnell trat er auf einen grauen Kasten rechts neben dem Eingang zu und öffnete ihn. Ein rotes Lämpchen blinkte. Er gab eine Zahlenkombination in die Tastatur ein und drückte auf den »Enter«-Knopf. Es knackte, das Lämpchen wechselte auf Grün. Leise schloss er die Tür hinter sich und verriegelte sie zweimal. Dann näherte er sich der Eisentür am Ende des Flurs, der in das Innere des Gebäudes führte. Er hielt eine Fernbedienung hoch und drückte eine bestimmte Zahlenkombination.

Nichts tat sich.

Zur Sicherheit wartete er drei Sekunden. Dann nahm er einen Schraubenzieher mit Holzgriff aus seiner Tasche. Vorsichtig näherte er sich mit der Spitze der Metalltür. Er berührte sie kurz. Kein Funkenschlag. Er entspannte sich. Die Fernbedienung hatte funktioniert. Die Tür war durch Starkstrom gesichert. Wer sie anfasste, wenn der Strom nicht abgeschaltet war, bekam einen tödlichen Schlag.

Er öffnete die Tür und zog die Metallkiste in den großen Raum. Auch dort gab es eine separate Alarmanlage, die er ausschaltete.

Sein Allerheiligstes war mehrfach gesichert.

Die Wände waren kahl, aber das würde sich bald ändern. Er würde sie bemalen. So wie er die Wände seines Behelfstempels in Deutschland bemalt hatte.

Mit grellen, wilden Bildern, die in ihm nach oben drängten. Er kniete auf dem Teppich vor dem Altar nieder und dankte seinen Ahnen für seine sichere Heimkehr.

Die Alarmanlage in seiner Metallkiste hatte sich bewährt. Er war rechtzeitig gekommen, als dieser stinkende, kleine Filipino es gewagt hatte, mit seinen schmutzigen Fingern sein heiliges Schwert zu berühren. Es hatte ihn enorme Überwindung gekostet, ihm nicht an Ort und Stelle die Kehle durchzuschneiden.

Aber dann wäre der Verdacht sofort auf ihn gefallen. Schließlich hätte er in der kurzen Zeit nie die Leiche wegschaffen und den Boden reinigen können. Deswegen hatte er dem Filipino das Betäubungsmittel gespritzt. Er hatte es mit nach Deutschland genommen, weil er geplant hatte, seine Opfer damit zum Sprechen zu bringen. Aber er hatte es doch nicht verwendet. Er fand es eines Samurais unwürdig, sich solcher Mittel zu bedienen. Stattdessen hatte er sich auf die Macht seines Schwertes verlassen. Zu seinem Glück hatte er das Betäubungsmittel an dem Tag in der Tasche getragen. So konnte er den Mann betäuben und in einem der Nebenräume, die selten genutzt wurden, in einen der leeren Metallschränke einsperren. Danach kehrte er zu seiner Arbeit an Deck zurück. Als der Filipino am Abend vermisst wurde, beteiligte er sich an der Suchaktion. Vor allem seine philippinischen Kameraden wollten sich nicht beruhigen. Sie stellten zwei Tage lang alles auf den Kopf und verwandten jede freie Minute darauf, nach ihrem Landsmann zu suchen. Dann gaben sie auf. Es kam immer wieder vor, dass einer der Matrosen die Einsamkeit und die Öde nicht mehr ertrug und sich umbrachte. Meist sprangen die Selbstmörder einfach ins Meer.

Zu seinem Glück kam niemand auf den Gedanken, in den alten Metallschränken nachzusehen. Während seiner Wache in der folgenden Nacht ließ er den Filipino über Bord gehen. Die Götter waren ihm gnädig gestimmt. Niemand hatte ihn dabei beobachtet. Nachdem er seine Gebete beendet hatte, erhob er sich. Er öffnete die Metallkiste und nahm nacheinander die Köpfe von Hayato Watanabe und Yasuhiro Kawanishi heraus. Ehrfürchtig trug er sie in den hinteren Teil der Halle. Der Glasschrank reichte vom Boden bis zur Decke. Die indirekte Beleuchtung tauchte ihn in ein sanftes Licht.

Er öffnete die Tür und stellte die beiden Köpfe nebeneinander auf ihr Podest. Sorgfältig schloss er den Schrank und trat einen Schritt zurück. Die Köpfe von Kaito Nakane, Hayato Watanabe und Yasuhiro Kawanishi sahen ihn mit ihren toten Augen an.

Es war wie ein Kunstwerk. Sein Kunstwerk. Ein Werk für die Ewigkeit.

Er lächelte.

*

Am nächsten Morgen meldete sich Kenji endlich persönlich. Leider war er den ganzen Tag ausgebucht, versprach aber, sich am Abend freizunehmen. Sie verabredeten sich für 20 Uhr im Hotel. Nach dem Frühstück setzte Jo sich auf sein Bett und ging die Unterlagen durch, die er zusammen mit Kiki erstellt hatte. Er hoffte, bei erneutem Durchsehen einen Ansatzpunkt für weitere Nachforschungen zu finden – vergebens. Einigermaßen frustriert legte er die Unterlagen beiseite. Ohne die Hilfe seines Freundes oder der jungen Professorin konnte er nichts weiter unternehmen. Deswegen beschloss er, den freien Tag zu nutzen, um sich in Tokio umzusehen. Auf der Straße herrschte eine drückende Schwüle, und Jos T-Shirt war schon durchgeschwitzt, bevor er die U-Bahn-Station erreichte. Obwohl Samstag war, sah er auffallend viele Männer in Anzügen und mit Krawatte. Er fragte sich, ob sie auch am Wochenende arbeiten mussten oder ob sie so in die Stadt zum Einkaufen fuhren.

Mittels seines englischsprachigen U-Bahn-Plans kam er ganz gut zurecht. Er hatte sich für den heutigen Tag vorgenommen, das Shoppingparadies Tokio zu erkunden. Er brauchte nichts, hatte aber gelesen, dass der Einkaufsbummel für sich ein Erlebnis war. Er startete im Akihabara-Viertel, das für seine Elektronikläden berühmt war. Obwohl er auf seinen Reisen schon einiges gesehen hatte, stand er mit offenem Mund vor der schier unübersehbaren Auswahl. Block an Block reihten sich riesige Kaufhäuser für elektronische Geräte aller Art aneinander, von Computern über Spielkonsolen bis hin zu Haushaltsgeräten und Heimwerkerbedarf. Hier konnte man alles finden, in einer Auswahl, die er noch nie an einem Ort gesehen hatte. In einem Laden gab es ausschließlich Mobiltelefone. Hunderte Geräte in allen Farben und Formen, die man sich nur vorstellen konnte, lagen einträchtig nebeneinander.

Anschließend fuhr er hinüber ins Ginza-Viertel, mitten im Tokioter Stadtkern. Dort waren die großen Markenhäuser angesiedelt, die teure Luxusprodukte anboten und bei ihrer Schaufensterdekoration auf vornehme Zurückhaltung setzten. Bei Wako, einem der einheimischen Nobelhäuser, wurden im vierten Stock einfache Regenschirme mit Holzkopf verkauft. Sie sahen nicht edler aus als ihre gewöhnlichen Vettern, die man in London an jeder Straßenecke erwerben konnte, kosteten aber umgerechnet 200 Euro. Jo schüttelte den Kopf. Im Geschäft sah er potenzielle Käufer ehrfurchtsvoll vor Sakkos und Kleidern verweilen, als handele es sich um kunstvolle

Werke alter Meister. Er machte eine frühe Mittagspause und aß in einem kleinen Restaurant Sushi.

Anschließend fuhr er weiter zur Dogenzaka, wo vornehmlich junge Leute einkauften. Vor dem Shibuya 109, einem gewaltigen Modehaus, tummelten sich zu beiden Seiten der Straße unzählige junge Japanerinnen. Im Drei-Minuten-Takt strömten sie während der grünen Ampelphase über die Straße und stürzten sich in die Konsumtempel, die sich in unübersehbarer Zahl aneinander reihten. Mit ihren schicken Gucci-Täschchen und ihren überdimensionierten Sonnenbrillen von Prada oder einer der anderen italienischen Nobelmarken wirkten sie wie Filmstars – jede eine kleine Diva, die nach Aufmerksamkeit heischte.

Offensichtlich musste man auf das Modischste gekleidet und in grellen Farben geschminkt sein, um überhaupt an der Verkaufsrallye teilnehmen zu dürfen.

Allerorten dröhnte laute Musik aus den Lautsprechern, sodass man fast den Eindruck gewinnen konnte, man sei in einer Diskothek mit angeschlossener Verkaufsabteilung. Die angebotenen Outfits waren an Schrillheit nicht zu überbieten. Hochhackige Stöckelschuhe in Militaryfarben standen neben kniehohen Schnürstiefeln in schreiendem Pink. Bunte T-Shirts mit provozierenden Aufschriften in Englisch wie »Can you satisfy me« oder »Don't touch, just look« hingen an Ständern neben kurzen Röcken im Glitzerlook oder mit fröhlichem Schottenkaro.

Besonders wichtig waren die Accessoires. Ein unübersehbares Meer an Taschen, Brillen, Rucksäcken oder Uhren füllte Auslagen und Vitrinen – von der Minihandtasche in Kuhfell-Optik über den Kunstleder-Rucksack in Geparden-Muster bis hin zu übergroßen Armbanduhren mit bunten Strasssteinen.

Jo staunte über die oftmals gewagten Dessins und fragte sich, wer das alles kaufen sollte. Aber wenn man sich die Girlie-Fraktion ansah, die aufgeregt von einem Stand zum nächsten hüpfte und sich dabei gebärdete, als wäre es der letzte Shoppingtag auf Erden, bestand kein Zweifel, dass man hier auch die größte modische Extravaganz an die Frau bringen konnte. Jo spürte, wie ihn die Explosion an bunten Farben und das Konsumfieber der vielen Besucher zu ermüden begannen. Er warf einen Blick auf seinen Stadtplan und suchte nach der nächsten U-Bahn-Station.

Mit der Metro fuhr er zum Yoyogipark, um sich den Meiji-Schrein anzusehen, der den Seelen des Meiji-tenno und seiner Frau Shoken-kotaigo gewidmet war. Er war wunderschön gelegen, umgeben von einem Wald aus über Hunderttausend Bäumen.

Anschließend begab er sich zurück ins Hotel. Als er sich auf sein Bett setzte, merkte er, wie müde er war. Die vielen Menschen, die hektische Betriebsamkeit und die vielen neuen Eindrücke hatten ihre Spuren hinterlassen. Entgegen seiner sonstigen Gewohnheit entschloss er sich, ein verspätetes Mittagsschläfchen zu machen – allerdings nicht ohne sich den Wecker zu stellen.

Gegen 18 Uhr wachte er durch das Summen des Weckers auf. Er fühlte sich wesentlich frischer und voller Tatendrang. Als Kenji zwei Stunden später an seiner Tür klopfte, freute er sich richtig darauf, mit seinem Freund um die Häuser zu ziehen.

Zuerst stärkten sie sich in einer Bar, wo ihnen eine bunte Platte mit Fingerfood serviert wurde. Jo erkundigte sich nach dem Stand der Verhandlungen, aber Kenji zuckte nur grinsend mit den Schultern. Jo erzählte von seinem Tag, aber er hatte das Gefühl, dass sein Freund nur mit einem halben Ohr hinhörte.

»Was ist los?«, wollte er von ihm wissen. »Du bist so ruhig.«

»Oh, sorry, ich war in Gedanken bei den Verhandlungen.« Kenji grinste schuldbewusst.

»Ist alles erheblich komplizierter, als ich gedacht habe. Was macht dein Kriminalfall?«

»Nichts«, gab Jo offen zu. »Bisher hab ich keinen Anknüpfungspunkt gefunden.«

Eine Weile saßen sie sich stumm gegenüber.

»Genug gegrübelt«, rief Kenji schließlich und winkte der Bedienung. »Jetzt machen wir Party! Das Leben ist zu kurz, um Trübsal zu blasen!«

Mit dem Taxi fuhren sie nach Nishi-Azabu im Bezirk Minato. Dort befand sich die ›Absolute IceBar‹. Sie machte ihrem Namen alle Ehre. Schon am Eingang wehte Jo ein eisiger Hauch entgegen. Im Eintrittspreis waren ein Getränk und die Leihgebühr für Handschuhe und ein Cape enthalten. Der Drink wurde ihnen in einem aus Eis gefertigten Glas serviert. Im Inneren herrschten eisige Temperaturen – minus fünf Grad, wie ein großes digitales Thermometer anzeigte, das über dem Eingang hing. Die Wände waren mit klaren Eisplatten verkleidet, in die zum Teil Bilder gefräst waren. Neben dem Eingang befand sich die Bar, die aus blau schimmernden massiven Eisblöcken gebaut war. Das Ganze erinnerte Jo an einen James Bond-Film, in dem so eine Eisbar eine Rolle gespielt hatte. In dem Film wurde allerdings nicht vermittelt, wie kalt es in der Nähe der Eisplatten war. Unerbittlich kroch die eisige Luft durch den dünnen Stoff seiner Kleidung. Das Cape und die Handschuhe halfen nicht wirklich weiter. Außerdem sahen sie damit bescheuert aus.

»Geschäftsleute kommen nach der Arbeit gern hierher, um sich abzukühlen«, sagte Kenji und nippte an seinem Wodka. »Cool, oder?«

Dabei klapperten seine Zähne bedenklich. Jo nickte und trank ebenfalls aus seinem Eisglas. Seine Hand zitterte leicht.

»Wir können auch gehen, wenn es dir zu kalt ist«, meinte Kenji und grinste.

»Für mich ist es okay«, log Jo, wobei er das Zähneklappern ebenfalls nicht vermeiden konnte. Zehn weitere Minuten versuchten sie sich gegenseitig zu beweisen, wer von ihnen beiden der Coolere war. Mit Pokerface saßen sie da und versuchten völlig locker zu wirken. Auf Kenjis Gesicht bildeten sich rote Flecken.

»Boah, ist das scheißkalt«, sagte der Japaner und verzog das Gesicht. »Wir sind echt bescheuert, oder?«

Sie sahen sich an und prusteten beide los. Fast gleichzeitig sprangen sie auf und rannten in Richtung Tür. Während der Aufzugfahrt nach unten schütteten sie sich aus vor Lachen. Erst auf der Straße bekamen sie sich wieder ein.

»Ich kann meinen Hintern nicht mehr spüren«, meinte Kenji und rieb sich den Po.

»Deine Ohren sind zum Schluss richtig blau angelaufen«, sagte Jo. »Sah aber gut aus. War ein schöner farblicher Kontrast zu den roten Flecken in deinem Gesicht.«

Kenji musste wieder lachen. »Aber du musst zugeben, es war cool, oder?«, grinste er.

Anschließend zogen sie durch zwei andere Kneipen, die allerdings nicht so spektakulär eingerichtet waren wie die Eisbar. In der zweiten trafen sie zufällig ein paar von Kenjis Freunden. Es gab ein großes Hallo und viel Gelächter, als er von ihrem Abenteuer in der ›Absolute IceBar‹ erzählte. Alle sprachen sehr gut Englisch, sodass Jo dem Gespräch ohne Probleme folgen konnte. In der Gruppe gab es zwei attraktive junge Frauen. Unwillkürlich musste er an Kiki denken. Schade, dass sie sich nicht gemeldet hatte, dachte er, während er an seinem Drink nippte.

KAPITEL 24

Der nächste Morgen begann für Jo mit Kopfschmerzen und einer leichten Übelkeit. Er hätte nicht so viel Alkohol trinken sollen, dachte er selbstkritisch. Trotzdem zwang er sich, ins Fitnessstudio zu gehen und eine Stunde Fahrrad zu fahren. Danach fühlte er sich besser, obwohl sein Kopf noch brummte. Er frühstückte und ging zurück auf sein Zimmer. Lustlos blätterte er in seinem Reiseführer. Am liebsten hätte er bei Kiki angerufen, um sie zu fragen, ob sie Zeit hatte, aber er traute sich nicht. Im Gegensatz zu ihm hatte die junge Professorin bestimmt jede Menge Arbeit auf dem Tisch. Er überlegte hin und her, ob er sich hinlegen oder auf den Weg in die Stadt machen sollte. Da klingelte das Telefon. Es war Kiki.

»Wie geht es dir?«, wollte sie wissen.

»Gut.«

»Tatsächlich? Dann bist du aus härterem Holz geschnitzt als Kenji. Er hat mir erzählt, dass ihr gestern um die Häuser gezogen seid. Jetzt hat er einen gehörigen Kater und wirft eine Kopfschmerztablette nach der anderen ein.«

Sie kicherte.

»Geschieht ihm recht, was muss er auch so viel trinken«, meinte sie boshaft.

Jo enthielt sich eines Kommentars.

»Was macht dein Fall?«, wechselte sie das Thema.

»Nichts«, gab er freimütig zu. »Im Moment fehlen mir die zündenden Ideen.«

»Tut mir leid. Ich würde dir gern helfen, aber leider hänge ich heute den ganzen Tag am Institut fest. Ich muss morgen früh eine schriftliche Stellungnahme zu den Bücherkäufen einreichen. Die muss ich unbedingt heute fertig bekommen.«

»Kein Problem. Ich bin dir für deine Hilfe sehr dankbar. Außerdem bin ich ja im Urlaub und kann mir die Sehenswürdigkeiten Tokios anschauen.«

»Warst du schon im Kaiserpalast?«

»Nein.«

»Solltest du dir unbedingt ansehen. Besonders die Gärten sind beeindruckend.«

»Gute Idee, vielleicht mache ich das.«

Sie gab ihm einige Erläuterungen und Hinweise, worauf er im Kaiserpalast achten sollte.

»Was machst du heute Abend?«, fragte Kiki unvermittelt.

»Weiß noch nicht.«

»Wenn du Lust hast, könnten wir Essen gehen.«

»Sehr gern.«

»Okay, dann hol mich gegen 20 Uhr an meiner Wohnung ab.«

Sie gab ihm die Adresse. Jo wusste nicht, wieso, aber seine trübe Stimmung war schlagartig verflogen. Er packte seinen Fotoapparat und den Reiseführer in seinen Rucksack und machte sich auf den Weg. Vor der Teilnahme an der Führung musste man sich beim Hofamt namentlich anmelden. Der Kaiserpalast war ein ehrfurchteinflößendes Gebäude. Mitten in Tokio breitete sich der Palast auf einer riesigen Fläche aus. Zu Jos Bedauern durfte nur der äußere Teil besichtigt werden. Wie der Führer, ein älterer Herr mit grauen Haaren, den Besuchern erklärte, öffnete der Tenno, der japanische Kaiser, nur zwei Mal im Jahr den inneren Teil für die Öffentlichkeit. Aber auch so begeisterte ihn der Palast mit seinen vielen Mauern und den verschachtelten Gebäuden. Mindestens ebenso war er von der riesigen Parkanlage beeindruckt, in welcher der Palast eingebettet war.

Zurück im Hotel, nahm er eine Dusche und machte sich

frisch. Er zog ein dunkles Hemd und eine leichte Sommerhose über. Kritisch betrachtete er sich im Spiegel.

Er musste bald zum Frisör gehen, dachte er. Sonst war er mit seiner Erscheinung zufrieden und bestellte über die Rezeption ein Taxi. Der Fahrer konnte ein paar Brocken Englisch und bemühte sich, ihm während der Fahrt einige Hinweise zu Gebäuden und anderen Sehenswürdigkeiten zu geben. Viel verstand Jo nicht. Trotzdem nickte er immer wieder und lächelte den Mann an. Er wollte ihn bei seinen Bemühungen nicht entmutigen.

Kiki wohnte in einem zehnstöckigen Gebäude. Von außen sah es sehr modern aus. Die Eingangshalle war lichtdurchflutet. Zum Glück hatte die junge Professorin ihren Namen am Klingelschild auch in englischer Sprache angebracht, sonst wäre es ihm schwergefallen, die richtige Klingel zu finden. Er schellte. Es dauerte einige Sekunden, dann hörte er ihre Stimme.

»Ja?«

»Hier ist Jo.«

»Ich komme.«

Sie drückte den Summer, sodass er in der Halle auf sie warten konnte. Als sie aus dem Aufzug trat, stockte ihm kurz der Atem. Sie trug ein enganliegendes schwarzes Cocktailkleid. Dazu hatte sie einen großen weißen Sommerhut aufgesetzt. Ihr dezentes Make-up ließ ihre großen braunen Augen noch besser zur Geltung kommen. Sie sah aus wie ein Filmstar aus den 60ern – elegant und trotzdem sexy.

»Tolles Kleid«, sagte er bewundernd, als sie auf ihn zutrat.

»Vielen Dank.« Sie strahlte ihn an.

»Ich fürchte, ich bin nicht elegant genug gekleidet«, sagte er entschuldigend.

»Ach was, sieht gut aus«, meinte sie und ließ ihren Blick an ihm hinuntergleiten.

»Erinnert mich an Miami Vice.«

Sie kicherte. Jo sah sie unsicher an. War das ein Kompliment oder machte sie sich über ihn lustig? Doch er konnte ihren braunen Augen, mit denen sie ihn intensiv anblickte, nichts entnehmen.

»Isst du gerne Sushi?«

Er nickte.

»Dann komm.«

Beim Betreten des Restaurants war Jo von dessen schlichter Eleganz gefangen. Es gab nur zwei Bilder mit japanischen Schriftzeichen an den Wänden und ein buntes Blumengesteck am Eingang. Statt eines großen Raums, wie man es in den meisten Restaurants finden konnte, gab es mehrere kleinere Räume, die über einen langen Flur verbunden waren. Eine weibliche Bedienung in einem Kimono führte sie zu ihrem Raum. Sie öffnete die mit Papier bespannte Schiebetür und ließ sie eintreten.

In der Ecke stand eine schlichte Lampe, deren Schirm ebenfalls mit Papier überzogen war und die den Raum in ein angenehm warmes Orange tauchte. Auf dem Tatami-Boden stand in der Mitte ein flacher, rot lackierter Tisch. Kiki ließ sich in einer eleganten Bewegung auf einem der beiden Sitzkissen am Boden nieder. Wie sie das in ihrem eng sitzenden Kleid unfallfrei zustande brachte, nötigte ihm höchsten Respekt ab.

Er setzte sich im Schneidersitz hin, in der Hoffnung, dass er den Abend überstehen würde, ohne steife Knie zu bekommen. Mehrere Damen in verschiedenfarbigen Kimonos brachten Getränke und Essschälchen. Fasziniert beobachtete Jo das Servicepersonal, das unfällig heraus und herein glitt. Es folgten Sake-Schälchen und eine goldene Kanne, aus denen ihnen Reiswein eingegossen wurde. Kiki prostete ihm zu und nahm einen herzhaften Schluck. Jo tat es ihr gleich. Als Nächstes wurden die Vorspeisen gebracht: Pinienkerne, rohe Fischscheiben mit geraspeltem Rettich und eine undefinierbare

Suppe, in der verschiedene Meeresfrüchte und Gemüsesorten verarbeitet worden waren. Alles wurde auf kleinen Tellern und Schalen serviert, die sehr ästhetisch angerichtet wurden. Die verschiedenen Gänge schmeckten köstlich. Der rohe Fisch war außerordentlich zart und zerschmolz fast auf der Zunge. Jo war begeistert.

»Ich hoffe, die Speisen können vor Eurem kritischen Urteil bestehen, Jo-San«, sagte Kiki feierlich und verbeugte sich. Im nächsten Moment kicherte sie, als sie sein Gesicht sah. Diese Frau konnte keine fünf Sekunden ernst bleiben.

»Ich bin mit dem Restaurant und der gebotenen Qualität der kulinarischen Köstlichkeiten mehr als einverstanden, Mikiko-San«, gab er in würdevollem Ton zurück. »Euere Wahl war vortrefflich!«

»Na, da bin ich froh. Du kannst von Glück reden, dass ich nicht selbst gekocht habe, denn dann wäre die Küche heute kalt geblieben.«

»Du kannst nicht kochen?«, fragte Jo überrascht.

»Alles, was über Tee oder das Aufwärmen eines Fertiggerichts hinausgeht, überfordert mich hoffnungslos. Meine diesbezüglichen Versuche endeten bisher zielsicher in einem Desaster.«

Sie kicherte wieder.

»Einmal wollte ich Thunfischfilets anbraten. Ich bin nur kurz ins Wohnzimmer, um nach meinem Kochbuch zu suchen. Als ich zurückkam, waren die Filets tiefschwarz angekohlt. Ich hoffe, dass ich damit in deiner Achtung nicht ins Bodenlose sinke.«

»Als Restaurantbesitzer finde ich das völlig in Ordnung«, sagte Jo und grinste. »Von solchen Gästen wie dir leben wir schließlich.«

Sie schnitt eine Grimasse und streckte ihm die Zunge heraus.

»Aber was isst du dann? Du wirst ja nicht jeden Abend in ein Restaurant gehen?«

»Mittags esse ich in der Kantine oder treffe mich mit Freunden in einem Imbiss. Abends gibt es bei mir meistens nicht viel. Ein bisschen Obst oder einen Quark. Ich komme langsam in ein Alter, wo eine Frau auf ihre Figur achten muss.«

»Als ob du so etwas nötig hättest! In Deutschland würden die meisten Frauen töten, um so eine Figur wie du zu haben.«

»Oh, Ihr seid zu freundlich, Jo-San«, sagte sie und verbeugte sich vor ihm. »Aber bevor wir zu sehr in gegenseitige Höflichkeiten abgleiten – wie wollen wir bei deinem geheimnisvollen Mörder weiter vorgehen?«

Ach ja, die Mordfälle, die hatte er ganz vergessen.

»Wird schwierig. Ich bin mehrfach unsere Unterlagen durchgegangen. Aber wie ich es auch drehe und wende, ich bin mit meinem Latein am Ende.«

»Papperlapapp!«

Kiki sah ihn vorwurfsvoll an.

»Wir sind noch längst nicht am Ende. In den nächsten Tagen sieht es bei mir besser aus. Da werden wir uns intensiv mit den Familien der Toten beschäftigen. Es wäre doch gelacht, wenn wir nicht herausfinden, was die drei verbindet. Der Mörder ist sehr gezielt vorgegangen. Es muss einen Grund geben, wieso er die armen Kerle enthauptet hat. Wir müssen tiefer graben. Dass wir sie noch nicht gefunden haben, heißt nicht, dass es keine Verbindung gibt.«

Jo sah sie skeptisch an. In gewisser Weise hatte sie recht. Allerdings übersah sie ein winziges Detail: Er war nur noch gut eineinhalb Wochen in Japan. Dann musste er nach Hause. Mochte die junge Professorin bei ihren wissenschaftlichen Projekten in Jahren rechnen, ihm blieben nur zehn Tage.

»Was schlägst du vor?«, fragte er.

»Ich treffe mich morgen früh mit meinem Vater zum Frühstück«, ließ sie ihn wissen. »Er verkehrt viel in Industriellenkreisen und kennt jede Menge Leute. Vielleicht kann er uns etwas über die drei Familien sagen, was wir bisher nicht herausgefunden haben.«

Jo nickte.

»Was ich dich die ganze Zeit fragen wollte: Wieso kümmerst du dich um diese Mordfälle? Hast du nicht mit deinem Restaurant genug um die Ohren?«

Er zuckte mit den Schultern.

»Philipp, mein Lehrling, ist vor einiger Zeit unter Mordverdacht geraten. Alle Indizien deuteten auf ihn. Nicht einmal sein Anwalt war von seiner Unschuld überzeugt. Deswegen hab ich mich selbst darum gekümmert.«

»Was ist dabei herausgekommen?«

Sie sah ihn mit ihren großen braunen Augen an.

»Er war unschuldig.«

»Wahnsinn! Und das konnte nur bewiesen werden, weil du selbst Nachforschungen angestellt hast?«

Er nickte wieder.

»Großartig.« Sie sah ihn bewundernd an. »Aber mit diesem Hayato Watanabe hattest du nicht viel zu tun, oder?«

»Eigentlich nicht. Er kam regelmäßig zu uns zum Essen.«

»Was hat er am liebsten gegessen?«

»Rheinisches Sushi.«

»Was ist denn das?«

»Na, das ist ein bisschen wie japanisches Sushi, nur dass ich es mit heimischen Edelfischen mache und eine spezielle Marinade dafür entwickelt habe.«

Sie dachte nach.

»Dann war dein Sushi also tödlich für ihn.«

»Wenn du es so ausdrücken willst.«

Für einen Moment verharrte Jo gedankenverloren.

»Ich finde es gut, dass du den Täter deswegen dingfest machen willst.«

In dem Moment wurde der Hauptgang serviert. Wie versprochen, gab es eine Sushi-Platte. Schnell verdrängte er den

Gedanken an Herrn Watanabe. Jo war von der kunstvollen Verarbeitung und den zahlreichen unterschiedlichen Varianten, welche die Sushi-Köche auf den Tisch gezaubert hatten, fasziniert. Die mannigfaltigen Farben und Formen, in der die Häppchen arrangiert wurden, waren eine Augenweide. Wie schon die Vorspeise schmeckte auch der Hauptgang vorzüglich. Während sie sich gegenseitig die schönsten Stücke zuschoben, plauderten sie munter weiter. Die junge Professorin gab einige haarsträubende Geschichten aus der Universitätsverwaltung zum Besten. So wie es sich anhörte, waren einige ihrer Professorenkollegen aus dem letzten Jahrhundert übrig geblieben. Trotz des oft ernsten Hintergrundes erzählte sie die Geschichten so drollig, dass Jo herzhaft lachen musste. Er revanchierte sich mit lustigen Erzählungen aus seinem Alltag und dem täglichen Trubel eines Gourmetrestaurants. Obwohl Kiki fasziniert an seinen Lippen hing und mehr über sein Restaurant wissen wollte, konnte sie das ein oder andere Gähnen nicht unterdrücken.

»Bist du müde?«, fragte er teilnahmsvoll.

»Ein bisschen«, gab sie zu und lächelte. »Ich könnte dir ewig zuhören, aber ich bin wirklich geschafft. Die letzten beiden Tage waren sehr anstrengend für mich. Ich musste einiges aufarbeiten und hab gestern Abend lange gesessen.«

Jo bekam ein schlechtes Gewissen. Die arme Kiki hatte zu viel Zeit mit ihm verbracht. Die fehlte ihr nun anderswo.

»Kein Problem«, meinte er und lächelte.

Als sie mit dem Taxi vor ihrer Wohnung standen, sah sie ihn für einen Moment an.

»Vielen Dank für den schönen Abend«, sagte sie und lächelte.

»Ich habe zu danken«, erwiderte er verlegen.

Sie sah ihn erwartungsvoll an. Er wusste nicht, was er noch sagen sollte. Nach einem verwirrend langen Moment des Schweigens öffnete sie die Tür und stieg aus. Sie winkte ihm zum Abschied zu und verschwand im Haus. Heute hatte es keinen Abschiedskuss auf die Wange gegeben, dachte er enttäuscht. Oder hätte er diesmal die Initiative ergreifen sollen? Schnell schob er den Gedanken beiseite. Er war schließlich hier, um einen Mordfall zu lösen.

KAPITEL 25

Er blickte auf die Uhr. In Kürze schloss die Bibliothek. Er hatte den ganzen Tag mit Nachforschungen verbracht. Quelle um Quelle, Text um Text hatte er sich angesehen. Beinahe hätte er aufgegeben. Doch zu guter Letzt war er fündig geworden. Zur Sicherheit ging er die Ahnenliste noch einmal durch. Er durfte keinen Fehler machen. Nicht auszudenken, wenn es den falschen Mann traf. Punkt für Punkt verglich er die Liste mit seinen eigenen Aufzeichnungen. Er konnte keinen Fehler entdecken. Er war auf der richtigen Spur. Zufrieden kringelte er den Namen der Familie ein.

Tamura.

Es war an der Zeit, sein Schwert wieder zu schärfen.

Ein düsteres Lächeln glitt über seine Züge.

*

Am nächsten Morgen war Jo früh auf den Beinen. Ihm fiel auf, dass er mit Kiki keine Zeit vereinbart hatte. Da er nicht damit rechnete, dass sie vor elf Uhr auftauchen würde, ging er nach dem Frühstück in einem kleinen Park spazieren, der sich nur wenige Gehminuten vom Hotel entfernt befand. Es war ein sonniger Tag, und es tummelten sich viele Menschen in der Grünanlage. Mütter spielten mit ihren Kindern, mehrere ältere Männer und Frauen hatten sich zu einer Tai Chi-Gruppe zusammengefunden, und einige Jugendliche in schrägen Outfits hatten sich um eine der Parkbanken versammelt und hörten mit einem tragbaren CD-Spieler Musik.

Trotz der zahlreichen Menschen ging es sehr friedlich zu. Selbst die spielenden Kinder verhielten sich ruhig: Sie kreischten nicht, schrien nicht und weinten nicht. Jo setzte sich auf eine Bank und zog eine Ansichtskarte heraus, die er in einem Schreibwarenladen gekauft hatte. Obwohl die Betriebsferien andauerten und somit niemand im Waidhaus sein würde, wollte er seinen Mitarbeitern einen Gruß schicken. Ute kam alle paar Tage vorbei und leerte den Briefkasten, wenn er nicht da war. Sie würde sich sicher freuen, wenn sie die Karte sah. Obwohl sie selbst selten wegfuhr, wartete sie gespannt auf die Urlaubskarten ihrer verreisten Kollegen und klebte sie für alle sichtbar an einen Küchenschrank. Jo beschrieb seine ersten Eindrücke des doch sehr fremden Landes und berichtete über seinen Besuch des Kaiserpalasts. Auf dem Weg ins Hotel warf er die Karte ein.

Als er in der Halle ankam, wartete Kiki auf ihn.

»Entschuldige!«, begrüßte er sie. »Ich dachte, dein Frühstück würde länger dauern.«

Sie winkte ab und lächelte.

»Mein Fehler. Ich hab vergessen, dir zu sagen, dass mein Vater ein passionierter Frühaufsteher ist. Er frühstückt um sieben Uhr! Als brave Tochter möchte ich ihm natürlich nicht zumuten, dass er sich wegen mir umstellen muss.« Sie zuckte mit den Schultern und lächelte. »Wenn du was aus deinem Zimmer holen musst, warte ich gerne.«

Er schüttelte den Kopf.

»Von mir aus können wir los. Wo wollen wir hin?«

»Am Nachmittag besuchen wir das Familienarchiv der Watanabes.«

»Die haben ein eigenes Archiv?«, fragte Jo erstaunt.

Die junge Professorin nickte.

»Viele Unternehmen sind stolz auf ihre Geschichte und präsentieren sie der Öffentlichkeit. Bei privaten Unternehmen sind oft die Dokumente über die Unternehmerfamilie untergebracht. Vielleicht haben wir Glück und finden was.«

»Und was machen wir jetzt?«

»Ich wollte zuerst mit dir ins Institut gehen und aufschreiben, was ich von meinem Vater erfahren habe. Aber leider konnte er mir nicht weiterhelfen. Im Grunde hat er nur bestätigt, was wir ohnehin wussten: Die Watanabes und Kawanishis stammen von alten Samuraigeschlechtern ab. Sie dienten im ausgehenden Mittelalter derselben Fürstenfamilie. So lange reicht wohl ihre gemeinsame Verbindung zurück. Was die Unternehmen angeht, hat mein Vater nichts Auffälliges gehört. Beides sind alteingesessene und gut geführte Firmen. Bei den Kawanishis haben sich die Geschäfte in den letzten Jahren gut entwickelt, die Watanabes müssen kämpfen. Ist aber nicht dramatisch, jedenfalls schreibt auch die Watanabe-Gruppe Gewinne.«

»Dein Vater weiß das aus dem Stand?«

Die junge Japanerin lachte.

»Nein, natürlich nicht. Ich hatte ihn am Vortag gebeten, ob er sich für mich umhören kann. Mein Vater war lange Mitglied im größten Unternehmerverband des Landes. Da genügen ein paar Anrufe, und man hat die nötigen Informationen zusammen.«

»Gibt es Hinweise auf Verbindungen ins kriminelle Milieu?«

Sie schüttelte den Kopf. »Von der Theorie müssen wir uns endgültig verabschieden. Jedenfalls hat das mein Vater gesagt.«

»Wie sieht es mit der Familie des ersten Toten aus?«

»Die kannte er nicht. Aber das ist nicht verwunderlich. Wenn der Vater Beamter auf dem Land ist, gibt es kaum Beziehungen in Unternehmenskreise.«

Er nickte und dachte für einen Moment nach.

»Vielleicht gibt es einen Geheimbund ehemaliger Samurai«, sagte er.

»Du meinst eine geheimnisvolle Loge wie in Italien, mit Verbindungen zur Politik und den Geheimdiensten? Wo Bündnisse geschlossen und alte Rechnungen beglichen werden?«

Kiki sah ihn mit großen Augen an.

»Könnte doch sein, oder?« In Gedanken malte Jo sich seine Theorie weiter aus. Vielleicht gab es jahrhundertealte Fehden, die blutig beglichen wurden. Kiki konnte nicht mehr an sich halten und brach in lautes Lachen aus. Irritiert blickte er sie an.

»Tut mir leid, aber du sahst eben so treuherzig aus«, prustete sie. »Ich fürchte, ich muss dich enttäuschen, Jo-San. So was gibt es im modernen Japan nicht. Dafür sind wir zu nüchtern.«

Jo war verstimmt. Er fand die Idee gar nicht abwegig. Hatten ihm die Japaner nicht selbst von jahrhundertealten Treue- und Loyalitätsverhältnissen erzählt, die bis in die Gegenwart hineinwirkten?

»Wenn du Lust hast, zeige ich dir etwas von meiner Welt«, schlug Kiki vor. »Es gibt in Tokio ein erstklassiges Museum für Mittelalterliche Geschichte.«

Obwohl er lieber losgezogen wäre, um mehr über die Watanabes und Kawanishis in Erfahrung zu bringen, stimmte er zu. Mehr Wissen über die Geschichte Japans konnte nicht schaden. Außerdem hatte er nicht oft die Gelegenheit, sich ein Museum von einer leibhaftigen Professorin zeigen zu lassen.

Der Museumsbesuch erwies sich als ausgesprochen kurzweilig. Zu fast jedem Stück der Ausstellung wusste Kiki etwas zu sagen. Dabei verstand sie es, die geschichtlichen Zusammenhänge spannend und abwechslungsreich zu erzählen, sodass die Zeit wie im Flug verging. Sie war wirklich eine tolle Fremdenführerin, dachte er bewundernd. Im zweiten Stock, in einem großen Saal, in dem vor allem Waffen ausgestellt wurden, fiel Jo eine leere Vitrine auf, die prominent in der Mitte des Raums platziert war. Neugierig trat er näher.

»Was wird denn hier ausgestellt? Mittelalterliche japanische Luft?«, fragte er und grinste. Er sah Kiki an, aber zu seinem Erstaunen ging die junge Professorin nicht auf seinen Scherz ein. Gedankenverloren starrte sie auf die leere Vitrine.

»Was du hier siehst, ist eine klaffende Lücke in unserem nationalen Erbe«, sagte sie mit ernstem Gesicht. »Hier sollte eigentlich das ›Schwert der Winde‹ stehen.«

»Das Schwert der Winde?«

Sie nickte. »Die Herstellung eines Schwertes ist ein fast mystischer Vorgang. In der alten Zeit glaubte man, dass allen Dingen ein eigener Geist innewohnt: Tieren, Bäumen, Felsen – einfach allem. Natürlich auch den Schwertern. Diese Geister heißen auf Japanisch *kami*. Besonders Schwertern, die in berühmten Schlachten eine wichtige Rolle gespielt haben, schrieb man einen besonderen Geist zu. Man verehrte diese Waffen und gab ihnen manchmal sogar eigene Namen. So wie bei diesem Schwert.«

Sie sprach davon, als ob es tatsächlich da wäre.

»Wo ist es hingekommen?«, wollte Jo wissen.

»Es wurde gestohlen«, antwortete sie.

»Gestohlen?« Jo sah sich um. In jedem Saal, den sie bisher betreten hatten, hielten sich mehrere Museumswächter auf und ließen sie nicht aus den Augen.

»Ein Mysterium umgibt dieses Schwert«, erklärte sie nachdenklich. »Schon die Art und Weise, wie es in den Besitz des

Museums gelangt ist, birgt ein Geheimnis. Angeblich hat es ein anonymer Spender vor knapp drei Jahren dem Museum geschenkt. In dem Schreiben, das bei dem Schwert lag, wurde behauptet, es handele sich um das legendäre ›Schwert der Winde‹. Das macht die Spende umso erstaunlicher. Denn wenn es stimmen würde, wäre es von unschätzbarem Wert. Das Schwert spielte in der Geschichte Japans eine sehr bedeutende Rolle. Während des Muromachis-Shogunats im 14. Jahrhundert verlor der Zentralstaat zunehmend an Bedeutung. Mächtige Familien in den Provinzen bestimmten die Geschicke des Landes. Die Tennos, die Kaiser, erfüllten in dieser Zeit nur eine repräsentative Funktion. Die eigentliche Macht lag in den Händen der Shogune, der Militärführer. Mitte des 14. Jahrhunderts spaltete sich das Land in einen Nördlichen und einen Südlichen Kaiserhof. Ab dem 15. Jahrhundert kämpften im Norden zwei Familien um die Macht, die Tagaki und die Minagawa. Fast zwei Jahrzehnte dauerte der Krieg zwischen ihnen. Viele Tausend Menschen verloren ihr Leben. Lange Zeit sah es so aus, als würden die Tagaki die Oberhand behalten. Ihr oberster Heeresführer, Fürst Yuritomo, hielt in seinen Händen eine mächtige Waffe: das ›Schwert der Winde‹. Der Legende nach gehörte es zu den Schwertern, die Meister Matsuoka mehr als ein Jahrhundert früher für seine sieben Söhne geschmiedet hatte. Fürst Yuritomo behauptete, er habe das Schwert aus den Händen eines Urenkels von Meister Matsuoka empfangen und sei damit unbezwingbar. Die Geschichte mochte wahr sein oder nur eine Legende der Tagaki, jedenfalls wirkte sie: Mit diesem Schwert in der Hand gewann Fürst Yuritomo einige Schlachten. Nach kurzer Zeit glaubten Freund und Feind fest daran, dass Fürst Yuritomo unschlagbar sei, wenn er das ›Schwert der Winde‹ mit sich führte. Die Minagawas verloren immer mehr an Boden und sahen sich bald in einer hoffnungslosen Lage. Fürst Shinosuke, der Heerführer der Familie, ersann daraufhin einen

Plan. Er schickte einige seiner tapfersten Samurai aus, um das ›Schwert der Winde‹ aus der stark befestigten Burg der Tagaki zu stehlen. Das Unterfangen schien aussichtslos, doch mit viel Geschick und einer List gelang es den Samurai, die wertvolle Waffe an sich zu bringen. Der Legende nach befahl Fürst Shinosuke seinen Männern, das Schwert zu vernichten, auf dass es sich nie mehr gegen die Geschicke seines Hauses wenden möge. Seit der Zeit galt es als zerstört, zumindest als verschollen. Als das angebliche ›Schwert der Winde‹ auftauchte, sorgte es in Fachkreisen für großes Aufsehen. Es folgte ein hitziger Historikerstreit um die Authentizität der Waffe. Grob gesagt gibt es zwei Fraktionen. Die einen sind felsenfest davon überzeugt, dass es sich um das echte Schwert handelt, die anderen tendieren dagegen zu der Ansicht, die ganze Geschichte sei nur eine Legende und das in Frage stehende Schwert sei nur eines unter vielen.«

»Was denkst du darüber?«

Die junge Professorin zuckte mit den Schultern. »Als die Geschichte hochkam, hab ich in England an meiner Habilitation geschrieben und den Streit nur aus der Ferne verfolgt. Mittelalterliche Waffen sind nicht mein Spezialgebiet. Dafür gibt es bessere Experten als mich. Eine metallurgische Untersuchung hat zweifelsfrei belegt, dass es sich um ein Schwert aus der Zeit handelt. Zudem gehört es zu den wenigen erhaltenen Exemplaren, das über eine 16-fache Faltung verfügt.«

»Das Schwert war 16-fach gefaltet?«, fragte Jo atemlos.

»Ja, wieso?«

»Wie wurde es gestohlen?«

Der junge Küchenchef war auf einmal ganz aufgeregt.

»Auch ein ungelöstes Rätsel. Es war vor gut zwei Jahren. Die Museumswächter schlossen den Saal am Morgen auf, und das Schwert war spurlos verschwunden.«

»Wurde es nicht durch eine Alarmanlage gesichert?«

»Doch, natürlich«, sagte Kiki, der langsam dämmerte, worauf Jo hinauswollte. »Sogar durch eine sehr moderne, soweit ich weiß.«

»Kannst du herausfinden, um welchen Typ von Alarmanlage es sich gehandelt hat?«

»Ich denke schon«, erwiderte die junge Japanerin, die nicht recht verstand, wieso ausgerechnet dieses Detail für ihn so wichtig war. »Der Direktor des Museums ist ein ehemaliger Professor von mir.«

»Können wir ihn sprechen?«

Kiki blickte ihn neugierig an. So aufgeregt hatte sie Jo in der kurzen Zeit ihrer Bekanntschaft noch nie gesehen. »Bestimmt, aber wir müssen einen Termin vereinbaren.«

»Geht es nicht sofort?«

»Es wäre sehr unhöflich, ihn zu überfallen. Außerdem weiß ich nicht, ob er überhaupt da ist. Kutsumi-San ist ein vielbeschäftigter Mann.«

»Kannst du es nicht wenigstens versuchen?«, drängte er.

Sie musterte ihn nachdenklich. »Also schön«, gab sie nach. »Versuchen wir unser Glück.«

Hiroto Kutsumi war ein kleiner Mann mit wachen Augen. Nachdem die beiden unerwarteten Gäste eine halbe Stunde in seinem Vorzimmer gewartet hatten, wurden sie endlich ins Büro des Museumsdirektors vorgelassen. Für japanische Verhältnisse begrüßte er seine ehemalige Studentin sehr freundlich. Als er merkte, dass Jo kein Japanisch verstand, wechselte er ins Englische. Nachdem einige Höflichkeitsfloskeln ausgetauscht waren und sich die drei in einer Sitzecke des Büros niedergelassen hatten, entspann sich zwischen den beiden Wissenschaftlern eine angeregte Diskussion über die letzten Arbeiten des jeweils anderen. Jo versuchte dem Gespräch zu folgen, spürte aber, wie seine Aufmerksamkeit abzugleiten begann. Sein Blick wanderte die langen Buchreihen entlang, die fein säuberlich in den Regalen untergebracht waren. Auf dem Schreibtisch thronte ein nagelneuer Computer in einem auffallenden Design, daneben standen einige Fotos und ein Blumengesteck. Der Ledersessel hinter dem Schreibtisch war ein Monster in Schwarz: Ein deutlicher Hinweis, dass hier der Chef saß. Kutsumi-San schien ein sehr statusbewusster Vertreter seines Faches zu sein.

Kiki, die merkte, dass Jo sich langweilte, konnte sich ein boshaftes Lächeln nicht verkneifen. Geschah ihm recht! Wenn er sie schon nötigte, ihren ehemaligen Professor unangemeldet zu überfallen, konnte er sich auch einen historischen Diskurs anhören. Nach einer weiteren Viertelstunde mit trockener Geschichtsforschung, hatte sie Mitleid mit ihm und brachte die Rede auf das Museum.

»Ich habe den Schritt von der Theorie in die Praxis nie bereut«, erklärte der Museumsdirektor mit einem gönnerhaften Blick. »Auch wenn es sehr viel Arbeit ist. Man macht sich an der Universität keine Vorstellung davon, was ein Museumsdirektor alles auf den Tisch bekommt.«

»Wie lange sind Sie in dieser Funktion – eineinhalb Jahre?«, fragte Kiki mit bewunderndem Augenaufschlag.

»Fast zwei«, erklärte Kutsumi stolz. »In der Zeit haben wir einiges bewegt. Wir haben zwei zusätzliche Ausstellungssäle eröffnet und fast hundert neue Exponate erworben.«

»Beeindruckend«, flötete seine ehemalige Studentin.

»Wie geht es Ihrem Vorgänger? Besucht er Sie manchmal?«

»Nur selten«, sagte der Direktor und schüttelte betrübt den Kopf. »Der arme Akuma-San. Ich fürchte, er hat sich den Diebstahl damals viel zu stark zu Herzen genommen. Er zerbricht sich immer noch den Kopf darüber, ob er alles richtig gemacht hat und ob er das Schwert nicht besser hätte schützen müssen.«

»Ich dachte, die Vitrine ist durch eine besonders aufwändige Alarmanlage gesichert gewesen«, fragte die junge Professorin mit unschuldiger Miene.

»In der Tat, es wurde modernste Technik verwendet. Das machte die Untersuchung so unangenehm. Naturgemäß fiel der Verdacht zuerst auf die Mitarbeiter. Es sorgte verständlicherweise für Unruhe in der Belegschaft. Es gehörte zu meinen ersten Aufgaben als neuer Direktor, alle Prozesse zu überprüfen und sicherzustellen, dass nicht weitere Exponate aus der Sammlung entwendet werden.«

»Um was für eine Alarmanlage handelte es sich denn?«, fragte Jo, der sich zum ersten Mal in das Gespräch einschaltete.

»Selbstverständlich um eine japanische Anlage der neuesten Generation. Sie müssen wissen, dass in Japan die besten Sicherungssysteme der Welt hergestellt werden«, ließ Kutsumi-San ihn von oben herab wissen.

»Mein Freund ist selbständiger Unternehmer und möchte sein Geschäftsgebäude mit einer Alarmanlage sichern«, schaltete Kiki sich ein. »Deswegen ist er auf der Suche nach kompetentem Rat, wer die besten Systeme herstellt.«

»Ach so«, sagte der Museumsdirektor. »Der Leiter unserer Sicherheitsabteilung schwört auf die Firma Teiko. Sie ist anerkanntermaßen eine der führenden Firmen der Welt. Wir können sie sehr empfehlen – trotz des bedauerlichen Zwischenfalls mit dem gestohlenen Schwert.«

»Gibt es Erkenntnisse über den Täter?«, fragte Kiki beiläufig.

»Die Polizei tappt nach wie vor völlig im Dunkeln. Die Alarmanlage wurde auf Herz und Nieren geprüft. Sie war ohne jeden Zweifel funktionstüchtig. Alle Mitarbeiter, die Zugang zu den Sicherheitseinrichtungen haben, wurden streng überprüft und intensiv befragt – ohne jedes Ergebnis. Das Ganze ist ein Rätsel.«

»Muss für den ursprünglichen Eigentümer ein schwerer Schlag sein«, meinte Kiki. »Ich könnte mir vorstellen, dass der Spender gehofft hat, das Schwert sei in einem Museum besser geschützt und könnte für die Nachwelt erhalten werden.«

Kutsumi nickte betrübt.

»Wissen Sie, wer der großzügige Spender gewesen ist?«, fragte die junge Professorin neugierig.

»Darüber darf ich keine Auskunft erteilen«, erklärte der Museumsdirektor reserviert. »Mein Haus hat sich zu Stillschweigen in dieser Angelegenheit verpflichtet.«

Er hüstelte und warf einen Blick auf seine Uhr.

»Wir werden dieses Rätsel heute nicht mehr lösen können«, sagte Kiki und lächelte. »Wir haben Ihre Zeit schon zu sehr in Anspruch genommen. Es hat mich gefreut, Sie wieder einmal zu treffen, Kutsumi-San. Die Gespräche mit Ihnen sind jedes Mal eine Bereicherung für mich.«

Der Museumsdirektor nickte gönnerhaft. Unter gegenseitigen Komplimenten verabschiedete man sich. Als sie draußen auf der Straße standen, platzte es aus Jo heraus.

»Das ist er!«, rief er aufgeregt. »Der Mann, der das Schwert entwendet hat, ist unser Mörder!«

Kiki sah ihn skeptisch an.

»Wieso bist du dir da sicher?«, wollte sie wissen.

»Sie haben eine Teiko-Alarmanlage! Genauso wie Herr Kawanishi! Die Polizei in Deutschland dachte, Herr Kawanishi habe den Täter gekannt und ihn in die Wohnung gelassen. Sie sind davon ausgegangen, dass man diese Anlage nicht überwinden kann. Der Täter im Museum hat bewiesen, dass es möglich ist!«

Die junge Japanerin war noch nicht überzeugt.

»Kann ein Zufall sein«, wandte sie ein. »Schließlich scheint die Polizei davon auszugehen, dass das Schwert von einem Insider entwendet worden ist. Sammler sind bereit, hohe Summen für so ein altes Schwert zu bezahlen.«

Jo schüttelte den Kopf.

»Wie viele 16-fach gefaltete Schwerter gibt es noch?«

»In Museen vielleicht 20, bei Privatleuten ist das schwer zu sagen, vielleicht einige Dutzend«, erwiderte sie.

»Siehst du«, rief er triumphierend. »Nur einige Dutzend! Außerdem stimmen die Alarmanlagen überein. Das kann kein Zufall sein! Und zeitlich passt es perfekt zusammen. Das Schwert wurde vor zwei Jahren gestohlen. Der erste Mord geschah ein halbes Jahr später.«

Seine Mitdetektivin blieb skeptisch.

»Ich weiß nicht recht. Ich fürchte, du verrennst dich da.«

»Lass uns der Sache nachgehen. Sonst haben wir doch auch keine heiße Spur!«

»Also schön«, gab sie nach. »Was schlägst du vor?«

»Wir müssen alles über dieses Schwert herausfinden! Wie ist seine Geschichte?

Wer waren seine Eigentümer? Warum ist es wieder aufgetaucht? Und vor allem: Wem hat das Schwert zuletzt gehört und wer hat es gestohlen?«

Kiki lachte.

»Wenn wir wüssten, wer es gestohlen hat, müssten wir deinen Mörder nicht mehr suchen. Ich bezweifle allerdings, dass wir von Kutsumi-San erfahren, wer das Schwert gestiftet hat. Wenn das Museum sich zu Stillschweigen verpflichtet hat, wird er uns nichts sagen. Außer, wir gehen zur Polizei. Aber ich fürchte, dass sie uns beide in eine geschlossene Anstalt einweisen, wenn wir mit unserer Theorie kommen.«

Ernüchtert sah Jo sie an. Er hatte gehofft, er könnte Kiki überzeugen.

»Nun guck nicht so! Ich helfe dir ja«, sagte sie und knuffte ihn in die Seite. »Als Erstes suchen wir alles über die Geschichte des Schwertes heraus. Dann sehen wir weiter.«

Ihr erster Weg führte sie in die Universitätsbibliothek. In einem winzigen Büro saßen sie mit einer der Bibliothekarinnen zusammen. Ihr Name war Mitsuko. Offensichtlich kannten die jungen Frauen sich sehr gut, denn die Begrüßung fiel sehr herzlich aus.

Zu Jos Bedauern sprach Mitsuko kein Englisch, sodass die beiden sich auf Japanisch unterhielten. Dabei schienen sie sehr viel Spaß zu haben, denn sie kicherten in einem fort. Einige Male warf Mitsuko ihm versteckte Blicke zu, die er aber nicht recht zu deuten wusste. Jedenfalls sah sie schnell weg, wenn er ihren Blick erwiderte. Zum Ende des Gesprächs wurden die beiden Frauen ernster, und Mitsuko machte sich Notizen. Danach gingen Kiki und Jo in die Mensa und tranken einen Tee zusammen.

»Mitsuko wird uns alle Bücher zu dem Thema heraussuchen. Allerdings muss ich dich warnen: Bei der Geschichte über das ›Schwert der Winde‹ handelt es sich um eine Legende. Wir müssen sehen, ob es dazu einen historisch belegbaren Kern gibt.«

»Steckt nicht oft hinter Legenden eine wahre Geschichte?«, wandte er ein.

»Ja, aber nicht in allen Fällen. Und selbst wenn die Legende auf einer geschichtlichen Begebenheit basieren sollte, ist es in der Realität meist deutlich anders abgelaufen, als es die Legende erzählt.«

»Kennst du diese Mitsuko gut?«, wechselte er das Thema. »Ist sie zuverlässig?«

»Sie ist die Beste!«, erklärte die junge Professorin mit einem gewissen Stolz in der Stimme. »Obwohl sie erst seit zwei Jahren als Bibliothekarin arbeitet, hat sie ein enormes Fachwissen. Ich setze sie immer bei meinen schwierigsten Recherchen ein. Bisher hat sie mich nie enttäuscht.«

»Wieso bist du Professorin für Mittelalterliche Geschichte geworden?«

Er blickte sie über den Rand seiner Tasse hinweg an.

»Kenji meint, der Grund dafür ist, dass ich verrückt bin!« Sie lachte. »Er findet, dass es das ödeste Fach ist, das man sich vorstellen kann.« Sie schnitt eine Grimasse. »Dieser Banause!« Dann wurde sie ernst. »Mein Vater war immer sehr beschäftigt. Der Aufbau des Hotels hat seine ganze Kraft und Zeit in Anspruch genommen. Deswegen konnte er sich nie richtig um seine beiden älteren Kinder kümmern – Onkel Inazo und Tante Atsumi. Als ich zwölf Jahre alt war, hat er die Leitung des Unternehmens an Onkel Inazo abgegeben. Davor hab ich ihn, wenn überhaupt, nur am Wochenende gesehen. Von heute auf morgen hatte er auf einmal sehr viel Zeit für mich. Er hat sich rührend um mich gekümmert, und ich habe es sehr genossen. Mein Vater interessierte sich schon immer für die Geschichte unseres Landes. Nach seiner Pensionierung hat er aus diesem Hobby eine Art zweiten Beruf gemacht. Er hat einige Bücher geschrieben. Deswegen hat er mich in jedes Museum und in jede geschichtliche Ausstellung geschleppt, die du dir vorstellen kannst.« Sie grinste. »Als junges Mädchen fand ich das sehr langweilig. Aber mit der Zeit hab ich Feuer gefangen. Mein Vater kann unheimlich gut erzählen und hat es mir so erklärt, dass ich es auch verstehen konnte. Mit der Zeit wurde aus Interesse Begeisterung. Tja, und so bin ich Professorin geworden.«

»Dein Vater muss sehr stolz auf dich sein«, meinte Jo.

»Das ist er wohl«, antwortete sie und lächelte. »Obwohl er, glaube ich, auch auf Kenji sehr stolz ist, und der kann die Heian-Zeit nicht von der Edo-Epoche unterscheiden.«

Für eine Weile schwiegen beide, tranken grünen Tee und hingen ihren Gedanken nach.

»Wir müssen den Termin im Watanabe-Archiv absagen«, sagte Kiki. »Wenn Mitsuko fündig geworden ist, werden wir einiges zu tun haben, um das Material zu sichten.«

»Meinst du, es gibt eine Möglichkeit herauszufinden, ob die Toten eine Verbindung zu diesem Schwert hatten?«

Die junge Professorin zuckte mit den Schultern. »Dürfte schwierig werden. Nur in den seltensten Fällen reichen die Unterlagen einer Familie so lange zurück.«

»Was ist mit Kaito Nakane? Hat er nicht behauptet, er

könne die Geschichte seiner Familie 600 Jahre zurückverfolgen? Wenn das stimmt, müsste es doch Unterlagen darüber geben.«

»Du hast recht! Wir müssen unbedingt mit seiner Familie sprechen!«

Kiki, die zuerst skeptisch gewesen war, schien sich mit einem Mal für die Aufgabe zu begeistern. »Wir müssen Kousuke fragen, wie sie die Behauptung überprüft haben. Vielleicht hat Kaito Nakane beim Fernsehen als Beweis Unterlagen vorgelegt. Außerdem müssen wir die Adresse der Familie herausbekommen.«

Sie sprang auf.

»Komm, wir schauen, wie weit Mitsuko gekommen ist.«

Als sie das Büro der Bibliothekarin betraten, stapelten sich auf ihrem Tisch knapp zwei Dutzend Folianten.

»Ist das alles für uns?«, fragte der junge Küchenchef entgeistert.

»Ja, toll nicht!«, rief Kiki begeistert. »Mitsuko ist einfach klasse.«

Die beiden Frauen plapperten munter auf Japanisch, sodass Jo Zeit hatte, sich den Kopf darüber zu zerbrechen, wie sie die ganzen Schmöker in das Büro seiner Mitdetektivin schaffen konnten. Er schätzte, dass sie mindestens drei bis vier Mal würden laufen müssen. Doch er hatte nicht mit dem praktischen Sachverstand von Mitsuko gerechnet: Die junge Frau hatte einen der Bibliothekswagen organisiert, auf dem sie bequem alle Bücher unterbringen konnten. Jo bot sich artig an, den Wagen zu schieben.

»Und in all diesen Büchern geht es nur um dieses Schwert?«, fragte er ehrfurchtsvoll.

»Ja, ich fürchte, wir müssen jedes von ihnen von der ersten bis zur letzten Seite lesen«, erwiderte Kiki ernst. Als sie Jos entsetztes Gesicht sah, prustete sie los. »Keine Angst, Mitsuko hat uns alles herausgesucht, was sich mit der Zeit beschäftigt:

alte Chroniken, Stammbäume, Schlachtberichte – alles, was uns weiterhelfen könnte. Es reicht, wenn wir uns die wichtigsten Punkte notieren. Sie hat uns auch alle Bücher besorgt, die sich mit der Legende der Fünf Samurai beschäftigen.«

»Die Legende der Fünf Samurai?«

»Die Geschichte kennt in Japan jedes Kind. Es ist die Erzählung, wie fünf mutige Samurai in die Burg der Tagaki eingedrungen sind und das ›Schwert der Winde‹ entwendet haben.«

Als sie im Büro der jungen Professorin ankamen, stapelten sie die Bücher auf dem Boden. Danach telefonierte Kiki mit ihrem Fernsehfreund Kousuke. Während des Telefonats wurde ihr Gesicht immer länger.

»Kousuke hat nur die Adresse von einem Studentenwohnheim. Wo die Eltern von Kaito Nakane leben, weiß er nicht. Auch was die Familiengeschichte angeht, konnte er mir nicht weiterhelfen. Sie haben beim Fernsehen keine Unterlagen aufgehoben. Soweit Kousuke sich erinnert, hat der junge Mann als Beleg für seine Behauptung nur die Kopie einer alten Schriftrolle vorgelegt. Stell dir vor, sie haben die Unterlage nicht einmal von einem renommierten Wissenschaftler gegenlesen lassen.«

»Wer hat die Überprüfung vorgenommen?«, wollte Jo wissen.

»Na, wer wohl? Kousuke hat es selbst gemacht! Dabei konnte er noch nie gut mittelalterliche Texte lesen! Ich musste ihm immer dabei helfen.« Sie schnaubte wütend. »Es hilft nichts, wir müssen uns selbst darum kümmern.«

Als Nächstes suchten sie im Internet. Im elektronischen Telefonbuch wurden sie fündig. Zum Glück hatte Kiki sich bei ihrer Recherche im Zeitungsarchiv den Vornamen von Kaitos Vater notiert. Es gab den Namen nur zweimal: Einmal in der Region, in der die Zeitung mit der Todesanzeige des Studenten herausgegeben wurde, und einmal hoch im Norden, auf der Insel Hokkaido.

Sie entschieden sich, es erst mit der Stadt Takasaki, gut 100 Kilometer nordwestlich von Tokio, zu versuchen. Kiki griff zum Telefon und rief unter der angegebenen Nummer an. Das Gespräch dauerte nur einige Minuten. Trotzdem konnte Jo es kaum erwarten, bis die junge Japanerin aufgelegt hatte.

»Und?«

»Volltreffer«, rief sie begeistert. »Kaito Nakanes Vater ist bereit, sich mit uns zu treffen. Er hat uns für morgen Nachmittag zu sich nach Hause eingeladen.«

»Du bist klasse! Wie hast du das hinbekommen?«

»Ich hab mich als Professorin für Mittelalterliche Geschichte vorgestellt und habe ihm erzählt, dass wir an einem Projekt über Familienarchive schreiben.«

Kiki strahlte. Endlich kam Bewegung in den Fall! Als Nächstes begann Kiki mit der Sichtung des Materials, das sie von Mitsuko bekommen hatten.

»Wie kann ich helfen?«, fragte Jo voller Tatendrang.

»Gar nicht«, antwortete sie und zuckte bedauernd mit den Schultern. »Außer du lernst ganz schnell mittelalterliches Japanisch.«

Ein wenig angesäuert setzte der junge Küchenchef sich auf einen Stuhl. Er wollte auch seinen Teil beitragen! Doch die nächsten zwei Stunden verbrachte er damit, Kiki bei der Arbeit zuzusehen. Als er ihr zum x-ten Mal die Frage stellte, ob sie etwas gefunden habe, platzte der jungen Frau der Kragen.

»Jo Weidinger! Ich arbeite, so schnell ich kann! Aber wenn du mich alle fünf Minuten unterbrichst, ist das keine große Hilfe. Wieso gehst du nicht spazieren?«

Betreten sah er sie an. Er fühlte sich in seine Lehrzeit zurückversetzt, wenn er sich einen Anpfiff von seinem Meister einfing.

»Tut mir leid«, sagte er kleinlaut.

Er saß eine Weile stumm auf seinem Stuhl. Schließlich musste er einsehen, dass er seiner Detektivpartnerin nicht helfen konnte, und erhob sich.

»Ich melde mich, sobald ich etwas finde«, sagte Kiki zum Abschied versöhnlich.

»Wie kann ich dich erreichen, falls mir während meines Spaziergangs etwas einfällt?«, wollte er wissen.

Mit einem Lächeln gab sie ihm ihre Mobilnummer. Zurück im Hotel verzog Jo sich ins Fitnessstudio. Auf einen Spaziergang hatte er nämlich keine Lust. Er wollte seinen Frust wegstrampeln. Nach fast eineinhalb Stunden auf dem Ergometer kam er völlig durchgeschwitzt, aber mit sich und der Welt im Reinen, in sein Zimmer zurück. Er nahm ein Bad und legte sich aufs Bett. Kiki hatte sich nicht gemeldet, und auch ihr »Quasi-Cousin« Kenji ließ nichts von sich hören. So blieb Jo nichts anderes übrig, als zu lesen.

KAPITEL 26

Ibuki Tamura hatte bis sechs Uhr in der Bibliothek gesessen und gelernt. Im nächsten Semester stand seine Zwischenprüfung an, und er wollte seine Eltern nicht enttäuschen. Deswegen bereitete er sich intensiv auf die Prüfungen vor. Doch heute Abend gönnte er sich eine Pause. Er fuhr nach Hause und zog sich um. Seine abgewetzte Jeans tauschte er gegen eine neue Stoffhose, sein altes T-Shirt gegen ein ordentliches weißes Hemd. Er wollte heute Abend einen guten Eindruck machen, wenn er mit seiner Clique um die Häuser zog. Speziell bei Marumi. Er hatte seit zwei Semestern ein Auge auf seine Kommilitonin geworfen, aber es bisher nicht gewagt, sie zu einem Abendessen einzuladen. Zweimal war sie mit ihm alleine in der Mensa einen Tee trinken gewesen. Doch dort hatten sie sich in erster Linie über das Studium unterhalten. Umso mehr freute er sich, dass sie heute Abend mit dabei war. Sonst verbrachte Marumi die meisten Abende auf ihrem Zimmer im Mädchen-Wohnheim und lernte. Sie war sehr ehrgeizig. Das imponierte ihm. Er fand es toll, wenn eine Frau wusste, was sie wollte. Manchmal wünschte er sich, er wäre mehr ein Draufgänger wie sein Freund Aito. Der ging fast jedes Wochenende mit einem anderen Mädchen aus. Aber besser, er traf Marumi zusammen mit den anderen als gar nicht.

Als er Stunden später auf dem Heimweg war, fühlte er sich wackelig auf den Beinen. Die ganze Gruppe hatte kräftig dem Reiswein zugesprochen, auch Ibuki, obwohl er keinen Alkohol vertrug. Sein Kopf fühlte sich sehr leicht an – ob vom Alkohol oder beeinflusst von der Tatsache, dass Marumi den ganzen Abend neben ihm gesessen und zweimal ihre süße kleine Hand auf seinen Arm gelegt hatte, wusste er nicht. Jedenfalls fühlte er sich wie auf Wolke sieben.

Deswegen bemerkte er nicht, als sich ein dunkel gekleideter Mann aus einem Hausschatten in der Nähe löste und ihm unauffällig folgte. Trotz der über 20 Grad, die in den Straßen Tokios herrschten, trug der Mann einen langen schwarzen Mantel. Seine Augen verbarg er hinter einer dunklen Brille, die trotz der hellen Lampen über dem Gehweg seltsam deplaziert wirkte.

Ibuki brauchte zwei Versuche, bis er den Schlüssel endlich ins Schloss bekam.

Er musste über seine eigene Ungeschicklichkeit schmunzeln. Beschwingt öffnete er die Tür und betrat das Studentenwohnheim. Mit dem Aufzug fuhr er nach oben in den zweiten Stock und torkelte in Richtung seines kleinen Appartements. Die meisten seiner Kommilitonen lagen zu dieser Zeit erschöpft in ihren Betten und schliefen.

Der Mann in dem schwarzen Mantel wartete, bis das Licht in Ibukis Zimmer erloschen war. Dann machte er sich auf den Weg. Er umrundete das Gebäude und pirschte sich an die Hintertür heran. Mit einem Blick nach rechts und links versicherte er sich, dass er nicht beobachtet wurde. Er zog ein Werkzeugetui aus der Tasche und begann, sich am Schloss zu schaffen zu machen. Ein zufriedenes Lächeln glitt über seine Züge, als es sich mit einem leisen Klick öffnete.

Schnell sah er sich um. Dann verschwand er im Gebäude.

Wie erwartet lag das Treppenhaus zu dieser späten Stunde einsam vor ihm. Die wenigen Studenten, die unterwegs waren, kamen meist in angetrunkenem Zustand nach Hause. Praktisch ausnahmslos zogen sie den hellen Aufzug der nur spärlich erleuchteten Treppe vor.

Lautlos öffnete der Mann die Tür zum zweiten Stock. Er lauschte auf den Aufzug, der ratternd in eine der höhergelegenen Etagen fuhr. Mit wenigen Schritten stand er vor Ibuki Tamuras Tür. Der Flur lag in völliger Stille vor ihm. Die Stunde der Rache war nah … Er ließ seine Hand in das Innere seines Mantels gleiten. Der kalte Stahl des Schwertes flößte ihm Zuversicht ein. Bald … schon bald würde er sich den Kopf von Ibuki Tamura holen. Noch einmal blickte er sich um. Dann verschwand er so lautlos, wie er gekommen war.

Am nächsten Morgen fuhr Jo früh ins Institut. Wie vermutet saß die junge Professorin bereits an ihrem Schreibtisch, als er dort eintraf. Sie trug einen dunkelblauen Hosenanzug und eine dazu passende Bluse.

»Was tust du schon hier?«, rief sie aus. Sie sah zum Anbeißen aus.

»Ich wollte dir helfen.«

»Hast du über Nacht Japanisch gelernt?«

Sie grinste fröhlich.

»Wie lange hast du gestern noch gemacht?«, fragte er.

»Weiß ich nicht genau«, sagte sie und runzelte die Stirn. »Vielleicht bis gegen 23 Uhr?«

Das schlechte Gewissen nagte an ihm. Er mutete der jungen Frau eindeutig zu viel zu! Wenn er ihr doch wenigstens hätte helfen können.

»Wieso siehst du dir nicht für zwei Stunden meine wunderbare Heimstadt an, und dann gebe ich dir einen Statusbericht?«

Widerwillig stimmte er zu. Er lief planlos durch die umliegenden Straßen. Nach nicht einmal einer Stunde stand er wieder vor Kikis Schreibtisch.

»Oh mein Fürst, Euere Ungeduld stellt Euere Dienerin auf eine harte Probe«, seufzte sie.

»Ich will auch was tun«, erklärte er missmutig.

»Also schön«, gab sie nach und drückte ihm ein englischsprachiges Buch in die Hand. »Ich hatte noch keine Gelegenheit, es mir näher anzusehen. Darin geht es um japanische Legenden und ihre Hintergründe. Du kannst es durchblättern und dir notieren, wenn du etwas Interessantes findest.«

Voller Begeisterung, endlich auch einen Beitrag leisten zu können, stürzte er sich auf das Buch. Sein Titel lautete: »Japanische Legenden – eine kritische Analyse aus literaturwissenschaftlicher Sicht«. Das klang ja spannend. Der Autor musste ein echter Meister in der Formulierung griffiger Titel sein, dachte er und grinste. Nach wenigen Seiten musste er einsehen, dass sie das Buch nicht weiterbringen würde. Dennoch legte er es nicht beiseite. Es enthielt nämlich kurze Versionen der jeweiligen Legenden. Schnell blätterte er zu der Geschichte der Fünf Samurai.

Die Legende der Fünf Samurai

Den ganzen Tag über waren sie marschiert. Erschöpft lagen seine Männer im Gras. Nur mit Mühe waren sie der Übermacht von Fürst Yuritomo entkommen. Nach den letzten beiden Niederlagen schien ihre Lage aussichtslos. Sie verfügten über weniger Krieger, über weniger Pferde, und auch der Nachschub begann knapp zu werden.

Noch mehr allerdings sorgte er sich um die Hoffnungslosigkeit in den Augen seiner Männer.

Seit Fürst Yuritomo mit dem »Schwert der Winde« über die Schlachtfelder tobte, immer an der Spitze seiner wilden Reiterhorde, verbreitete sich das Gerücht, dem Schwert wohne ein mächtiger Geist inne.

Immer öfter fing er aus den Gesprächen seiner Männer Wortfetzen wie »unbesiegbar« oder »magische Kräfte« auf, wobei sie sofort ängstlich verstummten, wenn sein Blick auf sie fiel.

Fürst Shinosuke sah hinauf zum Himmel.

Die Götter hatten sich gegen ihn und sein Haus verschworen. Für einen Moment spürte er, dass ihn selbst der Mut zu verlassen drohte. Wie lange würden sie der Übermacht standhalten können?

Auf einmal schoss ihm eine Idee durch den Kopf. Eine kühne Idee. Eine verzweifelte Idee. Aber eine Idee, mit der sie vielleicht ihr Schlachtenglück wenden konnten. Er sammelte seine Männer um sich.

»Ihr alle wisst, dass Fürst Yuritomo ein magisches Schwert sein eigen nennt.«

Ein Raunen ging durch die Reihen seiner Krieger. Fürst Shi-

nosuke sah viele zweifelnde Blicke. Wenn selbst ihr Anführer an die Macht des Schwertes glaubte, wie sollten sie dann die Heere der Tagaki besiegen können?

»Das Schwert ist der Schlüssel für seine Siege«, fuhr Fürst Shinosuke fort. »Deswegen werden wir es ihm entreißen.«

Atemlose Stille breitete sich aus. Die Burg der Tagaki lag auf einem steilen Berg und war stark befestigt. Viele Heere waren vor ihre Zinnen gezogen, um sie einzunehmen – niemand war es bisher gelungen.

»Ihr wisst, wir würden Euch überallhin folgen«, sprach ein alter Samurai, der schon in vielen Schlachten an Fürst Shinosukes Seite gekämpft hatte, »wenn es sein muss, bis in den Tod. Doch bedenkt, mein Fürst, wir sind durch viele Niederlagen geschwächt. Unsere Reihen haben sich gelichtet, und die geringe Zahl unserer Pferde und Waffen zwingt uns zur Flucht. Ein Angriff auf die Burg der Tagaki wäre unser sicheres Ende. Und damit das Ende des Hauses Minagawa.«

»Aus deinen Worten spricht Weisheit«, erwiderte der Fürst. »Es erfüllt mein Herz mit Trauer, dass es uns an Kräften fehlt. Doch nicht ein großer Angriff stand mir im Sinn. Die Aufgabe ist nur mit Mut und List zu bewältigen. Vier Männer sollen sich durch die feindlichen Reihen schleichen, die Mauern überwinden und das ›Schwert der Winde‹ zerstören – auf dass es sich nie mehr gegen das Haus Minagawa erheben kann. Das ist mein Wunsch und meine Entscheidung.«

In dem Moment sprang ein junger Samurai hervor und warf sich vor seinen Herrn.

»Lasst mich gehen, mein Fürst«, rief er. »Ich werde das Schwert für Euch holen.«

Fürst Shinosuke sah ihn an.

»Dein Mut ist zu bewundern«, sagte er und bat ihn, sich zu erheben. »Doch fehlt es dir an Erfahrung.«

Da traten vier seiner erfahrensten Krieger nach vorn. »Wir wollen diese Aufgabe übernehmen«, riefen sie im Chor.

»So sei es«, beschied sie der Fürst.

Noch in derselben Stunde machten die vier sich auf den Weg. Sie stießen tief ins Kernland der Tagaki vor und umgingen alle Feinde. Doch als sie sich den Mauern der Burg näherten, verließ sie der Mut. Turmhoch umzogen zwei mächtige Mauerringe das Innere der Burg. Dutzende von Wachen patrouillierten zwischen den Zinnen und ließen den Anstieg zur Burg nicht einen Augenblick aus den Augen.

Bogenschützen standen an den Schießscharten, bereit, jeden Angreifer sofort mit ihren Pfeilen zu durchbohren.

Wieder und wieder beratschlagten die vier, wie sie die Aufgabe ihres Fürsten erfüllen könnten, ohne nach wenigen Metern von den Wachen niedergestreckt zu werden. Da hörten sie es auf einmal hinter sich im Walde knacken. Erschrocken fuhren sie herum und zogen ihre Schwerter. Doch statt des Feindes näherte sich ihnen der junge Samurai, der sich als Erster seinem Fürsten angeboten hatte.

»Was verharrt ihr, statt unseres Herren Auftrag zu erfüllen?«, rief er den Verzagten zu.

»Die Burg ist uneinnehmbar«, sagte der Älteste der vier. »Nicht einmal eine Maus könnte an den Wachen vorbeischlüpfen.«

»Nicht eine Maus, ein Adler ist, was wir brauchen«, rief der junge Samurai ihnen zu.

»Wir müssen nach oben fliegen und sie von hinten überraschen.«

Die vier sahen ihn verständnislos an. Die Burg der Tagaki war auf einen steilen Felsen gebaut und nur über einen Anstieg an der Vorderseite zu erreichen. Die Rückseite bildete eine schroffe Felsenwand: Hundert Meter hoch und unmöglich zu überwinden.

»Wie soll uns das gelingen?«, fragte der Älteste der vier.

»Ich werde es übernehmen«, erklärte der junge Samurai.

Die vier lachten. Doch der junge Mann ließ sich nicht beirren.

»Ich bin in den Bergen aufgewachsen und habe oftmals steile Hänge überwunden. Lasst mich mein Glück versuchen.«

Ein wahres Husarenstück – doch es gelang. Der junge Samurai durchkletterte die Wand und ließ ein Seil für seine Gefährten nach unten. Über die Dächer schlüpften sie in den Palast. Kopfüber glitt der junge Samurai an einem Seil befestigt von oben auf Fürst Yuritomo nieder.

Dieser schlief tief und fest, das »Schwert der Winde« griffbereit neben seinem Bett.

Vorsichtig nahm der junge Samurai die wertvolle Waffe an sich, dann zogen seine Gefährten ihn nach oben. So lautlos wie sie gekommen waren, verließen sie die Burg. Das »Schwert der Winde« zerstörten sie, wie ihnen befohlen war. Fürst Shinosuke belohnte seine tapferen Männer reichlich. Von da an wendete sich auch das Schlachtenglück. Seines magischen Schwertes beraubt, verlor Fürst Yuritomo eine Schlacht nach der anderen. Fürst Shinosuke obsiegte.

Dank des Mutes und des Geschickes der fünf Samurai.

Es folgte eine lange literaturwissenschaftliche Analyse, in der verschiedene frühe Fassungen der Legende miteinander verglichen wurden und in der versucht wurde, über Textexegese auf den geschichtlichen Kern der Ereignisse vorzustoßen. Auf Jo wirkte diese Analyse mehr wie eine Aneinanderreihung von Hypothesen als eine wissenschaftliche Auswertung.

»Da steht nichts drin, was uns weiterbringt«, sagte er.

»Dann musst du dich hinten durch die Literaturliste arbeiten. Vielleicht findest du interessante Referenzwerke, die uns helfen können«, meinte Kiki, ohne von ihrem eigenen Buch hochzusehen. Ohne große Begeisterung durchforstete Jo die Literaturliste. Sie umfasste knapp zehn Seiten. Nach einer Viertelstunde hatte er sieben Referenzbücher mit Autor und

Titel herausgeschrieben, die ihm einigermaßen spannend erschienen. Wobei er allerdings nicht sicher war, was die junge Professorin suchte. Stolz präsentierte er ihr die Früchte seiner Arbeit. Sie warf einen kurzen Blick darauf.

»Sehr schön!«, lobte sie, bevor sie sich wieder auf ihre Arbeit konzentrierte. Sie las gerade in einem alten, in schweres Leder eingebundenen Buch.

Jo sah sie unschlüssig an. Meinte sie das ernst oder nahm sie ihn auf den Arm? Um sich nicht wieder einen Tadel einzuhandeln, setzte er sich brav auf seinen Stuhl und wartete. Er brannte darauf, endlich richtig in die Ermittlungen einzusteigen und konnte es gar nicht erwarten, dass sie die Eltern des toten Jungen besuchten. Zwei Stunden später schloss seine Mitdetektivin die Buchdeckel. Jo war halbtot vor Langeweile und sinnlosem an die Decke starren.

»Langweilst du dich?«, fragte sie in unschuldigem Ton.

»Nein«, erwiderte er, »ich finde die kleinen Unebenheiten an der Decke deines Büros sehr interessant. Wenn man sie länger anschaut, hat man das Gefühl, sie würden anfangen sich zu bewegen.«

Sie kicherte.

»Tut mir leid, aber wenn ich mich mal an einer Sache festgebissen habe, vergesse ich alles um mich herum. Kenji nennt das Geschichtsbuchautismus. Er findet, dass ich mich in eine Autistin verwandle, sobald ich ein wissenschaftliches Buch in den Händen halte.« Sie schnitt eine Grimasse. »Dafür nenne ich ihn einen Drinks-mit-einem-bunten-Schirmchen-Autisten. Wenn er nämlich drei oder vier von diesen Drinks zu sich genommen hat, bekommt er glasige Augen und starrt wortlos an die Decke.«

Jo musste lachen. Das Phänomen kannte er von ihrer gemeinsamen Zeit auf dem Kreuzfahrtschiff. Kenji war zwar der ungekrönte Partykönig, der ohne Ende gute Stimmung verbreiten konnte, aber nur, solange er nicht mehr als drei oder vier Glas eines alkoholischen Getränks zu sich nahm. Falls doch, war mit ihm nicht mehr viel anzufangen.

»Jetzt gehen wir essen, und anschließend besorge ich einen Leihwagen. Das Städtchen, in dem die Eltern von Kaito Nakane wohnen, ist zwar auch mit dem Zug zu erreichen. Mit dem Auto bin ich aber flexibler.«

Jo wurde hellhörig.

»Du willst alleine dort hinfahren?«, fragte er ungläubig.

»Wenn ich ehrlich bin – ja.« Sie sah ihn mit einem entschuldigenden Blick an. »Es wird schwer genug, die Eltern des armen Jungen davon zu überzeugen, dass sie mich einen Blick in ihre alten Familienaufzeichnungen werfen lassen. Es ist nicht hilfreich, wenn ich einen Gaijin, einen Ausländer, mitbringe. Selbst wenn es sich dabei um einen so netten, gutaussehenden Gaijin wie dich handelt«, fügte sie schnell hinzu und lächelte ihn charmant an. Jo ging auf die Schmeichelei nicht ein.

»Ich will dabei sein«, erklärte er bestimmt.

»Keine gute Idee, Jo-San. Viele Japaner, gerade ältere, sind Ausländern gegenüber äußerst reserviert. Um nicht zu sagen, sie leiden an einer ausgemachten Xenophobie*. Außerdem glaube ich nicht, dass Kaitos Eltern Englisch sprechen. Du würdest ohnehin nichts verstehen.«

»Vier Augen sehen mehr als zwei«, beharrte er.

Kiki seufzte. »Also gut«, gab sie nach. »Aber beschwer dich hinterher nicht bei mir, wenn sie uns nichts erzählen. Wenn es dir recht ist, werde ich dich als einen meiner ausländischen Gaststudenten vorstellen.«

»Wieso denn das?«, brummte er. Er wollte nicht nur als Hilfskraft erscheinen. Er wollte auch Fragen stellen.

»Ich kann natürlich sagen, dass es sich bei dir um einen deutschen Küchenchef handelt, der in Japan Urlaub macht,

* Angst vor Ausländern

aber eigentlich eine Mordserie aufklären will, der zufällig ihr Sohn zum Opfer gefallen ist, und der mir von meinem nichtsnutzigen und völlig unzuverlässigen Quasi-Cousin aufgehalst worden ist, der eigentlich mein Neffe ist.«

Jo runzelte die Stirn.

»Wir sollten doch besser die Gaststudentenvariante nehmen«, stimmte er zu. »Obwohl ich sagen muss, dass mir diese Passage mit dem nichtsnutzigen Quasi-Cousin ganz gut gefallen hat.«

Kiki lachte, wurde aber gleich wieder ernst. »Wenn du mein Gaststudent bist, musst du meine Tasche tragen.«

»Wenn's weiter nichts ist«, erwiderte er und machte eine formvollendete Verbeugung. »Es wird mir eine Ehre und ein Vergnügen sein, für eine so junge und zarte Professorin wie Euch den Taschenträger zu spielen, Mikiko-San.«

»Idiot«, sagte sie und lachte.

Nach dem Essen fuhren sie mit der U-Bahn zum Hauptbahnhof, wo Kiki einen Mietwagen reserviert hatte. Die junge Japanerin besaß zwar einen Führerschein, nutzte aber praktisch nie ein Auto, weswegen sie dankbar akzeptierte, als Jo ihr anbot, das Steuer zu übernehmen.

»Kommst du mit dem Linksverkehr zurecht?«, fragte sie besorgt, als sie sah, wie ihr männlicher Begleiter sich im Fahrzeug erst einmal orientieren musste.

»Krieg ich schon hin«, brummte Jo. »Ich bin einige Male in England Auto gefahren. Solange du weißt, wo wir hin müssen …«

»Kein Problem«, sagte sie und grinste. »Wir sind in Japan, der hochentwickeltsten Nation der Welt. Unser Mietwagen hat natürlich ein modernes Navigationssystem.«

Nachdem sie einige hundert Meter gefahren waren, dankte Jo dem Himmel, dass er eine Japanerin auf dem Beifahrersitz neben sich hatte, die ihm Anweisungen gab.

Alleine wäre er hoffnungslos verloren gewesen – trotz des Navigationssystems. Denn es sprach nur Japanisch. Das Gewirr der Straßen in Tokio war ein regelrechter Alptraum. Eine Rallye quer durch den Dschungel musste im Vergleich dazu eine müde Kaffeefahrt sein. Kreuzung folgte auf Kreuzung, Abzweigung auf Abzweigung. Die Autos schoben sich Stoßstange an Stoßstange durch die Straßen. Dabei gab es nicht nur scheinbar endlos viele Spuren, sondern der Verkehr floss auch auf verschiedenen Ebenen, was bei Jo für zusätzliche Verwirrung sorgte.

Sich an den Verkehrsschildern zu orientieren, erwies sich als schier aussichtsloses Unterfangen. Zum einen konnte Jo sie nicht lesen, zum anderen war beim besten Willen nicht zu erkennen, ob sie nun nach Westen oder Osten wiesen.

Mehrfach führten abrupte Spurwechsel, die Jo durchführen musste, um rechtzeitig auf den richtigen Abbieger zu gelangen, zu bösen Huporgien aufgebrachter Japaner, deren sonstige Gelassenheit in der sicheren Stahlburg ihrer Fahrzeuge stark nachzulassen schien.

Zum Glück bewies Kiki eiserne Nerven. Sie zuckte nicht einmal mit der Wimper, als sie nur Zentimeter an einem großen Lastwagen vorbeischrammten, dessen Fahrer gestenreich herüberschimpfte. Endlich gelangten sie zu einer Autobahnauffahrt. Jo war schweißgebadet – trotz der Klimaanlage im Wagen. Zum Glück ging es nun zügiger voran, wenn auch fast ebenso unübersichtlich. Über Kreisel hinauf und Rampen hinunter, über Brücken und durch Tunnel fuhren sie wie auf einer Achterbahn durch die Häuserschluchten. Zeitweilig floss der Verkehr auf vier Ebenen übereinander. Hätte Jo sich nicht so stark konzentrieren müssen, wäre er von dem Moloch wahrscheinlich fasziniert gewesen. Nach weit über einer Stunde gelangten sie endlich in die Außenbezirke der Stadt, und der Verkehr nahm merklich ab. Endlich konnte Jo sich entspannen. Als er befreit Gas geben wollte, wurde er von seiner Beifahrerin freundlich auf das herrschende Tempolimit von 100 Stundenkilometern hingewiesen, das strikt überwacht wurde. Ihre weitere Fahrt verlief sehr geruhsam und wurde nur unterbrochen von den kurzen Aufenthalten an den zahlreichen Mautstationen, an denen stetig lächelnde ältere Herren in Uniform dankend die Yen-Scheine und Münzen entgegennahmen, die er von Kiki gereicht bekam. Jeder wünschte ihnen dabei so freundlich eine gute Fahrt und einen schönen Tag, dass Jo vermeinte, sie auch ohne Japanischkenntnisse verstehen zu können.

Durch das Verkehrschaos in Tokio waren sie in Zeitnot geraten und mussten sich sputen. Zum Glück lotste sie ihr Navigationssystem auf Anhieb zur richtigen Adresse. Das windschiefe Häuschen machte nicht gerade einen vertrauenserweckenden Eindruck auf Jo. Vor allem, wenn man an die permanente Gefahr von Erdbeben dachte. Kiki hatte ein dezentes Make-up aufgetragen und sah in ihrem dunkelblauen, nur leicht taillierten Hosenanzug sehr seriös aus. Trotzdem wirkte sie auf eine mädchenhafte Weise sexy. Wenn sie es in dieser Aufmachung nicht schaffte, einen älteren Japaner um den Finger zu wickeln, wusste er auch nicht. Aus dem Kofferraum nahm er Kikis große, schwarze Ledertasche. Sie war erstaunlich schwer.

»Was hast du denn alles mitgenommen, deine halbe Büroausstattung?«, fragte er sie.

»Nur, was wir als Wissenschaftler brauchen. Wofür habe ich schließlich einen starken Gaststudenten mitgebracht? Der muss ja für was gut sein«, erwiderte sie grinsend.

Eine verhärmt aussehende ältere Frau öffnete ihnen die Tür. Kiki verbeugte sich. Jo tat es ihr gleich. Die Frau musterte ihn kurz und senkte dann schnell ihren Blick. Sie zogen ihre Schuhe aus und bekamen altmodisch aussehende Pantoffel gereicht, die Jo viel zu klein waren und auf denen er sich nur sehr staksend bewegen konnte. Als Kiki ihn watscheln sah, musste sie sich zusammenreißen, um nicht lauthals loszulachen. Die Frau führte sie in ein kleines Wohnzimmer, in dem ein älterer Mann auf einem Sofa saß. Er erhob sich sofort, als die beiden den Raum betraten. Kiki verbeugte sich, ihr Gastgeber ebenfalls. Sie erklärte etwas auf Japanisch und deutete in Jos Richtung, was dieser als Signal verstand, sich ebenfalls zu verbeugen. Der ältere Mann warf ihm einen abschätzigen Blick zu, nickte aber gnädig. Die Frau verschwand wortlos und tauchte kurze Zeit später mit einem Tablett auf. Darauf standen eine japanische Teekanne und drei Tassen. Sie goss jedem von ihnen grünen Tee ein und zog sich zurück. Nachdem ein paar Begrüßungsfloskeln ausgetauscht waren, entspann sich ein langer Dialog zwischen Kiki und Herrn Nakane, wobei vor allem die junge Professorin sehr viel redete. Ihr Gegenüber beschränkte sich aufs Zuhören und gelegentliches Nicken. Während des Gesprächs wirkte die junge Frau auf Jo wie ausgewechselt. Ihre Schultern hingen nach unten, sie sah unterwürfig zu Boden und lächelte fast ununterbrochen. Herr Nakane schien das mit Wohlwollen zur Kenntnis zu nehmen und taute zunehmend auf. Nach und nach begann er mehr zu erzählen. Kiki ermunterte ihn mit Lächeln und freundlichem Nicken.

Nachdem die beiden sich fast eine Stunde munter unterhalten hatten, stellte Kiki eine Frage, die Herrn Nakane offensichtlich aus dem Konzept brachte. Jedenfalls brach sein Redefluss abrupt ab. Mit kritischem Blick musterte er die junge Professorin. Dann wanderten seine Augen weiter zu Jo, den er bisher völlig ignoriert hatte. Dieser hielt seinem prüfenden Blick stand. Kiki sagte etwas, das sich in Jos Ohren schmeichelnd anhörte. Der Japaner schien zu überlegen, dann nickte er würdevoll, erhob sich und verließ den Raum.

»Es klappt«, rief Kiki aufgeregt. »Er zeigt uns seine alten Schriftrollen. Kannst du mit einer Kamera umgehen?«, fragte sie.

Jo nickte.

»Gut, hol die Kamera und das Stativ aus der Tasche und bau alles auf.«

Ihre kurzen und präzisen Anweisungen wollten so gar nicht zu der devoten Japanerin passen, die sie eben gespielt hatte. Ohne große Überlegung tat er, was sie ihm aufgetragen hatte. Als er gerade die Kamera an dem schwenkbaren Gelenk am oberen Ende des Stativs festklickte, betrat Herr Nakane den Raum. In der Hand hielt er zwei Schriftrollen, die aus sehr altem Papier zu bestehen schienen.

Feierlich legte er die erste vor ihnen auf den Tisch und rollte sie vorsichtig auf.

Stolz sah er Kiki dabei an.

»Du musst die einzelnen Passagen fotografieren«, wisperte sie Jo zu, während sie Herrn Nakane anlächelte und eine große Verbeugung machte. Selbst Jo, der nicht wusste, was die Schriftrollen enthielten, konnte sich der ehrfurchtsvollen Stimmung im Raum nicht entziehen. Er drückte auf den Auslöser.

Als sie im Auto saßen, war Kiki ganz aufgeregt.

»Er hat sie uns gezeigt! Er hat sie uns wirklich gezeigt!«

Sie sah Jo triumphierend an.

»Was stand denn drin?«

»Na, die Geschichte der Familie natürlich! Wie vermutet bewahrt Herr Nakane die alten Schriftrollen zu Hause auf. Er hat extra einen klimatisierten Schrank einbauen lassen, damit die alten Papierrollen keinen Schaden nehmen. Er hat sich bereit erklärt, an einem wissenschaftlichen Projekt mitzuarbeiten. Ich darf die Schriftrollen nicht nur durchsehen, er gestattet mir auch, sie auszuwerten und zu veröffentlichen!«

Kiki war über diese unerwartete Chance so begeistert, dass sie die ganze Fahrt über fröhlich weiterplauderte. Als sie sich Tokio näherten, nahm der Verkehr schlagartig zu.

Wenn Jo auf der Hinfahrt gedacht hatte, dass die unübersichtliche Straßenführung und die Flut an Fahrzeugen nicht mehr zu überbieten war, wurde er nun eines Besseren belehrt. Die mehrspurigen Stadtautobahnen verwandelten sich in der beginnenden Rushhour zu einer wahren Verkehrshölle. Mehrfach konnte er bei gewagten Spurwechseln Kollisionen mit rechts und links an ihm vorbeischießenden Autos nur in allerletzter Sekunde vermeiden. Kiki kreischte jedes Mal, wenn sie knapp an einer Karambolage vorbeischrammten und lachte im nächsten Moment schon wieder. Sie schien das Ganze wie eine Abenteuerfahrt in einem Vergnügungspark zu sehen.

Jo stand dagegen der Schweiß auf der Stirn. Je näher sie dem Stadtzentrum kamen, umso dichter wurde die Blechlawine. Stoßstange an Stoßstange ging es im Schritttempo voran. Jos Hemd war völlig durchgeschwitzt. Am liebsten hätte er das Auto mitten im Verkehrschaos stehen lassen und wäre zu Fuß weitergegangen. Kiki strahlte dagegen die ganze Zeit über. Nach dem Erfolg mit den Schriftrollen schien ihr nichts die gute Laune verderben zu können.

In einer Seitenstraße, in der das Stadtbild von traditionell aussehenden Häuschen bestimmt wurde, lotste sie ihn zu einem Parkhaus. Er konnte sich nicht erinnern, dass es in der Nähe ihrer Wohnung so ausgesehen hatte.

»Was machen wir hier?«, wollte er wissen.

Sie grinste.

»Du siehst so gestresst aus, Jo-San. Da dachte ich, wir müssen ein Entspannungsprogramm für dich organisieren. Sonst kannst du vielleicht heute Nacht nicht gut schlafen.«

Er warf ihr einen skeptischen Blick zu. Nahm sie ihn auf den Arm oder war sie wirklich um ihn besorgt? Wie immer, wenn sie etwas im Schilde führte, machte sie ein besonders unschuldiges Gesicht.

»Komm mit«, rief sie fröhlich und lief los.

Zwei Straßenecken weiter betrat sie ein Haus, das von außen wie ein japanischer Tempel aussah. Im Inneren herrschte eine behagliche Atmosphäre aus dunklem Holz und gedämpftem Licht. Ein angenehmer Duft von Sandelholz und Mandelblüten hing in der Luft. Hinter einem Tresen standen zwei Japanerinnen unbestimmbaren Alters, die in gleichfarbige, blauweiße Kimonos gekleidet waren.

Sie verbeugten sich formvollendet.

»Was machen wir hier?«, flüsterte Jo. Er hatte unwillkürlich seine Stimme gesenkt.

»Wir gehen in ein Onsen, ein japanisches Bad«, wisperte die junge Japanerin zurück.

Sie wechselte ein paar Worte mit einer der Empfangsdamen. Diese reichte ihr ein großes, in Leder gebundenes Buch, in das Kiki etwas schrieb. Dann schob sie es über den Tresen zurück. Die Frau in dem Kimono lächelte freundlich und verbeugte sich. Kiki stutzte, als sie Jos Gesicht bemerkte. Als er sich auf seine Japanreise vorbereitete, hatte er auch den Abschnitt über die japanische Bäderkultur gelesen. Das Land lag an der Schnittstelle dreier Kontinentalplatten, was die Vielzahl aktiver Vulkane und die ständige Gefahr von Erdbeben erklärte. Doch die instabile geologische Lage bescherte den Japanern auch etwas Positives: die heißen Quellen. Insgesamt sprudelte über das ganze Land verteilt aus mehr als 25.000 Quellen heißes Wasser – an manchen Orten sogar mit einer Temperatur von an die 100 Grad. Durch die Zugabe kühleren Wassers wurde das emporquellende Nass in den Onsen auf verschiedene Wärmegrade heruntergekühlt, um den unterschiedlichen Bedürfnissen Rechnung zu tragen. Es gab einen genau festgelegten Verhaltenskodex, der eine Fülle mehr oder weniger komplizierter Regeln umfasste und für Ausländer anscheinend viele Fettnäpfchen bereithielt. Dazu gehörte eine strikte Trennung von Männern und Frauen ebenso wie die Tatsache, dass man sich in einem Onsen üblicherweise nackt bewegte. Jo war zwar nicht prüde, trotzdem war es ihm unangenehm. Er hatte nämlich in einem der Reiseführer gelesen, dass sich kaum Europäer in ein japanisches Bad verirrten.

»Ich kenne mich mit den Verhaltensregeln in einem Onsen nicht aus«, flüsterte er. »Ich glaube, man fällt als Ausländer leicht auf.«

»Hast du Angst, die japanischen Männer gucken dir was weg?« Die junge Frau kicherte. »Hab keine Furcht, Jo-San. Es handelt sich hier um ein Onsen, das auf die Bedürfnisse von Gaijin wie dich eingerichtet ist. Frau Usawa«, sie deutete mit dem Kopf in Richtung einer der Empfangsdamen, »wird sich um dich kümmern.«

Die Angesprochene lächelte und verbeugte sich vor ihm. Unschlüssig sah Jo sie an. Er war nicht überzeugt. Doch im nächsten Moment war Kiki hinter einem Vorhang auf der linken Seite verschwunden. Frau Usawa lächelte wieder.

»Bitte mitkommen«, sagte sie in gebrochenem Englisch und tippelte in kleinen Schritten voraus. Widerstrebend folgte Jo ihr in den rechten Gang. Er wunderte sich, dass er nicht von einem Mann betreut wurde. Vor einer Schiebetür blieb seine Begleiterin stehen.

»Bitte umkleiden«, sagte sie und drückte ihm einen Schlüssel mit einer Nummer in die Hand. Das obligatorische Lächeln mit anschließender Verbeugung folgte. Der Umkleideraum war erstaunlich groß. Zum Glück hielt sich außer ihm niemand darin auf. So konnte er sich in Ruhe umsehen. Schmale Bambusschränke, die mit Nummern versehen waren, reihten sich aneinander. Jo warf einen Blick auf seinen Schlüssel, der mit einem Nummernanhänger versehen war, und trat auf seinen Schrank zu. Er öffnete ihn und inspizierte das Innere. Zu seiner Überraschung hing darin ein frischgewaschener Bademantel. Schnell zog er sich aus und verstaute seine Kleidung im Schrank. Dann schlüpfte er in den Bademantel und knotete den Gürtel zu. Er schloss den Schrank ab und trat hinaus auf den Flur.

Frau Usawa hatte auf ihn gewartet und überreichte ihm mit einer Verbeugung einen kleinen, durchsichtigen Plastikbeutel, der Shampoo, eine Seife und eine Bürste enthielt. Die Japanerin führte ihn zu einem weiteren Raum, vor dem eine ihrer Kolleginnen wartete.

»Waschraum«, sagte Frau Usawa und deutete mit einem Lächeln auf die Tür. Etwas zögerlich trat er ein und sah sich um. An den Haken an der Wand hingen drei Bademäntel. Drei Japaner, zwei davon im mittleren Alter, warfen ihm versteckte Blicke zu. Sie waren nackt. Er straffte seine Schultern, knotete den Gürtel auf und hängte seinen Bademantel an einen Haken. Er drehte sich um und suchte nach den Duschen. Doch er musste feststellen, dass es in dem Raum keine gab. Einer der Männer bemerkte seine Unsicherheit und deutete auf ein paar Waschschüsseln, die auf dem Boden standen. Jo nahm eine davon in die Hand. Aus einem zwischen zwei Steinen hervorspringenden kleinen Wasserfall plätscherte kühles Nass in einen Bottich. Er versuchte möglichst locker zu wirken, näherte sich dem Bottich und schöpfte beherzt mit seiner Schüssel Wasser. Damit zog er sich in eine Ecke zurück und begann sich zu waschen. Er legte ein gutes Tempo vor und war nach wenigen Minuten fertig. Einer der Japaner sah ihm skeptisch hinterher und schüttelte missbilligend den Kopf. Eine Waschung war eine kontemplative Erfahrung, eine Einstimmung auf das Badevergnügen. Wie konnte man sie nur so lieblos ausführen!

Frau Usawa ließ sich dagegen nichts anmerken. Sie führte ihn an mehreren papierbezogenen Schiebetüren vorbei. Andere Badedamen, die ebenfalls in Kimonos gekleidet waren, huschten hin und her. Sie trugen Handtücher, Bürsten oder andere Badeutensilien. Sonst war niemand zu sehen. Jo wunderte sich darüber. Er hatte erwartet, dass das Bad vor Gästen wimmeln würde. Aber vielleicht war es zu früh am Tag, und die meisten Japaner saßen noch an ihren Schreibtischen. Frau Usawa blieb vor einer der Schiebetüren stehen und öffnete sie für ihn. Zögernd betrat er den Raum. Er hörte, wie Frau Usawa die Tür hinter ihm schloss. Eine heiße Dampfwolke schlug ihm entgegen, und ein Duft nach Rosen stieg in seine Nase.

In der Mitte des Raumes war ein Becken im Boden eingelassen. Es bot Platz für vier oder fünf Badegäste. Gegenwärtig hielt sich aber nur eine Person in dem sprudelnden Wasser auf. Jo erstarrte, als er sie sah. Es war Kiki. Sie lachte glockenhell, als sie sein verdutztes Gesicht bemerkte.

»Keine Angst, Jo-San«, kicherte sie. »Du bist hier richtig.

Jo blickte sich ratlos um.

»Worauf wartest du?«, rief sie munter. »Willst du nicht endlich hereinkommen?«

Zögerlich machte er einen Schritt auf das Becken zu.

»Ich gucke auch nicht«, sagte sie und hielt sich brav die Hände vor die Augen. Jo zog den Bademantel aus und hängte ihn neben den von Kiki. Schnell ließ er sich in das Becken gleiten.

Was für ein Fehler! Es war unglaublich heiß. Er hätte schreien können. Die Haut brannte regelrecht. Von einer Sekunde auf die nächste traten ihm Schweißperlen auf die Stirn. Er atmete scharf aus. Kiki, die inzwischen die Hand von den Augen genommen hatte, kicherte.

»Du armer Kerl«, sagte sie mit entschuldigendem Gesichtsausdruck. »Ich hätte dich vorwarnen sollen! Das Wasser ist sehr heiß.« Dabei wirkte sie so ruhig und entspannt, als würde sie in lauwarmem Wasser sitzen.

»Geht schon«, presste er zwischen den Zähnen hervor. Das Brennen, das seinen Körper wie tausend kleine Nadelstiche durchzuckt hatte, ließ langsam nach. Um ihn herum blubberte es angenehm. Das Wasser hatte eine rötlich-braune Färbung, was den Schluss nahe legte, dass es Eisen enthielt. Erst jetzt fand er die Muße, seine Badegefährtin zu betrachten. Sie hatte ihre schwarzen Haare kunstvoll hochgesteckt. Das Wasser reichte bis zu ihren Schultern, sodass er ihren Körper nicht sehen konnte. Doch ohne jeden Zweifel war sie nackt. Er spürte, wie ihm die Hitze ins Gesicht schoss. Kiki sah ihn mit ihren dunklen, geheimnisvollen Augen an.

»Überrascht?«, fragte sie und lächelte.

»Ein wenig«, gab er zu. »Ich dachte, Männer und Frauen baden strikt getrennt.«

»Tun sie auch. Jedenfalls normalerweise. Dieses Onsen ist etwas Besonderes. Es hat erst vor einigen Monaten aufgemacht. Wie ich gehört habe, war es für den Betreiber sehr schwierig, von den Behörden eine Lizenz zu bekommen.« Sie kicherte. »Du musst wissen, dass die öffentliche Moral in Japan sehr hochgehalten wird. Deswegen durfte der Mann dieses Onsen auch nur unter der Auflage eröffnen, dass sich das Angebot ausschließlich an Ausländer richtet.«

»Ausländer?«, fragte Jo erstaunt. »Ich hab nur Japaner im Waschraum gesehen.«

»Vielleicht hast du dich getäuscht«, erwiderte sie.

Er sah sie verwirrt an.

»Außerdem sind nur Ehepaare zugelassen.«

»Ehepaare?«

»Ja«, sagte Kiki mit unschuldigem Augenaufschlag. Erst jetzt dämmerte Jo, wie das hier ablief. Er musste lachen.

»Und unter welchem Namen firmieren wir nun, holde Gemahlin?«

Sie sah ihn pikiert an.

»Natürlich unter deinem«, erklärte sie würdevoll. »Ich bin schließlich eine anständige Japanerin.«

»Das heißt, du bist nun die ehrwürdige Mikiko Weidinger-San«, meinte er amüsiert.

Sie sah ihn verständnislos an.

»Wieso Weidinger? Ich habe uns unter Mr. und Mrs. Smith eingetragen.«

Jo, der an einen Film mit Brad Pitt und Angelina Jolie denken musste, lachte.

»Großartig. Und die Männer, die ich im Waschraum gesehen habe, waren wahrscheinlich die Herren Brown, Jones und Baker.«

Kiki krauste die Stirn.

»Jetzt, wo du es sagst, ich glaube, ich habe den Namen Jones auf der Anmeldeliste gesehen. Aber ich hab natürlich nicht geguckt. Man legt äußersten Wert auf Diskretion.«

»Na, dann haben wir ja nichts zu befürchten«, sagte er launig.

»Ich hoffe, ich hab dich damit nicht in Verlegenheit gebracht«, fragte sie ein wenig ernster.

»Keineswegs. Ich finde es sehr angenehm.« Er lächelte. »Jedenfalls lasse ich mir viel lieber etwas von dir weggucken als von japanischen Männern, die ich nicht kenne.«

Sie schnitt eine Grimasse und spritzte ihn mit einer Ladung Wasser voll. Er spritzte zurück. Kiki kreischte.

»Ich ergebe mich«, rief sie und hielt ihre beiden Hände flach ausgestreckt nach oben.

Sofort stellte er seine Angriffsbemühungen ein.

»Habt ihr bei euch zu Hause auch solche Bäder?«, fragte sie neugierig.

»Keine japanischen.«

»Und andere?«

»In den letzten Jahren gibt es immer mehr Wellness-Angebote. Dazu gehören die Sauna und das türkische Dampfbad.«

»Dürfen Männer und Frauen dort gemeinsam hin?«

Jo nickte.

»Gehst du oft ins Dampfbad?«

Sie stellte ihre Fragen völlig unbefangen und sah ihn mit ihren großen Augen an.

»Eigentlich nicht«, erwiderte er. »Die meiste Zeit bin ich

in meinem Restaurant und arbeite. In meiner Freizeit fahre ich viel Fahrrad und lese gerne.«

»Hast du eine Freundin?«

Kiki sah ihn so entwaffnend an, dass ihm gar nicht in den Sinn kam, ihrer Frage auszuweichen.

»Nein.«

»Wie kommt's? Du siehst gut aus, betreibst erfolgreich ein Restaurant und kannst gut kochen. Was könnte sich eine Frau mehr wünschen?«

Jo zuckte mit den Schultern.

»Die vergangenen drei Jahre hat das Waidhaus mich völlig in Beschlag genommen. Es ist enorm viel Verantwortung, wenn man sich um alles selbst kümmern muss: den Einkauf, die Menüplanung, die Mitarbeiterführung. Da bleibt nicht viel Platz für andere Dinge.«

Sie nickte verständnisvoll.

»Wie ist es bei dir? Hast du einen Freund?«

Sie schüttelte den Kopf. »Vor einiger Zeit bin ich mit einem amerikanischen Geschäftsmann ausgegangen, aber dann habe ich festgestellt, dass zu Hause in den Staaten eine Ehefrau auf ihn wartet. Da hab ich Schluss gemacht.«

»Bei einer so gut aussehenden, intelligenten und humorvollen Frau wie dir müssen die Männer doch Schlange stehen«, erwiderte er charmant.

Sie lächelte.

»Ein japanisches Mädchen sollte brav, bescheiden und zurückhaltend sein. Ich bin laut, selbstbewusst und direkt. Das schüchtert die japanischen Männer ein.« Sie kicherte. »Aber da ich inzwischen die magische Grenze überschritten habe, wird es für mich schwierig.«

»Welche magische Grenze?«

»Eine Frau sollte in Japan mit Mitte 20 verheiratet sein. Spätestens ab 30 gilt man als alte Jungfer.« Sie schnitt eine Grimasse.

»25? Da hast du doch noch Jahre hin«, sagte er galant.

»Du Schmeichler«, rief sie und drohte, ihn wieder vollzuspritzen. Sie plauderten munter weiter, und nach einer Weile merkte Jo, wie er sich zunehmend entspannte. Ob es an dem warmen Wasser lag oder an Kikis sanfter Stimme, wusste er nicht. Jedenfalls wurde sein Kopf schwerer und sank zur Seite.

Kiki lächelte.

Jo hatte seine Augenlider halb geschlossen. Aus den Augenwinkeln beobachtete er die junge Frau. Sie ließ sich leicht im sprudelnden Wasser hin und her gleiten. Dabei bewegte sie sich völlig unbefangen und so anmutig, dass es ihm den Atem raubte. Auf einmal schien sie sich an etwas zu erinnern. Sie tauchte aus dem Wasser auf und griff nach einem Waschhandschuh, der neben dem Becken lag. Sie öffnete eine Flasche mit Waschlotion und ließ etwas davon in ihre Hand laufen. Während sie das tat, war ihr Körper entblößt. Als echter Gentleman hätte er die Augen schließen müssen, aber er konnte den Blick nicht abwenden. Gott, war diese Frau schön!

Kiki glitt zurück ins Wasser. Sie streckte einen Arm aus, seifte ihn ein und begann ihn mit dem Waschhandschuh abzureiben. Jo blieb der Mund offen stehen. Obwohl sie sich nur langsam die Arme wusch, strahlte sie eine derartige Sinnlichkeit aus, wie er sie noch nie bei einer Frau erlebt hatte. Er schluckte. Nur mit Mühe konnte er sich beherrschen, nicht einfach nach ihr zu greifen. Sie ist eine Freundin, hämmerte er sich ein. Nur eine Freundin.

Auf einmal sah sie ihn an. Für einen Augenblick hielt er ihren offenen braunen Augen stand. Dann wandte er schuldbewusst den Blick nach unten.

»Es wird Zeit, dass wir uns auf den Heimweg machen«, sagte sie unvermittelt. »Sonst weichen wir zu sehr auf.«

Er nickte stumm.

»Wenn es dich nicht stört, würde ich dir gerne den Vortritt lassen.«

Sie lächelte ihn an und hielt sich die Hand vor die Augen. Gehorsam drehte er sich um und zog sich am Beckenrand hoch. Schnell trat er auf seinen Bademantel zu. Dabei sah er sich nicht um.

»Ich warte draußen auf dich«, rief er ihr zum Abschied zu. Nachdem er sich umgezogen hatte, führte Frau Usawa ihn in den Empfangsraum. Einige Minuten später tauchte Kiki auf.

»Ich hoffe, es hat dir gefallen, Jo-San«, sagte sie und lächelte.

Er nickte stumm.

Kiki übernahm das Steuer. Die Autofahrt über war Jo ziemlich wortkarg. Vor dem Hotel verabschiedete Kiki sich von ihm. Sie beugte sich zu ihm hinüber und drückte ihm einen Kuss auf die Wange. Ein betörender Duft stieg ihm in die Nase. Bildete er sich das nur ein oder berührte sie seine Wange einen Moment länger als üblich? Ratlos blickte er dem davonfahrenden Wagen hinterher.

KAPITEL 27

Jo blinzelte, als er auf die Anzeige seines Weckers sah. Schon zehn Uhr! Er hatte früh aufstehen wollen, aber hatte nicht sehr gut geschlafen. Immer wieder war er hochgeschreckt.

Eine eigenartige Unruhe hatte sich seiner bemächtigt, ohne dass er hätte sagen können, warum. Am Empfang reichte ihm der Portier eine Nachricht von Kiki: »Lieber Jo, ich bin am Institut und werde heute Morgen weiter an den Unterlagen arbeiten. Komm doch gegen 14 Uhr in mein Büro. Bis dahin weiß ich sicher mehr über den Inhalt der Schriftrolle.«

Etwas enttäuscht trollte er sich ins Fitnessstudio. Als er dort ankam, musste er feststellen, dass alle Hometrainer belegt waren. Keiner der Japaner, die mit gleichmütiger Miene ihr Programm abspulten, machte den Eindruck, als würde er in nächster Zeit zum Ende kommen. Da er keine Lust verspürte, an einem der freien Laufbänder zu joggen, begab er sich zurück auf sein Zimmer. Er versuchte, sich mit Lesen abzulenken, doch nach einer Weile legte er sein Buch beiseite. Entschlossen griff er nach seinem Stadtplan und machte sich auf den Weg.

»Was machst du denn schon hier?«, fragte Kiki erstaunt, als ihre Assistentin den jungen Küchenchef in ihr Büro geleitete. »Ich hab dir doch ausrichten lassen, dass ich eine Weile brauche.«

»Vielleicht hatte ich Sehnsucht nach dir.«

Täuschte er sich oder wurde sie ein wenig rot?

»Gut, dann setz dich und such dir was zum Lesen«, meinte sie, ohne auf seine Bemerkung einzugehen. Auf dem Tisch lag ein englisches Buch über das Kriegswesen im alten Japan. Eigentlich ein spannendes Thema, aber der Autor, ein Professor aus Oxford, verstand es, die Materie in eine so langweilige Wissenschaftssprache zu gießen, dass es ihm schwerfiel, sich darauf zu konzentrieren. Eine Stunde später erlöste ihn Kiki.

»Die Schriftrolle ist ein ausgesprochener Glücksgriff. Sie beschreibt die Geschichte der Familie Nakane über fast 15 Generationen hinweg. Für einen Historiker ist sie außerordentlich spannend, denn sie zeigt, wie sich Geschichte, die wir sonst meist nur anhand der großen Linien verfolgen, aus der Sicht einer einzelnen Familie darstellt.«

»Irgendetwas zu dem Schwert?«

»Leider nein. Die Aufzeichnungen setzen erst knapp 100 Jahre später ein.«

»So ein Mist«, entfuhr es Jo.

»Allerdings bin ich sicher, dass es eine dritte Schriftrolle gibt.«

»Wie kommst du darauf?«

»Zum einen hat Kaito Nakane behauptet, er könne die Geschichte seiner Familie 600 Jahre zurückverfolgen. Die Schriftrollen, die uns sein Vater gezeigt hat, decken aber erst die Zeit ab 1490 ab. Wenn er also nicht übertrieben hat, müsste es Aufzeichnungen davor geben.«

Jo dachte an den jungen Mann mit den blaugefärbten Kakadu-Haaren. Wie zuverlässig konnte so ein ausgeflippter Typ sein? Kiki bemerkte seine Skepsis und lachte.

»Das ist nicht mein einziger Hinweis. Es finden sich in der Schriftrolle verschiedentlich Anspielungen auf ein altes Familiengeheimnis, dass es zu bewahren gilt.«

»Vielleicht sind die früheren Aufzeichnungen verloren gegangen.«

Kiki schüttelte den Kopf.

»Die Familie hat ihre Schriftrollen über Jahrhunderte hinweg von einer Generation an die nächste weitergegeben und hat sie gehütet wie einen wertvollen Schatz. Ich kann mir nicht vorstellen, dass sie so etwas verloren haben.«

Er sah sie an.

»Du meinst, Herr Nakane hat absichtlich einen Teil der Familiendokumente vor uns geheim gehalten?«

Sie nickte.

»Aber warum?«

»An einer Stelle heißt es, das Geheimnis möge immer nur an den ältesten Sohn weitergereicht werden. Mit niemand dürfe man sonst darüber sprechen.«

»Wir müssen diese Schriftrolle unbedingt in unsere Hände

bekommen«, rief Jo und schlug mit der Faust so heftig auf den Tisch, dass eines der Bücher mit lautem Poltern herunterfiel. Schuldbewusst hob er es auf.

»Offensichtlich will Herr Nakane uns diese Schriftrolle nicht zeigen. Ich glaube nicht, dass er sich umstimmen lässt.«

»Dann müssen wir sie uns eben anders beschaffen!«

»Anders beschaffen? Wie stellst du dir das vor? Wir können nicht einfach bei den Nakanes hereinschneien und die Rolle an uns nehmen.«

»Warum nicht?«

»Ich weiß nicht, wie das in Deutschland ist, aber in Japan ist Einbruch ein schweres Verbrechen. Dafür kann man ins Gefängnis kommen. Wenn man mich bei so etwas erwischen würde, wäre ich sofort meine Stelle los. Immerhin bin ich Beamtin.«

»Daran hatte ich nicht gedacht«, meinte er zerknirscht.

Kiki sah sein niedergeschlagenes Gesicht und bekam Mitleid.

»Vielleicht hab ich eine bessere Idee«, sagte sie und griff zum Telefon. Sie sprach mit jemandem auf Japanisch. Dann sprang sie auf.

»Komm, wir fahren noch einmal zu den Nakanes«, rief sie.

Sie hatte den Mietwagen vom Vortag noch nicht zurückgegeben, sodass sie sich keinen neuen ausleihen mussten. Er durfte wieder ans Steuer. Bevor sie sich in die Verkehrshölle von Tokio stürzten, fuhren sie an ihrer Wohnung vorbei. Sie sprang hinaus und verschwand in dem Gebäude. Als sie wieder einstieg, drückte sie ihm eine kleine Kamera in die Hand.

»Nicht so gut wie die große mit dem Stativ«, erklärte sie ihm. »Aber sie macht ordentliche Bilder und verfügt über einen speziellen Modus für das Abfotografieren von Dokumenten.«

Sie zeigte ihm die wichtigsten Funktionen.

»Was hast du vor?«, wollte er wissen.

»Ich hab vorhin im Büro mit Herrn Nakane telefoniert und ihm gesagt, dass ich einige Nachfragen habe. Er hat zugestimmt, uns heute erneut zu empfangen.«

»Und wie sollen wir an die Rolle herankommen?«

»Sobald wir im Wohnzimmer sind, werde ich einen Anfall simulieren. Dann hängt es von dir ab. Du musst den Klimaschrank mit den Dokumenten finden, die Schriftrolle, die wir noch nicht gesehen haben, herausnehmen und abschnittsweise fotografieren.«

»Wie soll ich das machen? Die werden mich bestimmt nicht alleine in der Wohnung herumstreifen lassen. Außerdem könnte es eine Weile dauern, bis ich den richtigen Raum gefunden habe.«

»Wer wollte denn bei den Nakanes einbrechen und die Rolle stehlen? Du oder ich?«

Sie lachte.

»Nur Mut, Jo-San. Du wirst es schon schaffen. Japanische Wohnungen sind nicht sehr groß. Außer dem Wohnzimmer gibt es ein Schlafzimmer, ein Bad und eine Küche, jedenfalls in den meisten Fällen. Die Gefahr, dass du dich verläufst, ist nicht sehr groß.«

»Aber ich werde mich kaum alleine wegschleichen können«, wandte er ein.

»Wenn alles klappt, werden Herr und Frau Nakane dich allein im Wohnzimmer zurücklassen. Das ist deine Chance. Aber du hast maximal ein paar Minuten. Du musst dich beeilen.«

»Wie willst du das hinkriegen?«, fragte er skeptisch.

»Lass mich nur machen. Wichtig ist, dass du dich nicht aus dem Konzept bringen lässt. Egal, was passiert.«

Die Fahrt dauerte diesmal fast drei Stunden, da der Verkehr noch schlimmer als beim letzten Mal war. Kurz vor Takasaki hielten sie an und aßen an einem Imbissstand ein spätes Mittagessen. Danach fuhren sie zum Haus der Familie. Diesmal begrüßte Herr Nakane sie persönlich an der Tür. Offensichtlich waren sie in der Besucherhierarchie aufgestiegen. Zumindest die junge Professorin: Ihr Empfang fiel für japanische Verhältnisse fast herzlich aus. Jo würdigte der Hausherr hingegen keines Blickes. Als sie auf der Couch saßen, begannen die beiden auf Japanisch zu sprechen. Nach einigen Minuten erschien Frau Nakane und servierte Tee.

Dann verschwand sie so geräuschlos wie sie gekommen war. Jo spürte, wie seine Anspannung stieg. Was hatte Kiki vor? Die junge Frau schien guter Dinge zu sein und plauderte munter mit ihrem Gastgeber. Während sie sprach, musste sie auf einmal husten. Sie hielt sich die Hand vor den Mund. Es schien ein regelrechter Hustenanfall zu sein. Herr Nakane machte ein besorgtes Gesicht. Aber da war die Hustenattacke wieder vorbei. Kiki lächelte und nahm einen Schluck Tee. In dem Moment ging ein Ruck durch ihren Körper. Sie schaffte es gerade noch, die Tasse abzustellen, bevor sie sich verkrampfte. Ein heftiges Zucken ihrer Arme und Beine schüttelte ihren ganzen Körper durch. Hysterisch schrie sie etwas auf Japanisch. Ihre Gesichtszüge verzerrten sich. Das Zucken wurde heftiger. Sie schrie und rutschte auf den Boden. Weißer Schaum trat ihr aus dem Mund.

Jo war geschockt. Kiki hatte einen epileptischen Anfall! Herr Nakane war aufgesprungen und beugte sich zu der jungen Frau hinunter. Sie murmelte ihm etwas zu und verdrehte die Augen. Auf einmal kniete Frau Nakane neben der jungen Professorin, die mit verzerrtem Gesicht und Schaum vor dem Mund auf dem Boden lag und von Krämpfen geschüttelt wurde. Sie murmelte etwas, war aber kaum zu verstehen. Mit vereinten Kräften hoben Herr und Frau Nakane sie auf und schleppten sie aus dem Raum. Jo blieb allein zurück. Der Anfall von Kiki hatte ihn völlig aus dem Konzept gebracht. Er spürte, wie seine Hände vor Aufregung zitterten. Das konnte doch unmöglich gespielt gewesen sein! Für einen Moment war er versucht, den dreien zu folgen und nach seiner tapferen Mitkämpferin zu sehen, aber dann fiel ihm ein, dass Kiki ihm eingeschärft hatte, er solle sich auf die Suche nach der Schriftrolle machen und sich nicht um sie kümmern, egal, was passierte.

Unsicher lauschte er in Richtung Flur. Es waren murmelnde Stimmen zu hören. Er stand auf, zog die Tür auf und trat vorsichtig hinaus. Die Stimmen schienen aus einem Raum neben dem Eingang zu kommen.

Schnell sah er sich um. Gegenüber gab es eine weitere Tür. Entschlossen trat er darauf zu und öffnete sie. Es handelte sich um ein Arbeitszimmer. Es gab einen winzigen Schreibtisch und Bücherregale. Er blickte sich um, aber von einem klimatisierten Schrank war nichts zu sehen. Zurück auf dem Flur bemerkte er eine weitere Tür. Herr und Frau Nakane schienen mit Kiki im Bad zu Gange zu sein. Der Raum war etwas größer. Es gab ein Doppelbett und einen einfachen, weißen Einbauschrank, der bis zur Decke reichte. Links neben dem Bett stand ein eigenartiger Kasten, der Jo vage an einen Weinschrank erinnerte. Das musste es sein! Er lauschte in Richtung Flur. Nichts war zu hören. Er spürte, wie ihm das Herz bis zum Hals schlug. Was, wenn jemand hereinkam und ihn entdeckte? Schnell wischte er den Gedanken beiseite. Er trat auf den Schrank zu und öffnete die Tür. Ein trockener Geruch nach altem Papyrus schlug ihm entgegen. Der Klimaschrank enthielt drei Papierrollen, zwei dickere und eine dünnere. Im unteren Fach lag ein großes, in abgeschabtes Leder gebundenes Buch. Unschlüssig sah er die Rollen an. Welche war die, die sie noch nicht gesehen hatten? Er versuchte sich zu erinnern.

Doch in der Aufregung fiel es ihm nicht mehr ein. Was tun? Er entschied sich für die dünnere Rolle, zog sie heraus und legte sie aufs Bett. Vorsichtig rollte er sie an dem einen Ende auf und zog seinen Fotoapparat heraus.

In dem Moment knarzte die Tür hinter ihm. Zu Tode erschrocken fuhr er herum. Sein Blick irrte durch den Raum.

Wo konnte er sich verstecken? Mit zwei Schritten war er an dem Einbauschrank, aber es war zu spät. Eine Katze starrte ihn feindselig an.

»Hast du mich erschreckt, kleine Mieze«, schimpfte er leise.

Die Katze machte kehrt und lief davon. Hastig fotografierte er den Inhalt der Rolle. Ein paar Mal musste er sie weiterdrehen. Dann war er fertig. Er legte sie zurück an ihren Platz im Schrank. Hoffentlich hatte er in der Hektik nicht die falsche Rolle fotografiert! Und was war mit dem Buch? Unschlüssig sah er zwischen Tür und Buch hin und her. Wie viele Minuten mochten vergangen sein? Er hatte keine Zeit mehr! Außerdem war das Buch zu dick. Er konnte unmöglich den ganzen Inhalt abfotografieren. Schnell schloss er den Klimaschrank und versicherte sich, dass er keine Spuren hinterlassen hatte. Er steckte den Fotoapparat ein und schlich zurück ins Wohnzimmer. Keine Sekunde zu früh! Er hatte sich gerade auf der Couch niedergelassen, als die drei Japaner zurückkehrten. Kiki ging in der Mitte und wurde von Herrn und Frau Nakane gestützt. Sie sah blass aus und schien wackelig auf den Beinen zu sein.

»Mir geht es nicht gut«, sagte sie mit schwacher Stimme zu ihm. »Kannst du mich nach Hause bringen?«

Er nickte stumm. Herr und Frau Nakane ließen es sich nicht nehmen, die beiden zum Wagen zu begleiten. In ihren Gesichtern meinte er echte Besorgnis zu erkennen. Erschöpft ließ Kiki sich auf den Beifahrersitz sinken. Sie winkte ihren Gastgebern mit schwacher Hand zu. Dann schloss sie die Augen. Als sie außer Sichtweite waren, schlug sie sie wieder auf.

»Und, fündig geworden?«, wollte sie wissen und setzte sich gerade hin.

»Schon, ich hoffe nur, ich hab die richtige erwischt.«

»Was?«, rief die junge Japanerin vorwurfsvoll. »Ich liefere die Show meines Lebens ab, und du weißt nicht, ob du die richtige Rolle hast? Gib mir den Fotoapparat«, befahl sie.

Mit einer Hand fischte er die kleine Kamera aus seiner Tasche und reichte sie ihr.

Wortlos schaltete sie den Bildschirm ein und warf einen Blick auf die letzten Bilder.

Sie brauchte einen Augenblick, denn auf dem kleinen Display war nicht viel zu erkennen. Dann entspannte sie sich.

»Glück gehabt, Jo-San!«

Zufrieden lehnte sie sich zurück.

»Wie hast du das gemacht?«, fragte Jo.

»Was?«

»Das mit dem Anfall. Sah richtig beängstigend aus. Im ersten Moment hab ich geglaubt, du hättest wirklich einen epileptischen Anfall.«

»Tja, ich hab eben Talent«, sagte sie und grinste. »Meine beste Freundin in der Schule hatte tierische Angst davor, in der Prüfung zu versagen. In Japan ist das System sehr streng: Wenn du durch die Aufnahmeprüfung fällst, bekommst du eine zweite Chance. Wenn es dann nicht klappt, hast du keine Möglichkeit, deine Wunschuniversität zu besuchen. Kumi war panisch, dass sie einen Blackout hat und sich in der Prüfung an nichts mehr erinnern kann. In der Prüfungsordnung hat sie gelesen, dass die Prüfung ungültig ist und wiederholt werden darf, wenn man aus gesundheitlichen Gründen nicht in der Lage ist, sie ordnungsgemäß zu beenden.«

Sie kicherte.

»Kumi kam auf die Idee, im Notfall einen epileptischen Anfall zu simulieren. Das wurde bei ihr regelrecht zur fixen Idee, obwohl die Zwischenprüfungen während des Studiums gelinde gesagt ein Witz sind. Sie wollte es unbedingt mit mir üben. Ich hab mitgemacht, weil ich gehofft habe, dass sie dann ruhiger wird und sich nicht so verrückt macht. Mit der Zeit wurde daraus ein Spiel. Wir haben in ihrem Zimmer gesessen und einen Wettstreit daraus gemacht, wer am besten einen Anfall simulieren kann.«

Sie kicherte wieder.

»Kumi hat Seifenpulver besorgt. Damit kann man den Schaum vorm Mund erzeugen. Sieht nicht sehr appetitlich aus. Und es schmeckt absolut scheußlich!« Sie schüttelte sich. »Ich hatte noch was von dem Zeug in meiner Wohnung. Keine Ahnung, wieso ich es aufgehoben habe. Vielleicht als Erinnerung an Kumi und unsere verrückte Studentenzeit.«

Für einen Moment wirkte sie nachdenklich. Doch dann lachte sie.

»Bäh, hat das fies geschmeckt«, rief sie und verzog das Gesicht. »Stell dir vor, ich musste mich im Bad der Nakanes wirklich übergeben.«

Sie lachte, als sie seinen besorgten Blick bemerkte.

»Keine Angst, Jo-San. Es geht schon wieder.«

Tatsächlich hatte sie wieder mehr Farbe im Gesicht.

»Jedenfalls war es ziemliches Glück, dass sie sich beide um dich gekümmert haben und die Badezimmertür hinter euch geschlossen blieb. Sonst hätte ich bestimmt nicht unbemerkt ins Schlafzimmer kommen können.«

»Was heißt Glück? Ich hab die beiden Nakanes gut beschäftigt. Sie sollten mir kaltes Wasser über den Nacken laufen lassen, habe ich mit schwacher Stimme gebeten. Er hat mich gehalten, sie musste Wasser schöpfen. Außerdem hab ich heftig gezuckt. Die armen alten Leutchen, ich hoffe, ich hab sie nicht zu sehr erschreckt.« Sie machte ein schuldbewusstes Gesicht. »Außerdem habe ich sie gebeten, die Tür zu schließen! Als Professorin hätte ich nämlich mein Gesicht vor dir verloren, wenn du gesehen hättest, wie ich mich übergebe.«

»Ach, vor den Nakanes war das nicht der Fall?«

»Doch, aber wenigstens sind sie keine Ausländer.«

»Tut mir leid, dass du dein Gesicht verloren hast«, sagte er verlegen.

»Macht nichts. Passiert mir sowieso dauernd«, kicherte sie.

Jo musterte sie kritisch von der Seite.

»Was ist?«, fragte sie, als er nicht aufhörte, sie anzustarren.

»Dein gegenwärtiges Gesicht sieht ganz okay aus. Solltest du behalten.«

»Blödmann!«

Auf dem Rückweg machten sie am Bahnhof halt und gaben das Auto ab. Dann fuhren sie mit der U-Bahn zur Universität. Kiki lud die Fotos auf ihren Computer und machte sich an die Auswertung. Jo blieb nichts anderes übrig, als sich an den Tisch zu setzen und zu warten. Dabei konnte er sich einer Erkenntnis nicht verschließen: Die Hauptlast der Ermittlungen lag bei seiner Detektivpartnerin. Das war ihm sehr unangenehm, denn er hätte gerne mehr geholfen.

Der Text schien der jungen Professorin einige Mühe zu bereiten. Mehrfach drehte sie sich um, griff nach einem der Bücher, die im Regal hinter ihr standen, und schlug etwas nach. Meist ließ sie das Buch aufgeschlagen neben sich liegen. Nach und nach füllte sich ihr Schreibtisch. Sie war so in ihre Arbeit vertieft, dass sie Jo ganz vergessen zu haben schien. Deshalb hatte er ausführlich Zeit, sie zu beobachten.

Wenn man sie auf ihrem großen Sessel sitzen sah, mit dem wachsenden Stapel an Büchern um sich herum, wirkte sie sehr mädchenhaft. Mit fast kindlichem Eifer stürzte sie sich auf die Aufgabe. Manchmal krauste sie die Stirn, wenn sie mit einer Passage Schwierigkeiten hatte. Doch kurz danach hellte sich ihre Miene auf. Jo konnte sich ein Lächeln nicht verkneifen. Es wirkte wie ein Wetterhäuschen, bei dem sich gutes und schlechtes Wetter in stetem Wechsel ablösten. Je länger die junge Japanerin an dem Text arbeitete, umso aufgeregter wurde sie. Jo konnte fast körperlich spüren, wie sehr sie sich mitreißen ließ. Gleichzeitig stieg seine eigene Anspannung. Zu gerne hätte er gewusst, welches Geheimnis die Schriftrolle in sich barg.

»Hast du was herausgefunden?«, wollte er wissen.

Kiki winkte ab. Sie blickte nicht mal hoch. Es half nichts, er musste sich weiter in Geduld üben. Nach einer weiteren halben Stunde war es endlich so weit. Kiki setzte sich resolut auf. Ihr Gesicht strahlte.

»Absolut der Wahnsinn!«

Sie schüttelte den Kopf.

»Wenn ich das meinen Kollegen zeige, haut es sie glatt vom Stuhl. Dieses Dokument«, sie deutete auf den Bildschirm, »ist der Beweis, dass die Legende der Fünf Samurai keine Legende ist.«

Sie schüttelte den Kopf.

»Ein unschätzbarer Fund für die japanische Geschichte! Ganze Kapitel müssen neu geschrieben werden, wenn sich herausstellen sollte, dass auch andere Legenden einen so weitgehend wahren Kern haben! Ich muss es unbedingt veröffentlichen! Vielleicht können wir einen Aufruf starten, dass auch andere Familien ihre privaten Aufzeichnungen für die Forschung zur Verfügung stellen.«

Die Worte sprudelten nur so aus ihr heraus.

»Da gibt es allerdings ein Problem«, bremste Jo ihre Begeisterung. »Brauchst du nicht die Zustimmung der Familie Nakane, bevor du darüber publizieren kannst?«

Der Einwand war wie eine kalte Dusche für die junge Frau.

»Du hast recht«, erwiderte sie tonlos. »Wir haben die Unterlagen ja gestohlen.«

Es tat Jo weh zu sehen, wie sehr er sie damit getroffen hatte.

»Was steht denn nun in der Schriftrolle?«, versuchte er sie abzulenken.

»Es ist ein Tagebuch«, sagte sie mechanisch. »Ein Vorfahre der Nakanes war tatsächlich dabei, als das ›Schwert der Winde‹ aus der Burg der Tagaki gestohlen wurde. Die Aufzeichnung wurde rund 50 Jahre nach dem Diebstahl von einem Enkel des Mannes gemacht, der in jungen Jahren in einem Kloster erzogen worden ist und schreiben konnte. Wenn auch nicht sehr gut. Der Text ist nicht leicht zu entziffern.«

Sie schnitt eine Grimasse.

»Wenn ich alles richtig verstanden habe, hat Fürst Shinosuke wirklich fünf Samurai ausgesandt, um das Schwert aus der gut befestigten Burg zu stehlen. An dem Abend gab es einen Sturm, jedenfalls sind sie bei strömenden Regen über die Mauern gestiegen. Dabei hat sich einer von ihnen besonders hervorgetan – ein junger Samurai, der erst 18 Jahre alt war. Er stammte aus den Bergen und konnte besonders gut klettern. Deswegen hatten die anderen ihn mitgenommen. Zweimal wäre er fast abgestürzt. Aber schließlich hat er es geschafft. Er hat ein Seil hinuntergelassen, und die anderen vier sind ihm gefolgt. Aufgrund des schlechten Wetters war die Wachmannschaft nicht sehr aufmerksam. Es gelang ihnen, sich unbemerkt aufs Dach zu schleichen und in das Schlafgemach von Fürst Yuritomo vorzudringen. Sie haben den jungen Samurai, der der leichteste von ihnen war, an einem Seil hinuntergelassen, ganz so wie es die Legende erzählt, und er hat sich des Schwertes bemächtigt. Dann sind sie auf dem gleichen Weg verschwunden. Fürst Shinosuke hatte ihnen befohlen, das Schwert sofort zu vernichten, sobald sie in sicherer Entfernung der Burg seien. Er wollte unter allen Umständen vermeiden, dass es wieder in die Hände der Tagaki fiel. Die fünf haben daher in einigen Kilometern Entfernung zur Burg, abgeschirmt hinter Felsen, einen kleinen Schmelzofen aufgebaut. Einer von ihnen war Schmied und verstand sich darauf, ein ausreichend heißes Feuer anzufachen. Als die Glut die nötige Hitze hatte, trat der Anführer von ihnen an den Ofen heran und wollte das Schwert hineinwerfen. In diesem Augenblick fuhr ein Blitz vom Himmel herab, der einen Baum keine fünf Meter von ihnen entfernt in zwei Hälften spaltete. Erschreckt wichen die Männer zurück. Es folgte ein Donnerschlag, der ihnen durch Mark und Bein fuhr. Schlagartig ließ der Anführer das ›Schwert der Winde‹ fallen. Allen fünf Männern war sofort klar, dass es kein Zufall sein konnte. Die Götter hatten ihnen ein Zeichen gesandt! Sie wollten nicht, dass das Schwert zerstört wurde. Die Männer beratschlagten, was sie tun sollten. Es war unvorstellbar, dass sie ins Heerlager zurückkehrten, ohne dass sie den Befehl von Fürst Shinosuke befolgt hatten. Dennoch wagten sie nach dem Blitzeinschlag nicht, die Götter erneut herauszufordern. Einer von ihnen schlug vor, das Schwert zu vergraben.

Ein anderer wollte es in einen Fluss werfen. Da sprach der junge Samurai, der das Schwert in Fürst Yuritomos Palast an sich genommen hatte. Er wollte das Schwert zurück in seine Heimat in den Bergen nehmen und es an einem geheimen Ort tief unter der Erde verbergen. Als Junge hatte er beim Spielen eine Höhle entdeckt, die man nur erreichen konnte, wenn man einen unterirdischen Fluss durchschwamm. Dort wollte er das ›Schwert der Winde‹ hinbringen. Der Berg, in dem die Höhle sich befand, wurde von einem starken *kami* beschützt. Das schien den Männern ein würdiger Ort. Alle fünf schworen, niemandem etwas davon zu erzählen und das Geheimnis für immer zu bewahren. Sie schmolzen das Schwert des jungen Samurai ein, damit sie Fürst Shinosuke etwas zeigen konnten. Dann trennten sie sich.

Die vier anderen kehrten ins Heerlager zurück. Der fünfte verschwand in der dunklen Nacht.

Fürst Shinosuke hatte keinen Zweifel, dass das Schwert zerstört worden war. Zumal ihn durch seine Spione zwei Tage später die Nachricht erreichte, dass Fürst Yuritomo den Verlust des Schwertes bitter beklagte. Heftige Angriffe der Tagaki waren die Folge. Ob es an dem fehlenden Schwert lag oder daran, dass Fürst Yuritomo sich von seinem Zorn leiten ließ und dadurch seine Umsicht verlor – das Schlachtenglück wendete sich. Die Minagawa gewannen die Initiative zurück. Die vier Samurai wurden mit Ehrungen überhäuft. Fürst Shinosuke stattete jeden von ihnen mit einem großen Lehen aus.«

»Was geschah mit dem jungen Samurai?«, wollte Jo wissen.

»Darüber sagt die Schriftrolle nichts. Die vier Rückkehrer erzählten im Heerlager, dass ihr Gefährte beim Abstieg von der Mauer zu Tode gestürzt sei. Damit gab Fürst Shinosuke sich zufrieden.«

»Wissen wir, wie die anderen vier Samurai hießen?«

Kiki schüttelte bedauernd den Kopf.

»Darüber steht hier nichts. Der Autor wollte wohl sicherstellen, dass die Namen der Familien nicht bekannt wurden, falls das Dokument den Tagaki in die Hände fiel.«

Jo fluchte.

»Wir müssen unbedingt herausfinden, was mit dem Schwert passiert ist.«

»Du glaubst, dass die alte Geschichte etwas mit den Morden zu tun hat?«

Kiki sah ihn zweifelnd an.

»Keine Ahnung. Auf den ersten Blick erscheint es absurd. Aber vielleicht wurde das Schwert von einer Generation zur nächsten weitergereicht. Wie du selbst gesagt hast, hätte es heute einen Wert, der in die Millionen geht. Es wurden schon Morde wegen geringerer Beträge begangen.«

»Der Besitzer des Schwertes hat es dem Museum geschenkt. Wenn es ums Geld gehen würde, hätte er das wohl kaum gemacht«, wandte sie ein.

Jo dachte nach.

»Nehmen wir an, die fünf Familien sind über Jahrhunderte in Kontakt geblieben. Wie ich gehört habe, ist es nicht ungewöhnlich, dass Verbindungen über viele Generationen hinweg gepflegt werden. Vielleicht haben sie sich bei der Beaufsichtigung des Schwertes abgewechselt. Es könnte doch sein, dass einer von ihnen das Schwert an das Museum gegeben hat, ohne die anderen zu fragen. Die waren darüber erzürnt und haben es zurückgeholt.«

»Schön. Aber wie haben sie es geschafft, an der Alarmanlage vorbeizukommen? Deine Schwerthüter müssen gleichzeitig Profi-Einbrecher sein. Und warum gab es die Morde, wenn das Schwert wieder da war?«

Jo runzelte die Stirn.

»Aus Rache?«, schlug er vor.

»Bisher gibt es drei Tote: Kaito Nakane, Hayato Watanabe und Yasuhiro Kawanishi. Nach deiner Theorie dürfte es aber nur einen Mord geben.«

Er überlegte.

»Was, wenn sie gemeinsam beschlossen haben, es wegzugeben, aber einer von ihnen war insgeheim dagegen. Er hat sich das Schwert wiedergeholt und schaltet nun die Zeugen aus.«

»Ich will dich ja nicht nerven«, erklärte Kiki mit entschuldigendem Gesichtsausdruck. »Aber wenn diese Person heimlich das Schwert gestohlen hätte, wüssten die anderen nicht, wer von ihnen es ist. Er bräuchte sie also nicht umzubringen.«

»Vielleicht hat er als Einziger dagegen gestimmt und die anderen konnten sich leicht ausrechnen, dass er der Dieb ist.«

»Gut. Aber hätte der Mörder in dem Fall seine Opfer nicht innerhalb kürzester Zeit umbringen müssen? Denn die anderen wüssten doch, dass er es gewesen ist. Sie bräuchten nur zur Polizei zu gehen und ihn anzuzeigen. Deine Theorie erklärt auch nicht, wieso er die Köpfe abschlägt und mitnimmt. Das muss für ihn eine wichtige Bedeutung haben.«

Kiki hatte recht! Es passte nicht zusammen.

»Trotzdem, das Schwert hat auf jeden Fall etwas damit zu tun«, beharrte er. »Es kann kein Zufall sein, dass der Sohn der Nakanes mit ebendiesem Schwert ermordet worden ist.«

»Das wissen wir nicht«, gab Kiki zu bedenken. »Es steht nur fest, dass es ein 16-fach gefaltetes Schwert war. Es muss sich nicht um das gestohlene handeln.«

»Mag sein. Trotzdem würde ich gern wissen, wer die anderen vier Samurai waren. Zu dumm, dass die Schriftrolle keine Namen enthält«, meinte er resignierend.

»Du wirst doch nicht schon wieder aufgeben wollen, Jo-San! Immerhin hast du die weltbeste Professorin für Mittelalterliche Geschichte an deiner Seite. Wäre ja gelacht, wenn wir es nicht herauskriegen würden.«

»Wie willst du das anstellen?«

»Wir gehen erst einmal schlafen«, antwortete sie und gähnte unverhohlen.

Der junge Küchenchef sah auf die Uhr: schon fast zehn!

An der Metro-Station trennten sie sich.

»Vielen Dank für deine Hilfe«, sagte Jo zum Abschied. »Ohne dich wäre ich bisher keinen Schritt weitergekommen.«

»Wohl wahr«, erwiderte sie und kicherte. »Wenn du dich auf meinen treulosen Cousin verlassen müsstest, wärst du ziemlich angeschmiert!«

Kenji – an den hatte er überhaupt nicht mehr gedacht! Als er ins Hotel zurückkehrte, fand er drei Telefonnachrichten von seinem Freund vor. Anscheinend plagte den Japaner das schlechte Gewissen, dass er sich so wenig um ihn kümmerte.

Er ließ sich entschuldigen, dass die Verhandlungen leider im Moment seine ganze Zeit in Anspruch nähmen, er werde sich aber melden. Die treulose Tomate, dachte Jo. Zum Glück hatte er Kiki!

KAPITEL 28

Ibuki Tamura schwebte im siebten Himmel. Zum ersten Mal war Marumi allein mit ihm ausgegangen. Er hatte all seinen Mut zusammengefasst, sie gefragt und sie hatte zugestimmt. Sie waren zusammen im Kino gewesen und hatten anschließend in einer Bar in der Nähe etwas getrunken. Zweimal hatte er aus Versehen Marumis Hand berührt, und sie hatte sie nicht weggezogen! Ibuki konnte sein Glück kaum fassen. Er hatte seine Angebetete zu ihrem Wohnheim begleitet und marschierte nun nach Hause. Der junge Mann war so in Gedanken versunken, dass er aus Versehen in die falsche Straße einbog. Er bemerkte seinen Irrtum erst, als er unerwartet auf eine Hauswand traf. Ruckartig blieb er stehen. Er hörte Schritte hinter sich, die auf einmal verstummten. Ängstlich blickte er sich um, doch die Straße lag dunkel und verlassen vor ihm.

Mit zögerlichen Schritten näherte er sich der Hausecke. Er wusste selbst nicht, wieso er auf einmal so nervös war. Sein Herz pochte ihm bis zum Halse. Ganz langsam und jederzeit bereit, beim geringsten Anzeichen von Gefahr beiseitezuspringen, streckte er seinen Kopf nach vorne und spähte um die Ecke. Es war niemand zu sehen. Auf der linken Seite standen ein paar Bäume. Die Blätter rauschten, als ein leichter Windhauch durch die Straße fuhr. Schnell ging Ibuki Tamura daran vorbei. Du bist ein Narr, schalt er sich. Wahrscheinlich hatten seine Nerven ihm nur einen Streich gespielt. Der Abend mit Marumi hatte ihn sehr aufgewühlt. Als er in die Hauptstraße einbog, sah er sich um. Die dunkle Straße lag friedlich hinter ihm.

Als er um die Ecke verschwunden war, trat ein Mann aus dem Schatten der Bäume. Trotz der milden Temperaturen trug er einen schwarzen Mantel, der fast bist zum Boden reichte. Nachdenklich blickte er in die Richtung, in die Ibuki Tamura gegangen war. Dann drehte er sich um, und im nächsten Augenblick hatte die Dunkelheit ihn verschluckt.

Am nächsten Morgen fuhr Jo nach dem Frühstück ins Institut. Er hatte zwar mit Kiki nichts vereinbart, hoffte aber, dass sie an der Universität war. Gegen zehn Uhr traf er dort ein. Die junge Frau schien auf ihn gewartet zu haben, denn als er ihr Büro betrat, erhob sie sich und griff nach ihrer Handtasche.

»Ich dachte schon, du hättest verschlafen«, stichelte sie.

»Du hast mir nicht gesagt, dass ich früh da sein soll«, verteidigte er sich. »Wo wollen wir hin?«

»Heute durchforsten wir die Firmenarchive«, rief die junge Japanerin voller Tatendrang.

»Brauchen wir nicht einen Termin?«

»Hab ich schon geregelt, während du geschlafen hast.«

Etwas verstimmt trottete er hinter ihr her. Sie tat so, als wäre er eine Schlafmütze. Doch er konnte ihr nicht lange böse sein. Sie plauderte voller Begeisterung über die Entdeckungen des Vortags. Sie hoffte, dass ihr Herr Nakane die Erlaubnis geben werde, die letzte Schriftrolle für ihre Forschungen auszuwerten. Dann würde sie darüber eine wissenschaftliche Arbeit schreiben können. Wenn man ihre strahlenden Augen und ihren Enthusiasmus sah, konnte man sich nicht vorstellen, dass ihr irgendjemand auf der Welt einen Wunsch abschlagen würde. Sie trug eine figurbetonte Jeans und ein hautenges kanarienvogelgelbes T-Shirt mit der englischen Aufschrift »I love the world. I hope, you too!«.

Beides stand ihr außerordentlich gut. Der Archivar der Watanabe-Stiftung, die das geschichtliche Erbe der Familie verwaltete, schien von ihrem Aufzug weniger begeistert zu sein und kontrollierte ihren Universitätsausweis äußerst gründlich.

Er versuchte die beiden mit dem dezenten Hinweis abzuwimmeln, dass es hilfreich sei, Termine länger im Voraus zu vereinbaren, dann könne er die notwendigen Unterlagen bereitlegen. Doch Kiki ließ sich nicht beirren. Sie spazierte an dem verdutzten Mann vorbei und stellte sich demonstrativ vor eins der Regale. Der Archivar sah sie missbilligend an.

»Wenn er uns nicht hilft, verliert er sein Gesicht«, flüsterte Kiki Jo mit Verschwörerblick zu.

»Aber verlieren wir es nicht auch, weil wir so hartnäckig sind?«, fragte er ebenso leise zurück. Die junge Frau kicherte.

»Natürlich. Aber uns macht es weniger aus!«

Jo schüttelte den Kopf. Diese Gesicht-Verliererei-Sache war ziemlich kompliziert.

Der Archivar kehrte mit einigen dicken Büchern zurück und erklärte etwas auf Japanisch. Er legte die in Leder gebundenen Folianten vor ihnen auf den Tisch und verbeugte sich. Anschließend zog er sich in den hinteren Teil seiner Bibliothek zurück und ließ sie allein.

»Mal sehen«, sagte Kiki und schlug das erste Buch auf. Eineinhalb Stunden später schloss die junge Professorin mit einem zufriedenen Lächeln den letzten Band.

»Der Mann hat seine Unterlagen im Griff«, meinte sie anerkennend. »Alles sehr ordentlich aufgearbeitet und kommentiert. Hat uns die Arbeit erheblich erleichtert.«

»Und?«

»Wie es aussieht, hast du recht gehabt, Jo-San. Jedenfalls hat die Familie genau zu der in Frage stehenden Zeit ein größeres Lehen im Norden bekommen. Es könnte also stimmen, dass ein Vorfahre der Watanabes einer der fünf Samurai gewesen ist. Um es abschließend beurteilen zu können, müssen wir die Lehensregister einsehen.«

Nachdenklich blickte sie auf den Bücherstapel vor sich. »Wie schnell kannst du reisefertig sein?«, fragte sie unvermittelt.

»Wieso?«

»Los komm«, rief sie und sprang auf. Sie winkte dem Archivar fröhlich zu, der wie aus dem Nichts aufgetaucht war. Draußen auf der Straße stoppte Kiki ein Taxi.

»Wo wollen wir hin?«, fragte Jo, als er sich in den Sitz neben Kiki fallen ließ.

»Nach Sendai«, erklärte sie. »Die Unterlagen, die wir einsehen müssen, sind nur im dortigen Provinzialarchiv vorhanden.«

Sie machten zuerst bei Jos Hotel Station.

»Wie lange sind wir weg?«, wollte er wissen. Sie warf einen Blick auf ihre Uhr.

»Wir bekommen frühestens den Zug um halb vier. Bis wir da sind, hat das Archiv geschlossen. Wenn wir morgen früh aufstehen und manche von uns nicht wieder so lange schlafen, müsste eine Übernachtung reichen.«

Jo streckte ihr die Zunge heraus. Sie lachte.

»Besser, wenn du Sachen für zwei Tage mitnimmst – für alle Fälle.«

In seinem Zimmer packte er sein Waschzeug, zwei Hemden, einen Pullover und eine Ersatzhose in seine Reisetasche, dazu seine Schlafsachen, Unterwäsche und Socken. Keine zehn Minuten später saß er im Taxi.

»Ging ja fix«, lobte ihn Kiki.

»Tja, ich hab mich heute Nacht gut ausgeschlafen. Ich bin topfit.«

Sie grinste. Als sie bei ihrer Wohnung ankamen, sprang sie hinaus und verschwand in dem Gebäude. Sie war ebenfalls eine schnelle Packerin, denn sie tauchte einige Minuten später wieder auf. Sie warf ihre schicke Reisetasche in den Kofferraum.

»Nicht schlecht, junge Dame!«, sagte er anerkennend.

»Ja, ich hab alles kreuz und quer in meine Tasche geschmissen. Wahrscheinlich hab ich die Hälfte vergessen.« Das schien sie aber nicht zu stören. »Wenn ich nicht genug zum Anziehen dabei habe, leih ich mir was von dir aus«, verkündete sie fröhlich und kicherte.

Am Bahnhof kauften sie sich Sandwiches als Reiseproviant und die erforderlichen Zugtickets. Sie schafften es gerade zum 15.30 Uhr-Zug. Jo war froh, dass sie diesmal nicht mit dem Auto fuhren. Der moderne Schnellzug glitt angenehm leise vor sich hin. Nachdem sie Tokio verlassen hatten, beschleunigte er auf über 250 Stundenkilometer. Die Landschaft zog atemberaubend schnell an ihnen vorbei.

»Wieso haben wir nicht auch das Firmenarchiv der Familie Kawanishi besucht?«, wollte er wissen.

»Weil uns das nicht viel weitergeholfen hätte«, erwiderte sie. »Wir hätten ohnehin das Lehensregister einsehen müssen. Ahnenforschung ist ein schwieriges Geschäft. Schon nach ein paar Generationen ufert es völlig aus. Wenn wir der direkten Linie folgen wollen, müssen wir uns auf das Lehen konzentrieren. Üblicherweise wurde es immer auf den ältesten Sohn übertragen. Während der Zeit der Meiji-Restauration im 19. Jahrhundert verloren die Samurai ihre Privilegien und damit ihre Reisstipendien, von denen sie bis dahin gelebt hatten. Deswegen mussten sie sich neu orientieren. Die Armee konnte nur einige von ihnen aufnehmen, andere gingen in die Verwaltung, wieder andere gründeten Unternehmen. Wir müssen sehen, ob wir die Linien der fünf Familien bis in die Neuzeit verfolgen können.«

»Wieso befinden sich solche wichtigen Dokumente nicht in Tokio? Das würde die Sache vereinfachen.«

Kiki lachte. »Dein Wort in Gottes Ohr. Das solltest du den Archivaren der Provinzbibliotheken sagen. Sie verteidigen ihre Unterlagen mit Klauen und Zähnen. Es gab mehrfach

Versuche, die wichtigen Dokumente zu zentralisieren. Aber letztlich sind alle Bemühungen an den lokalen Widerständen gescheitert.« Sie zuckte mit den Schultern. »Sehr ärgerlich. Andererseits kann ich die Kollegen verstehen. Wenn sie die Dokumente an Tokio abgeben würden, hätten sie keine Arbeit mehr.« Sie lächelte ihn an. »Wenn es dich nicht stört, würde ich gern schlafen«, sagte sie und gähnte.

Jo nickte. Die junge Frau sah ihn dankbar an und schloss die Augen. Ein paar Minuten später war sie fest eingeschlafen. Das gab Jo Gelegenheit, sich die Landschaft anzusehen. Reisfelder wechselten sich mit kleinen Ortschaften ab. Wenn man Tokio hinter sich ließ, wirkte das Land auf einmal sehr idyllisch. Zwei Stunden später näherten sie sich ihrem Ziel. Jo stupste seine Reisegefährtin an.

»Sind wir da?«, murmelte sie verschlafen und öffnete die Augen. Sie streckte sich und sah kurz darauf ganz munter aus. Auf der Fahrt zum Hotel plauderte sie darüber, wie ihr Vater mit ihr früher Ausflüge in den Norden gemacht hatte. Sie waren wandern gegangen oder hatten sich die Museen in der Region angesehen. Kiki konnte wunderbar erzählen. Im Nu waren sie angekommen.

Das Hotel hatte nur zwei Stockwerke und sah von außen etwas windschief aus. Innen machte es dagegen einen sehr behaglichen Eindruck. Alles blitzte und blinkte, und das Personal überschlug sich fast vor Dienstbeflissenheit. Sie nahmen zwei Zimmer im ersten Stock und brachten ihre Sachen nach oben. Danach trafen sie sich in der Lobby, um sich ein Restaurant zu suchen. Da sie den ganzen Tag über nicht viel gegessen hatten, knurrte Jos Magen gewaltig. In einem winzigen Lokal, das nur über 20 Tische verfügte, aßen sie ein Vier-Gänge-Menü. Ob es an der angenehmen Begleitung lag oder an dem leckeren Essen, für Jo wurde es ein wunderschöner Abend. Kiki erzählte von ihrer Kindheit und wie behütet sie aufgewachsen war. Ihre Mutter hatte sich liebevoll um sie gekümmert und versucht, sie mit möglichst vielen Eindrücken zu konfrontieren – angefangen vom Eislaufen über verschiedene andere sportliche Aktivitäten bis hin zu Kunst und Kultur. Nach einer Weile kamen sie auf Jos Kindheit zu sprechen. Er erzählte von seiner Jugend in Niederbayern und wie er den ganzen Tag mit seinen Freunden herumgetollt war. Sie hatten Fußball gespielt oder den Bach in der Nähe aufgestaut, waren im Sommer in einem Seitenarm der Donau schwimmen gegangen oder hatten den Nachbarn Streiche gespielt. Kiki musste immer wieder lachen, wenn Jo eine besonders haarsträubende Geschichte zum Besten gab.

»Wie bist du zum Kochen gekommen?«, fragte sie ihn.

Er zuckte mit den Schultern. »Als Kind hab ich viel Zeit bei meiner Oma verbracht. Sie war eine fantastische Köchin. Bei ihr durfte ich immer helfen, und sie hat mir viele ihrer Geheimnisse verraten. Teilweise wende ich diese Tricks noch heute an.«

Gedankenverloren blickte er in die Ferne. Auf einmal wirkte er seltsam abwesend.

Ein schmerzlicher Ausdruck stand in seinem Gesicht. Die alten Erinnerungen schienen einen wunden Punkt berührt zu haben. Schnell wechselten sie das Thema.

Kiki kam auf ihr Studium zu sprechen und plauderte über die Abenteuer, die sie mit ihrer Freundin Kumi erlebt hatte. Diese musste ein ziemlich verrücktes Huhn sein, jedenfalls war sie von einer Katastrophe in die nächste geschlittert. Zumindest erzählte Kiki es so. Ihr munterer Plauderton verfehlte ihre Wirkung nicht. Jo taute wieder auf und lachte einige Minuten später schon wieder.

Da sie zum Essen eine Flasche Wein getrunken hatten, kamen sie in aufgekratzter Stimmung im Hotel an. Kiki schäkerte mit dem Portier herum, einem älteren Herren, dem die Plauderei mit ihr sichtlich Spaß machte. Er händigte Jo zu dessen Überraschung beide Schlüssel aus. Als sie an Kikis

Zimmer ankamen, schloss er die Tür für sie auf und trat beiseite.

»Vielen Dank, Jo-San«, sagte sie. »Es war wirklich ein sehr schöner Abend.«

»Für mich auch«, antwortete er und lächelte.

Erwartungsvoll sah sie ihn mit ihren geheimnisvollen braunen Augen an. Jo wusste nicht, was er tun sollte. Die junge Frau seufzte. »Dass japanische Männer schüchtern sind, wusste ich ja, aber dass das auch auf europäische Männer zutrifft …«

Mit diesen Worten trat sie auf ihn zu, schlang ihre Arme um seinen Hals und küsste ihn.

Als Jo am nächsten Morgen aufwachte, schlief Kiki noch. Ganz vorsichtig drehte er sich zu ihr um und sah sie an. Ihre dunklen Haare waren verwuschelt und bildeten einen reizvollen Kontrast zu den hellen Kopfkissen. Ihre Gesichtszüge waren weich und entspannt. Sie wirkte zerbrechlicher als sonst. Normalerweise fiel es ihm sehr schwer, sich anderen Menschen gegenüber zu öffnen. Das war bei seinen bisherigen Beziehungen meist schnell zu einem Problem geworden. Die Frauen warfen ihm vor, dass er sich mit einem Schutzwall umgebe, einem undurchdringlichen Panzer, mit dem er seine Gefühle vor der Außenwelt abschottete. Mit Kiki war es anders. Sie hatte sein Herz im Sturm erobert. Vielleicht lag es daran, dass sie keine großen Fragen stellte und nur für den Augenblick zu leben schien. Ihr Lachen und ihre Unbekümmertheit weckten in ihm etwas Spielerisches, von dem er geglaubt hatte, dass er es vor langer Zeit verloren hatte. Er hätte sie noch stundenlang beobachten können, aber sie schien seinen Blick zu spüren und blinzelte.

»Wie spät ist es?«, fragte sie und räkelte sich genüsslich.

Er sah auf die Uhr.

»Gerade sieben durch«, antwortete er.

»Sehr gut«, meinte sie und streckte sich. »Dann müssen wir noch nicht aufstehen.«

Sie bemerkte seinen Blick.

»Was guckst du so?«, wollte sie wissen.

»Du bist atemberaubend schön«, sagte er ernst.

Sie lächelte. »Du verstehst es, eine Frau mit Komplimenten zu wecken, Jo-San.«

Es entstand eine kleine Pause.

»Warum hast du dich in mich verliebt?«, fragte er sie.

»Weil du absolut unwiderstehlich bist, Jo-San.«

Er blieb ernst.

»Sei ehrlich, warum?«

Sie erwiderte seinen Blick.

»Ich weiß nicht. Warum verliebt man sich überhaupt in jemanden? Etwas an dir hat mich berührt, schon am ersten Tag, als du in der Hotelhalle gestanden und mit der alten Frau gesprochen hast. Du hast so hilflos ausgesehen. Das fand ich süß.

Vielleicht hab ich mich aber auch nur in deinen knackigen Hintern verliebt«, sagte sie und grinste.

»Du konntest gar nicht wissen, ob ich einen knackigen Hintern habe«, protestierte er.

»Doch, natürlich, schließlich trägst du immer sehr enge Jeans. Die stehen dir übrigens ganz ausgezeichnet. Außerdem hab ich im Bad geguckt, als du aus der Wanne gestiegen bist.«

»Was!«, rief er empört. »Erst schleppst du mich in diese Lasterhöhle, und dann nutzt du meine Gutgläubigkeit aus!«

Sie kicherte.

»Schuldig im Sinne der Anklage, Euer Ehren. Allerdings muss ich an der Stelle anmerken, dass Ihr im Bad die Situation auch weidlich ausgenutzt habt, mein Herr. Jedenfalls meine ich mich erinnern zu können, dass Ihr Euren Blick nicht von meinen Brüsten lassen konntet.«

»Das hast du gemerkt?«

Jo machte ein betroffenes Gesicht. Sie kicherte.

»Es gibt keine Frau auf der Welt, die nicht merkt, wenn ein Mann auf ihren Busen starrt. Noch dazu, wenn er es so schamlos tut wie du.«

»Was«, rief er und zog ihr die Decke weg. »Von wegen schamlos! Ich bin ein ganz anständiger Kerl.«

Bewundernd blickte er auf ihre Brüste.

»Sie sind aber auch ein Hingucker«, sagte er und grinste. Geschickt rollte sie sich zu ihm hinüber und schlang ihre Beine um ihn.

»Du darfst sie anfassen, wenn du möchtest«, flüsterte sie ihm ins Ohr und küsste ihn.

Eine Stunde später saßen sie beim Frühstück. Kikis Augen strahlten an diesem Morgen besonders schön. Jo hätte den ganzen Tag damit verbringen können, sie anzusehen. Noch lieber hätte er allerdings den Tag mit ihr im Bett verbracht. Doch die junge Frau ließ nicht mit sich handeln.

»Erst die Arbeit, dann das Vergnügen«, beschied sie ihn. Während sie zu Fuß durch die Straßen liefen, hätte er sie am liebsten dauernd angefasst. Kiki ging es nicht anders. Doch sie mussten sich beherrschen. In Japan galt es als ungehörig, Zärtlichkeiten in der Öffentlichkeit auszutauschen. Daran hielten sie sich. Schließlich wollten sie nicht mehr auffallen als nötig. Eine junge hübsche Japanerin zusammen mit einem Ausländer sorgte ohnehin für genügend kritische Blicke.

Im Provinzialarchiv musste Kiki für die angeforderten Dokumente unterschreiben.

Jo beobachtete, wie sie ihre Unterschrift auf die Liste setzte. Ihre elegant geschwungenen Schriftzeichen erschienen ihm besonders schön. Vielleicht, weil die Unterschrift darüber sehr krakelig war, fast wie von einer Kinderhand. In der Bibliothek musste Jo sich wieder einmal in Geduld üben. Doch diesmal störte es ihn nicht – im Gegenteil: Er hätte Kiki den ganzen Tag beobachten können.

Der jungen Professorin fiel es diesmal erkennbar schwerer, sich auf ihre Arbeit zu konzentrieren. Immer wieder blickte sie hoch und lächelte ihm zu. Nachdem sie fast ständig mit den Augen turtelten, verlor sie die Geduld mit sich selbst.

»Du musst dich woanders hinsetzen, sonst werde ich nie fertig«, flüsterte sie ihm zu. Jo machte ein enttäuschtes Gesicht, sah aber ein, dass sie recht hatte. Er stand auf und ging in den vorderen Lesesaal, wo es einige ausländische Zeitungen gab. Er griff nach der Times und versuchte, einen Artikel über die Unabhängigkeitsbestrebungen von Schottland zu lesen. Doch sehr weit kam er damit nicht. Seine Gedanken glitten immer wieder zu einer jungen Japanerin ab, die in einem kurzen Minirock und einer weißen Bluse im angrenzenden Lesesaal saß. Knapp drei Stunden später wurde er von Kiki erlöst. Sie sah zum Anbeißen aus.

»Bist du gut vorangekommen?«, wollte er wissen.

Sie nickte. »Seit ich deine schönen blauen Augen nicht mehr die ganze Zeit sehe, geht es besser. Ich denke aber, dass ich mindestens noch den Nachmittag brauche, um die nötigen Dokumente einzusehen.«

In der Kantine der Bibliothek aßen sie zu Mittag. Obwohl Jo normalerweise sehr genau registrierte, was er zu sich nahm, hätte er nicht sagen können, was er gegessen hatte. Auf dem Weg zurück zu den Lesesälen kamen sie an einem kleinen Wintergarten vorbei, der mit üppig wuchernden Pflanzen vollgestellt war. Niemand war zu sehen. Spontan zog er Kiki hinter eine kleine Palme und küsste sie leidenschaftlich. Ihre Hände wanderten nach unten und kniffen genussvoll in seinen Po. Die beiden waren so vertieft, dass sie fast nicht bemerkt hätten, wie eine Gruppe Studenten um die Ecke bog. Gerade rechtzeitig ließen sie voneinander ab. Kiki zog schnell ihre Bluse zurecht. Dann gingen sie ganz züchtig an den Studenten vorbei. Nur mit Mühe schafften sie es, eine ernste Miene zu behalten. Als die Studenten in der Kantine verschwunden waren, prusteten beide los. Sie brauchten fast fünf Minuten, um halbwegs aus dem Lachen herauszukommen.

»Du bist schlimmer als ein verliebter Teenager!«, schalt sie ihn.

»Ich kann doch nichts dafür, dass du so sexy bist«, verteidigte er sich. Um weitere derartige »Unfälle« zu vermeiden, trennten sie sich am Eingang zu den Lesesälen.

Jo steckte den Kopf in eine Ausgabe der Newsweek, und Kiki beschäftigte sich mit ihren Dokumenten. Er las einen Artikel über amerikanische Wahlkämpfe und die explodierenden Ausgaben für die PR-Maschinerie, ohne die ein öffentliches Amt nicht mehr zu gewinnen war. Da der Artikel sehr anspruchsvoll geschrieben war, musste er sich konzentrieren, um ihn einigermaßen zu verstehen. Das half ihm, nicht dauernd an Kiki zu denken. Die Bibliothek schloss um fünf Uhr. Kurz vorher sammelte die junge Japanerin ihn ein.

»Wie sieht's aus?«, fragte er.

»Gut.«

»Was hast du herausgefunden?«

»Erzähl ich dir später. Wir müssen uns sputen, wenn wir den Zug um 17.30 Uhr bekommen wollen.«

Obwohl es Jo schwerfiel, seine Neugierde zu zügeln, fügte er sich. Zu Fuß brauchten sie eine knappe Viertelstunde bis zum Hotel. Sie packten ihre Sachen, zahlten in Windeseile an der Rezeption und fuhren mit einem Taxi zum Bahnhof. Der Schnellzug fuhr schon ein, als sie hektisch die Tickets aus dem Automaten zogen. Sie schafften es gerade in den Waggon, bevor die Türen sich schlossen. Völlig außer Atem ließen sie sich in die bequemen Sitze fallen. Zum Glück hatten sie ein Abteil für sich.

»Was hast du rausgefunden?«, fragte Jo, als sie sich von der Rennerei erholt hatten.

»Soweit ich es nachverfolgen konnte, haben die Nakanes, die Watanabes und die Kawanishis im 15. Jahrhundert große Lehen erhalten. Sehr ungewöhlich, denn zu der Zeit erhielten verdiente Samurai üblicherweise nur kleinere Reisstipendien. Sie müssen außergewöhnliche Leistungen vollbracht haben, um so reich belohnt zu werden. Leider finden sich in den Registern keine Angaben darüber, wofür sie ihre Lehen erhalten haben. Aber nach dem, was wir in der Schriftrolle der Nakanes gelesen haben, besteht kein Zweifel.«

»Gibt es Hinweise auf die anderen beiden Samurai?«, fragte Jo nach einer kleinen Pause.

»Es gibt eine weitere Familie, die ebenfalls ein großes Lehen erhalten hat.«

»Echt? Wie heißt sie?«

»Tamura.«

»Wir müssen sie sofort warnen!«, rief er aufgeregt. Die junge Professorin nickte.

»Ich hab die Linie der Tamuras bis ins 19. Jahrhundert verfolgt. Nach dem Verlust des Lehens ist die Familie nach Tokio gezogen. Wir müssen gleich morgen früh in den Archiven nachsehen, ob wir mehr über sie finden.«

»Was machen wir, wenn der Mörder aus der Familie der Tamuras stammt?«

»Wir müssen vorsichtig sein«, sagte Kiki. »Allerdings glaube ich nicht, dass der Mörder aus einer der vier Familien stammt. Das Ganze ist viele Jahrhunderte her.«

Vermutlich hatte sie recht. Es musste mit dem Diebstahl im Museum zu tun haben. Er sah aus dem Fenster und grübelte über den Fall.

»Wieso bringt er pro Familie nur einen um?«, fragte er nach einer Weile.

Kiki zuckte ratlos mit den Schultern.

»Vielleicht ist alles nur Zufall, und wir jagen einem Hirngespinst hinterher.«

Jo schüttelte den Kopf.

»Es muss einen Zusammenhang geben.«

Sie griff nach seiner Hand und streichelte sie. Beide hingen ihren Gedanken nach.

Der Schaffner kam und kontrollierte ihre Fahrkarten. Dann schloss er das Abteil hinter sich.

»Wann hält der Zug das nächste Mal?«, fragte Jo beiläufig und zog den Vorhang zu.

»Erst in Tokio.«

Sie sah ihn mit unschuldigem Augenaufschlag an.

»Dann bleibt uns knapp eine Stunde«, stellte er sachlich fest.

Sie fuhr sich mit der Zunge über die Lippen.

»Anständige Japaner machen nicht im Zug Liebe, Jo-San«, erklärte sie ihm.

»Ich bin kein Japaner.«

»Ich schon.«

»Schade.«

»Du hast Glück, dass ich kein anständiges Mädchen bin«, sagte sie und schwang sich auf seinen Schoss. Sie beugte sich zu ihm hinunter und biss in sein Ohrläppchen.

»Tu, was du möchtest«, flüsterte sie und öffnete den Reißverschluss an ihrem Rock.

Als sie in Tokio ankamen, half Jo Kiki aus dem Zug und trug ihre Tasche.

»Was machen wir jetzt?«, fragte er.

»Meine Sprechstunde fängt gleich an. Ich muss ins Institut.«

Sie bemerkte sein enttäuschtes Gesicht und musste lachen.

»Sei nicht traurig, Jo-San, deine Kiki ist bald wieder da. Außerdem hast du einiges zu tun.«

»Ich? Wieso?«

»Wolltest du nicht für mich kochen?«

»Sehr gern!«, rief er begeistert. Sie kramte in ihrer Handtasche und reichte ihm ihren Wohnungsschlüssel. Danach beschrieb sie ihm den Weg zu einem großen Supermarkt in der Nähe. Obwohl es sich nicht gehörte, küssten sie sich zum Abschied – mitten auf dem Bahnhof. Ein älterer Herr, der sie dabei beobachtete, schüttelte missbilligend den Kopf. Am Taxistand trennten sie sich.

»Was willst du essen?«, rief Jo ihr zu, als sie im Taxi saß.

»Überrasch mich«, antwortete sie und lächelte.

KAPITEL 29

Während er mit dem Taxi zu ihrer Wohnung fuhr, überlegte er, was er kochen sollte. Am liebsten hätte er ein ganzes Zwölf-Gänge-Menü zubereitet. Die Vorstellung, Kiki den ganzen Abend mit Leckereien zu füttern, erschien ihm sehr verlockend. Für ein derartig aufwändiges Menü fehlte ihm allerdings die Zeit, und er war nicht sicher, ob sie die Muße haben würde, viel und vor allem lange zu essen, wenn sie vom Institut zurückkehrte. Drei Gänge waren das Äußerste, was er realistischerweise schaffen konnte. Es sollte etwas Leichtes, Sommerliches sein. Ihm schwebte eine Mischung aus asiatischer und europäischer Küche vor. Auf der ›Fantastic Star‹ hatte ein thailändischer Koch gearbeitet, von dem Jo sehr viel gelernt hatte. Die vielen Gewürze, die fremden Aromen – die asiatische Küche bot eine unendliche Vielfalt an Möglichkeiten.

Zuerst musste er sich einen Überblick verschaffen, was die junge Frau in ihrer Wohnung an Zutaten und Geräten bereithielt. Es hatte sich für ihn angehört, als ob sie praktisch nie kochte. Kiki hatte ihm ihre Appartementnummer und das Stockwerk aufgeschrieben. Trotzdem brauchte er eine Weile, bis er sich in dem verschachtelten Gebäude zurechtfand. Das Appartement war nicht sehr groß, aber geschmackvoll eingerichtet. Es war eine Mischung aus Tradition und Moderne. An den Wänden hingen einige Bilder: Klassische japanische Schnitte wechselten sich ab mit moderner Kunst. Neben der Eingangstür hing ein Brett mit Bildern und anderen Erinnerungen – abgerissene Kinokarten, das Programm der Philharmonie, zwei Eintrittskarten für eine Ausstellung von Kandinsky. Und immer wieder Fotos der jungen Professorin: Kiki vor dem Tower of London, Kiki auf der Golden Gate Bridge in San Francisco, Kiki vor dem Eiffelturm. Im Wohnzimmer gab es ein riesiges Bücherregal, das von oben bis unten vollgestopft war. Sie war doch ein Bücherwurm, dachte er und grinste.

Er hätte sich ewig in der Wohnung umsehen können, aber er musste sich sputen. Die Küche war klein, aber gut ausgestattet. Es gab sogar eine Grillplatte und einen Gasherd, was Jo besonders zu schätzen wusste. Auch was die Auswahl an Gewürzen und anderen Zutaten anging, sah es nicht schlecht aus. Dafür, dass sie sich angeblich nur von Fertiggerichten ernährte, konnte man nicht meckern. Dank der guten Beschreibung fand er den Weg zum Supermarkt problemlos. Das Angebot und die Qualität der angebotenen Lebensmittel waren ausgezeichnet. Allerdings war alles nur auf Japanisch etikettiert. Außerdem war der Aufbau des Supermarkts gänzlich anders, so dass er eine ganze Weile brauchte, um sich zu orientieren. Als ersten Gang hatte er sich für einen asiatischen

Gambas-Salat entschieden. Neben den Garnelen benötigte er dafür verschiedene Muschelarten, Shiitakepilze, grüne Bohnen und frischen Blattsalat. Für die Vinaigrette besorgte er süßen Weinessig, Olivenöl, eine Kräutermischung und eine Orange. Jo legte alles munter in seinen Einkaufswagen, ohne auf die Preise zu achten. Erst am Obststand fiel ihm auf, dass fast jedes Stück Obst separat in Folie verpackt war. Er rechnete den Preis in Euro um und schluckte. Allein die eine Orange kostete so viel wie zu Hause ein ganzes Netz. Schnell überschlug er die Preise für seine bisherigen Einkäufe. Er pfiff durch die Zähne. Für den Gegenwert der Vorspeise hätte er in Deutschland die Zutaten für ein ganzes Menü bekommen. Er fragte sich, wie eine normale Familie bei diesen Preisen überleben konnte. Doch davon wollte er sich die Laune nicht verderben lassen. Alles, was ihn interessierte, war, für Kiki etwas Besonderes auf den Teller zu zaubern. Da er nicht viel Zeit hatte, gab es als Hauptgang einen in Sternanis gebeizten Thunfisch mit Thaimango, Avocado, Kreuzkümmelchips und Kresse. Als Nachtisch wollte er einen Mangofächer mit selbstgemachter Vanillesauce und Schokoschaum zubereiten. Eigentlich hätte er die Thunfischfilets dünn in Beize einschlagen und für 48 Stunden kalt stellen müssen. Aber heute musste es schneller gehen. Für die Beize vermischte er Sternanis, Kümmel, Thymian, Lorbeer, Fenchelsamen, schwarzen Pfeffer sowie Zucker und Salz. Für die Guacamole-Sauce mixte er die Avocado, den Koriander und den Knoblauch klein und schmeckte es mit Kräutersalz und Limettenabrieb ab. Er erhitzte die Grillplatte auf 160 Grad und benetzte sie mit Öl und backte die Kreuzkümmelchips.

Als Kiki gegen halb neun an der Tür klopfte, wirbelte Jo eifrig in der Küche.

Zur Begrüßung küsste sie ihn und schnupperte in Richtung Herd.

»Mhm, riecht gut! Was gibt es?«

»Wird nicht verraten.«

Jo grinste.

»Mit der Vorspeise bin ich fertig. Das Hauptgericht dauert noch ein bisschen.«

»Gut, dann ziehe ich mich in der Zeit um.«

Sie verschwand im hinteren Teil der Wohnung, den Jo bisher nicht besichtigt hatte. Er hörte Wasser plätschern, dann wurde es ruhig.

Nach einer Weile, Jo hatte inzwischen den Fisch so weit vorbereitet, dass er ihn nur noch in die Pfanne werfen musste, tauchte Kiki auf. Sie trug einen traditionellen Kimono und sah darin absolut atemberaubend aus. Kiki trat ganz nah an ihn heran. Sie roch nach Mandelblüten.

»Darf ich probieren?«, fragte sie und berührte ihn sanft.

»Selbstverständlich«, erwiderte er mit rauer Stimme.

Sie steckte den kleinen Finger in die Vinaigrette und schleckte ihn ab.

»Schmeckt umwerfend …«

Sie setzten sich an den Tisch und aßen. Dabei konnte Jo den Blick nicht von ihr lassen. Auch der Fisch war ihm ausgezeichnet gelungen. Als sie alles bis zum letzten Bissen aufgegessen hatten, sah Kiki bedauernd auf die leere Pfanne.

»Davon hätte ich noch eine Portion essen können. Wenn es bei dir immer so lecker schmeckt, darfst du ab jetzt jeden Tag bei mir kochen«, sagte sie und räkelte sich zufrieden. »Du bist wahrhaft ein Künstler«, fügte sie hinzu und rückte näher an ihn heran.

»Es gibt noch Nachspeise«, sagte Jo geschmeichelt.

»Ich fürchte, die wird warten müssen«, erwiderte sie und zog den Gürtel zu ihrem Kimono auf.

Als Jo am nächsten Morgen aufwachte, brauchte er einen Moment, um sich zu orientieren. Zu seiner Enttäuschung war das Bett neben ihm leer. Stattdessen fand er auf dem Kopfkissen einen Zettel. Er war in Japanisch geschrieben. Ratlos starrte er darauf. Auf einmal fiel ihm etwas ein. Er drehte den Zettel um, und richtig, da stand die Nachricht auch auf Englisch.

»Guten Morgen, Schlafmütze! Du hast so süß dagelegen, dass ich es nicht übers Herz gebracht habe, Dich zu wecken. Was Du im Kühlschrank findest, darfst Du gerne essen. Ist leider nicht sehr viel.

Ich bin die letzten Tage nicht zum Einkaufen gekommen und war nicht auf Männerbesuch eingerichtet.

Da ich am Vormittag Termine am Institut habe, können wir uns leider erst gegen 14 Uhr sehen. Ich habe große Sehnsucht und freue mich auf Dich.

Tausend Küsse,

Deine Kiki«.

Jos Enttäuschung war nach dem Brief wie weggeblasen. Er duschte und zog sich an. Danach versuchte er Kenji zu erreichen. Vielleicht hatte er Zeit mit frühstücken zu gehen. Bei seinem Freund meldete sich jedoch nur der Anrufbeantworter. Mit der U-Bahn fuhr Jo ins Hotel und wechselte die Kleidung. Dann machte er sich auf den Weg in die Stadt. Ziellos lief er durch die Straßen. Es war ein herrlicher Sommertag. Die Schwüle der letzten Tage war einer angenehm leichten Brise gewichen. Die Straßen waren voller Menschen. Die meisten hasteten hektisch an ihm vorbei, aber Jo ließ sich davon nicht aus der Ruhe bringen. Gegen 14 Uhr begab er sich zu Kikis Büro. Die junge Professorin war noch nicht da, aber ihre Assistentin bot ihm einen Platz an und brachte ihm eine Tasse Kaffee. Einige Minuten später kam Kiki endlich. Sie trug ein formelles Kostüm.

»Hast du schon gegessen?«, fragte sie ihn.

Er schüttelte den Kopf.

»Na, dann komm.«

Sie gingen zusammen in die Kantine, tranken Tee und teilten sich ein japanisches Gebäck, das sehr süß schmeckte. Doch statt eines ruhigen Nachmittagsplauschs musste Kiki Dampf ablassen. Sie hatte sich wieder einmal über ihre Professorenkollegen und deren rückständige Einstellung geärgert. Jo hörte ihr geduldig zu. Nach ein paar Minuten konnte sie wieder lachen. Am liebsten hätte Jo mit ihr einen Spaziergang gemacht, aber Kiki hatte andere Pläne.

»Wir schauen, ob wir was über die Tamura-Familie und ihren derzeitigen Aufenthaltsort herausfinden«, erklärte die junge Professorin voller Tatendrang.

Jo nickte ergeben. Sie gingen zusammen in die Bibliothek, wo Kiki sich von Mitsuko einen Schwung Bücher zusammenstellen ließ. Es waren nicht ganz so viele wie beim letzten Mal. Während Kiki sich durch die Unterlagen wühlte, dachte Jo über den Fall und seine Hintergründe nach. Noch immer hatte er keine zündende Idee, wie die Morde zusammenhingen und was das Motiv sein könnte. Möglicherweise gab es einen Geheimbund, eine Art Loge, die sich um das geheimnisvolle Schwert herum gebildet hatte. Vielleicht hatten die drei Toten gegen Regeln verstoßen und waren deswegen ermordet worden. Je länger er darüber nachdachte, umso absurder erschien ihm seine eigene Idee. Um vier Uhr tauchte überraschend Kenji auf.

»Hab ich mir doch gedacht, dass ihr an so einem schönen Tag im Büro hockt und den Kopf in die Bücher steckt!«, rief er vorwurfsvoll.

Kiki sprang begeistert auf und umarmte ihn.

»Schön, dass du dich auch mal blicken lässt. Das wird *deinen* Gast sicherlich sehr freuen.«

Kenji machte ein schuldbewusstes Gesicht.

»Die Verhandlungen sind ein Alptraum«, entschuldigte er sich. »Aber jetzt hab ich ein paar Stunden frei. Wir haben einen neuen Vertragsentwurf bekommen, den die Anwälte erst prüfen müssen. Kommt, ich lad euch auf einen Kaffee ein.«

Sie fuhren mit Kenjis Wagen in ein Café, das bei einem Park lag und von dessen Terrasse aus man einen herrlichen Blick auf die alten Bäume genießen konnte.

Kenji wollte wissen, wie es mit ihren Ermittlungen voranging. Er hörte geduldig zu, stellte aber auch Fragen.

»Klingt vertrackt«, meinte er schließlich. »Ich glaube, dass Jo recht hat und die Sache mit diesem Schwert zusammenhängt. Bezüglich des Motivs fällt mir allerdings auch nichts Vernünftiges ein.«

Sie wechselten das Thema und kamen auf die Verhandlungen zu sprechen. Kenji berichtete von seinen Erfahrungen mit den Anwälten. Bei ihm hörte es sich an, als seien alle Juristen halbdebile Exzentriker, die sich absurde Kämpfe um völlig belanglose Formulierungen lieferten. Er erzählte die Geschichten mit einer Mischung aus trockenem Humor und fatalistischem Gleichmut. Kiki und Jo mussten immer wieder lachen, wenn Kenji mit gespielter Verzweiflung die Augen verdrehte oder mit großen Gesten den gesamten Berufsstand der Anwälte verdammte.

Der Nachmittag verging wie im Flug. Anschließend fuhren sie zurück zur Universität. Kenji blieb etwas Zeit, und er kam mit zu Kikis Büro. Während diese sich ihrer Lieblingsbeschäftigung widmete und sich durch weitere Unterlagen wühlte, sah Kenji sich die Aufzeichnungen darüber an, was die beiden bisher herausgefunden hatten.

»Wir wissen nicht, wieso die Männer umgebracht werden«, erklärte Jo seinem Freund. »Außer der Tatsache, dass Vorfahren der Toten vermutlich alle bei dem ursprünglichen Diebstahl beteiligt waren, gibt es keine Verbindung. Es würde uns sehr helfen, wenn wir wüssten, nach welchen Kriterien der Mörder die Opfer aussucht. Merkwürdigerweise hat er aus jeder Familie nur einen getötet. Herr Watanabe und Herr Kawanishi waren Geschäftsleute, das erste Opfer war Student. Außerdem war Kaito Nakane wesentlich jünger als die anderen. Wieso hat er nicht seinen Vater getötet?«

Ratlos starrte Jo auf die vor ihm liegenden Unterlagen. Kenji schien völlig darin vertieft zu sein. Seine Lippen bewegten sich lautlos, während er die Aufzeichnungen durchlas. Auf einmal sah er hoch.

»Ist doch ganz einfach«, sagte er und grinste.

»So so«, tönte Kiki von hinten. »Wir zerbrechen uns seit Tagen den Kopf, aber unser Topmanager muss nur einen Blick auf den Fall werfen und hat die Lösung.«

»Klar«, meinte Kenji großspurig. »Ich bin eben clever.«

»Na, dann lass uns an deiner großen Weisheit teilhaben.«

»Gut, aber nur, wenn du mich lieb darum bittest.«

Kenji grinste breit übers ganze Gesicht. Es machte ihm offensichtlich Spaß, Kiki aufzuziehen. Statt seiner Aufforderung Folge zu leisten warf diese mit einem Radiergummi nach ihm. Kenji konnte sich gerade noch ducken.

»Spann uns nicht auf die Folter«, schaltete Jo sich ein. »Oder war das nur ein Spaß?«

»Nein, natürlich nicht.«

Kenji wurde ernst.

»Er bringt die Stammhalter um.«

»Was?«

Kiki und Jo sahen ihn entgeistert an.

»Da hättest du eigentlich sofort drauf kommen müssen«, sagte Kenji zu Kiki gewandt. »Immerhin bist du Professorin für Mittelalterliche Geschichte. Da sollte dir dynastisches Denken nicht fremd sein.«

Die junge Japanerin sprang auf und kam zu ihnen an den Tisch. Sie überflog die Aufzeichnungen. Als sie fertig war, schüttelte sie den Kopf.

»Du hast recht«, sagte sie entgeistert. »Wie konnte ich das nur übersehen?«

»Was soll denn das heißen, Stammhalter?«, fragte Jo.

»Na, genau das«, antwortete Kenji. »Er tötet die jüngsten, männlichen Erben in gerader Linie.«

Kiki nickte bestätigend.

»Hayato Watanabe war der einzige Sohn in der Familie. Er selbst hatte nur eine Tochter. Yasuhiro Kawanishi war ein Einzelkind. Kaito Nakane ebenfalls.«

Jo sah die beiden an.

»Wer denkt heute noch in solchen Kategorien! Stammhalter!«

Kenji zuckte mit den Schultern.

»In Japan zählt das sehr viel. Normalerweise übernimmt der älteste Sohn die Geschäfte. So wie bei uns.« Er warf Kiki einen Blick zu und grinste.

»Wenn ich wollte, könnte ich jederzeit die Hotels leiten«, erklärte sie selbstbewusst und schnitt eine Grimasse.

Kenji lachte. »Dann werd ich Professor für Mittelalterliche Geschichte. Ob Papa und Großvater allerdings begeistert wären, weiß ich nicht.«

»Lass mal, du als Professor, das gibt nichts.«

»Puh, jetzt bin ich aber froh«, gab ihr Quasi-Cousin zurück und tat so, als würde er sich den Schweiß von der Stirn streichen. »Wobei, an deine hübschen Studentinnen könnte ich mich gewöhnen.«

Kiki sah sich nach dem Radiergummi um, aber bevor sie ihn aufheben konnte, hatte sich Kenji hinter Jo versteckt. Er sah sie mit einem Welpenblick an. Sie musste lachen und ließ ihr Wurfgeschoss sinken. Die drei alberten noch ein wenig herum, dann warf Kenji einen Blick auf seine Uhr.

»Ich muss los«, erklärte er bedauernd.

Als Kiki und Jo alleine waren, saßen sie stumm da und sahen sich an.

Die junge Japanerin schüttelte den Kopf.

»Dass wir da nicht selber drauf gekommen sind … peinlich«, meinte sie selbstkritisch.

»Du hast mir so den Kopf verdreht, dass ich nicht mehr klar denken kann. Es ist eindeutig deine Schuld«, antwortete Jo.

Kiki lachte.

»Wenn es so ist«, erwiderte sie und setzte sich auf seinen Schoß, »sollte ich dich am besten gar nicht mehr küssen.«

»Ja«, murmelte er zustimmend, »nur noch einen Kuss …«

Den restlichen Tag konzentrierten sie sich auf ihre Ermittlungen. Endlich hatten sie ein konkretes Ziel vor Augen: Sie mussten den Stammhalter der Familie Tamura warnen. Das erwies sich als schwieriger als gedacht. Nachdem der Familie ihr Lehen entzogen worden war, verlor sich ihre Spur. Nach zwei Stunden intensiven Studiums der Unterlagen, die sie von der jungen Bibliothekarin erhalten hatte, schlug Kiki das Buch zu, das sie gerade in der Hand hielt.

»Hast du etwas gefunden?«, fragte Jo.

Sie schüttelte den Kopf.

»Ich könnte Mitsuko bitten, uns weiteres Material zusammenzusuchen, aber ich glaube nicht, dass es viel bringt. Ich hab alle einschlägigen Register und Stammtafeln durchgesehen – es finden sich keine weiteren Hinweise auf die Familie«, erklärte sie niedergeschlagen. »Ich wüsste nicht, wo wir noch nachsehen könnten.«

»Habt ihr ein elektronisches Telefonbuch?«

»Ja, natürlich.«

»Lass uns überprüfen, wie viele Tamuras es in Tokio gibt. Vielleicht wohnt die Familie hier.«

Kiki nickte und tippte etwas auf ihrem Computer.

»Sechs Einträge allein in Tokio«, sagte sie.

»Lass uns die Leute abtelefonieren.«

»Weißt du, wie spät es ist?«, bremste Kiki ihn.

Sie gähnte unverhohlen.

»Am besten starten wir damit morgen früh«, sagte sie. »Was hältst du davon, wenn wir uns auf dem Heimweg was zu Essen holen und es uns bei mir zu Hause gemütlich machen?«

Klang verlockend.

»Außerdem könnten wir uns ein Entspannungsbad gönnen. Meine Badewanne ist groß genug für zwei.«

»Okay, lass uns ein Taxi nehmen. Dann sind wir schneller da«, antwortete er.

Kiki kicherte.

»Euer Wunsch ist mir Befehl, Jo-San«, sagte sie und verbeugte sich würdevoll.

KAPITEL 30

Die Kerzen flackerten unruhig und warfen bizarre Schattenmuster an die Wände.

Die fieberhafte Unruhe, die ihn seit Tagen kaum schlafen ließ, hatte sich in einem rauschhaften Bildersturm entladen. Ehrfurchtsvoll stand er davor. Er fühlte, dass er ein Meisterwerk geschaffen hatte. Es war wie ein Epos, die Geschichte seiner Familie, in blutrote Farbe getaucht. Grell und voller Kraft. Ihre Schmach, ihre Schande hatte er ebenso erbarmungslos mit kruden Strichen an die Wand gebannt wie seinen Aufstieg zum mächtigen Samurai. Der Tag der Befreiung, der ihn zeigte, wie er den Kopf von Kaito Nakane nahm, überstrahlte alles.

An dem Tag hatte er begonnen, die Ehre seiner Familie wiederherzustellen.

Daneben gab es Bilder der Rache an den Watanabes und den Kawanishis.

Und in der Mitte sein jetziges Selbst. Ein stolzer Samurai. Hoch zu Ross. Das blutige Schwert über seinem Kopf schwingend. Nicht mehr lange, und sein Werk würde vollendet sein. Morgen würde er sich den Kopf von Ibuki Tamura holen.

Ein Lächeln glitt über seine düsteren Züge.

*

Am nächsten Tag frühstückten Kiki und Jo im Bett und duschten anschließend gemeinsam. Da sie dabei die Finger nicht voneinander lassen konnten, war es fast zehn Uhr, als sie endlich in Richtung Institut aufbrachen. Auf dem Weg diskutierten sie, wie sie weiter vorgehen sollten. Jo schlug vor, sich als Meinungsforscher auszugeben. Darüber ließ sich unauffällig in Erfahrung bringen, wie viele Männer in den jeweiligen Haushalten lebten. Kiki wollte dagegen die Geschichtskarte spielen.

»Die Familie, die wir suchen, blickt auf eine lange Samuraitradition zurück. Bestimmt sind sie sehr stolz darauf. Wir könnten sagen, dass wir an einem Projekt über Familiengeschichte arbeiten.«

Jo fand seine eigene Idee besser, stimmte aber zu. Was sollte er auch anderes machen? Wie immer hing die ganze Last der Nachforschungen an seiner Freundin.

Kiki ging voller Elan an die Arbeit. Doch nach den ersten Telefonaten machte sich Ernüchterung bei ihr breit. Anscheinend waren die Männer alle in der Arbeit, jedenfalls gingen nur Frauen an den Apparat. Die zeichneten sich allerdings nicht durch eine besondere Auskunftsbereitschaft aus. Ganz im Gegenteil, bei den ersten beiden Versuchen legten ihre

Gesprächspartnerinnen wortlos auf, nachdem sie ihr Anliegen vorgetragen hatte. Die dritte sagte ihr, sie kenne sich mit derartigen Dingen nicht aus, Kiki solle später anrufen, wenn ihr Mann zu Hause sei. Einigermaßen frustriert wechselte sie die Taktik und versuchte es mit Jos Umfragemethode. Doch auch damit war die Erfolgsquote nicht besser.

»Was ist nur mit den Frauen in diesem Land los? Die tun ja, als könnten sie ohne ihren Mann nicht die einfachsten Fragen beantworten«, schimpfte die junge Professorin.

Sie wechselte abermals die Vorgehensweise. Beim nächsten Telefonat sagte sie, dass sie den Sohn sprechen wolle.

»Ich habe keinen Sohn«, antwortete die Frau leise. Sie hörte sich älter an.

»Dann würde ich gerne Ihren Mann sprechen.«

Die Frau stockte. »Mein Mann ist tot.«

»Woran ist er gestorben?«, fragte Kiki atemlos.

»An einem Herzinfarkt«, erwiderte die Frau und schluchzte. »Vor zwei Wochen.«

Kiki wurde bewusst, wie taktlos ihre Frage gewesen war. Sie sprach der Witwe ihr Beileid aus und legte schnell auf. »Auf die Weise bekommen wir nie etwas heraus«, seufzte sie resigniert.

»Nur noch einen Anruf«, bat Jo. »Vielleicht klappt es diesmal.« Er sah sie mit treuherzigen Augen an.

»Also schön«, gab sie nach und griff zum Hörer.

Diesmal gab es einen Sohn. »Unser Junge wohnt nicht mehr zu Hause, seit er studiert«, teilte ihr die Mutter mit. »Was wollen Sie von Ibuki?«

»Oh, ich bin eine Kommilitonin von ihm. Ich wollte fragen, ob ich mir Unterlagen über eine Vorlesung von ihm kopieren kann. Aber leider habe ich seine Nummer nicht«, log Kiki.

»Er wohnt im Campus-Wohnheim der Todai-Universität«, sagte die Mutter arglos und gab ihr die Mobilnummer ihres Sohnes.

Die junge Professorin bedankte sich artig und legte auf.

»Bingo«, rief sie triumphierend. Kiki wählte die Nummer.

»Geht nur der Anrufbeantworter dran.«

»So ein Mist«, entfuhr es Jo.

»Ärger dich nicht, Jo-San. Vielleicht erwischen wir ihn später«, sagte sie und tätschelte seinen Arm.

»Und was, wenn es dann zu spät ist?«

»Die Wahrscheinlichkeit, dass wir die richtigen Familien angerufen haben, ist gering«, erklärte sie nüchtern. Sie hatte recht. Trotzdem wollte Jo sich damit nicht zufriedengeben. Er spürte eine seltsame Unruhe in sich.

»Vielleicht sollten wir zur Polizei gehen …«, schlug er vor.

»Zur Polizei?«

Kiki warf ihm einen zweifelnden Blick zu. »Versteh mich bitte nicht falsch. Aber es könnte sein, dass ein Außenstehender unsere Theorie für weit hergeholt hält.«

»Was meinst du?«

»Wir haben nur diese alte Legende und die Familiengeschichte der Nakanes, die wir uns widerrechtlich angeeignet haben. Nicht gerade viel.«

»Du glaubst, es sind alles nur Fantastereien?«, fragte er ungläubig.

»Nein, natürlich nicht«, erwiderte sie schnell, als sie seinen Blick bemerkte. »Aber wir dürfen nicht vergessen, die Geschichte ist mehrere 100 Jahre alt. Da sind die Polizisten vielleicht skeptisch.«

Jo musste sich setzen. Wortlos starrte er auf den Stapel Bücher, der vor ihm auf dem Tisch lag. Kiki merkte, wie sehr ihn ihre Worte getroffen hatten.

»Bist du böse?«, fragte sie treuherzig.

»Nein«, antwortete er verstimmt. »Ich dachte nur, dass du hinter unseren Ermittlungen stehst.« Er verschränkte seine Arme vor dem Körper. Kiki sah ihn hilflos an.

»Tue ich doch.«

»Hört sich für mich nicht so an.«

Schweigend saßen sie sich gegenüber. Nach einer Weile stand Kiki auf und ging zu ihrem Schreibtisch.

»Ibuki Tamura studiert hier an der Todai. Wenn du möchtest, kann ich nachsehen, an welcher Fakultät er eingeschrieben ist.«

Jo zuckte mit den Schultern. Die junge Professorin tippte etwas ein.

»Er ist im vierten Semester – Wirtschaftswissenschaften. Laut Studienplan müsste er jetzt in Hörsaal 103 sein. Wenn du willst, können wir dort vorbeischauen.«

»Wie sollen wir ihn denn finden? Er wird ja nicht allein im Hörsaal sitzen.«

Kiki sah ihn an.

»Ich kenn den Dozenten. Den können wir fragen.«

Jo zuckte lustlos mit den Schultern und starrte weiter bockig auf die Bücher auf dem Schreibtisch.

»Jo Weidinger, wenn du den ganzen Tag den Brummbär spielen willst – bitte. Ich werde mit diesem Ibuki sprechen. Du kannst mitkommen oder nicht.«

Das brachte Jo zur Vernunft.

»Friede!«, rief er und hob die Hände.

»Gut, dann komm«, sagte sie und stand auf.

Die Vorlesung war fast zu Ende. Jo erntete einige neugierige Blicke, als er mit Kiki zusammen den Saal betrat. Der Raum war gut gefüllt. Ein Gong kündigte das Ende der Stunde an. Kiki begrüßte den Dozenten, einen Mann in den mittleren Jahren, und fragte ihn etwas. Dieser ließ seinen Blick durch die Reihen gleiten und deutete auf einen schlanken jungen Mann, der gerade seine Sachen in einen dunkelgrünen Rucksack packte. Kiki bedankte sich und winkte Jo heran. Gemeinsam traten sie auf den jungen Mann zu, der inzwischen aufgestanden war und den Rucksack über die Schulter geschwungen hatte. Kiki sagte etwas zu ihm auf Japanisch. Er nickte. Sie wechselten ins Englische.

»Ich bin Professorin Matsuda. Wir arbeiten gegenwärtig an einem Projekt über Familiengeschichte«, sagte sie. »In diesem Zusammenhang würden wir Ihnen gern einige Fragen stellen. Haben Sie ein paar Minuten Zeit?«

Der junge Mann sah sie erstaunt an, nickte aber. Sie gingen zusammen in die Cafeteria. Nachdem Kiki Jo als Gastdozenten aus Deutschland vorgestellt hatte, kam sie auf ihr angebliches Projekt zurück. Sie erläuterte dem jungen Mann ausführlich, dass sie sich vor allem für Familien interessiere, die aus dem Norden des Landes stammten.

»Ich habe den Hinweis bekommen, dass dies auch bei Ihrer Familie der Fall ist«, sagte Kiki.

»Bei uns?«

Der junge Mann schien überrascht. Dann schüttelte er den Kopf und lachte.

»Ich bin in Tokio geboren. Genauso wie meine Eltern. Mein Großvater stammte aus Nagasaki.«

»Sind Sie sicher?«

Ibuki Tamura nickte.

»Mein Großvater hat bei den Aufräumarbeiten nach dem Bombenabwurf geholfen«, erklärte Ibuki stolz. »Er war Polizist.«

Kiki und Jo sahen sich an.

»Was wissen Sie sonst über die Geschichte Ihrer Familie?«, wollte die junge Professorin wissen.

Ibuki zuckte mit den Schultern. »Nicht viel. Ich interessiere mich nicht sehr für Geschichte.«

»Wir haben gehört, Sie stammen aus einer alten Samuraifamilie«, schaltete Jo sich in das Gespräch ein.

»Samurai?«

Ibuki sah den Ausländer, der die Professorin begleitete, ungläubig an. Dann lachte er. »Sie müssen mich verwechseln«, erwiderte er. »Mein Vater ist Pazifist. So wie mein Großvater. Unsere Familie lehnt jede Art von Militär ab. Mein Vater sagt immer, wenn es keine Armeen gäbe, würde auch niemand Krieg führen.«

»Hatten Sie in letzter Zeit das Gefühl, dass Sie beobachtet werden?«

Die Frage von Jo kam völlig unvermittelt. Ibuki Tamura stutzte. Er warf ihm einen unsicheren Blick zu. In letzter Zeit hatte er tatsächlich ein paar Mal das Gefühl gehabt, es würde ihn jemand verfolgen. Die ganze Situation kam ihm seltsam vor. Unsicher sah er die Professorin und den Gastdozenten an. Vielleicht war es ein verdeckter psychologischer Test. Oder jemand wollte ihm einen Streich spielen.

»Ich muss gehen«, sagte er unvermittelt und griff nach seinem Rucksack.

Jo wollte etwas fragen, bemerkte aber Kikis vorwurfsvollen Blick.

»Was sollte das?«, fragte sie, nachdem Ibuki in Richtung Bibliothek verschwunden war. »Du hast den Jungen völlig verunsichert.«

»Ich wollte sehen, wie er reagiert«, verteidigte sich Jo. »Ich glaube, dass ich ins Schwarze getroffen habe.«

»Tatsächlich? Auf mich machte er den Eindruck, dass er uns für verrückt hält.

Für dich mag das kein Problem sein. Du fliegst nächste Woche nach Hause. Aber ich bin hier Professorin. Da ist es nicht hilfreich, wenn sich herumspricht, dass ich Studenten anderer Fakultäten mit seltsamen Fragen erschrecke.«

»Daran hatte ich nicht gedacht. Tut mir leid«, sagte er zerknirscht.

»Schon gut. Wenn du das nächste Mal Fragen stellen willst, gib mir vorher Bescheid. Das kann man geschickter einfädeln.«

Jo wollte etwas sagen, besann sich aber eines Besseren. Zur Versöhnung lud er Kiki zum Mittagessen ein. Sie aßen in einem romantischen Restaurant einige Straßenzüge von der Universität entfernt. Zuerst gab es eine Miso-Shiru-Suppe mit Venusmuscheln. Es folgte Goma-Ae, Spinat mit Sesamsauce. Beim Hauptgang entschied Jo sich für Buta-Kakuni, in Teriyakisauce geschmorter Schweinebauch, bevor er sich zum Abschluss zwei Kugeln japanisches Eis gönnte. Danach gingen sie zusammen in einem nahegelegenen Park spazieren. Es war ein herrlicher Tag, und die beiden genossen den Sommer in vollen Zügen. Kiki schien ihm den Vorfall mit Ibuki Tamura verziehen zu haben und plauderte munter drauf los. Sie erzählte von ihrer Zeit in England und ihren Touren durch Europa. Nach zwei Stunden angeregter Unterhaltung machten sie sich auf den Weg ins Büro. Sie diskutierten über die Ermittlungen und wie sie vorgehen sollten. Das Schwert und sein Diebstahl schienen der Schlüssel zu sein, doch nach wie vor fehlte ihnen eine zündende Idee für ein Motiv. Warum sollte einer der fünf die anderen töten? Bezüglich der fünften Familie tappten sie zudem völlig im Dunkeln. Alle Unterlagen und Dokumente, die Kiki bisher überprüft hatte, ergaben nicht den leisesten Hinweis auf die Nachfahren des jungen Samurais, der den Diebstahl mit seiner waghalsigen Kletteraktion erst ermöglicht hatte.

War er der Schlüssel? Verstand sich seine Familie als eigentlicher Hüter des Schwertes und hatte die Weitergabe an das Museum als Sakrileg empfunden, als einen Frevel, der nur mit dem Tod der Stammhalter der anderen Häuser gesühnt werden konnte? Aber wenn das der Fall war – wieso wandten sich die Familien der Opfer nicht an die Polizei? Kannten sie den Mörder nicht? Oder fürchteten sie seine Rache, wenn sie ihr Schweigegelübde brachen?

Wie man es drehte und wendete: Der Fall blieb rätselhaft.

Um auf andere Gedanken zu kommen, bot Jo Kiki an, noch einmal für sie zu kochen. Voller Begeisterung willigte die junge Frau ein. Sie fuhren zusammen zum Supermarkt und kauften ein, fast so, als wären sie ein Ehepaar. Mit Kiki zusammen machte alles doppelt so viel Spaß. Die junge Japanerin fragte viel nach verschiedenen Früchten und Gewürzen und ließ sich erklären, wofür man die am besten einsetzen konnte. Als sie bei ihrer Wohnung ankamen, lag vor der Tür ein Paket. Sie warf einen Blick auf den Absender und lächelte geheimnisvoll. Während Jo die Einkaufstüten in der Küche abstellte, brachte Kiki das Paket ins Schlafzimmer. Offensichtlich sollte er den Inhalt nicht sehen. Als er in ihrer Küche am Herd stand und das Essen zubereitete, sah sie ihm bewundernd zu.

»Ich wünschte, ich könnte so gut kochen wie du, Jo-San«, seufzte sie. »Wie das wieder duftet!«

Er lächelte. Als Hauptgang bereitete er eine gebratene Putenbrust zu, die mit Tannenhonig und schwarzem Pfeffer lackiert war, und servierte dazu karamellisierten Rotkohl und Selleriepüree in einer Pfefferrahmsauce. Da Kiki ihm verraten hatte, dass sie österreichische Mehlspeisen liebte, hatte er sich für die Nachspeise etwas ganz Besonderes einfallen lassen: Schokoladentopfenknödel auf Kürbiskernparfait und Kakaostreusel auf Himbeercoulis. Beim Essen ließen sie sich viel Zeit. Als sie fertig waren, strich Kiki sich über ihren schlanken Bauch.

»Wenn du weiter jeden Tag für mich kochst, werde ich dick und fett«, sagte sie und räkelte sich genüsslich. Die Aussicht schien sie nicht sehr zu erschrecken. Auf einmal schlug sie sich an die Stirn. Sie sprang auf und verschwand im Schlafzimmer. Als sie wiederkam, hatte sie ein Buch in der Hand und reichte es ihm. Er blickte auf den Titel. Es war in Deutsch.

»Das Höfische Zeremoniell im Wandel der Zeiten – eine kritische Analyse.

Von Mikiko Matsuda.«

»Ich hätte dir gern was Spannenderes besorgt«, sagte sie und kicherte. »Aber es ist das Einzige von meinen Büchern, das auf Deutsch erschienen ist.«

»Das ist toll!«

Er schlug es auf und sah sich das Inhaltsverzeichnis an.

»Ich werde es auf jeden Fall lesen, wenn ich zu Hause bin«, versprach er.

»Wirklich?«

Er nickte feierlich.

»Armer Jo-San«, kicherte sie, »du wirst dich zu Tode langweilen.«

»Ich war schon immer an Geschichte interessiert. Bestimmt kann ich meinen Horizont mit dem Buch erweitern«, meinte er.

Sie sah ihn mit ihren großen braunen Augen verführerisch an.

»Hab ich dir schon erzählt, dass ich total auf Männer stehe, die gerne Geschichtsbücher lesen?« Sie nahm ihm das aufgeschlagene Buch aus der Hand. »Du solltest dich allerdings zuerst um die Autorin kümmern«, sagte Kiki und begann ihre Bluse aufzuknöpfen. Jo grinste. Er hätte nie gedacht, dass sein Interesse für Geschichte einen so angenehmen Nebeneffekt haben würde …

Jo spürte Kikis weichen Körper neben sich. Sie strich mit ihren Fingernägeln langsam über seinen Brustkorb. Ein wohliger Schauer lief ihm den Rücken hinunter. Seine Gedanken glitten träge durch die samtige Wärme des Halbschlafes. Er hätte ewig so liegen können. Doch auf einmal schreckte er hoch.

»Was ist los?«, fragte Kiki schläfrig. Sie blinzelte. Jo saß aufrecht im Bett.

»Wir müssen zur Universität.«

»Was?«

Kiki war noch nicht richtig wach.

»Wir brauchen die Adresse von Ibuki Tamura.«

»Wieso?«

»Los komm.«

Er sprang auf und zog sich an. Widerwillig folgte Kiki ihm.

»Was ist los?«

Jo konnte es selbst nicht erklären. Auf einmal hatte er das Gesicht von Ibuki Tamura vor sich gesehen. Das kurze angstvolle Aufleuchten in seinen Augen, als Jo ihn nach einem Verfolger fragte.

»Wir müssen mit Ibuki Tamura sprechen.«

»Jetzt? Weißt du, wie spät es ist?«

Er sah auf die Uhr – fast Mitternacht. Was würde der junge Mann denken, wenn sie so spät vor seiner Tür auftauchten? Es war absurd. Doch er konnte nicht anders. Eine fieberhafte Unruhe hatte ihn befallen. Kiki hatte sich inzwischen eine Jeans und ein T-Shirt angezogen. Sie schien zu spüren, dass etwas in Jo vorging. Sie stellte keine weiteren Fragen. Mit einem Taxi fuhren sie zur Universität. Das nächtliche Tokio zog an ihnen vorbei. In Kikis Büro suchten sie über den Universitätscomputer die Adresse von Ibuki Tamura heraus.

»Das Wohnheim ist gleich um die Ecke«, sagte sie knapp. »Wir sind schneller, wenn wir laufen.«

Jo nickte.

Ibuki Tamura taumelte. Rote Ringe tanzten vor seinen Augen. Er schüttelte mühsam den Kopf, aber die Ringe wollten nicht verschwinden. Nur wenige Meter, dann war er zu Hause. Er wusste, dass er zu viel getrunken hatte. Morgen würde er einen furchtbaren Brummschädel haben. Aber das war ihm egal. Die Verzweiflung über Marumis Untreue wog viel schlimmer. Wie konnte sie ihm so etwas antun! Nach all den schönen Abenden, die sie zusammen verbracht hatten! Er schüttelte den Kopf. Ausgerechnet mit Yuuto, seinem besten Freund!

Es war reiner Zufall, dass er die beiden gesehen hatte. Nach dem Ende seiner Vorlesungen wollte er sich eine neue CD kaufen, in einem Elektronikmarkt um die Ecke. Im Café gegenüber saßen sie – Yuuto und Marumi. Sie unterhielten sich und tranken etwas zusammen. Ibuki war erschüttert. Er hatte auf dem Absatz kehrtgemacht und war kreuz und quer durch die Stadt gelaufen. Schließlich hatte er seinen Frust in einer Kneipe ertränkt. Vier Bier und zwei Schnaps – so viel hatte er noch nie getrunken. Jetzt wollte er nur noch nach Hause in sein Bett.

Der Aufzug näherte sich. Mit einem Ruck öffneten sich die Türen.

Ibuki fuhr in den zweiten Stock und schaltete das Licht im Flur ein. Es war ungewöhnlich duster. Nur zwei der vier Deckenlampen brannten. Mühsam fingerte Ibuki nach seinem Wohnungsschlüssel. Er brauchte drei Anläufe, bis er endlich im Schloss steckte. Er wollte den Schlüssel umdrehen, aber das Schloss schnappte sofort zurück. Trotz seiner benebelten Sinne war Ibuki verwirrt. Hatte er heute Morgen die Tür nicht doppelt verriegelt? Aber vielleicht täuschte er sich. Endlich zu Hause, dachte er und lehnte sich gegen die Tür.

Kiki und Jo waren fast am Wohnheim angelangt. Sie waren völlig außer Atem.

»Welcher Stock?«, japste er.

»Zweiter. Appartement 211.«

Ungeduldig drückte Jo auf den Aufzugsknopf.

Der Raum lag völlig im Dunklen. Ibuki tastete nach dem Lichtschalter. Flackernd ging die Deckenlampe an. Das grelle Licht blendete ihn. Unwillkürlich schloss er die Augen. Warum hatte er nur so viel getrunken, dachte er. Er blinzelte.

Dann erstarrte er vor Schreck. Vor ihm stand ein Mann in einem dunklen Mantel.

In der Hand hielt er ein Schwert. Ibuki taumelte zurück. Was tat dieser Fremde in seiner Wohnung? Hilflos tastete er nach der Tür hinter sich. Er sah den Mann an, »Was …«, setzte er an.

Dann blitzte das Schwert über ihm.

Als Jo den Mann in den Flur treten sah, wusste er sofort, dass er es war. Für einen Augenblick kreuzten sich ihre Blicke. Trotz des Halbdunkels im Flur konnte er sehen, dass in den Augen des Fremden ein eigenartig entrückter Ausdruck lag. Die Zeit schien stehen geblieben zu sein. Da bemerkte er die Plastiktüte in der Hand des Mannes.

Sie hing locker nach unten.

Man konnte sehen, dass sie etwas Rundes enthielt.

Jo spürte, wie sein Hals trocken wurde.

»Halt. Stehen bleiben«, schrie er.

In dem Moment rannte der Fremde los. Der Schock war Jo in alle Glieder gefahren. Als er sich in Bewegung setzte, hatte der Mann bereits einen guten Vorsprung.

Er spurtete den Flur entlang in Richtung des zweiten Treppenaufganges. Die Aufzugstüren öffneten sich und Kiki betrat den Flur. Sie hatte unten auf den Fahrstuhl gewartet, während Jo es nicht mehr ausgehalten hatte und die Treppe hochgesprintet war.

»Wo willst du hin?«, rief sie ihm hinterher.

Der Fremde war verschwunden. Jo riss die Tür auf und stürzte ins Treppenhaus. Er sah den Fremden aus den Augenwinkeln, doch es war zu spät. Der Schlag gegen sein rechtes Bein traf ihn auf Höhe des Knies. Es war nur ein minimaler Kontakt, aber er genügte, um ihn aus dem Tritt zu bringen. Er strauchelte.

Unwillkürlich riss er die Arme nach oben, um den Sturz abzufangen. Mit lautem Poltern fiel er den Treppenabsatz hinunter und schlug mit dem Kopf gegen die Wand. Halb besinnungslos blieb er liegen.

Er hörte Schritte, dann wurde es dunkel um ihn …

»Wach auf! Um Gottes willen! Was ist mit dir?«

Wie durch einen Wattebausch hörte er Kikis Stimme. Dann sah er ihr Gesicht über sich. Sie war blass.

»Was ist passiert?«, fragte sie atemlos. »Bist du gestürzt?«

»Ich habe ihn gesehen«, sagte er zusammenhanglos. »Er hat mich die Treppe hinuntergestoßen.«

»Was? Wer?«

»Der Mörder … ich hab ihn gesehen.«

Langsam setzte sein Verstand ein. Und damit die Schmerzen. Alle Knochen taten ihm weh. Vorsichtig tastete er sich ab. Bis auf ein paar Prellungen schien alles heil geblieben zu sein. Er setzte sich auf.

»Der Mörder. Er war da. Er kam aus einem der Appartements. Er hatte eine Tüte in der Hand.«

Kiki verstand, was er meinte. »Oh mein Gott«, sagte sie fassungslos.

Als sie auf den Flur zurückkehrten, standen dort bereits mehrere Studenten. Sie waren von dem Lärm wachgeworden. Der Fremde hatte die Tür zu Ibukis Appartement nur angelehnt. Jemand hatte sie aufgestoßen. Die Kommilitonen standen vor Ibukis Zimmer und waren vor Schreck wie gelähmt. Niemand sagte etwas. Unwillkürlich machte Kiki einen Schritt auf die Wohnung zu, aber Jo hielt sie fest.

»Nicht …«, flüsterte er mit heißerer Stimme.

Endlich griff jemand zum Telefon und rief die Polizei.

Die nächsten Stunden erlebte Jo wie in Trance. Der Flur vor Ibuki Tamuras Wohnung füllte sich mit Polizisten. Er und Kiki standen abseits und verfolgten teilnahmslos das Geschehen. Der Tod des jungen Mannes, mit dem sie am Morgen noch zusammen in der Cafeteria gesessen hatten, war für beide ein Schock. Jo konnte nicht fassen, dass es ihnen nicht gelungen war, den Mord zu verhindern. Wieso war er nicht früher auf den Gedanken gekommen, bei Tamura nach dem Rechten zu sehen? Ein Beamter in Zivil trat auf sie zu und sprach sie auf Japanisch an. Kiki sagte etwas. Der Polizist sah sie mit merkwürdigem Gesichtsausdruck an. Sie schob eine längere Erklärung nach. Der Mann nickte. Sie wurden nach unten zu einem Polizeiwagen geführt und zur Präfektur gebracht. Seit dem schrecklichen Ereignis hatten sie kaum ein Wort miteinander gesprochen. Auf der Polizeiwache mussten sie auf dem Flur Platz nehmen und warten. Es dauerte fast eine Stunde, bis ein anderer Beamter kam und Kiki aufforderte mitzukommen. Jo erhob sich, aber der Polizist bedeutete ihm sitzen zu bleiben.

»Es ist besser, wenn ich ihnen erst einmal erkläre, was passiert ist«, flüsterte Kiki ihm zu. Jo nickte stumm. Der Tod von Ibuki Tamura hatte ihn über alle Maßen erschüttert. Schreckliche Bilder aus seiner Vergangenheit begannen seinen Kopf zu füllen. Nicht jetzt, dachte er gequält. Er durfte nicht die Kontrolle verlieren. Mühsam versuchte er sich zu konzentrieren.

Er atmete tief ein und aus.

Ein und aus.

Am Anfang hatte ihm das autogene Training kaum geholfen. Aber im Laufe der Zeit war es besser geworden. Er wusste nicht, wie lange er auf dem Flur gesessen und gewartet hatte, als auf einmal ein uniformierter Beamter vor ihm auftauchte und ihm bedeutete mitzukommen. Er führte ihn zu einem Besprechungszimmer. Jo setzte sich und sah den Polizisten an, der ihm gegenüber Platz genommen hatte.

»Haben Sie eine Fahndung nach dem Mörder eingeleitet?«, wollte er wissen.

Der Beamte musterte ihn mit ausdruckslosem Gesicht.

»Ich könnte Ihnen bei einem Phantombild helfen«, bot er an, doch der Mann schwieg weiter. Nach einer Weile öffnete sich die Tür. Jemand in einem dunklen Anzug betrat den Raum. Jo erschrak, als er hochblickte. Es war der geheimnisvolle Mann vom Flughafen! Er nickte dem uniformierten Polizisten kurz zu, der sich augenblicklich erhob und den Raum verließ. Der geheimnisvolle Mann setzte sich und sah Jo lange an.

»Mein Name ist Hidaka Kashimo«, eröffnete sein Gegenüber das Gespräch.

»Ich leite die Mordkommission in Tokio.«

»Was?«

Jo sah ihn verwirrt an. Mordkommission? Kashimo bemerkte seine Verwirrung.

»Die Morde an zweien unserer Landsleute in Deutschland sind in Japan sehr genau registriert worden. Sie haben für einiges Aufsehen gesorgt. Die Ermittlungen wurden mir übertragen. Auch wenn die Taten in Deutschland verübt worden sind, haben wir eigene Nachforschungen angestellt. In diesem Zusammenhang sind wir auf Ihren Namen gestoßen, Herr Weidinger. Deswegen bin ich am Flughafen gewesen. Ich wollte mir ein Bild von Ihnen machen.«

Jo starrte den Kriminalbeamten an.

»Woher wussten Sie, dass ich nach Japan kommen würde?«, fragte er.

»Das tut nichts zur Sache. Fakt ist, dass Sie sich nicht an meine Anweisung gehalten haben. Habe ich Ihnen nicht empfohlen, sich nicht außerhalb der touristischen Pfade zu bewegen?«

Jo sah den Leiter der Mordkommission stumm an. Hidaka Kashimo seufzte.

»Frau Matsuda hat uns erzählt, wie Sie auf Ibuki Tamura gestoßen sind. Es ist eine sehr eigenartige Theorie, die Sie da verfolgen.«

Jo spürte eine große Müdigkeit in sich.

»Ich halte sie sogar für äußerst abenteuerlich«, fuhr Kashimo fort. »Aber natürlich werden wir sie überprüfen. So wie wir in diesem Fall vielen anderen Hinweisen nachgegangen sind.«

In der Stimme des Beamten schwang eine gewisse Herablassung mit.

»Frau Matsuda hat uns gesagt, Sie haben den Mörder gesehen?«

Jo nickte.

»Er kam aus Ibuki Tamuras Appartement. In der Hand hielt er eine Plastiktüte, in der er …« Jo stockte.

»Wie sah er aus?«

Eine gute Frage.

»Er hatte grausame Augen.« Das war das Erste, was ihm einfiel.

»Grausame Augen?«

Hidaka Kashimo sah ihn mit ausdruckslosem Gesicht an.

»Ich weiß nicht, wie ich es besser beschreiben soll. Ich wusste sofort, dass er es ist, als ich ihm in die Augen gesehen habe.«

»Welche Farbe hatten seine Augen?«

»Ich weiß nicht, … dunkel?«

»Alter?«

»Schwer zu sagen. Es war ziemlich dunkel in dem Flur, und ich hab ihn nur kurz gesehen.«

»Er hat bei zwei der Lampen die Glühbirnen herausgeschraubt«, erklärte der Kriminalbeamte. »Sehr clever.«

Jo dachte an das Gesicht des Mörders. »Ich würde ihn auf die zweite Hälfte der 20er oder vielleicht Anfang 30 schätzen. Keinesfalls älter.«

Kashimo nickte.

»Schwarze Haare, schmales Gesicht. Er trug einen schwarzen Mantel, der bis zu den Knien reichte.«

»Würden Sie ihn wiedererkennen?«

»Wenn ich seine Augen sehe – bestimmt.«

»Wir haben einen Phantombildzeichner. Er wartet nebenan. Ich möchte, dass Sie ihm alles erzählen und mit ihm ein Fahndungsbild entwerfen.«

Jo nickte. Es entstand eine Pause.

»Wieso haben Sie ihn verfolgt? Sie mussten doch wissen,

dass er ein Schwert bei sich trägt und nicht zögern wird, Sie zu töten.«

Jo zuckte mit den Schultern.

»Ich hab nicht nachgedacht«, sagte er müde, »es ging alles so schnell.«

»Was ist im Treppenhaus passiert?«

»Er hat hinter der Tür auf mich gewartet und mir einen Stoß versetzt. Ich bin die Treppe hinuntergefallen und mit dem Kopf gegen die Wand geschlagen. Danach hab ich nicht mehr viel mitbekommen. Er muss durch das Treppenhaus verschwunden sein.«

»Sind Sie verletzt?«

Es war das erste Mal, dass sich dafür jemand interessierte, dachte Jo säuerlich.

»Ich glaube nicht«, erwiderte er.

»Wir können Sie zur Sicherheit in einem Krankenhaus untersuchen lassen.«

»Nicht nötig«, wehrte Jo ab. »Ich hab einen Brummschädel, und mein linker Arm tut weh. Ansonsten geht es mir gut. Wenn ich richtig ausschlafe, geht es bestimmt wieder.«

Der Kriminalbeamte sah ihn unschlüssig an. Jo hustete. Er war hundemüde und wollte endlich ins Bett.

»Sonst noch was?«, fragte er und machte Anstalten aufzustehen.

»Ja. Halten Sie sich aus diesem Fall heraus. Diesmal ist es kein Ratschlag, sondern eine formelle Anordnung. Wenn Sie weiterhin in dieser Angelegenheit herumschnüffeln, werden wir Sie umgehend ausweisen.«

Ein uniformierter Beamter brachte Jo in ein anderes Büro, wo der Phantombildzeichner auf ihn wartete. Der Mann konnte passabel Englisch, sodass sie ohne Dolmetscher auskamen. Der Polizeizeichner gab sich jede erdenkliche Mühe. Am Ende kam sein Bild dem Gesicht des Mörders sehr nahe. Jo war dennoch nicht zufrieden. Das Entscheidende, die Augen und das entrückte Leuchten in ihnen, ließ sich nicht auf Papier bannen. Trotzdem nickte er, als der Mann ihn fragte, ob er es gut getroffen habe.

Ein Polizist brachte ihn zu einem Aufenthaltsraum. Dort hatte Kiki tapfer auf ihn gewartet. Sie lag schräg auf einer Bank und war eingeschlafen. Die Haare waren ihr in die Stirn gerutscht. Sie wirkte noch mädchenhafter als sonst. Fast hätte er es nicht übers Herz gebracht, sie zu wecken. Sie blinzelte verschlafen. Ein Strahlen ging über ihr Gesicht, als sie ihn sah.

»Jo-San … endlich!«

Im Taxi fiel es beiden schwer, wach zu bleiben. Kiki schmiegte sich an ihn und atmete ganz ruhig. Er spürte, wie ihn ihre Gegenwart beruhigte.

Todmüde fielen sie ins Bett.

KAPITEL 31

Ein Duft von frischen Kaffeebohnen füllte den Raum.

»Na, Schlafmütze, endlich wach?«

»Wie spät ist es?«, fragte er.

»Fast Mittag! Jedenfalls höchste Zeit aufzustehen. Wie fühlst du dich?«

»Besser. Der Brummschädel ist weg. Aber die Schulter tut noch weh.«

Ihm fiel auf, was für ein interessantes Nachthemd Kiki trug. Es war ein Hauch von Nichts. Er wollte nach ihr greifen, aber sie schlug ihm spielerisch auf die Finger.

»Na, na, Jo Weidinger. Schön brav sein. Zuerst wird gefrühstückt. Ich hab frischen Kaffee aufgebrüht und French Toast gemacht.«

»Wenn die Bedienungen hier so heiße Outfits tragen, kann ich für nichts garantieren. Wie soll man sich da auf das Essen konzentrieren?«

Sie lachte.

»Mal sehen, vielleicht gibt es nachher eine süße Nachspeise«, sagte sie anzüglich.

Sie frühstückten im Bett. Kiki umsorgte ihn umsichtig und liebevoll, als wäre er ernsthaft verletzt. So schlimm war es Gott sei Dank nicht, aber Jo genoss ihre Aufmerksamkeiten trotzdem. Während sie aßen, informierten sie sich gegenseitig über ihre Erlebnisse in der Nacht. Kiki war ausführlich von mehreren Beamten verhört worden und hatte diesen alles erzählt, was sie bisher herausgefunden hatten. Die Polizisten hatten viele kritische Nachfragen gestellt und schienen von der Theorie der beiden nicht viel zu halten. Jo berichtete über seine Begegnung mit dem Leiter der Mordkommission und seiner Drohung, ihn abzuschieben.

»Erstaunlich, dass sie mich nicht gleich ausgewiesen haben«, sagte Jo, während er an einem Marmeladencroissant kaute.

»Das liegt an deinen wunderschönen blauen Augen«, meinte Kiki und lächelte ihn an. Jo musste lachen.

»Der Leiter der Mordkommission hat sich davon bestimmt beeindrucken lassen.«

»Ich würde dich jedenfalls nicht ausweisen. Im Gegenteil, ich würde dein Visum bis unendlich verlängern«, sagte sie mit einem drolligen Gesichtsausdruck. Da er nicht wusste, was er darauf antworten sollte, entstand eine kleine Pause.

»Es könnte allerdings sein, dass es an Onkel Inazo liegt«, erklärte sie.

»Onkel Inazo?«

Sie kicherte, als sie sein ratloses Gesicht bemerkte.

»Kenjis Vater. Er und der Polizeipräfekt von Tokio sind zusammen zur Schule gegangen und sehr gut befreundet. Als die Polizeibeamten meinen Namen hörten, sind sie gleich viel höflicher geworden.«

Sie kicherte wieder.

»Ihr seid eine erstaunliche Familie«, sagte er. »Apropos erstaunlich«, fuhr er fort, »wo hast du dieses interessante kleine Nachthemd her?«

»Ja, da bist du baff, was ich Tolles im Schrank habe«, lachte sie und stellte das Tablett auf den Boden. »Wenn du möchtest, darfst du dir das Nachthemd aus der Nähe ansehen«, hauchte sie mit einem koketten Augenaufschlag.

Das ließ Jo sich nicht zweimal sagen. Bei einem hatte sie jedenfalls nicht zu viel versprochen: Die Nachspeise war wirklich süß …

Als sie später zusammen in Kikis Büro saßen, besprachen sie das weitere Vorgehen.

»Wenn du aussteigen möchtest, habe ich absolut Verständnis dafür«, sagte Jo und sah sie an. »Ich möchte nicht, dass du wegen der Sache Ärger bekommst.«

»Mach dir um mich keine Sorgen. Ich komme schon zurecht. Wenn alle Stricke reißen, gibt es immer noch Onkel Inazo. Ich mache mir mehr Gedanken um dich. Es wäre jammerschade, wenn sie dich ausweisen würden.«

Jo zuckte mit den Schultern.

»Ich hab bei meinen Fällen immer Ärger mit der Polizei. Meist sind es nur leere Drohungen.«

Sie kicherte.

»Weißt du, dass ich total auf wagemutige Männer abfahre?«

»Ich dachte, du stehst auf Männer, die sich für Geschichte interessieren.«

»Das auch«, sagte sie. »Sie müssen wagemutig sein und sich für Geschichte interessieren.«

Sie turtelten noch ein wenig herum, dann wurde Jo ernst.

»Was ich nicht verstehe, ist, wieso die Polizei sich für mich interessiert. Die müssen sich in Deutschland über mich informiert haben.«

Kiki zuckte mit den Schultern.

»Als Japaner regeln wir unsere Angelegenheiten lieber selbst. Für die Polizei wäre es peinlich, wenn ein Außenstehender einen Fall vor ihnen lösen würde. Noch dazu, wenn es sich dabei um einen Ausländer handelt.«

»Was sollen wir als Nächstes tun?«, fragte Jo.

»Wir müssen die fünfte Familie finden. Je eher, desto besser.«

Er nickte.

»Ich gehe noch einmal die Lehensregister durch. Vielleicht findet sich etwas in der fraglichen Zeit.«

Für Jo bedeutete die erneute Literaturrecherche, dass er wieder zum Nichtstun verdammt war. So blieb ihm nichts anderes übrig, als in seinem Kopf den ganzen Fall erneut durchzugehen. Während er darüber nachdachte, hatte er ein- oder zweimal das Gefühl, dass sie etwas übersehen hatten. Aber so sehr er sich den Kopf zerbrach, er kam nicht darauf.

Frustriert betrachtete er den Bücherstapel auf dem Tisch vor sich.

Er griff nach einem dicken in Leder gebundenen Wälzer und blätterte darin. Die japanischen Schriftzeichen tanzten vor seinen Augen und schienen sich über ihn lustig zu machen.

Ganz hinten stieß er auf die Liste, in die man sich für das Entleihen eintragen musste. Die letzte Unterschrift stammte von Kiki. Er bewunderte ihre schönen, elegant geschwungenen Schriftzeichen. Sie sahen sehr charaktervoll aus. Zum Spaß verglich er ihre Handschrift mit den Signaturen der anderen Entleiher und versuchte, daraus auf den Charakter der Personen zu schließen. Auf einmal stutzte er. Sein Blick war an einer krakeligen, fast kindlich wirkenden Unterschrift hängen geblieben. Sie kam ihm bekannt vor. Ratlos betrachtete er die ungelenken Buchstaben. Dann fiel ihm ein, wo er diese Unterschrift schon einmal gesehen hatte.

Ein spontaner Geistesblitz durchzuckte ihn. Jo schüttelte den Kopf. Er konnte nicht glauben, dass sie nicht längst darauf gekommen waren! Die Lösung war so einfach! Wahrscheinlich hatten sie diese deshalb übersehen! Er nahm ein anderes Buch vom Stapel, schlug es auf und blätterte darin, bis er auf die Liste der Entleiher stieß. Atemlos verglich er sie mit der aus dem ersten Buch. In rascher Folge griff er nach weiteren Büchern, die Mitsuko für sie zusammengestellt hatte. Fieberhaft arbeitete er sich durch den Stapel. Er wurde immer aufgeregter. Schließlich ging er so ungestüm zu Werke, dass Kiki überrascht hochblickte.

»Was ist los?«, fragte sie.

»Ich weiß, warum er sie umbringt …«

»Was?« Kiki sah ihn mit großen Augen an. Er sprang auf und tanzte aufgekratzt durch den Raum. Die junge Professorin warf ihm einen besorgten Blick zu.

»Keine Angst, ich bin nicht verrückt geworden«, rief er und lachte. »Und was noch besser ist: Ich weiß, wie wir ihn kriegen.«

»Wenn das so ist, wäre es nett, wenn du mir mitteilen könntest, welch großartige Erkenntnisse du in den Büchern auf dem Tisch gefunden hast, die du nicht lesen kannst.«

Jo grinste.

»Wir haben die ganze Zeit in die falsche Richtung gedacht!«, erklärte er. »Der Mörder stammt nicht aus einer der fünf Samuraifamilien, die am Diebstahl des Schwertes beteiligt waren. Er gehört zu den Nachfahren der Bestohlenen.«

»Zu den Tagaki?«

Kiki schüttelte den Kopf. »Du willst mir allen Ernstes erzählen, jemand rächt sich nach fast 600 Jahren dafür, dass seiner Familie ein Schwert gestohlen worden ist, und bringt dafür Leute um?«

»Hast du mir nicht gesagt, dass Tradition in euerem Land sehr wichtig ist?«

»Ja, aber deswegen ermorden wir keine Menschen. Das ist verrückt.«

»Natürlich. Aber ein Typ, der anderen den Kopf abschneidet und ihn in einer Plastiktüte mit nach Hause nimmt, ist wahrscheinlich auch nicht normal.«

»Guter Punkt«, sagte Kiki trocken. »Nehmen wir an, du hast recht. Warum jetzt? Ich meine, das Ganze ist 600 Jahre her! Reichlich spät für eine Rache.«

Jo zuckte mit den Schultern.

»Wegen eines anderen Falles hab ich mich sehr intensiv mit Serienkillern beschäftigt. Dabei handelt es sich fast immer um psychopathische Charaktere. Meist hatten sie eine schreckliche Kindheit, sind sozial isoliert und bauen sich ihre eigene Gedankenwelt auf. Dort gelten andere Maßstäbe als in der ›normalen‹ Welt. Sie betrachten Menschen nicht wie Lebewesen. Für sie sind sie mehr wie eine Sache, wie ein Gegenstand, mit dem sie tun und lassen können, was sie wollen.«

»Schön. Aber ich bleibe bei meiner Frage – wieso jetzt?«

»Wahrscheinlich gibt es bei den Tagaki auch eine Familiengeschichte, die von Generation zu Generation weitergegeben worden ist – so wie bei Kaito Nakane. Das Dokument ist in die Hände von jemandem gelangt, der vorher schon völlig aus dem Ruder gelaufen ist. Vermutlich hatte sich bei dem Kerl viel Wut und Hass aufgestaut, dass er nur nach einem Grund gesucht hat, um seine Aggressionen nach außen zu kehren.«

»Nehmen wir an, du hast recht. Wie findet er seine Opfer, und warum sucht er gerade sie aus?«

»Das haben wir geklärt: Es ist so, wie Kenji gesagt hat, er tötet den Stammhalter und löscht damit die direkte Erblinie aus. So bestraft er stellvertretend den ganzen Clan.«

»Okay, aber wie findet er die Familien? Du hast selbst erlebt, wie schwierig es uns gefallen ist, die Spur der Fünf Samurai zu verfolgen. Die Tagaki kannten die Namen der Diebe nicht. Wenn es eine Familienüberlieferung gibt, sind sie darin nicht enthalten.«

»Stimmt. Deswegen macht er es genauso wie wir: Er durchforstet die Archive.«

»Was?«

»Er hat sich die gleichen Bücher ausgeliehen wie wir.«

Kiki starrte ihn ungläubig an.

»Das Beste daran ist, dass wir seinen Namen haben!« Den letzten Satz hatte Jo ganz beiläufig gesagt. Wortlos stand die junge Professorin auf und kam zu ihm herüber. Sie sah sich die Ausleihlisten der aufgeschlagenen Bücher an und verglich die Namen. »Das ist unfassbar! Wie bist du darauf gekommen?«

»Ich hatte die Unterschrift schon vorher gesehen. In Sendai, als wir im Regionalarchiv gewesen sind. Er hatte direkt über dir unterschrieben.«

»Dann muss er fast zur selben Zeit wie wir da gewesen sein!«

Ein Schauder lief ihr über den Rücken.

»Wir müssen sofort zur Polizei gehen«, sagte sie aufgeregt.

»Ich hatte nicht den Eindruck, dass sie uns glauben. Außerdem setzen sie mich sofort ins nächste Taxi zum Flughafen, wenn sie hören, dass wir uns immer noch mit dem Fall beschäftigen.«

»Du hast recht«, gab sie zu.

»Lass uns erst prüfen, ob wir richtig liegen. Dann können wir immer noch die Polizei alarmieren«, schlug er vor.

»Was willst du tun?«

»Wir überprüfen seinen Namen und stellen fest, ob der Mann wirklich zum Clan der Tagaki gehört.«

Kiki warf einen Blick auf die Ausleihliste. Dann schüttelte sie den Kopf.

»Der Name ist anders. Er lautet Takao Uchida.«

Jo schüttelte unwillig den Kopf. Sollte er sich so geirrt haben?

»Vielleicht stammt er aus einer Seitenlinie der Familie«, meinte er.

»Möglich. Aber dann wird es extrem schwierig. Der direkten Linie eines Hauses zu folgen ist schon nicht einfach. Wenn du Nebenlinien berücksichtigst, bist du schnell bei Hunderten, wenn nicht gar Tausenden von Nachfahren.«

Jo machte ein langes Gesicht.

»Am besten fangen wir beim Naheliegenden an. Lass uns Takao Uchida überprüfen. Er muss ja Student bei uns sein.«

Sie setzte sich an ihren Computer und tippte etwas ein. Es dauerte einen Augenblick.

Dann warf die Maschine etwas aus.

»Keine Treffer. Er ist kein Student. Er muss ein externer Nutzer der Bibliothek sein!«

Sie sprang auf.

»Komm, wir gehen zu Mitsuko.«

In der Bibliothek mussten sie warten. Mitsuko war damit beschäftigt, Bücher für eine junge Studentin herauszusuchen. Als sie die beiden sah, zwinkerte sie ihnen zu und lächelte. Es dauerte einige Minuten, bis die Ausleihformalien erledigt waren, dann zog die junge Studentin mit zwei Büchern von dannen.

»Wir brauchen deine Hilfe, Mitsuko«, sagte Kiki. »Es geht um einen externen Nutzer der Bibliothek.«

Die junge Bibliothekarin nickte.
»Der Name ist Takao Uchida.«
Mitsuko nickte wieder und tippte den Namen ein.
»Da haben wir ihn.«
Sie zog die Augenbraue hoch.
»Er hat sich ungewöhnlich viele Bücher ausgeliehen«, stellte sie fest.
»Kann ich eine Liste haben?«
»Selbstverständlich.«
Mitsuko wunderte sich, warum sich Professorin Matsuda für den Mann interessierte. Vielleicht war er ein externer Wissenschaftler, den sie gern kennenlernen würde. Sie druckte die Liste aus und reichte sie Kiki. Diese überflog sie kurz.
»Tatsächlich fast die gleichen Bücher, die wir uns ausgeliehen haben«, erklärte sie zu Jo gewandt.
»Kennst du den Mann?«, fragte sie die Bibliothekarin.
»Vom Namen her nicht, dazu kommen jeden Tag zu viele Studenten. Wenn ich ihn sehe, erkenne ich ihn bestimmt.«
Kiki schüttelte enttäuscht den Kopf.
»Ich könnte im Computer nachsehen, Professorin Matsuda«, bot Mitsuko ihr an.
Sie siezte Kiki nach wie vor, obwohl diese sie mehrfach gebeten hatte, sie auch zu duzen.
»Sind da auch Bilder abgespeichert?«
Mitsuko nickte.
»Die Bilder, die in den Bibliotheksausweisen enthalten sind, werden elektronisch archiviert.«
Sie gab den Namen ein.
»Das Bild fehlt«, sagte sie erstaunt. »Auch keine Adresse. Da hat jemand bei der Erfassung geschlampt«, meinte sie tadelnd und seufzte. Sie selbst gab die Daten immer sofort ein, aber sie wusste, dass einige ihrer Kolleginnen erst eine Stammnummer mit dem Namen im Computer anlegten und

die Daten später von der schriftlichen Karteikarte nachpflegten. Das war offensichtlich vergessen worden.

»Ich sehe in der Karteikarte nach.«

»Ihr erfasst alle Daten zweimal?«, fragte Kiki erstaunt.

Mitsuko nickte.

»Als die Computer eingeführt wurden, war dem damaligen Leiter der Bibliothek das neue System zu unsicher. Deswegen gab er die Anweisung, dass alle Vorgänge zuerst auf Papier notiert werden. Wir erfassen auch alle Ausleihvorgänge doppelt: elektronisch und in der Ausleihliste in den Büchern selbst.«

Sie stand auf und ging zu einem großen Ausziehschrank. Jo folgte den beiden Frauen, obwohl er von dem Gespräch nichts verstand, da es auf Japanisch geführt wurde.

Mitsuko blätterte durch die Hängeregister. Jo merkte, dass etwas nicht stimmte. Jedenfalls wurden die Bewegungen der jungen Bibliothekarin immer hektischer. Schließlich wandte sie sich an Kiki. Man konnte spüren, wie unangenehm der jungen Frau die Angelegenheit war.

»Es gibt keine Karteikarte.«

»Was heißt das?«

»Der Nutzer wurde nicht ordnungsgemäß registriert. Vielleicht ging die Anmeldekarte verloren, und die Daten konnten deswegen nicht in den Computer übertragen werden. Allerdings hätte die Kollegin in diesem Fall einen Vermerk machen müssen. Dann hätte man den Nutzer beim nächsten Leihvorgang bitten können, die Anmeldekarte erneut auszufüllen. Ich kann nachsehen, welche Kollegin den Vorgang bearbeitet hat.«

Sie gingen zurück zu Mitsukos Computer. Die Bibliothekarin tippte etwas ein. Dann starrte sie auf den Bildschirm.

»Was ist los?«, wollte Kiki wissen.

»Es gibt kein Kürzel«, sagte Mitsuko ratlos. »Das verstehe ich nicht.«

»Da war wohl jemand nicht mit den Prozessen vertraut, vielleicht eine neue Kollegin?«, mutmaßte Kiki.

Mitsuko schüttelte den Kopf.

»Das ist unmöglich. Das Kürzel wird automatisch vermerkt.«

Die beiden Frauen sahen sich an. Das konnte nur eines bedeuten: Jemand hatte den Computer manipuliert!

»Ich muss sofort die Bestände überprüfen!«, rief die Bibliothekarin aufgeregt. »Vielleicht wurden wertvolle Bücher entwendet.«

»Da kannst du beruhigt sein«, sagte Kiki. »Er hat die Bücher alle wiedergebracht.«

»Woher wissen Sie das?«

»Weil ich mir die meisten davon nach ihm ausgeliehen habe.«

Mitsuko überprüfte die Aussage an ihrem Computer. Dann nickte sie erleichtert.

»Sie haben recht! Sie sind alle noch da. Wenn er die Bücher nicht stiehlt, warum ist er dann in unser Computersystem eingebrochen?«, fragte sie verwirrt. »Immerhin ist das ein ernstes Vergehen.«

»Ist eine lange Geschichte«, erklärte Kiki geistesabwesend. »Ich werde sie dir bei Gelegenheit erzählen. Es ist wichtig, dass wir diesen Mann fangen. Willst du uns helfen?«

Sie sah die Bibliothekarin an. Mitsuko nickte spontan. In ihrem Leben passierten nicht sehr viele aufregende Dinge. Die meiste Zeit des Tages verbrachte sie in der Bibliothek. Abends war sie oft so müde, dass sie keine Lust mehr hatte, auszugehen oder Freunde zu treffen. Die Suche nach einem geheimnisvollen Fremden, der in ihren Computer eingedrungen war, klang sehr spannend. Außerdem wollte sie Kiki beeindrucken. Mitsuko bewunderte Professorin Matsuda von ganzem Herzen. Sie war immer so selbstbewusst und fröhlich. Dabei hatte sie es nicht einfach. Wie sie sich gegen die männlichen Professoren durchboxte, nötigte der jungen Frau höchsten Respekt ab. Gern wäre sie auch mehr so gewesen wie Professorin Matsuda.

»Was soll ich tun?«, fragte die junge Frau mit Verschwörerblick.

»Was hat er sich gegenwärtig ausgeliehen?«

Mitsuko tippte etwas in den Computer.

»Der Titel des Buches ist: ›Das Lehenssystem des Nordens – eine kritische Analyse‹«, erklärte sie aufgeregt.

»Wann muss er es zurückgeben?«

»In spätestens drei Tagen.«

Kiki klatschte vor Begeisterung in die Hände. Jetzt hatten sie ihn!

»Hör zu, Mitsuko. Du musst vorsichtig sein. Wir haben die Vermutung, dass der Mann sehr gefährlich ist. Wenn er kommt, um das Buch abzugeben, darfst du dir nichts anmerken lassen. Vermutlich wird er sich etwas anderes ausleihen. Am besten verzögerst du die Anforderung im Depot, dann muss er an der Ausleihstation warten.«

Mitsuko nickte.

»Sobald er weg ist, rufst du bei mir an. Dann komme ich sofort und bringe den Sicherheitsdienst mit. Glaubst du, du bekommst das hin?«

Mitsuko nickte wieder. Was für eine spannende Geschichte!

»Du bist klasse!«, rief Kiki und umarmte die junge Bibliothekarin. Mitsukos Wangen röteten sich vor Stolz.

Kiki gab ihr ihre Mobilnummer.

»Darunter bin ich jederzeit zu erreichen.«

Auf dem Weg zurück in ihr Büro erzählte Kiki Jo, was sie von Mitsuko erfahren hatte und welche Falle sie dem Mörder gestellt hatte.

»Bist du sicher, dass Mitsuko das hinbekommt?«, fragte er skeptisch. »Sie machte auf mich einen unsicheren Eindruck.«

Kiki blieb abrupt stehen.

»Ich hör wohl nicht richtig«, rief sie empört. »Nur weil Mitsuko jung und eine Frau ist, heißt das nicht, dass sie dumm ist. Im Gegenteil, ich halte sie für hochintelligent.«

»So habe ich es nicht gemeint«, sagte Jo schnell. »Ich mach mir nur Sorgen, dass sie zu nervös ist. Wir wollen doch nicht, dass der Typ gewarnt wird.«

Die junge Professorin überlegte kurz.

»Ach was, Mitsuko bekommt das hin«, wischte sie seine Bedenken beiseite.

»Wenn du meinst. Was machen wir als Nächstes?«, wollte er wissen.

Kiki zuckte mit den Schultern.

»Wir bleiben in meinem Büro und warten. In spätestens drei Tagen muss er ja kommen. Dann wäre es gut, wenn wir gleich da sind.«

Jo nickte ergeben.

»Außerdem müssen wir Takao Uchida überprüfen. Es ist höchstwahrscheinlich nicht sein richtiger Name, aber man kann nie wissen. Auch die intelligentesten Mörder begehen manchmal dumme Fehler.«

»Und wie sollen wir das machen?«

»Das ist dein Job. Du darfst meinen nichtsnutzigen Quasi-Cousin auftreiben und ihn für uns einspannen. Er soll ruhig auch zu unserer Ermittlung beitragen. Wenn er sich schon so wenig um dich kümmert.«

Während Jo versuchte, Kenji per Mobiltelefon zu erreichen, stürzte sich Kiki auf ihre Bücher. Sie arbeitete sich fieberhaft durch den Stapel auf ihrem Tisch. Der Tod von Ibuki Tamura, den sie nicht hatten verhindern können, lastete auf ihrer Seele. Dies wollte sie kein zweites Mal erleben. Sie mussten die Familie des fünften Samurais unbedingt finden, bevor der Mörder es tat …

KAPITEL 32

Seine Knie schmerzten. Blut lief an ihnen herunter. Die kleinen Steinchen auf dem Beton hatten ihm die Haut aufgerissen. Wieder und wieder hatte er sich auf den Boden geworfen. Er musste sich erniedrigen. Heute mehr denn je. Er musste den Ahnen seine Demut beweisen. Der Schock darüber, dass er um ein Haar gefasst worden war, hatte ihn tief erschüttert. Er verstand nicht, wie es dazu kommen konnte. Wochenlang hatte er auf der Lauer gelegen und das Studentenwohnheim ausgekundschaftet. Kaum einer der Bewohner war spät abends unterwegs. Er hatte lange hinter der Tür gelauscht, bevor er in den Flur hinausgetreten war.

Doch auf einmal war dieser Ausländer, der Gaijin mit den hellen, blauen Augen, aufgetaucht.

Woher war er so schnell gekommen? Sie standen sich gegenüber und starrten sich an. In den Augen des Fremden hatte er lesen können, dass er Bescheid wusste.

Später, als er längst sicher in sein Versteck zurückgekehrt war, sah er immer wieder diese Augen vor sich. Diese wissenden Augen.

Wie war das möglich?

Niemand wusste, was er tat. Schon gar nicht ein Gaijin. Er warf sich wieder auf den Boden. Seine Knie brannten wie Feuer. Er bereute, dass er den Mann nicht getötet hatte. Er hätte seinen Kopf nehmen sollen, dachte er grimmig.

Aber es war alles so schnell gegangen. Und er hatte Angst gespürt.

Zum ersten Mal.

Sie hatte ihn plötzlich überfallen. Eine Angst, die ihn nach unten zog und seine Gedanken lähmte. Deswegen war er in Panik geraten und war weggelaufen.

Er hatte den Mann liegen lassen, statt die Gelegenheit zu nutzen, ihn zu töten.

Er wusste nicht, wer dieser Gaijin war. Vielleicht ein Polizist, der seiner Spur seit Deutschland folgte? Oder bildete er sich das alles nur ein? Vielleicht war es auch nur ein ausländischer Student, der dort wohnte?

Schnell schob er den Gedanken an den Fremden beiseite. Er musste sich auf seine Aufgabe konzentrieren! Es fehlte nur noch ein Mosaikstein zur Vollendung.

Langsam erhob er sich. Er ging in den hinteren Teil seines Tempels. Die Räucherstäbchen gaben dem Moment eine feierliche Würde. Den ganzen Tag über hatte er sich dem Kopf von Ibuki Tamura gewidmet. Mit viel Liebe hatte er ihn gereinigt und geschminkt.

Jetzt war er bereit. Bereit, aufgenommen zu werden.

Er trat an den großen Glasschrank heran, öffnete ihn und stellte den Kopf neben die anderen. Dann machte er einen Schritt zurück und musterte die vier Häupter der Toten.

Es war ein erhebender Anblick.

Nun fehlte nur noch einer. Der Kopf des Hauptschuldigen. In seiner wirren Gedankenwelt waren die Personen längst miteinander verschmolzen. Für ihn waren die Toten nicht mehr die Nachfahren der Männer, die das Schwert geraubt hatten. Sie waren es selbst.

Der junge Samurai war der Schlimmste von allen. Er hatte sich freiwillig gemeldet.

Er hatte die Mauer überwunden. Ohne ihn wäre das ganze Unternehmen nicht geglückt. Dieses Verbrechen, das so viel Leid über seine Familie gebracht hatte.

Seine Züge verzerrten sich hasserfüllt, als er an den jungen Samurai dachte.

Er hatte die ganze Geschichte gelesen, jedes Detail. Wieder und immer wieder.

Er hätte sie auswendig aufsagen können. Seit dem Tag, an dem er in die Wohnung der Eltern von Kaito Nakane eingedrungen war und sich die Papierrollen angesehen hatte, brannte dieser Hass in ihm. Und er war immer schlimmer geworden.

Er hatte die Rollen abfotografiert und sie später mühevoll durchgearbeitet. Es verschaffte ihm noch heute eine grimmige Genugtuung, dass er sich in den Besitz der Dokumente gebracht hatte, als die Eltern von Kaito Nakane bei der Beerdigung ihres Sohnes weilten. Er verzog verächtlich das Gesicht. Kaito Nakane war ein Schwächling gewesen. So wie die anderen Männer, die er getötet hatte. Keiner hatte sich gewehrt, keiner war ihm annähernd ebenbürtig gewesen. In seinen fieberhaften Träumen sah er den jungen Samurai vor sich. Stolz und mutig. Ein Gegner mit Würde. Ein Gegner, der ihm mit einem Schwert in der Hand entgegentrat und sich verteidigte.

Das war seine große Hoffnung. Doch erst musste er ihn finden. So sehr er sich bemüht hatte, keines der zahllosen Dokumente, die er bisher durchgesehen hatte, enthielt den geringsten Hinweis auf die Familie des fünften Samurai.

Unwillkürlich ballte er die Faust. Er musste den fünften Samurai finden – unbedingt. Sonst konnte er sein Werk nicht vollenden. Seine große Aufgabe, mit der er die Ehre seiner Familie wiederherstellen würde.

Ein Gefühl der Beklemmung ergriff ihn. Nicht auszudenken, wenn er ihn nicht fand.

Mühsam kämpfte er dagegen an. Er durfte nicht zurückfallen in die Zeit der Mutlosigkeit. In die Zeit der Schwäche, in der er oft vor dem Spiegel gestanden hatte – das Messer in der Hand, bereit, sich die Kehle durchzuschneiden.

Seine Kindheit war ein einziger Alptraum gewesen. Jedenfalls seitdem sein Vater sich das Leben genommen hatte. Er war damals zwölf Jahre alt gewesen.

Wie lang war das her – 15 Jahre? Trotzdem konnte er sich an den Tag erinnern, als wäre es gestern gewesen. Sein Vater hatte sich am Morgen mit einem Klaps auf die Schulter von ihm verabschiedet. So wie jeden Tag.

Nichts deutete daraufhin, dass sein Vater nie mehr wiederkommen würde. Doch sein Plan musste zu diesem Zeitpunkt schon fertig gewesen sein. Das Testament war geschrieben, die Pistole besorgt. Es war genau 11.54 Uhr, als sein Vater sich in seinem Büro eine Kugel durch den Kopf jagte. Er selbst erfuhr davon erst, als er abends aus der Schule kam. Seine Mutter war völlig aufgelöst. Tränen rannen ihr übers Gesicht. Nur mit Mühe gelang es ihr, ihm zu sagen, was passiert war. Eigenartigerweise spürte er gar nichts.

Keine Trauer, kein Mitleid – nur eine unbestimmte Art von kalter Wut. Wut darüber, dass sein Vater gegangen war, ohne sich von ihm zu verabschieden. Wut, weil seine Mutter sich in sich zurückzog, statt sich um ihn zu kümmern. Wut, dass die Bank der Firma keine weitere Chance gegeben hatte, obwohl die Produkte nicht schlecht waren, die sie herstellte. Es gab Tausend Gründe, wütend zu sein, und er hätte so dringend jemand gebraucht, mit dem er darüber sprechen konnte. Aber es gab niemanden.

Der Selbstmord seines Vaters und die Pleite der Firma sprachen sich in Windeseile herum. Von einem Tag auf den anderen wurde er in der Schule zum Aussätzigen. Seine Mitschüler deuteten mit den Fingern auf ihn und verhöhnten ihn.

»Du bist ein Versager, du bist ein Versager, so wie dein Vater einer war«, riefen sie ihm hinterher. Doch schlimmer als der Spott war ihre Missachtung. Niemand wollte mehr etwas mit ihm zu tun haben. Viele seiner Mitschüler behandelten ihn wie Luft. Sie ignorierten es, wenn er mit ihnen redete, oder drehten sich weg. Er konnte nicht verstehen, wieso alle so gemein zu ihm waren. Er hatte nichts getan. Für den Selbstmord seines Vaters konnte er schließlich nichts. Den anderen war das

jedoch egal. Fast ein halbes Jahr ging es so, das ganze restliche Schuljahr. Seine Verzweiflung wurde immer größer. Doch auch in dieser Situation konnte er mit niemandem reden. Seine Mutter saß meist nur stumm am Esstisch und sprach kaum ein Wort. Als sie ihm eröffnete, dass sie sich das Schulgeld für die private Mittelschule nicht mehr leisten könne, war er fast froh. Er würde in einer neuen Schule von vorn beginnen können, dachte er. Doch seine Hoffnung wurde bitter enttäuscht. Auf der staatlichen Schule sollte es noch schlimmer kommen. Die Schüler dort beneideten die Kinder, deren Eltern es sich leisten konnten, sie auf eine der teueren Privatschulen zu schicken, die den Weg für eine glänzende Karriere ebneten. Sich selbst empfanden sie als den armseligen Rest. Umso mehr entzündete sich ihr Hass an jemandem wie ihm. Jemand, der von einer privaten Eliteschule kam und der auf ihr Niveau zurückgefallen war. Sein Leben wurde zu einer einzigen Tortur. Hänseleien und Boshaftigkeiten wurden zu seinem ständigen Begleiter. Jeder Tag, den er aufstehen und in die Schule gehen musste, war für ihn eine Qual. Am Anfang setzte er sich zur Wehr und prügelte sich mit Mitschülern, aber auch das fiel auf ihn zurück. Die anderen hielten gegen ihn zusammen und stellten ihn gegenüber den Lehrern als aggressiven Raufbold dar. Mehrfach wurde er bestraft. Am Ende gab er auf. Er zog sich in sich selbst zurück und verschloss sich gegenüber den anderen. Ihre Sticheleien und Gemeinheiten, mit der Zeit nahm er sie nicht einmal mehr wahr. In seinen Gedanken baute er sich eine eigene Welt. Eine Welt, in der er stark und mächtig war und in der die anderen vor ihm zitterten. In dieser Zeit entdeckte er den Computer für sich. Sein Vater hatte ihnen einen modernen Rechner hinterlassen. Seine Mutter kannte sich damit nicht aus und sagte nichts, als er ihn in sein Zimmer stellte.

Nun hatte er eine Aufgabe. Sobald er seine Hausaufgaben beendet hatte, setzte er sich vor den Computer und arbeitete damit. Die binäre Welt der Nullen und Einsen faszinierte ihn. Hier gab es keine Unklarheiten und keine Unschärfe. Alles war exakt definiert und folgte festen Regeln. Der Computer tat das, was man ihm befahl.

Er schrieb Programme und ließ ihn kleine Aufgaben erledigen. Endlich gab es etwas in seinem Leben, das er beherrschte und das sich nicht gegen ihn kehrte. Schon bald genügte der alte Rechner seinen Anforderungen nicht mehr. Seine Mutter um Geld für einen neuen Computer zu bitten, wäre aussichtslos gewesen. Seit dem Tod seines Vaters kamen sie nur mühsam über die Runden. Seine Mutter musste sogar als Putzfrau arbeiten, was er als große Schande empfand. Trotzdem langte es kaum zum Leben. Sie waren in eine winzige Wohnung gezogen und mussten jeden Yen zweimal umdrehen. So blieb ihm nichts anderes übrig, als sich das Geld auf andere Weise zu beschaffen. Zuerst bestahl er Mitschüler. Während der Sportstunden schlich er sich in die Umkleidekabine und durchsuchte die Taschen nach Geld und anderen Wertgegenständen. Aber schon bald reichte ihm das nicht mehr.

Er begann in Kaufhäusern und Elektronikmärkten Computerzubehör zu stehlen. Verbindungskabel, Speicherchips und anderes Zubehör, das er verkaufte. Dabei verspürte er keinerlei schlechtes Gewissen. Auf eine gewisse Art und Weise hatte er mit seiner Umwelt abgeschlossen. Für andere Menschen hatte er nur Hass und Verachtung übrig. Lange Zeit gingen seine Diebereien gut, doch dann wurde er in einem Kaufhaus erwischt, als er gerade ein Druckerkabel unter seinem Pullover verschwinden ließ.

Als er von der Polizei nach Hause gebracht wurde, konnten es alle sehen.

Die Nachbarn starrten hinunter auf die Straße, als er von zwei Beamten nach oben zu seiner Mutter geführt wurde. Seine Mutter wäre vor Scham fast im Boden versunken und wagte es nicht, den Beamten in die Augen zu sehen. Als sie allein waren, machte sie ihm heftige Vorwürfe und fragte ständig nach dem Warum. Aber er saß nur da und schwieg. Sie hatten sich schon lange nichts mehr zu sagen.

An dem Abend dachte er zum ersten Mal an Selbstmord. Er stellte sich vor, wie er hinauf aufs Dach stieg, an die Kante des Gebäudes trat und sich fallen ließ. Die Vorstellung wurde so übermächtig, dass er sie einmal fast umgesetzt hätte. Er stand schon auf dem Dach und starrte hinunter in die Tiefe.

Aber im letzten Moment verließ ihn der Mut.

Seine Diebstähle gingen weiter, aber er wurde geschickter. Die Werte der gestohlenen Gegenstände wurden größer. Bald hatte er genug Geld beisammen, um sich einen neuen Computer zu kaufen. Der Rechner eröffnete ihm neue Möglichkeiten. Er tauchte völlig in die Welt der binären Codes ab und verbrachte jede freie Minute vor dem Bildschirm. Rasch stellte er fest, dass es andere gab wie ihn. Computerfreaks, die ihr Hobby mit dem gleichen Fanatismus betrieben und mit denen er erstmals wieder einen geistigen Austausch pflegte – wenn auch nur virtuell. Darüber lernte er die Welt der Computerspiele kennen. Die meisten dieser Spiele beschäftigten sich mit Kampf und Töten. Für ihn eine willkommene Gelegenheit, seine Aggressionen abzureagieren. Besonders faszinierte ihn ein Spiel, bei dem man in die Rolle eines Samurais schlüpfte und mit dem Schwert gegen verschiedene Gegner kämpfte. Er verbrachte viele Stunden damit und wurde immer besser. Schon bald hatte er das höchste Level erreicht. Er brauchte unbedingt neue Spiele. Zu seinem Bedauern waren sie sehr teuer und wurden in den Elektronikmärkten in abgeschlossenen Glasvitrinen verwahrt, sodass man sie nicht stehlen konnte. Zudem waren die Spiele mit einem aufwändigen Kopierschutz versehen, sodass man sie nicht vervielfältigen und an andere Spieler verkaufen konnte. Das dachte er jedenfalls. Bis er von einem seiner Computerkontakte erfuhr, dass es doch Möglichkeiten gab, den Kopierschutz zu umgehen.

Von da an beschäftigte er sich intensiv mit den Schutzmechanismen der Programme. Bald gelang es ihm, einige davon zu knacken. Über geheime Computerforen tauschte er sich mit anderen Hackern aus. Es entstand ein regelrechter Wettstreit, wem es bei einem neuen Spiel am schnellsten gelang, den Kopierschutz zu überwinden. Nach kurzer Zeit gehörte er zu den Besten. Der Ruf seines Pseudonyms »Computer-Samurai« verbreitete sich rasch in dieser verschworenen Gemeinschaft. Zum ersten Mal in seinem Leben erfuhr er Anerkennung. Er tauchte in die Szene ein und vernachlässigte darüber seine Schularbeiten. Seine Noten wurden schlechter, aber das störte ihn nicht. Für ihn existierte nur noch die virtuelle Welt der Spiele. Das reale Leben erschien ihm dagegen grau und öde.

Als er mit 16 die Schule beendete, waren seine Noten so schlecht, dass er keine feste Anstellung fand. Er schlug sich mit Gelegenheitsjobs durch. Er arbeitete einige Stunden pro Woche bei einem Schlüsseldienst, trug Zeitungen aus und betätigte sich in einem Supermarkt als Einpacker. Um mehr Geld zu verdienen, verdingte er sich als Hilfsarbeiter beim Bau. Die Arbeit brachte zwar mehr ein, aber war eine permanente Demütigung. Ständig wurde er von den anderen herumgescheucht und schikaniert. Als der Jüngste in der Truppe musste er all die Arbeiten erledigen, welche die anderen nicht machen wollten. Zudem musste er in den Pausen Essen kochen und seine Kollegen bedienen.

Von seinem ersten Lohn kaufte er sich einen DVD-Spieler. Jetzt gab es in seinem Leben nicht mehr nur den Computer, sondern er verbrachte viel Zeit vor dem Fernseher. Am liebsten sah er sich Filme mit Samuraikämpfern an. Viele davon waren äußerst brutal. Das Blut spritzte in Mengen, wenn Gliedmaßen oder Köpfe abgeschlagen wurden. Aber das störte ihn nicht – im Gegenteil. Die Gewalt in den Filmen übte auf ihn eine eigenartige Faszination aus. In seinen Fantasien sah er sich selbst mit dem Schwert in der Hand, stark und mächtig.

Der Hass auf seine Umwelt, der schon seit Langem in ihm loderte, wurde stärker. Er stellte sich vor, wie er an seine alte Schule zurückkehrte und sich für all die Demütigungen rächte, die ihm zugefügt worden waren. Auch die Bank, die seinem Vater den Geldhahn zugedreht hatte, spielte in seinen Allmachtsfantasien eine große Rolle. Am liebsten wäre er dort eingedrungen und hätte die Bankmitarbeiter für ihren Verrat bestraft, den sie an seiner Familie begangen hatten.

Aus einer Laune heraus kaufte er sich ein Schwert und versteckte es zu Hause in seinem Schrank. Ab und zu holte er es heraus und übte damit. Wenn er es in der Hand hielt, fielen alle Furcht und Zweifel von ihm ab. Es war ein erhebendes Gefühl.

Bald wuchs in ihm der Wunsch, den Umgang mit einem Schwert richtig zu lernen. Deswegen meldete er sich in einer der Kendo-Schulen an, in denen mit Bambusschwertern gekämpft wurde. Von nun an verbrachte er drei Abende in der Woche dort. Obwohl er sich rasch verbesserte und bald zu den besten in seinem Kurs gehörte, blieb er ein Einzelgänger. Immer wieder musste der Meister ihn zurückrufen, wenn er wie besessen auf seine Gegner eindrang. Gern hätte er mehr Zeit in der Kendo-Schule verbracht, aber seine Arbeit ließ das nicht zu. Der Wunsch, sich von diesem Joch zu befreien, wurde immer größer.

Da kam ihm der Zufall zu Hilfe. Er entdeckte eine lukrativere Geldquelle als die Arbeit auf dem Bau. Computerspiele wurden zunehmend populärer. Immer mehr Schüler und Jugendliche interessierten sich dafür. Der Markt explodierte regelrecht. Das bot ihm die Möglichkeit, die Spiele, die er gehackt hatte, weiterzuverkaufen. Dabei musste er allerdings sehr vorsichtig sein. Durch die illegalen Kopien verloren die Softwarefirmen sehr viel Geld und setzten alles daran, die Hacker dingfest zu machen. Diese arbeiteten im Schutz der Anonymität und wickelten ihre Geschäfte nur über Postfächer ab. Eine Weile lief es sehr gut, und seine illegalen Einkünfte sprudelten kräftig.

Doch als er eines Abends seine Post abholen wollte, warteten die Detektive eines Spieleherstellers auf ihn. Sie drohten ihm, die Polizei zu holen, wenn er nicht mit ihnen käme. Widerstandslos ließ er sich von ihnen mitnehmen. Im Hauptquartier der Softwarefirma wurde er von mehreren Mitarbeitern in Empfang genommen, die ihn intensiv verhörten. Bereitwillig schilderte er ihnen, wie er ihre Schutzmechanismen umgangen hatte. In dem Moment war ihm alles gleichgültig. Er war sich sicher, dass er im Gefängnis landen würde. Was spielte es da für eine Rolle, dass er alles zugab?

Die Mitarbeiter der Softwarefirma konnten nicht glauben, was er sich alles hatte einfallen lassen, um sich in ihre Programme zu hacken. Es erfüllte ihn mit Stolz und einer gewissen Genugtuung, wie die Profis aus der Firma an seinen Lippen hingen.

Während einer Vernehmungspause trat einer der Geschäftsführer auf ihn zu und fragte ihn, ob er sich vorstellen könne, die Seiten zu wechseln und für das Unternehmen zu arbeiten.

Er war völlig perplex. Statt Gefängnis bot sich ihm die Chance auf einen lukrativen Arbeitsplatz. Ohne lang zu überlegen, sagte er zu. Mit einem Mal verdiente er so viel Geld, dass er es sich leisten konnte, eine eigene Wohnung zu nehmen. Seinen Entschluss teilte er seiner Mutter beiläufig am Frühstückstisch mit.

Sie nahm es stumm zur Kenntnis. In der neuen Firma wurden seine Arbeit und sein Fachwissen zwar geschätzt, dennoch machten alle einen großen Bogen um ihn. Vielleicht weil seine Kollegen spürten, dass etwas mit ihm nicht stimmte. So blieb er ein Einzelgänger und verbrachte seine Abende allein vor dem Computer oder dem Fernseher, wenn er nicht gerade beim Kendo war.

Eines Abends fand er eine Katze, die offensichtlich ihren Besitzern weggelaufen war. Aus einer Laune heraus nahm er sie mit nach Hause. Er beobachtete sie dabei, wie sie sich in ihrer neuen Umgebung umsah und alles beschnupperte. Als er einen Augenblick nicht aufpasste, machte sie ein Häufchen in sein Wohnzimmer. Das machte ihn rasend. Er wusste selbst nicht, woher auf einmal diese unbändige Wut kam. Er brachte die Katze in sein Badezimmer, setzte sie in die Badewanne und stach mit einem Messer auf sie ein. Wieder und immer wieder, bis ihr Fell ganz zerfetzt war und ihre Gedärme herausquollen. Stumm sah er dabei zu, wie das Tier verblutete. Von da an fing er öfter streunende Tiere ein und brachte sie mit nach Hause. Er band sie fest und quälte sie zu Tode.

Das Gefühl der Macht, das er dabei verspürte, versetzte ihn in einen Rausch, der manchmal tagelang anhielt. Danach folgten regelmäßig Phasen tiefer Depression und voller Selbstzweifel. Er ekelte sich vor sich selbst und hätte sich am liebsten die Pulsadern aufgeschnitten. Doch etwas hielt ihn immer von diesem letzten Schritt ab. Einige Tage nach seinem 21. Geburtstag erhielt er Post. In dem Brief wurde er aufgefordert, im Büro eines Notars vorzusprechen. Er müsse ihm etwas von seinem Vater übergeben.

Sein erster Impuls war, das Schreiben wegzuwerfen. Er verachtete seinen Vater dafür, dass er sie im Stich gelassen hatte und wollte nichts mehr mit ihm zu tun haben. Doch nach einigen Tagen trieb ihn die Neugierde zu dem Notar. Der Mann händigte ihm einen Umschlag aus. Auf seine Frage, was das zu bedeuten habe, zuckte der Notar mit den Schultern. Er habe nur den Auftrag, ihm nach seinem 21. Geburtstag diesen Umschlag zu übergeben. Mehr wisse er nicht.

Er musste unterschreiben, dann stand er auf der Straße. Der geheimnisvolle Umschlag enthielt den Namen einer Bank und einen Schließfachschlüssel. Dazu eine Notiz von seinem Vater. Sie lautete: »Von nun an bist du der Hüter des Vermächtnisses unserer Familie. Mögest du ehrenvoll damit umgehen.«

Das Ganze verwirrte ihn. Hatte sein Vater ihm Geld hinterlassen, von dem niemand etwas wusste? Er suchte die Bank auf und ließ sich in den Tresorraum führen. Nachdem das Schließfach geöffnet worden war, ließ ihn der Bankangestellte allein. Zu seiner großen Enttäuschung enthielt es kein Geld. Auch keine anderen Wertgegenstände.

Nur einige Unterlagen.

Bei näherem Hinsehen erkannte er, dass die Dokumente sehr alt sein mussten. Sie waren auf Reispapier geschrieben. Die Schriftzeichen waren stark verblasst, sodass man sie nur mit Mühe entziffern konnte. Dazu waren sie in einem Japanisch geschrieben, das er nicht verstand. Er nahm die Dokumente mit zu sich nach Hause.

Wieder und wieder versuchte er einen Sinn darin zu erkennen. Er schrieb einige Sätze ab und legte sie seinem ehemaligen Geschichtslehrer an der Schule vor.

Der Mann war einer der wenigen gewesen, der ihn während seiner Schulzeit anständig behandelt hatte. Von ihm erfuhr er, dass es sich um einen mittelalterlichen Text handelte. Die Aussicht, in dem geheimnisvollen Dokument mehr über seine Familie zu erfahren, spornte ihn an. Statt vor dem Fernseher oder dem Computer verbrachte er nun viel Zeit in Bibliotheken und an der Universität. Er brachte sich im Selbststudium die nötigen Kenntnisse bei. Mit der Zeit gelang es ihm, mehr und mehr des Textes zu entschlüsseln.

Der Inhalt wurde zum Wendepunkt in seinem Leben. Er erfuhr, dass er aus einer uralten Samuraifamilie stammte. Seine Vorfahren hatten der Tagaki-Familie gedient und waren im Lauf der Zeit aufgestiegen. Sie verfügten über umfangreiche Lehen und übten eine eigene Herrschaft aus. Einer seiner Ahnen hatte es sogar zum Leiter der Palastwache gebracht. Zu seinen Aufgaben gehörte es, mit seinen Männern Leib, Leben und das Eigentum seines Fürsten zu schützen. Dem weiteren Aufstieg seiner Familie schien nichts entgegenzustehen, als es vor fast sechs Jahrhunderten zu einem gravierenden Einschnitt kam.

Gefolgsleute des verfeindeten Clans der Minagawa drangen unbemerkt in die Burg der Tagaki ein und entwendeten ein wertvolles Schwert, dem magische Kräfte zugeschrieben wurden. Für den Leiter der Palastwache gab es nur einen Ausweg: seppuku, den rituellen Selbstmord. Zusammen mit 27 seiner Männer tötete er sich noch am selben Morgen im Hof der Burg.

Für seine Familie war das eine Tragödie. Sie verlor nicht nur ihre exponierte Stellung, sondern auch alle Ländereien, die ihr als Lehen übertragen worden waren. Von heute auf morgen versank sein Haus in bitterer Armut. Die Familie wurde in alle Winde zerstreut, und ihre Mitglieder mussten mit niederen Arbeiten ein kärgliches Dasein fristen. Er konnte nicht fassen, dass sie durch diesen hinterhältigen Raub alles verloren hatten. Noch schwerer als der Verlust der Ländereien wog in seinen Augen jedoch der Verlust der Ehre. Der Ruf der Familie war für immer beschmutzt.

Sein ganzer Hass, der sich über viele Jahre aufgestaut hatte, entlud sich auf die fünf Samurai, die das Schwert entwendet hatten. Diese Feiglinge, die sich heimlich und im Schutz der Dunkelheit wie Ratten in die Burg schlichen, statt ihnen im offenen Kampf gegenüberzutreten. Wie im Fieber verschlang er alles, was er über die Legende der fünf Samurai und über das »Schwert der Winde« finden konnte. In seiner absonderlichen Gedankenwelt wurde die Wiederherstellung der Familienehre zu einer fixen Idee. Er glaubte, dass ihr Verlust für all die Erniedrigungen und Demütigungen in seinem Leben verantwortlich sei. Nur wenn es ihm gelang, den Schandfleck aus der Geschichte seiner Familie zu tilgen, würde sie wieder zu Ansehen und Einfluss gelangen. Es gab nur eine Möglichkeit, den Ruf seines Hauses reinzuwaschen: mit Blut. Und er musste das »Schwert der Winde« wieder finden. Koste es, was es wolle.

Dabei sah er sich in der Nachfolge der alten Samurai. Die Ideale der Kriegerkaste gaben ihm einen Halt, den er bis dahin nicht gekannt hatte. Der Bushido, der Weg des Kriegers, wurde zu seinem Leitmotiv.

In einer merkwürdigen Anwandlung bewarb er sich bei der Firma, die einmal seinem Vater gehört hatte. Sie war umbenannt worden und hatte sich in den letzten Jahren hervorragend entwickelt. Aufgrund seiner hervorragenden Computerkenntnisse wurde er als Netzwerkbetreuer eingestellt. Niemandem fiel auf, dass sein Name mit dem des ehemaligen Eigentümers identisch war. Tief in seinem Inneren trieb ihn der Gedanke an, aufzusteigen und eines Tages die Leitung des Unternehmens für seine Familie zurückzugewinnen. Auch das war eine Facette in seinem Kampf, die Ehre seiner Familie wiederherzustellen. In der Realität war an Aufstieg allerdings nicht zu denken. Er betreute weite Teile des Computernetzwerks und hatte Zugang zu allen wichtigen Daten. Wie bei allen seinen bisherigen Berufsstationen blieb er jedoch ein Einzelgänger, mit brennenden Augen und einer feindseligen Ausstrahlung, dem niemand zu nahe kommen wollte. Seine jähzornigen Ausbrüche, wenn etwas nicht klappte, waren ebenso berüchtigt wie gefürchtet. Seine unbestreitbaren Fachkenntnisse sorgten jedoch dafür, dass seine Stellung in der Firma unangefochten blieb.

Fast Tag und Nacht kreisten seine Gedanken darum, wie er die Familien der fünf Samurai ausfindig machen könnte. Obwohl die Legende sehr bekannt war, gab es erstaunlich wenig konkrete Informationen darüber. Er verbrachte viel Zeit damit, ihren historischen Wurzeln nachzuforschen. Schnell vergingen zwei Jahre, ohne dass er entscheidend vorangekommen war. Durch einen Zufall stieß er auf ein altes Lehensregister, in dem eine Familie erwähnt wurde, die genau zu der Zeit, in der das Schwert entwendet worden war, ein großes Lehen erhalten hatte.

Es handelte sich um die Familie Nakane.

Der Fund elektrisierte ihn. Von nun an hatte er ein konkre-

tes Ziel vor Augen. Akribisch verfolgte er die Spur der Nakanes durch die Jahrhunderte. Schon bald war er davon überzeugt, dass ein Vorfahre aus diesem Haus an dem Diebstahl des Schwertes beteiligt gewesen sein musste. Natürlich hätte er irgendeinen Nakane töten können, aber das hätte ihn nicht befriedigt. Er wollte eine größere, eine schlimmere Strafe: Er wollte die Erblinie durchbrechen. So löschte er nicht nur ein Leben aus, er löschte die ganze Zukunft des Hauses! Als er auf Kaito Nakane als den jüngsten Spross der Familie stieß, stand das Todesurteil fest. Er wusste nur nicht, wie er es vollstrecken sollte. Es musste ein würdiger Tod sein, einer, welcher der Schwere der Tat angemessen war.

Er überlegte lange hin und her, dann ergab sich die Lösung wie von selbst.

Es war wie ein Fingerzeig der Götter. Das »Schwert der Winde« tauchte wieder auf.

Als er einen Bericht darüber im Fernsehen sah, konnte er es nicht glauben. Atemlos starrte er auf den Bildschirm, als ein stolzer Museumsdirektor die wertvolle Klinge präsentierte. Nun wusste er, was er zu tun hatte. Er musste das Schwert in Besitz nehmen und die Schuldigen damit bestrafen.

Von seinen Nachforschungen wusste er, dass es nicht immer zur Schlacht kam, wenn sich zwei große Heere gegenüberstanden. Manchmal wurde stattdessen ein Zweikampf zwischen den Heerführern abgehalten. Der Sieger schlug dem Verlierer den Kopf ab und stellte ihn anschließend als Zeichen seines Triumphes aus. Dabei wurde der Kopf sorgfältig gereinigt und gepflegt. Das war Teil des Respekts vor dem unterlegenen Gegner.

Das war seine Aufgabe, seine Mission. Er musste die Schuldigen finden, sie töten und ihre Köpfe an sich nehmen. Erst wenn er sie alle fünf in seinem geheimen Tempel ausgestellt haben würde, wäre die Ehre seiner Familie wiederhergestellt. In seinen wirren Gedanken fügte sich alles zusammen. Er fühlte sich vom Schicksal auserwählt. Konnte es ein Zufall sein, dass das Museum über eine Teiko-Alarmanlage verfügte? Eine Anlage, die von der Firma hergestellt wurde, die sein Vater gegründet hatte und bei der er beschäftigt war? Natürlich waren die Pläne geschützt. Nur ganz ausgewählte Mitarbeiter hatten Zugriff zu den Schaltplänen. Aber als Netzwerkadministrator und Experte für die Bekämpfung von Hackerangriffen hatte er an der Abschottung der entsprechenden Dateien mitgearbeitet. Dabei hatte er einen alten Hackertrick angewendet: Er baute eine Hintertür in die Sicherheitsarchitektur ein. Tief in den Strukturen des Programms, versteckt in einem winzigen Programmcode, verbarg sich ein direkter Zugang, mit dem er alle späteren Ergänzungen und Erweiterungen der Schutzmechanismen umgehen konnte. Darüber verschaffte er sich Zugang zu den Plänen. Bei seinen zahlreichen Besuchen im Museum kundschaftete er alle Einzelheiten aus. Da die Teiko-Alarmanlagen praktisch als unüberwindbar galten, verfügte das Museum über keine zusätzlichen Sicherungseinrichtungen. Es gab keine Kameras und nur eine geringe Zahl von Wärtern. Es war für ihn fast zu einfach, nachts in das Museum einzudringen, die Alarmanlage zu deaktivieren und das Schwert zu entwenden. Er konnte sich noch genau an den Moment erinnern, als er die Klinge zum ersten Mal in seinen Händen hielt. Es war ein erhabenes Gefühl. Er konnte die Macht und die Stärke, die sie ihm verlieh, fast körperlich spüren.

Als er damit den Kopf von Kaito Nakane nahm, verschaffte es ihm eine tiefe innere Befriedigung. Der junge Mann war ein Schwächling. Er winselte um Gnade und flehte um sein armseliges Leben. Leider wusste er fast nichts über seine Vorfahren. Lediglich, dass er aus einer alten Samuraifamilie stammte und die Geschichte der Familie 600 Jahre zurückverfolgt werden konnte. Zumindest erfuhr er von Kaito Nakane, dass es schriftliche Aufzeichnungen gab, die über Jahrhunderte zurückreichten. Diese Information elektrisierte ihn. Er hoffte, dass die

Dokumente ihm die Namen der fünf Samurai verraten würden. Als die Eltern von Kaito Nakane bei seiner Beerdigung waren, verschaffte er sich Zugang dazu. Er hätte nie gedacht, dass der Aushilfsjob bei einem Schlüsseldienst, den er damals als sehr demütigend empfunden hatte, sich so für ihn auszahlen würde. Jedenfalls war es ein Leichtes für ihn, unbemerkt in die Wohnung einzudringen und die Aufzeichnungen der Familie zu fotografieren.

Ihre Entzifferung kostete ihn einige Mühe. Umso größer war seine Enttäuschung, als er feststellen musste, dass sie keine Namen enthielten. Sein Hass auf die fünf Samurai wuchs ins Unermessliche. Er musste die restlichen vier finden, koste es, was es wolle! Mit großer Energie stürzte er sich auf die Lebensregister. Über Monate durchforstete er die Archive. Schließlich stieß er auf einen zweiten Namen: Watanabe. Zu seinem Glück handelte es sich um eine Unternehmerfamilie, über die es öffentlich zugängliche Informationen gab. Nach kurzer Zeit fand er heraus, dass der Erbfolger sich in Deutschland aufhielt. Eine Zeit lang spielte er mit dem Gedanken, an dessen Stelle seine Tochter zu töten, aber schnell verwarf er die Idee. Eine Frau umzubringen war unter seiner Würde.

Nur ein Sohn war ein angemessenes Opfer. Natürlich hätte er warten können, bis Hayato Watanabe aus Deutschland zurückkehrte, aber der Hass in ihm war zu groß. Er verzehrte ihn fast. Er musste handeln! Seit er über eine feste Anstellung verfügte, verdiente er sehr gut. Da er praktisch nie ausging, nicht in Urlaub fuhr und auch sonst kaum etwas ausgab, war im Lauf der Zeit einiges an Ersparnissen zusammengekommen. Das kam ihm nun zugute. In einer heruntergekommenen Hafenkneipe lernte er einen zwielichtigen Ägypter kennen, der bereit war, ihn ohne Formalitäten und Überprüfung seiner Papiere mit an Bord zu nehmen. Dieses Entgegenkommen ließ sich der Ägypter fürstlich bezahlen. Zudem musste er als einfacher Matrose niedere Arbeiten verrichten.

Aber das störte ihn nicht. Da er sich im Dienst einer höheren Sache wähnte, konnte er damit gut leben. Er kündigte seine Arbeitsstelle und packte das Nötigste für die Reise zusammen. Beim nächsten Auslaufen der ›Victor Antonow‹ war er mit an Bord. Und mit ihm das »Schwert der Winde« – gut verborgen in einer Aluminiumkiste. In Deutschland angekommen, brauchte er eine Weile, um sich zurechtzufinden. Er konnte kein Wort Deutsch und verstand nur sehr schlecht Englisch. Schließlich gelang es ihm, Hayato Watanabe ausfindig zu machen. Durch Zufall stieß er auf eine alte Fabrikhalle, die leer stand und erst in ein paar Monaten abgerissen werden sollte. Er gab sein Zimmer in der billigen Pension auf, in der er untergekommen war, und siedelte in die Fabrikhalle über. Dort richtete er sich notdürftig einen Tempel ein. Einen Tempel der Rache.

Über Wochen verfolgte er Hayato Watanabe. Er hatte sich einen Wagen gemietet, damit er über die notwendige Mobilität verfügte. Am liebsten hätte er sofort zugeschlagen, aber nie ergab sich die richtige Gelegenheit. Das Haus, in dem der Geschäftsmann wohnte, war gut abgesichert. Es gab nur einen Eingang durch die Haupthalle, der Tag und Nacht bewacht wurde. Es gelang ihm nicht einmal herauszufinden, in welchem Stock Hayato Watanabe wohnte. Deswegen wagte er es nicht, in das Haus einzudringen. Zu groß war die Gefahr, dass er in der falschen Wohnung landete. Als Hayato Watanabe eines Abends allein in einem gemieteten Wagen Düsseldorf in Richtung Süden verließ, spürte er sofort, dass heute ein besonderer Abend war. Er folgte ihm zu einem Restaurant und anschließend hinüber zur Loreley. Zu dem Zeitpunkt wusste er gar nicht, dass es sich dabei um eine der berühmtesten Sehenswürdigkeiten Deutschlands handelte. Das erfuhr er erst Monate später, als er sich die Zeitungsartikel aus einer Boulevardzeitung, bei der er anhand der Bilder sehen konnte, dass es sich um »seinen« Mord handelte, in Japan übersetzen ließ.

Als Hayato Watanabe alleine auf der Sitzbank saß und hinunter auf den Rhein blickte, wusste er, dass die Götter diesen Moment für ihn ausersehen hatten.

Dabei wollte er den Mann nicht nur töten, er hoffte, dass der Geschäftsmann ihm Hinweise auf die anderen Familien geben konnte. Schließlich wurden Verbindungen zwischen verschiedenen Häusern über lange Zeit, manchmal sogar über Jahrhunderte gepflegt. Unter großen Schmerzen verriet Hayato Watanabe ihm die wichtigsten Verbindungen seines Hauses. Die meisten davon rührten aus jüngerer Zeit und waren erst nach dem Zweiten Weltkrieg-entstanden. Eine Beziehung schien allerdings seit Ewigkeiten zu bestehen. Hayato Watanabe wusste nicht, wie lange, jedenfalls rührte sie aus der Zeit vor dem 19. Jahrhundert, als die Familie stolze Samurai stellte. Er presste ihm den Aufenthaltsort des jüngsten Sprosses der Familie ab, eines erfolgreichen Geschäftsmannes, der sich ebenfalls in Deutschland aufhielt: Yasuhiro Kawanishi. Dieses Zusammentreffen empfand er als eine Fügung des Schicksals. Mit zahlreichen Telefonaten nach Japan gelang es ihm, sich die Unterlagen über die Geschichte der Familie postlagernd nach Deutschland schicken zu lassen. Als er die Kopie eines alten Lebensregisters in Händen hielt, gab es für ihn keinen Zweifel mehr: Auch die Familie Kawanishi gehörte zu den Schuldigen.

Yasuhiro Kawanishi war vorsichtiger als Hayato Watanabe. Er verließ nie das Haus alleine, ließ sich immer von seinem Fahrer abholen. Wochenlang beobachtete er den Geschäftsmann. Von einem Speicher in einem Haus gegenüber, zu dem er sich Zugang verschafft hatte, konnte er die Wohnung von Yasuhiro Kawanishi einsehen.

So fand er heraus, dass der Geschäftsmann in seiner Wohnung eine Alarmanlage installiert hatte. Aufgrund der speziellen Warnmelder, die an den Fensterscheiben angebracht waren, konnte er erkennen, dass es sich um eine Teiko-Anlage handelte. Es war ein Leichtes für ihn, über einen Internetzugang in das Computersystem seiner alten Firma einzudringen und sich die Pläne herunterzuladen.

Alle Puzzlestücke fügten sich ineinander. Das bestärkte ihn in dem Gefühl, vom Schicksal auserwählt zu sein. Die Götter hatten diesen Weg für ihn vorbestimmt. Warum hätten sie es ihm sonst so leicht gemacht, sich an seinen Feinden zu rächen?

Nachdem er sich den Kopf von Yasuhiro Kawanishi geholt hatte, kehrte er zurück nach Japan. Die vierte Familie zu finden war fast ein Kinderspiel. Doch dass er dabei fast gefasst worden war, hatte seiner Selbstsicherheit einen Dämpfer versetzt.

Wollten die Götter ihm ein Zeichen senden? War er zu überheblich geworden? Hatte er ihnen nicht ausreichend gehuldigt?

Selbstzweifel nagten an ihm. Dazu kam, dass es mit den Nachforschungen zu dem fünften Samurai nicht voranging. Er war mehrfach in einem Archiv im Norden des Landes gewesen. Jedes einzelne Lebensregister, jede Aufzeichnung und jedes Dokument aus dieser Zeit war er durchgegangen. Systematisch durchforstete er alle Bücher, die sich auch nur im Entferntesten mit dem Thema beschäftigten. Doch das Ergebnis war gleich null.

Seine Unruhe wurde größer. Wenn er die fünfte Familie nicht fand, waren alle seine Bemühungen vergebens. Der Fleck auf der Ehre seines Hauses würde für immer bestehen. Die Vorstellung war für ihn unerträglich. Es war wie eine schwelende Wunde, die sein Gemüt vergiftete und seinen Hass ins Unermessliche steigerte.

Am Ende blieb ihm nur eine einzige Hoffnung: Er musste der Spur des Schwertes folgen. Aus den Aufzeichnungen der Nakanes wusste er, dass der junge Samurai die wertvolle Klinge an sich genommen hatte. Vermutlich hatten seine Nachfahren sie über Jahrhunderte wie einen Schatz gehütet. Erst jetzt hatten sie das Schwert an das Museum gegeben. Er konnte nicht verstehen, wie jemand etwas so Wertvolles aus der Hand geben konnte. Seine Gesichtszüge zuckten verächtlich. Schon allein dafür hatten sie den Tod verdient! Das Schicksal hatte sie zu Hütern des »Schwertes der Winde« gemacht, und sie gaben es einfach weg. Doch er musste den Göttern dankbar sein, dass sie es so gefügt hatten. Dadurch war es ihm möglich gewesen, die Klinge in Besitz zu nehmen. Und es eröffnete ihm eine Spur. Jemand im Museum musste wissen, woher das Schwert gekommen war. Wahrscheinlich der Direktor. Schon seit Wochen beobachtete er das Museum. Aber zu seiner Enttäuschung war er keinen Schritt weitergekommen. Der Direktor hatte eine Dienstwohnung auf dem Gelände. Von dort ging er direkt in sein Büro. In den letzten drei Wochen hatte er den Museumskomplex nicht verlassen. Seiner dort habhaft zu werden, war nahezu ausgeschlossen. Nach dem Diebstahl des Schwertes waren die Sicherheitsvorkehrungen auf dem ganzen Gelände massiv ausgeweitet worden. Jeder Fleck wurde mit Kameras überwacht. Die Türen waren mit massiven Sicherheitsschlössern ausgerüstet und die Zahl der Wächter war verdoppelt worden.

In seiner Verzweiflung hatte er überlegt, die Tochter des Direktors zu entführen, um damit die nötigen Informationen zu erpressen. Doch das wäre äußerst gefährlich gewesen. Er konnte nicht sicher sein, ob der Direktor die Polizei einschalten würde. So blieb ihm nichts anderes übrig als zu warten. Und weiter in den Bibliotheken nach Informationen zu suchen. Vielleicht schickten die Götter ihm ein neues Zeichen …

KAPITEL 33

Jo gähnte vernehmlich. Er hatte den ganzen Tag in Kikis Büro verbracht und ihr zugesehen, wie sie Unterlagen über die Tagaki durchforstete. Ein schier aussichtsloses Unterfangen. Je mehr sich die junge Professorin mit der weitverzweigten Familie beschäftigte, umso vielfältiger wurden die Verästelungen.

Es gab Hunderte von Nachfahren, die potenziell als Täter in Frage kamen.

»Lass uns Schluss machen. Heute finden wir ohnehin nichts mehr«, schlug Jo vor.

Schweren Herzens stimmte Kiki zu. Sie fuhren in ihre Wohnung, um sich frisch zu machen. Jo hatte seinen Koffer bei Kiki untergestellt, damit er nicht mehr ins Hotel musste, um sich umzuziehen.

Sie waren mit Kenji zum Essen verabredet, dem seine Übernahmeverhandlungen endlich einen freien Abend ließen. Als Treffpunkt hatten sie ein schickes Restaurant vereinbart, das sehr angesagt war und seine Gäste mit einer raffinierten Mischung aus asiatischer und französischer Küche verwöhnte. Kenji wartete auf die beiden und grinste, als er sie sah.

»Was macht das Detektivspielen? Seid ihr weitergekommen?«, fragte Kenji.

Sie brachten ihn auf den neuesten Stand und hofften, dass er eine gute Idee hatte, wo sie alternativ ansetzen könnten. Doch Kenji zuckte ratlos mit den Schultern.

»Am besten, ihr wartet, bis er in die Bibliothek kommt und das Buch zurückgibt. Dann müsst ihr nicht lange den Kopf in Bücher stecken, und Jo hat mehr Zeit, sich die Stadt anzusehen. Dafür ist er schließlich nach Tokio gekommen.«

»Du hast wie immer recht, mein lieber Neffe«, entgegnete Kiki spitz. »Was hat Jo für ein Glück, dass er mit dir so einen tollen Reiseführer hat.«

Kenji nahm die Kritik sportlich und lachte.

»Ich würde viel lieber mit euch um die Häuser ziehen, als mit langweiligen Wirtschaftsprüfern und aufgeblasenen Investmentbankern meine Abende zu verbringen, das kannst du mir glauben. Aber ich hab schließlich die Verantwortung für das Projekt.«

Für einen Moment saßen die drei stumm da. Der Vorwurf, dass er sich zu wenig um seinen Freund kümmerte, hatte den jungen Japaner mehr getroffen, als er zugeben wollte. Im nächsten Augenblick grinste er aber schon wieder und gab einige seiner Erlebnisse mit den Wirtschaftsprüfern zum Besten. Bei Kenji hörte sich das Ganze an, als wären die Verhandlungen ein großes Cowboy- und Indianerspiel für Erwachsene. Eine Anekdote jagte die nächste, und nach kurzer Zeit kamen sie aus dem Lachen nicht heraus. Es tat Kiki und Jo gut, dass sie auf andere Gedanken kamen. Angeheitert, aber guter Stimmung kamen sie nach Hause und gingen gleich schlafen. Die nächsten Tage würden bestimmt anstrengend werden.

Morgens war es in der Bibliothek meist sehr ruhig. Die Studenten saßen fast alle in ihren Vorlesungen und büffelten. Für die Mitarbeiter der Bibliothek hieß das durchatmen vor dem großen Ansturm am Nachmittag. Manchmal kam morgens für eine halbe Stunde gar niemand. Mitsuko liebte den Morgen, denn da konnte sie ihre Rückstände aufarbeiten und hatte Zeit, Bücher, die durch häufige Benutzung aus dem Leim zu gehen drohten, in Form zu bringen. Die junge Bibliothekarin war so in ihre Arbeit vertieft, dass sie den Mann erst bemerkte, als er vor ihr stand. Sie zuckte vor Schreck zusammen. Der Fremde wollte eine Leihrückgabe machen. Es handelte sich um das Buch »Das Lehenssystem des Nordens – eine kritische Analyse.«

Mitsuko war so aufgeregt, dass ihre Hände zitterten, als sie das Buch entgegennahm.

Erst jetzt wagte sie es, dem Mann in die Augen zu sehen. Es fiel ihr schwer, seinem Blick standzuhalten. In seinen Augen lag etwas Kaltes, Abschätziges.

Mitsuko fröstelte.

Schnell hakte sie seinen Namen auf der Ausleihliste ab.

»Ich möchte mir ein anderes Buch ausleihen. Ich habe es notiert«, sagte der Fremde mit einer eigenartig heißeren Stimme. Er reichte ihr einen Zettel. Hastig tippte sie den Titel in den Computer.

»Sie haben Glück. Das Buch ist im Depot vorhanden«, teilte sie ihm mit.

Die Routine des Ausleihvorgangs gab ihr Sicherheit, und sie bekam ihre Nervosität besser in den Griff. Als der Mann um die Ecke verschwunden war, um sein Buch an der Ausgabestation entgegenzunehmen, griff sie zum Telefon.

»Hier ist Mitsuko«, flüsterte sie in den Hörer. »Er ist da.«

Kiki war wie elektrisiert.

»Wir haben ihn!«, rief sie aufgeregt und sprang von ihrem Stuhl auf. Sie war fast an der Tür, als Jo sie einholte.

»Wolltest du nicht den Sicherheitsdienst rufen?«

Man konnte sehen, wie die junge Professorin mit sich kämpfte. »Wir müssen los!«, drängte sie.

Doch Jo blieb hart. »Erst den Sicherheitsdienst.«

Widerwillig griff Kiki zum Hörer und machte ein kurzes Telefonat. Dann stürzten sie los. Mit jedem Schritt wurden sie schneller. Sie hasteten über die Gänge und Flure.

Am Ende rannten sie fast. Als sie um eine Ecke bogen, wären sie fast mit einem älteren Herrn zusammengestoßen. Er musterte sie mit strengem Blick, aber sie beachteten ihn gar nicht und rannten weiter. Der Professor schüttelte den Kopf, als er den beiden hinterher sah. War das nicht Professorin Matsuda gewesen? Unfassbar, wie diese Frau sich benahm, dachte er missbilligend. Aber er war schon immer gegen die Aufnahme von Frauen in das Kollegium gewesen.

Mitsukos Wangen glühten vor Aufregung. Sie war stolz auf sich, dass sie ihren Auftrag erfüllt hatte! Jeden Moment musste Professorin Matsuda hier sein, und dann würden sie den Mann dingfest machen, der sich unter falschem Namen in ihre Bibliothek eingeschlichen hatte. Was würden ihre Kolleginnen für Augen machen, wenn sie erfuhren, dass sie geholfen hatte, einen potenziellen Bücherdieb zu überführen. Bestimmt würden sie noch Wochen später davon sprechen!

Mitsuko war so mit ihren Gedanken beschäftigt, dass sie den Mann hinter sich erst bemerkte, als sie etwas Kaltes an ihrem Hals spürte.

»Wenn du schreist, schneide ich dir die Kehle durch«, flüsterte er ihr mit heißerer Stimme ins Ohr. Die junge Frau war vor Schreck wie gelähmt. Panik schnürte ihr die Kehle zu. Der Mann zwang sie aufzustehen und zog sie in einen Seitengang hinter zwei großen Bücherregalen.

»Mit wem hast du telefoniert?«, wollte er wissen. Seine Stimme klang bedrohlich.

Mitsukos Gedanken rasten. Wo blieb nur Professorin Matsuda mit ihrem ausländischen Bekannten?

»Ich will wissen, mit wem du gesprochen hast.« Die Stimme wurde böse. Obwohl Mitsuko vor Angst zitterte, sagte sie nichts. Sie wollte Professorin Matsuda nicht verraten.

»Sprich endlich, Weib!«, zischte der Mann wütend und ritzte mit dem Messer an ihrer Kehle. Ein stechender Schmerz zuckte durch ihren Körper. Blut lief an ihrem Hals herunter, Tränen traten ihr in die Augen. Sie schluchzte. Das Messer an ihrem Hals ritzte tiefer. Da begann sie zu reden.

*

Er hatte sofort gespürt, dass etwas nicht stimmte. Er konnte es in den Augen der Bibliothekarin lesen. Seit er dem Weg des Kriegers folgte, hatten sich seine Sinne geschärft. Nach außen hatte er sich nichts anmerken lassen. Er hatte kühl und gelassen gewirkt. Aber in seinem Inneren brodelte es. Er fühlte sich wie ein wildes Tier in einem Käfig.

Vorsichtig sah er sich um. War er in eine Falle gelaufen? Der Lesesaal wirkte verlassen. Niemand war zu sehen. Doch die Anspannung wich nicht von ihm.

Nachdem die Bibliothekarin seinen Leihschein ausgefüllt hatte, tat er so, als würde er zum Depot gehen. Doch hinter dem nächsten Regal blieb er stehen und lauschte. Der Hörer wurde abgenommen. Sie telefonierte mit jemandem! Sie verriet ihn!!! Wut stieg in ihm auf. Er fasste in seine Tasche und zog ein Messer heraus. Dieser Verrat durfte nicht ungesühnt bleiben. Außerdem musste er wissen, wen sie informiert hatte. Mit seinem Messer zwang er sie, ihm zu folgen. Zuerst zierte sie sich. Aber als sie seine Klinge zu spüren bekam, sagte sie ihm alles, was sie wusste. Der Duft ihres Parfüms stieg ihm in die Nase. Er stand ganz dicht hinter ihr. Er konnte ihren warmen Körper fühlen. Sie zitterte vor Angst. Ihre Furcht erregte ihn. Ein Gefühl grenzenloser Macht durchströmte ihn. Er schob ihren Rock nach oben.

»Bitte nicht«, flehte sie.

»Wenn du dich wehrst, töte ich dich«, flüsterte er ihr ins Ohr.

*

Die zwei Männer vom Sicherheitsdienst trafen fast zeitgleich mit ihnen ein. Kiki stürmte auf den Ausleihschalter zu. Doch der Schreibtisch war leer.

»Mitsuko, wo bist du? Hier ist Professorin Matsuda!«, rief Kiki in den Raum.

Nichts tat sich. Alarmiert sah sie sich um. Doch sie konnte niemand entdecken. Fast panisch begann Kiki nach Mitsuko zu suchen. Sie lief durch die einzelnen Sitzreihen und sah unter den Tischen nach. Dabei rief sie immer wieder den Namen der jungen Bibliothekarin. Jo und die zwei Wachmänner beteiligten sich an der Suche. Systematisch arbeiteten sie sich durch den großen Raum. Auf einmal hörte Jo einen schrillen Schrei. Mit wenigen Schritten war er im hinteren Teil des Saals. Schon von Weitem konnte er sehen, dass etwas Schlimmes passiert war. Kiki stand regungslos zwischen zwei Regalen und starrte in den Gang dazwischen. Ihr Gesicht war zu einer Maske erstarrt. Noch bevor er sie erreichte, stürzte sie los und verschwand hinter den Regalen. Atemlos bog er um die Ecke und blieb schlagartig stehen. Keine fünf Meter von ihm entfernt lag Mitsuko am Boden und war blutüberströmt. Kiki kniete neben ihr und bemühte sich verzweifelt, die Blutung zu stillen. Sie hatte ihre Jacke vom Körper gerissen und drückte sie auf die blutende Wunde. Die junge Frau röchelte.

»Bleib ganz ruhig liegen. Gleich kommt Hilfe«, redete Kiki auf sie ein.

In dem Moment trafen die beiden Wachleute ein. Jo, der leichenblass geworden war, bemerkte sie kaum. Er konnte seinen Blick nicht von dem Blut abwenden. Seine Knie wurden weich. Er musste sich an einem Regal festhalten, sonst wäre er umgekippt. Kikis Bemühungen um ihre verletzte Freundin wurden verzweifelter. Sie drehte sich um und schrie die beiden Wachmänner an, die regungslos da standen und sie anstarrten. Augenblicklich setzte sich einer der beiden in Bewegung und verschwand in Richtung des Ausleihschalters. Das dünne Jackett, das Kiki auf die Wunde presste, war blutdurchtränkt. Mitsuko blutete weiter und weiter. Auf einmal öffnete sie die Augen. Ihre Lippen bewegten sich, aber man hörte keinen Ton. Kiki beugte sich zu ihr hinunter und lauschte. Mitsuko kämpfte, aber es gelang ihr nicht, etwas zu sagen. Ihre Augen füllten sich mit Tränen. Stumm sah sie Kiki an. In ihrem Blick lag kein Vorwurf. Nur eine eigenartige Melancholie. Und das Bewusstsein, dass sie sterben würde. Dann wurden ihre Augen glasig. Kiki bemerkte es nicht. Verzweifelt bemühte sie sich weiter, die Blutung zu stoppen. Sie drückte den Stoff immer fester auf Mitsukos Hals. Aber die Blutung hörte nicht auf. Auf einmal war Jo neben ihr. Mit sanfter Gewalt versuchte er ihre Hände von Mitsukos Hals zu lösen. Doch sie ließ nicht los.

»Kiki …«, sagte er mit leiser Stimme. »Du musst sie gehen lassen – sie ist tot.«

Mit verständnislosem Blick sah sie ihn an. Er brachte es nicht übers Herz, sie von Mitsuko wegzuziehen. Sie saßen regungslos bei der Toten, als der Notarzt eintraf. Der große Saal füllte sich mit Menschen: Ärzte, Krankenschwestern, Polizisten. Jemand trennte ihn von Kiki und redete in Japanisch auf ihn ein. Ein Arzt gab ihm eine Spritze, aber das bemerkte er kaum. All das Blut auf dem Boden hatte ihn über alle Maßen erschüttert. Die alten Erinnerungen hatten ihn mit Macht überfallen und ihn völlig aus der Bahn geworfen. Erst auf der Polizeistation kam er zu sich.

Hauptkommissar Kashimo sah ihn nachdenklich an.

»Sie haben sich nicht an unsere Anweisung gehalten, sondern haben auf eigene Faust weiter ermittelt. Wieso?«

»Weil Sie uns nicht geglaubt haben«, erwiderte Jo müde. »Hoffentlich sehen Sie ein, dass wir recht hatten.«

Der Leiter der Mordkommission zeigte keine Regung. »Selbstverständlich sind wir Ihrer Theorie nachgegangen. Nur leider haben sich keinerlei Belege dafür gefunden.«

»Was?«

Ungläubig starrte Jo den Kriminalbeamten an. »Und was ist mit der toten Bibliothekarin? Ist das kein Beweis?«

Kashimo zuckte mit den Schultern. »Frau Matsuda hat uns alles darüber gesagt. Leider können wir Ihre Schlussfolgerungen nicht nachvollziehen. Es hat einen weiteren Mord gegeben, aber dieser unterscheidet sich maßgeblich von den bisherigen. Es handelt sich um eine Frau. Außerdem hat er ihr nicht den Kopf abgeschnitten wie bei den anderen. Hatten Sie uns nicht gesagt, er tötet nur männliche Nachfahren aus den Familien, die vor 600 Jahren ein Schwert gestohlen haben?« Der Spott in den Worten des Beamten war unverkennbar.

»Er hat sie getötet, weil wir ihm auf die Spur gekommen sind«, rief Jo wütend.

»Aber woher hätte er das wissen sollen? Und warum hat er die arme Bibliothekarin umgebracht und nicht Sie oder Frau Matsuda?«

Die Fragen des Kriminalbeamten waren unerbittlich.

»Weil Mitsuko ihn gesehen hat«, erwiderte Jo.

»Sie haben ihn auch gesehen – trotzdem leben Sie noch. Eine Bibliothekarin, die ihn wegen eines gefälschten Ausweises festhalten wollte, bringt er dagegen um? Erscheint mir nicht logisch.«

»Es ist derselbe Täter. Gehen Sie der Spur der Familie nach, bitte. So können Sie ihn am schnellsten finden. Sie müssen ihn aufhalten, bevor er wieder tötet.«

Hauptkommissar Kashimo seufzte. »Ich habe Ihnen schon einmal gesagt, dass wir jeder Spur nachgehen und sei sie noch so abwegig. Wir dürfen uns als Polizisten aber nicht von abstrusen Ideen von der Ermittlungsarbeit abhalten lassen. Wussten Sie, dass die junge Frau vergewaltigt wurde?«

»Was?« Jo sah den Beamten fassungslos an.

»Der Täter hat die Frau vergewaltigt. Anschließend hat er ihr die Kehle durchgeschnitten. Das sind die Fakten. Wir suchen einen Sexualmörder und keinen Samurai, der nach 600 Jahren von den Toten auferstanden ist.«

Die Worte waren für Jo wie ein Schlag ins Gesicht. Er brauchte einen Moment, um sich davon zu erholen. Dann erhob er sich. »Wenn das so ist, kann ich ja gehen.«

»Setzen Sie sich«, befahl der Hauptkommissar ihm. »Ich bin noch nicht fertig.«

Gehorsam setzte Jo sich hin.

»Bei unserem letzten Gespräch habe ich Ihnen gesagt, dass Sie sich aus den Ermittlungen zu den Morden heraushalten sollen. Sie haben sich nicht an unsere Anweisung gehalten. Es ist daher entschieden worden, dass Ihre Aufenthaltserlaubnis aufgehoben wird und Sie das Land binnen 24 Stunden verlassen müssen.«

Er reichte Jo ein Dokument, das in Japanisch ausgefertigt war. Verständnislos betrachtete dieser die japanischen Schriftzeichen.

»Das ist die Ausweisungsverfügung«, erklärte der Beamte. »Wenn Sie Japan bis morgen um zwölf Uhr nicht verlassen haben, kommen Sie in Abschiebehaft.«

Fassungslos starrte Jo ihn an. »Das können Sie nicht machen!«, protestierte er verzweifelt. Der Gedanke, Kiki in dieser Situation allein zu lassen, war für ihn unerträglich. »Mein Flug geht erst in fünf Tagen«, sagte er zusammenhanglos.

»Sie werden umbuchen müssen«, entgegnete Kashimo kühl. »Die Entscheidung ist unwiderruflich.«

Auf dem Flur vor Kashimos Büro wartete Kiki auf ihn. Sie saß zusammengekauert auf einer Bank und starrte auf den Boden. Als er sie ansprach, sah sie hoch und erhob sich wortlos. Schweigend trotteten sie nebeneinander her. Sie fuhren mit einem Taxi nach Hause. Kiki starrte die ganze Zeit über aus dem Fenster. Jo wusste nicht, was er sagen sollte. Die Straßen waren voller Menschen, die ihren alltäglichen Geschäften nachgingen, ihre Einkäufe erledigten oder die Flaniermeilen entlang bummelten. Arglos und ohne einen Gedanken daran zu verschwenden, wie schnell das Leben zu Ende sein konnte. Als sie in Kikis Wohnung angelangt waren, hatten sie immer noch kein Wort miteinander gewechselt. Kiki setzte sich auf ihre Couch und schlang die Arme um ihren Körper. Sie vermied es, ihn anzusehen. Er konnte ihre Verzweiflung fast körperlich spüren. Am liebsten hätte er sie in die Arme genommen.

»Es tut mir leid, was passiert ist«, sagte er stockend. »Ich hätte dich nicht in diese Sache mit hineinziehen dürfen.« Er sah sie mit hilflosem Gesichtsausdruck an. »Wahrscheinlich ist es das Beste, wenn ich nach Deutschland zurückfliege.«

»Was?« Sie starrte ihn fassungslos an. »Du willst aufgeben?«

Jo zuckte mit den Schultern. »Jetzt, wo die Polizei sich eingeschaltet hat, können wir ohnehin nichts mehr tun.«

Sie stand abrupt auf. »Das glaube ich nicht«, rief sie aus. Tränen schossen ihr in die Augen. Sie zitterte vor Empörung und straffte ihre Schultern.

»Hör mir genau zu, Jo Weidinger. Denn ich werde es nur einmal sagen. Ich werde diese Sache zu Ende führen. Mit dir oder ohne dich. Er hat Mitsuko vergewaltigt, ihr die Kehle durchgeschnitten und sie anschließend weggeworfen wie ein Stück Dreck.«

Ihre Augen sprühten Funken. »Dafür wird er bezahlen. Und wenn es Jahre dauert und ich jedes Dokument und jede Familienchronik in ganz Japan umdrehen muss. Ich werde dieses Schwein finden und dafür sorgen, dass er seine gerechte Strafe bekommt. Das bin ich Mitsuko schuldig. Und mir selbst auch.«

Mit diesen Worten drehte sie sich um und verschwand im Schlafzimmer. Verdattert sah er ihr hinterher. Er wusste nicht, was er tun sollte. Einige Minuten später tauchte sie wieder auf. Sie hatte sich umgezogen. Bis eben hatte sie die blutverschmierte Bluse vom Morgen getragen.

»Hast du dich entschieden?«, fragte sie mit verschlossenem Gesichtsausdruck.

»Ich werde dir helfen«, antwortete er leise. »Egal, wie lange es dauert. Du wirst mich allerdings verstecken müssen. Sie wollen mich ausweisen.«

Sie nickte stumm. Auf einmal begann sie zu weinen. Es war ein regelrechter Weinkrampf. Ihr schmaler Körper wurde durchgeschüttelt. Jo nahm sie in die Arme und hielt sie fest. Endlich begann sie zu sprechen. Die Worte sprudelten aus ihr heraus. Das meiste war auf Japanisch, aber Jo verstand sie trotzdem. Sie redete sich den ganzen Schrecken, die Verzweiflung von der Seele. Der hoffnungslose Kampf um das Leben ihrer Freundin. Das schreckliche Gefühl des Blutes, das ihr über die Hände lief und das sich nicht stoppen ließ. Das ungläubige Entsetzen in den Augen von Mitsuko, als das Leben aus ihrem Körper wich.

Später saßen sie zusammen auf der Couch und hielten sich eng umschlungen. Am liebsten hätte Jo sich seine Ängste ebenfalls von der Seele geredet. Die alten, quälenden Erinnerungen, die er so lange mit sich herumtrug und die er in seinen Träumen so oft durchlebt hatte – und die doch immer wieder zurückkehrten. Dieses lähmende Entsetzen, das ihn in manchen Nächten derart hemmungslos überfiel, dass ihm der kalte Angstschweiß auf der Stirn stand.

Doch so sehr es ihn danach drängte, alles herauszuschreien – es ging nicht.

Die unsichtbare Mauer, die er um sich errichtet hatte, war zu stark.

Sie gingen früh zu Bett. Kiki fiel schnell in einen tiefen Schlaf. Die schrecklichen Ereignisse hatten sie körperlich völlig erschöpft. Jo wälzte sich dagegen fast die ganze Nacht unruhig hin und her. Erst gegen Morgen schlief er ein.

KAPITEL 34

Als Jo aufwachte, saß Kiki an ihrem Schreibtisch und arbeitete.

»Was machst du?«, wollte er wissen.

»Ich gehe meine Notizen durch. Ich wollte überprüfen, ob wir nicht etwas übersehen haben.«

»Bist du fündig geworden?«

Sie schüttelte den Kopf. »Die Familie Tagaki hat zu viele Zweige. Es wird Monate, wenn nicht Jahre dauern, sie alle zu überprüfen. Du wirst eine sehr lange Zeit in Japan bleiben müssen, Jo-San, wenn du mir bis zum Ende helfen willst«, sagte sie und brachte ein verzweifeltes Lächeln zustande. Das erste Lächeln, seit sie gestern Morgen die Bibliothek betreten hatten.

»Dann musst du mich gut verstecken. Hauptkommissar Kashimo ist ganz versessen darauf, mich abzuschieben. Und meine Zeit läuft ab.« Er sah auf die Uhr. »In vier Stunden, um genau zu sein.«

»Ich werde dich in meiner Handtasche verstecken. Dann habe ich dich immer bei mir, und Kashimo findet dich garantiert nicht. Da sind so viele Sachen drin, dass ich selbst nie was finde.«

Jo musste lachen. Es tat gut, dass wenigstens etwas von Kikis Fröhlichkeit zurückgekehrt war – trotz der schrecklichen Ereignisse.

»Ich hab eine Idee, wie wir schneller zum Ziel kommen.«

»Und die wäre?«, wollte sie wissen.

»Wir müssen der Spur des Schwertes folgen. Wenn wir wissen, wer es dem Museum überlassen hat, haben wir den Namen der fünften Familie.«

»Schön ausgedacht. Aber du hast die Rechung ohne Kutsumi-San gemacht. Er ist ein Mann von ehernen Prinzipien und wird uns nicht sagen, von wem das Museum das Schwert bekommen hat.«

»Wir müssen es versuchen. Vielleicht setzt du noch einmal deinen unwiderstehlichen Charme ein. Ich kann mir nicht vorstellen, dass Kutsumi sich dem entziehen kann.«

»Zu viel der Ehre, Jo-San«, sagte sie und deutete eine Verbeugung an. »Aber ich fürchte, bei Kutsumi-San hilft das nichts: Er ist als völlig humorlos und absolut unbestechlich bekannt.«

»Dann müssen wir schwereres Geschütz auffahren.«

Sie sah ihn verständnislos an.

»Was meinst du, wird der Mörder als Nächstes tun?«

»Er wird nach dem fünften Samurai suchen.«

»Denkst du, dass er fündig wird?«

»Woher soll ich das wissen? Ich bin keine Hellseherin«, antwortete sie.

»Du bist Expertin für mittelalterliche Quellen. Wie schätzt du seine Chancen ein, dass er Dokumente entdeckt, die er und wir bisher nicht gefunden haben?«

»Gleich null.«

»Außerdem muss er damit rechnen, dass sein Phantombild an alle Bibliotheken und Archive verteilt wird. Was kann er in dieser Situation tun?«

»Er muss der Spur des Schwertes folgen«, sagte sie atemlos. »Er wird versuchen, an Museumsdirektor Kutsumi heranzukommen!«

»Tja, und aller Voraussicht nach wird er nicht zimperlich mit ihm umgehen.«

»Wir müssen Kutsumi warnen«, rief Kiki und sah sich nach ihren Anziehsachen um.

Sie nahmen sich ein Taxi. Die Furcht, zu spät zu kommen, brachte Kiki völlig durcheinander. Immer wieder schrie sie den Taxifahrer an, er möge schneller fahren. Dieser ließ sich jedoch nicht aus der Ruhe bringen. Als sie am Museum ankamen, sahen sie sich mit bangen Blicken um, aber es schien alles ruhig – keine Polizeifahrzeuge, keine Krankenwagen. Zum Glück hatte das Museum geöffnet. Sie stürmten direkt in Direktor Kutsumis Vorzimmer. Seine Sekretärin sah sie überrascht an und wollte etwas sagen, aber Kiki betrat ohne zu klopfen Kutsumis Büro. Der Museumsdirektor blickte erstaunt von seiner Zeitung hoch. Seine Sekretärin versuchte mit unbeholfenen Verbeugungen und der geflüsterten Aufforderung, doch bitte das Büro von Direktor Kutsumi sofort wieder zu verlassen, die Situation zu retten. Nachdem er sich von der ersten Überraschung erholt hatte, deutete er mit einer kurzen Bewegung an, dass es in Ordnung sei. Erleichtert, der unangenehmen Situation zu entkommen, zog sich die Sekretärin zurück und schloss die Tür hinter sich.

»Was führt Sie so früh am Morgen und ohne Termin zu mir, Professorin Matsuda?«, fragte er förmlich, wobei er sich nicht die Mühe gab, seine Irritation über ihr Verhalten zu verbergen.

»Es geht um das ›Schwert der Winde‹«, sagte Kiki. »Wir müssen wissen, wie es in den Besitz des Museums gelangt ist.«

»Es wurde uns von einem privaten Spender übereignet.«

»Wir müssen wissen, wer dieser Spender ist«, schaltete Jo sich in das Gespräch ein.

Direktor Kutsumi musterte ihn abschätzig.

»Der Name des Spenders ist dem Museum nicht bekannt«, erklärte er von oben herab.

»Aber irgendjemand muss es Ihnen gegeben haben. Das Schwert wird nicht vom Himmel gefallen sein.«

Kutsumi zog es vor, die Frage zu ignorieren.

»Bitte Direktor Kutsumi, es ist von enormer Wichtigkeit«, bedrängte Kiki ihn.

»Ich muss mich sehr wundern, Professorin Matsuda. Sie tauchen unangemeldet auf, platzen in mein Büro und stellen merkwürdige Fragen. Das Museum hat sich verpflichtet, über die Modalitäten der Schenkung Stillschweigen zu bewahren – und dabei bleibt es. Bitte gehen Sie.«

Kiki und Jo sahen sich an. Die Taktik der Überrumpelung hatte nicht funktioniert. Jetzt blieb ihnen nur, ihm die ganze Geschichte zu erzählen. In knappen Worten setzte Kiki Direktor Kutsumi über ihre Theorie in Kenntnis.

»Was für eine abenteuerliche Räuberpistole«, sagte der Museumsdirektor, als sie damit zu Ende war.

Kiki sagte etwas auf Japanisch. Zwischen den beiden entspann sich eine heftige Diskussion, in deren Verlauf sich beide in Rage redeten. Schließlich hielten sie inne. Unschlüssig musterte Direktor Kutsumi die junge Frau. Dann sagte er zwei Wörter. Kiki nickte und verbeugte sich.

»Was ist?«, flüsterte Jo ihr zu.

»Lass uns gehen«, erwiderte sie genauso leise.

Sie verabschiedeten sich von Direktor Kutsumi, der wortlos nickte. Dann waren sie auf der Straße.

»Worüber habt ihr geredet?«, wollte Jo wissen.

»Ich habe an seine Verantwortung als Ehemann und Vater appelliert. Wenn er selbst keine Angst hat, sollte er wenigstens seine Frau und seine Tochter schützen.«

»Das hast du ihm gesagt?«, fragte Jo ungläubig.

»Was sollte ich tun? Er hätte uns nie gesagt, woher das Schwert kommt. Erst als ich ihm klar gemacht habe, dass der Mörder keine Skrupel kennt und möglicherweise seiner Tochter etwas antut, ist er mit der Wahrheit herausgerückt. Allerdings hat es ihn sehr wütend gemacht. Ich glaube, es ist besser, wenn ich mich bei ihm so schnell nicht wieder blicken lasse.«

»Was hat er dir erzählt?«

»Den anonymen Spender kennt er wirklich nicht. Das Schwert wurde dem Museum von einem Notar übergeben. Sein Name ist Funato Hirasawa. Er ist einer der angesehensten Notare in Tokio. Viele große Unternehmen wickeln ihre Geschäfte über ihn ab.«

»Kennst du ihn?«

Sie nickte.

»Als meine Mutter gestorben ist, war die Testamentseröffnung in seinem Büro.«

Jo schwieg betreten. Er hatte nicht gewusst, dass Kikis Mutter schon gestorben war.

Für einen Moment schien sie nachdenklich.

»Dummerweise erinnere ich mich kaum an ihn. Der Tod meiner Mutter hat mich damals sehr mitgenommen.«

Mit einer Bewegung wischte sie die Gedanken daran beiseite.

»Wir müssen so schnell wie möglich einen Termin mit ihm machen. Ich glaube, ich habe seine Nummer im Büro.«

Sie winkte ein Taxi heran. Kiki und Jo waren so in Gedanken, dass sie den unauffälligen Kleinwagen nicht bemerkten, der aus einer Parklücke in der Nähe glitt.

Der Mann hinter dem Steuer trug eine Sonnenbrille und hatte seine Mütze tief ins Gesicht gezogen. Seit dem Morgen folgte er ihnen, ohne dass sie ihn bemerkt hatten. Während er sie beobachtete, wurde sein Hass auf die junge Japanerin immer größer. Nicht nur, dass sie sich an seine Fersen geheftet hatte und einen Ausländer, einen Gaijin, bei der Suche nach ihm unterstützte, nein, sie hatte sich mit dem Gaijin eingelassen. Er konnte es sehen, wenn sie sich an den Händen hielten oder sie ihn anlächelte. Er selbst hatte noch nie in seinem Leben eine Beziehung zu einer Frau gehabt. Neidisch hatte er beobachtet, wie seine Klassenkameraden erste, zarte Annäherungen an das andere Geschlecht wagten. Für ihn, den Außenseiter, den Freak, ein unerreichbarer Traum. Keines der Mädchen hätte sich mit ihm eingelassen. Umso mehr erzürnte ihn, dass Mikiko Matsuda sich einem Ausländer hingab. Das beschmutzte nicht nur ihre eigene Ehre, es beschmutzte die Ehre jedes aufrechten japanischen Mannes. Alleine dafür hatte sie den Tod verdient. Dass sie es wagte, sich ihm und seiner Mission entgegenzustellen, war ihr endgültiges Todesurteil.

Als die kleine Bibliothekarin ihm von Professorin Matsuda und einem geheimnisvollen Gaijin mit blauen Augen erzählte, wusste er sofort, dass es der Mann aus dem Wohnheim sein musste. Der Mann, der ihn beim Verlassen von Tamuras Wohnung gesehen und ihn verfolgt hatte. Er konnte nicht verstehen, wie es den beiden gelungen war, seine Spur zu finden. Am liebsten hätte er sie sofort getötet. Aber noch brauchte er sie – mit etwas Glück würden sie ihn zu dem fünften Samurai führen.

Die Erfahrung mit der Bibliothekarin hatte etwas in ihm ausgelöst. Ihre Angst, ihr zitternder Körper, das Messer, mit dem er an ihrem Hals ritzte – all das hatte ihn über alle Maßen erregt. Als er in sie eindrang, war er augenblicklich zum Höhepunkt gekommen. Das Gefühl der Macht, das er dabei verspürt hatte, war unbeschreiblich.

Sobald er sie nicht mehr brauchte, würde er sich ausführlich mit Mikiko Matsuda beschäftigen. So wie mit der kleinen Bibliothekarin …

Im Büro angekommen, wühlte Kiki eine Weile in der Box, in der sie die Visitenkarten von Bekannten aufbewahrte. Geschäftskarten waren in Japan außerordentlich wichtig. Ihre feierliche Übergabe gehörte bei jedem geschäftlichen Termin dazu. Im Lauf der Zeit sammelten sich schnell mehrere Hundert Karten an. Leider war Kikis Ablage ziemlich chaotisch. Erst nach längerem Suchen tauchte die Visitenkarte auf. Zu ihrer Enttäuschung war Funato Hirasawa bei einem Termin außer Haus, wie ihr seine Sekretärin mitteilte. Kiki hinterließ die dringende Bitte um einen Rückruf. Am liebsten wäre sie sofort zum Büro des Notars gefahren.

Da sie im Moment nichts weiter tun konnten und wenig Lust verspürten, der unüberschaubaren Zahl der Tagakis nachzuspüren, gönnten sie sich ein großzügiges Mittagessen. Die letzten beiden Tage hatten sie nicht viel gegessen. Mit einem Mal kehrte bei beiden der Hunger zurück. Jo löffelte gerade seine Nachspeise, eine undefinierbare Mischung aus Joghurt und Weizenkleie, als sein Telefon klingelte.

Es war Kenji.

»Wie geht es dir?«, wollte sein Freund wissen.

»Ganz okay«, nuschelte Jo.

»Tatsächlich? Das kann man von unserem Chefportier leider nicht behaupten. Er hat mich gerade völlig aufgelöst angerufen. Die Ausländerpolizei hat vor seinem Tresen gestanden und wollte dich abholen. Ich muss sagen, ich bin beeindruckt, Jo. Du bist keine zwei Wochen in Japan und wirst schon des Landes verwiesen. Echt eine reife Leistung.«

Schuldbewusst warf Jo einen Blick auf die Uhr. Es war fast eins. Seit einer Stunde hielt er sich illegal in Japan auf.

»Ist wohl besser, wenn ich mich dort nicht mehr blicken lasse.«

»Das würde ich dir auch raten. Abgesehen davon, dass du während deines Urlaubs selbstverständlich tun und lassen kannst, was du willst, würde mich interessieren, wieso die Polizei hinter dir her ist.«

Mit knappen Worten brachte Jo ihn auf den neuesten Stand.

»Wie geht es Kiki?«, fragte Kenji besorgt. Jo warf ihr einen Blick zu. Sie hatte seiner Schilderung der Geschehnisse des Vortages stumm gelauscht.

»So la, la«, erwiderte er. »Es ist für uns beide nicht einfach.«

»Am liebsten würde ich direkt zu euch stoßen und euch unterstützen, aber leider sind die Verhandlungen im entscheidenden Stadium. Wenn alles nach Plan läuft, sind wir heute Abend durch. Dann kann ich euch helfen. Was ich auf jeden Fall tun werde, ist, meinen Vater zu bitten, mit dem Polizeipräfekten zu sprechen. Vielleicht können wir einen Aufschub für dich erreichen.«

»Vielen Dank!«

»Ich meld mich, sobald ich was gehört hab. In der Zwischenzeit wäre ich dir dankbar, wenn du dich um Kiki kümmern könntest. Nach außen versucht sie immer die Starke zu spielen, aber ich glaube, dass sie das Ganze sehr mitgenommen hat.«

»Du kannst dich auf mich verlassen«, erklärte Jo zum Abschied.

»Kenji macht sich Sorgen um dich«, sagte er zu Kiki gewandt.

»Das muss er nicht. Ich komme zurecht.«

»Wirklich?«

Sie nickte.

»Was machen wir als Nächstes?«

Sie zuckte mit den Schultern.

»Wir müssen auf den Rückruf des Notars warten. Am besten gehen wir zurück in mein Büro.«

Der Nachmittag zog sich endlos hin. Kiki versuchte sich auf eine Arbeit zu konzentrieren, die sie bewerten sollte, aber legte das Blatt bald beiseite. Es war schwer, nach dem Erlebten in den Alltag zurückzukehren. Nach einer weiteren Stunde Warten klingelte es. Kiki hob sofort ab. Die Sekretärin von Funato Hirasawa teilte ihnen mit, dass Herr Hirasawa es sehr bedauere, aber heute leider keinen Termin mehr frei habe. Kiki ließ sich jedoch nicht abwimmeln. Sie redete so lange auf die Frau ein, bis diese sie schließlich zu ihrem Chef durchstellte. Kiki wusste sich nicht anders zu helfen, als ihm zu sagen, es ginge um eine Frage von Leben und Tod. Auch wenn es sehr dramatisch klang, machte es Eindruck auf den Notar. Jedenfalls erklärte er sich bereit, sie heute Abend zu treffen.

»Ich kann nicht mehr im Büro sitzen. Lass uns einkaufen gehen«, sagte sie, nachdem sie eine weitere Viertelstunde tatenlos im Büro ausgeharrt hatten. Was folgte, war ein Modemarathon. Kiki schleppte ihn von einem Geschäft ins nächste und ließ einen wahren Farb- und Formenhagel auf ihn niederprasseln. Ein neonpinker Minirock folgte auf ein kanariengelbes Kostüm, eine elegante Abendrobe mit extralanger Schleppe wechselte sich mit giftgrünen Jeans im Glitzerlook ab. Die Bandbreite ihrer Vorführungen hätte jeder Modenschau Konkurrenz machen können. Dazu stolzierte sie herum wie ein Pfau oder hüpfte herum wie ein Flummiball. Ihre Verrücktheiten und ihre Ausgelassenheit waren ansteckend, und nach kurzer Zeit kamen sie aus dem Lachen nicht mehr heraus. Für einige Stunden vergaßen sie alles um sich herum und lebten nur in ihrem eigenen Kosmos.

Den dunkel gekleideten Mann, der ihnen in sicherem Abstand überall hin folgte, bemerkten sie nicht. Während er sie beobachtete, wurde sein Hass auf sie noch größer. Ihre Ausgelassenheit und Fröhlichkeit, ihre hemmungslose Lebenslust stießen ihn ab und machten ihn neidisch zugleich. Der Gaijin und die junge Professorin schienen all das zu besitzen, was ihm immer versagt geblieben war.

Nicht mehr lange, und er würde sie dafür büßen lassen …

KAPITEL 35

Gegen neun Uhr Abends trafen Kiki und Jo im Büro von Funato Hirasawa ein. Sie wurden von einer Sekretärin in Empfang genommen, die ihnen mitteilte, dass Herr Hirasawa in einer Besprechung sei, aber in Kürze Zeit für sie habe.

Nachdem sie eine Viertelstunde gewartet hatten, bat der Notar sie herein. Funato Hirasawa war ein älterer, freundlich aussehender Herr. Er begrüßte Kiki sehr herzlich. Anscheinend konnte er sich besser an sie erinnern als umgekehrt. Sie stellte ihm Jo vor, ohne näher darauf einzugehen, wer er war. Zu Jos Glück sprach Herr Hirasawa Englisch. Nachdem sie kurz geplaudert hatten, leitete der Notar elegant auf das Geschäftliche über.

»Meine Sekretärin hat mir gesagt, dass Sie dringend um einen Termin nachgesucht haben, Professorin Matsuda.«

Kiki nickte.

»Von wem haben Sie das ›Schwert der Winde‹ bekommen?«

Die Frage traf den Notar unvorbereitet. Etwas blitzte in seinen Augen auf. War es Überraschung? Oder gar Furcht? Doch im nächsten Augenblick hatte er sich wieder im Griff. Unmerklich straffte er die Schultern.

»Ich wüsste nicht, wie ich Ihnen bei dieser Frage weiterhelfen könnte. Handelt es sich beim ›Schwert der Winde‹ nicht um ein geschichtliches Thema? Das fällt wohl eher in Ihr eigenes Ressort, Professorin Matsuda.«

Ein feinsinniges Lächeln umspielte die Lippen des Notars. Am liebsten hätte Kiki ihn mit den Aussagen von Direktor Kutsumi konfrontiert, aber sie wollte ihren ehemaligen Lehrer nicht bloßstellen.

»Ich habe gehört, dass Sie beruflich mit diesem Schwert befasst gewesen sind«, sagte sie.

»So? Dürfte ich erfahren, wer Ihnen das erzählt hat?«

»Darüber kann ich leider nicht sprechen.«

Der Notar lächelte.

»Das ist schade. Dann kann ich Ihnen nicht weiterhelfen.«

»Bitte. Es ist sehr wichtig«, beschwor Kiki ihn. »Jemand hat das Schwert aus dem Museum entwendet. Wir haben Grund zu der Annahme, dass der Mann, der es gestohlen hat, den früheren Besitzer ermorden will. Wir müssen ihn warnen.«

»Ermorden? Wie sollte das möglich sein? Soweit ich gelesen habe, wurde das Schwert dem Museum anonym gespendet. Niemand kennt die Identität des vorherigen Besitzers.«

»Ja, aber vielleicht gelingt es dem Täter, ihn auf anderem Weg ausfindig zu machen. Es ist wirklich dringend! Wir müssen unbedingt mit dem früheren Besitzer sprechen.«

Funato Hirasawa schüttelte den Kopf.

»Ich wundere mich über Sie, Professorin Matsuda. Sie wissen doch genau, selbst wenn ich mit dieser Angelegenheit befasst gewesen wäre – und ich sage nicht, dass es so ist –, ich dürfte Ihnen keine Auskünfte erteilen.«

Kiki seufzte. Sie sah hinüber zu Jo. Dieser zuckte mit den Schultern. Die junge Frau nahm das als ein Zeichen der Zustimmung. In knappen Worten erzählte sie dem Notar, was sie bisher herausgefunden hatten. Funato Hirasawa hörte ihr ruhig zu. Nur ein oder zwei Mal unterbrach er sie mit einer Frage. Als sie zu Ende war, sah er sie unschlüssig an.

»Eine seltsame Geschichte. Es fällt mir schwer zu beurteilen, ob sich die Dinge tatsächlich so zugetragen haben, wie Sie es vermuten. Wenn dem so ist, sollten Sie die Angelegenheit in die Hände der Polizei geben.«

»Können Sie nicht wenigstens dem früheren Besitzer eine Nachricht übermitteln, dass wir ihn dringend sprechen wollen? Dann hat er es selbst in der Hand, ob er sich mit uns treffen möchte. Ich gebe Ihnen meine Karte.«

Kiki kramte in ihrer Handtasche. Der Notar musterte sie nachdenklich. Kiki hatte inzwischen eine Visitenkarte gefunden und hielt sie Funato Hirasawa entgegen.

»Eine Karte ist nicht nötig. Sollte es tatsächlich einen früheren Besitzer des Schwertes geben und sollte er an einem Gespräch mit Ihnen interessiert sein, wird er Sie finden«, sagte er geheimnisvoll.

Dann erhob er sich, als Zeichen, dass das Gespräch beendet war. Widerwillig verabschiedeten Kiki und Jo sich. Sie hatten sich mehr von dem Gespräch mit dem Notar erhofft.

Als die beiden gegangen waren, saß Funato Hirasawa eine Weile an seinem Schreibtisch und dachte nach. Was sollte der Auftritt von Mikiko Matsuda in seinem Büro bedeuten? Wollte man seine Verschwiegenheit auf eine Probe stellen? Und was sollte die Bitte um ein Gespräch mit dem Eigentümer des Schwertes bedeuten?

Funato Hirasawa war verunsichert. Sollte er die Bitte weitergeben oder ignorieren? Schließlich traf er eine Entscheidung. Er drückte den Summer seiner Gegensprechanlage. Niemand antwortete. Er wollte aufstehen und zu seiner Sekretärin hinausgehen, als ihm einfiel, wie spät es war – Viertel nach zehn. Sie war längst nach Hause gegangen. Nun, dann würde die Angelegenheit bis zum morgigen Tag warten müssen. Er packte seine Sachen zusammen und wollte gerade gehen, als es an der Tür läutete. So spät kamen sonst nie Klienten zu ihm.

Vielleicht hatten Professorin Matsuda und ihr ausländischer Freund etwas vergessen. Arglos öffnete er die Tür. Der Mann, der vor ihm stand, machte auf ihn einen seltsamen Eindruck. Trotz des milden Abends trug er einen schwarzen Mantel.

Etwas Düsteres lag in seinen Augen.

»Was kann ich für Sie tun?«, fragte der Notar freundlich.

Da bemerkte er, dass der Mann etwas in der Hand hielt. Es funkelte metallisch im fahlen Licht der Deckenlampe. Mit einem Mal wusste Funato Hirasawa, wen er vor sich hatte. Er versuchte die Tür zuzuschlagen, aber es war zu spät …

Am nächsten Morgen wachten Kiki und Jo früh auf. Beide verspürten eine innere Unruhe. Während der Heimfahrt am Vorabend hatten sie diskutiert, ob der Notar ihre Botschaft weitergeben würde. Kiki war fest davon überzeugt. Vielleicht, weil sie daran glauben wollte. Der Gedanke, dass noch ein Mord passieren könnte, war für sie unerträglich. Jo blieb dagegen skeptisch. Der Notar hatte auf ihn nicht den Eindruck gemacht, dass er ihnen ihre Geschichte geglaubt hatte.

Als Jo, der kurz im Bad verschwunden war, ins Schlafzimmer zurückkehrte, hatte Kiki gerade den Fernseher eingeschaltet. Es liefen Nachrichten. Auf einmal erstarrte die junge Frau. Ihr Blick war auf den Bildschirm gerichtet. Jo sah Polizeifahrzeuge und ein Absperrband.

»Was hast du?«, fragte er alarmiert.

Kiki starrte auf den Bildschirm. Das Croissant, das sie gerade essen wollte, fiel ihr aus der Hand.

»Er hat den Notar getötet«, sagte sie tonlos. Jo lief ein eiskalter Schauer den Rücken hinunter. Das konnte nur eines bedeuten: Der Mörder war ihnen gefolgt!

Nervös starrte sie hinunter auf die Straße.

»Siehst du ihn?«

Kikis Hand krampfte sich um seine. Jos Augen glitten suchend zwischen den geparkten Autos hin und her. Er schüttelte den Kopf.

»Wir müssen zur Polizei gehen«, sagte er zum dritten Mal.

»Dann wirst du abgeschoben. Du hast doch selbst gehört, was Hauptkommissar Kashimo von unserer Theorie hält. Er wird uns nicht glauben, dass er auch den Notar getötet hat.«

»Trotzdem«, beharrte Jo. »Ohne die Polizei finden wir die fünfte Familie nie. Jedenfalls nicht vor ihm. Vielleicht ist er seinem nächsten Opfer schon auf den Fersen.«

»Wenn mein Vater uns nicht weiterhelfen kann, gehen wir zur Polizei«, gab sie nach. Kiki hatte vorgeschlagen, ihren Vater um Rat zu fragen. Er kannte Funato Hirasawa persönlich. Vielleicht wusste er, für welche Familien der Notar vor allem tätig gewesen war. Sie warteten in der Halle, bis das Taxi vor der Tür stand. Schnell stiegen sie ein. Alle paar Sekunden drehte Jo sich um und überprüfte, ob sie verfolgt wurden. Sein Instinkt sagte ihm, dass sie in Gefahr waren. Doch er konnte niemanden entdecken.

Kikis Vater erwartete sie an der Tür. Sie hatte von unterwegs mit ihm telefoniert. Er begrüßte Jo freundlich und lud die beiden zu einer Tasse Tee ein. Da Kikis Vater nur Japanisch sprach, konnte Jo dem Verlauf des Gesprächs nur anhand von Mimik und Gestik folgen. Am meisten wunderte ihn, wie zurückhaltend sich seine Freundin auf einmal verhielt. In Gegenwart ihres Vaters wirkte sie sehr mädchenhaft, fast scheu. Ihr Blick war die meiste Zeit züchtig auf den Boden gerichtet, nur ab und zu sah sie ihrem Vater in die Augen. Jo wunderte sich wieder einmal, wie wandlungsfähig sie war.

Das Gespräch verlief sehr ruhig. Anscheinend tastete Kiki sich sehr vorsichtig an das Thema heran. Ihr Vater gab meist sehr kurze Antworten. Dazwischen gab es längere Pausen. Auf einmal merkte Jo, dass etwas nicht stimmte. Kikis Vater hatte etwas gesagt, das sie aus dem Konzept brachte. Sie sah ihn an und stellte ihm eine Frage. Und dann noch eine und noch eine. Das Gespräch, das bis eben in sehr ruhigen Bahnen verlaufen war, wurde auf einmal sehr hektisch. Die Worte sprudelten nur so aus ihr heraus. Es entwickelte sich ein heftiger Disput, an dessen Ende sie ihren Vater fast anschrie. Unvermittelt sprang sie auf.

»Los komm«, rief sie Jo zu und stürzte zur Tür.

»Was ist denn los?«, fragte er sie, als sie im Flur einen Schlüssel vom Sideboard riss.

Mit hektischen Bewegungen zog sie ihre Schuhe an. Dann war sie zur Tür hinaus. Auf dem Hof holte er sie ein.

»Du fährst«, befahl sie knapp und drückte ihm den Autoschlüssel in die Hand. Ohne nachzudenken, gehorchte er. Während er den Wagen startete, telefonierte sie mit ihrem Mobiltelefon.

»Wohin?«, fragte er.

Sie deutete nach links, während sie weiter hektisch in ihr Mobiltelefon sprach. »Schneller, du musst schneller fahren.« Ihre Stimme klang fast hysterisch. Mit hoher Geschwindigkeit jagte die schwere Limousine über den Asphalt. Hinter einer scharfen Kurve fuhren sie auf eine Schlange vor einer Ampel auf. Jo trat heftig in die Bremse. Um ein Haar wären sie auf den Wagen vor ihnen gekracht. Mit quietschenden Reifen kam die Limousine zum Stehen. Er wischte sich den Schweiß von der Stirn. Ihm wurde bewusst, wie sehr er sich von ihrer Nervosität hatte anstecken lassen.

»Was ist denn eigentlich los?«, fragte er irritiert.

Kiki, die ein weiteres Telefonat führte, schüttelte nur den Kopf und deutete an, dass er abbiegen sollte. Der Verkehr setzte sich wieder in Bewegung. Jo trat aufs Gas. Nach einem weiteren Telefonat ließ Kiki endlich ihr Telefon sinken.

»Sagst du mir endlich, was wir hier tun?«, fragte er ärgerlich, während er sich an einem großen Bus vorbeizwängte. Kiki sah ihn mit glasigen Augen an.

»Ich kann ihn nicht erreichen. Er geht nicht ans Telefon.« Sie wirkte wie in Trance.

»Wen kannst du nicht erreichen? Verdammt Kiki, sag mir endlich, was los ist.«

Sein Wutausbruch brachte sie zur Raison.

»Es ist Kenji! Er ist hinter Kenji her!« Jo sah sie verständnislos an. Als er zurück auf die Straße blickte, fluchte er. Ein Lastwagen kam mit dröhnender Hupe auf sie zugeschossen. Er riss das Steuer herum. Der Wagen geriet ins Schlingern. Nur Zentimeter schrammten sie an dem Lastwagen vorbei. Dann hatte Jo den Wagen wieder unter Kontrolle.

»Funato Hirasawa war der Notar unserer Familie. Nicht fürs Geschäft, nur für unsere privaten Angelegenheiten.«

Jo brauchte einen Moment, um die Bedeutung ihrer Worte zu verstehen.

»Du meinst, das Schwert kommt von euch? Ihr seid die Nachkommen des fünften Samurai?«

Kiki nickte. Ungläubig starrte er sie an. Jetzt verstand er auch, wieso Kiki ausgerastet war. Kenji war der Erbfolger der Familie!!!

»Wieso wusstest du nichts davon?«

»Ich verstehe es selbst nicht«, sagte sie tonlos und schüttelte den Kopf. »Er lässt mich Geschichte studieren, schleppt mich in jedes Museum und sagt mir nichts über die Geschichte unserer eigenen Familie.« Das Verhalten ihres Vaters schien sie schwer getroffen zu haben. Doch für Vorwürfe war keine Zeit. Sie mussten Kenji finden.

»Wo fahren wir hin?«, wollte er wissen.

»In Kenjis Dojo. Am Mittwochmorgen trainiert er immer bei Meister Kobayashi. Er ist der beste Kendolehrer der Stadt.«

»Wieso rufst du dort nicht an?«

»Geht nicht. Meister Kobayashi erlaubt in seinem Dojo keine Telefone. Er will, dass seine Schüler sich nur auf ihr Training konzentrieren.« Sie schüttelte den Kopf. »Schneller! Wir müssen schneller fahren.«

KAPITEL 36

Kenji Matsuda schnürte sorgfältig seine Schuhe zu. Das tat er immer am Schluss. Das Anlegen seiner Kendoausrüstung folgte einem genau vorgegebenen Ritual. Die immer gleichen Handgriffe in exakt derselben Reihenfolge hatten einen fast meditativen Charakter. Sie halfen ihm dabei, seinen Kopf freizumachen. Die Verhandlungen waren sehr anstrengend gewesen und hatten ihm alles abverlangt. Umso mehr freute er sich auf die Fechtstunde bei Meister Kobayashi. Da konnte er sich körperlich richtig verausgaben. Kendo war ein faszinierender Sport. Er erforderte ein hohes Maß an Disziplin. Jeder Schlag, jede Bewegung musste mit äußerster Präzision ausgeführt werden. Man brauchte die richtige Mischung aus Aggressivität und Zurückhaltung. Griff man zu beherzt an, lief man Gefahr, in einen Konter zu laufen. Verhielt man sich zu defensiv, konnte man leicht von seinem Gegner überrumpelt werden. Kenji atmete tief ein und aus. Er musste sich konzentrieren, wenn er nur ansatzweise gegen Meister Kobayashi bestehen wollte. Als die Tür hinter ihm beiseitegeschoben wurde, wunderte er sich, dass Meister Kobayashi schon da war. Ihre Stunde begann erst in zehn Minuten. Normalerweise war der Kendomeister auf die Sekunde pünktlich. Er griff nach seinem Schwert und drehte sich um. Zu seiner Überraschung stand ein Fremder vor ihm.

»Sie haben sich im Raum geirrt. Ich habe jetzt meine Trainingsstunde hier«, sagte er freundlich. Der Fremde musterte ihn mit einem feindseligen Blick. Er machte keine Anstalten, den Raum zu verlassen. Im Gegenteil, er zog die Tür hinter sich zu. Dann öffnete er seinen schwarzen Mantel und zog ein Schwert hervor.

»Heute wirst du sterben, du Hund«, stieß der Mann hervor. Seine Stimme klang eigenartig heißer. Für einen Moment glaubte Kenji, dass ihm einer seiner Freunde einen Streich spielen wollte. Aber als er in die düsteren Augen des Mannes blickte, wusste er, dass es todernst war. Instinktiv machte er einen Schritt nach hinten und nahm seine Waffe nach oben. Der Fremde richtete sein Schwert auf ihn und ging in Angriffshaltung. Adrenalin schoss durch Kenjis Körper. Soweit er sehen konnte, handelte es sich bei der Waffe des Fremden um eine hochwertige Klinge. Mit seinem Bambusschwert würde er dagegen nicht lange standhalten können. Kampflos würde er sich seinem Schicksal jedoch nicht ergeben! Mit einem lauten Schrei ging er auf den Mann los.

Unerbittlich trieb Kiki Jo an. In einem halsbrecherischen Tempo jagten sie durch die Straßen Tokios. Wenn es nicht anders ging, drängten sie sich an anderen Autos vorbei oder wichen auf den Bürgersteig aus. Immer wieder wurden sie von wütenden Autofahrern angehupt. Kiki hatte sich in ihrem Sitz festgekrallt. Ihre Knöchel waren weiß vor Anspannung. Mit knappen Kommandos wies sie ihm den Weg. Noch um zwei Ecken, dann waren sie da. Sie sprangen aus dem Wagen und stürzten in die Eingangshalle. Ein junger Mann saß hinter einem einfachen Holztisch.

»Kenji Matsuda. Wir wollen zu Kenji Matsuda«, rief Kiki atemlos.

»Das geht nicht. Er hat Fechtstunde bei Meister Kobayashi und darf nicht gestört werden«, erklärte der junge Mann würdevoll.

»Du sagst mir sofort, wo Kenji ist«, schrie Kiki und packte ihn am Kragen.

Der junge Mann war über den unerwarteten Angriff so erschrocken, dass es ihm die Sprache verschlug. Kiki schrie ihn weiter an und schüttelte ihn heftig. Wortlos deutete der junge

Mann in eine Richtung. Während sie losrannten, rief Jo ihm zu, er solle die Polizei rufen. Dann waren sie bei Kenjis Trainingsraum. Kiki riss die Tür auf. Entsetzt schrie sie auf. Kenji blutete am Arm und am Oberschenkel. Sein Holzschwert, das völlig zersplittert war, hielt er hilflos vor sich. Der Mann im schwarzen Mantel fuhr herum. Ein düsteres Lächeln glitt über seine Züge. Das Schicksal meinte es gut mit ihm. Er würde die beiden nicht lange suchen müssen. Sie waren zu ihm gekommen.

Blitzschnell erfasste Jo die Situation. Der Blick des Fremden fiel zur gleichen Zeit auf ein Metallschwert, das neben dem Eingang an der Wand hing. Er machte einen Schritt nach vorn, aber es war zu spät. Jo hatte das Schwert aus seiner Halterung gerissen und hielt es mit unsicheren Händen vor seinem Körper. Der Fremde lächelte herablassend.

»Du willst also auch sterben, Gaijin«, sagte er in gebrochenem Englisch. Jo spürte, wie seine Kehle trocken wurde.

»Es endet jetzt und hier«, erwiderte er mit festem Blick, obwohl ihm das Herz bis zum Hals pochte. Der Mann lachte. Er machte einen schnellen Schritt zur Seite, sodass er sowohl Kenji als auch Jo im Blickfeld hatte. Kiki schrie auf, als der Fremde nach vorn stürzte und zuschlug. Jo gelang es gerade noch, sein Schwert nach oben zu reißen. Funken sprühten, als die beiden Klingen hart aufeinander schlugen. Um ein Haar hätte ihm der Schlag die Waffe aus der Hand gerissen. In dem Moment stieß Kenji einen lauten Schrei aus und stürzte sich auf den Mann. Dieser fuhr blitzschnell herum und stieß zu. Kenji schrie vor Schmerz auf, als das Schwert ihn am Oberschenkel traf. Das Bambusschwert glitt aus seinen Fingern. Der Fremde lächelte triumphierend und hob sein Schwert. Sie hörten rennende Schritte auf dem Flur. Ein älterer Mann betrat den Raum. Mehrere jüngere Männer folgten ihm auf dem Fuß. Er zog ein Schwert, das er im Gürtel seines traditionellen Anzugs trug, und richtete es auf den Fremden. Seine Männer taten es ihm gleich.

»Das ist Meister Kobayashi«, flüsterte Kiki Jo zu. Sie starrte wie gebannt auf den älteren Mann. »Er hat den achten Dan und gehört zu den besten Schwertfechtern Japans«, sagte sie mit Ehrfurcht in der Stimme. Der Mann in Schwarz wich zurück in Richtung Wand. Er maß seine Gegner mit einem kurzen Blick. Meister Kobayashi sagte etwas auf Japanisch. Trotz der angespannten Situation wirkte er ruhig und besonnen.

»Der Meister hat ihn aufgefordert, sein Schwert niederzulegen«, flüsterte Kiki Jo zu.

Der Fremde sah Meister Kobayashi schweigend an. Dann erwiderte er etwas auf Japanisch.

»Es geht um die Ehre meiner Familie«, übersetzte Kiki für Jo. »Ich habe den Bushido, den Weg des Kriegers, gewählt, um das Unrecht, das uns geschehen ist, zu rächen«, fuhr der Fremde fort.

Der Kendomeister nickte. »Ich weiß nicht, was dieser junge Mann deiner Familie angetan hat«, sagte er, »aber es ist an der Zeit, das Schwert niederzulegen.«

Der Fremde sah ihn mit einem seltsam entrückten Blick an. Der Hass und die Anspannung wichen aus seinen Zügen. Ein Lächeln umspielte seine Lippen. Er ließ sein Schwert sinken und verbeugte sich. Unvermittelt wirbelte er die Klinge herum und stieß sie sich in den Magen. Er stöhnte laut und sank auf die Knie. Blut färbte sein Hemd. Jo machte einen Schritt nach vorne, aber Kiki hielt ihn fest.

»Nicht«, flüsterte sie.

»Er verblutet«, protestierte Jo.

Kiki schüttelte den Kopf. »Er hat den Seppuku gewählt.«

Niemand machte Anstalten etwas zu unternehmen. Jo war fassungslos. Der Fremde musste unheimliche Schmerzen haben. Er suchte den Blick von Meister Kobayashi. Sein Atem ging schnell und flach.

»Ich gehe nun zu meinen Ahnen«, stieß er krächzend hervor. Seine Augen wurden glasig. Er sackte zusammen. Dann hörte er auf zu atmen. Schweigend starrten die Umstehenden ihn an. Meister Kobayashi trat auf den Toten zu und schloss ihm die Augen. Draußen waren Martinshörner zu hören. In diesem Moment fiel Kiki und Jo ein, dass Kenji verletzt war. Sie stürzten auf ihn zu. Seine Hose hatte sich am Oberschenkel blutig gefärbt.

»Ist es schlimm?«, fragte Kiki besorgt.

»Ich lebe noch«, sagte Kenji und brachte ein schiefes Grinsen zustande.

Dann sank er zu Boden.

EPILOG

Die nächsten beiden Tage verbrachten Kiki und Jo in der Polizeipräfektur. Die Beamten, die ihrer Geschichte zunächst keinen Glauben geschenkt hatten, wollten nun jedes Detail wissen. In endlosen Verhören mussten sie Fragen über Fragen beantworten. Die Zeit dazwischen verbrachten sie im Krankenhaus. Zum Glück erwiesen sich die Verletzungen von Kenji als nicht weiter schlimm. Er hatte zwar viel Blut verloren, aber die Wunden waren nicht sehr tief, sodass er zwei Tage später das Krankenhaus verlassen konnte.

Die Erlebnisse der letzten Tage hatten Kiki und Jo völlig aufgewühlt, sie aber auch noch enger zusammenrücken lassen. Spontan beschlossen sie, ein paar Tage ans Meer zu fahren. Sie verbrachten viele Stunden am Strand und machten lange Spaziergänge. Der Tod von Mitsuko lastete schwer auf Kikis Seele. Immer wieder brach sie in Tränen aus. Dann saßen sie einfach nur da und hielten sich an den Händen. Obwohl sie es beide verdrängten, der Tag von Jos Abreise rückte näher. Am letzten Tag ihres kurzen Urlaubs saßen sie am Strand und sahen hinauf zu den Wolken.

»Warum kommst du nicht mit?«, fragte Jo.

»Wohin?«

»Mit zu mir.«

»Du möchtest, dass ich mit nach Deutschland gehe?«

Jo nickte.

Gedankenverloren blickte sie hinaus aufs Meer. Die Minuten verstrichen. Es schien Jo, als würde die Zeit sich ins Unendliche dehnen.

»Ich kann nicht«, antwortete Kiki.

»Warum? Du könntest doch auch in Deutschland als Professorin arbeiten.«

Kiki schüttelte den Kopf.

»Mein Vater ist im letzten Jahr 80 geworden. Als meine Mutter vor zwei Jahren gestorben ist, war es ein schwerer Schlag für ihn. Ich kann ihn nicht allein lassen.«

Jo nickte tapfer. Schweigend blickten sie hinaus aufs Meer.

»Warum bleibst du nicht in Japan?«, fragte Kiki nach einer Weile und sah ihn mit ihren großen braunen Augen an. »Du könntest bei uns im Hotel anfangen und dir später ein eigenes Restaurant aufbauen.«

Jo dachte an das Waidhaus. Er dachte an die vielen Gäste, die in sein Restaurant kamen. Vor allem aber dachte er an seine kleine Küchenmannschaft, an Ute und Pedro, an Philipp und Karl-Heinz und – obwohl sie noch nicht lange bei ihm war, auch an Kati Müller. Die vielen Augenblicke in den letzten drei Jahren, die ihm ein Gefühl von Familie und Heimat gegeben hatten, kamen ihm in den Sinn. Sein Herz krampfte sich zusammen.

»Meine Mitarbeiter brauchen mich. Ich kann sie nicht im Stich lassen«, erklärte er mit erstickter Stimme. Kiki sah zu Boden. Eine Träne lief über ihr Gesicht.

»Arme Kiki«, sagte sie. »Und armer Jo.«

Am Abend vor seinem Abflug waren Kiki und Jo bei ihrem Vater zum Abendessen eingeladen. Kenji und seine Eltern waren ebenfalls da. Es herrschte eine seltsam feierliche Stimmung. Nach dem Essen erhob Kikis Vater sich und machte eine tiefe Verbeugung vor Jo. Dann reichte er ihm eine schlichte Platinkarte. Darauf befanden sich einige japanische Schriftzeichen. Ratlos sah Jo Kenji an.

»Mein Großvater möchte, dass du diese Karte bekommst. Weltweit gibt es davon nur ein Dutzend. Sie berechtigt dich, in jedem Matsuda-Hotel auf der Welt gratis zu wohnen – so oft und so lange du willst.«

Jo starrte ihn ungläubig an. »Das kann ich nicht annehmen«, stammelte er.

Kenji lachte. »Mein Großvater würde sein Gesicht verlieren, wenn du das Geschenk nicht annimmst. Das möchtest du doch sicher nicht, oder?«

Jo schüttelte stumm den Kopf. Kenji stand auf und umarmte ihn.

»Damit gehörst du praktisch zu unserer Familie«, flüsterte er ihm zu. Der Gedanke an seine Familie war für Jo wie ein Stich ins Herz. Kiki ergriff seine Hand und lächelte ihm aufmunternd zu.

Am nächsten Morgen brachte Kiki Jo zum Flughafen. Auf der Fahrt hielt Jo stumm ihre Hand. Seit sehr langer Zeit hatte er sich keinem Menschen mehr so nah gefühlt. Kiki begleitete ihn zum Check-in-Schalter. Als Jo seine Bordkarte in der Hand hielt, trat sie auf ihn zu, schlang die Arme um ihn und küsste ihn. Mehrere Japaner um sie herum wandten schockiert den Blick ab.

»Sayonara, Jo-San«, sagte sie und lächelte.

Mit jedem Schritt wurde Jo schwerer ums Herz. Als er fast am Ausgang angelangt war, drehte er sich nach ihr um. Suchend glitt sein Blick durch die Abflughalle. Aber sie war schon in der Menge verschwunden.

ANMERKUNGEN

Die in diesem Buch enthaltenen Personen und Begebenheiten sind frei erfunden. Dies gilt auch für einige der geschichtlichen Ereignisse und Legenden, die in *Tödliches Sushi* Erwähnung finden. So habe ich mir beispielsweise die »Legende der Sieben Schwerter« ebenso ausgedacht, wie die der »fünf Samurai«, die das Schwert der Winde gestohlen haben. Auch die verfeindeten Familien der Minagawa und Tagaki sind nicht geschichtlich verbürgt, sondern ein Produkt meiner Fantasie. Allerdings habe ich mich dabei durchaus von tatsächlichen geschichtlichen Ereignissen in dieser Epoche inspirieren lassen.

Um die Stadt und die Menschen möglichst authentisch zu beschreiben, bin selbst nach Tokio gereist und bin den Spuren Jos durch diese einzigartige Metropole gefolgt. Dies war mit Abstand die spannendste Recherchereise, die ich bisher machen durfte und ich hoffe, dass meine Faszination und meine Begeisterung für dieses einzigartige Land und seine besondere Kultur in meinem Buch spürbar sind.

DANKSAGUNG

Sehr herzlich möchte ich mich bei allen Mitarbeiterinnen und Mitarbeitern des Gmeiner Verlags bedanken, wo Jo Weidinger und ich eine neue verlegerische Heimat gefunden haben. Mein besonderer Dank gilt dabei meiner Lektorin Claudia Senghaas, die mich bei *Tödliches Sushi* wunderbar unterstützt hat.

Da in diesem Buch ein Schwert eine tragende Rolle spielt, habe ich mich auch mit den Feinheiten der Schwertschmiedekunst näher befasst. Ein besonderes Erlebnis war für mich dabei der Besuch der Schmiede von Stefan Roth. Dort konnte ich mich bei einem der besten Schwertschmiede Europas aus erster Hand über dieses uralte Handwerk informieren, wofür ich mich sehr herzlich bei ihm bedanken möchte.

Obwohl ich selbst in Japan recherchiert habe, ist es durch eine einzelne Reise nur bedingt möglich, die Kultur des Landes und die Mentalität der Menschen zu durchdringen. Es hat mich daher sehr gefreut, dass sich die Japanologin Rabea Alfonsi bereit erklärt hat, mein Buch gründlich auf alle japanologischen Aspekte hin zu prüfen. Ihre fundierten Kenntnisse und Anmerkungen waren für mich eine große Bereicherung und haben mir sehr geholfen. Dafür möchte ich mich an dieser Stelle ganz herzlich bedanken. Zudem möchte ich Prof. Dr. Hans Martin Krämer, dem Leiter des Instituts für Japanologie der Universität Heidelberg, für seine schnelle und unbürokratische Hilfe danken.

Als Krimiautor ist es mir wichtig, dass die rechtsmedizinischen Aspekte meiner Bücher möglichst authentisch dargestellt sind. Dr. Dorothea Hatz vom Institut für Rechtsmedizin der Universitätsmedizin Mainz hat sich trotz ihrer vielfältigen Aufgaben wieder die Zeit genommen, mein neues Buch fachlich zu prüfen. Herzlichen Dank dafür!

Last not least möchte ich mich bei meiner Mutter bedanken, für ihre großartige Unterstützung und ihren unermüdlichen Einsatz für mein Buchprojekt.

Nachdem das Kochrezept in meinem letzten Krimi *Mörderisches Menü* sehr gut beim Publikum angekommen ist, habe ich mich entschieden, auch in *Tödliches Sushi* wieder ein Rezept mit aufzunehmen. Es stammt von Udo Gündel, dem Inhaber des Landhauses Arnoth in Kleinich. Udo ist nicht nur ein hervorragender Koch, sondern hat mit dem Landhaus eine wunderbare Oase der Erholung geschaffen, die weitaus mehr zu bieten hat als nur ausgezeichnete Speisen.

DAS REZEPT

Nachfolgend finden Sie das Rezept für ein zweigängiges Menü, das Udo Gündel vom Landhaus Arnoth in Kleinich zusammengestellt hat. Udo ist ein Koch, der höchste Ansprüche an die Qualität seiner Zutaten stellt. Sein Ziel ist es, möglichst den ursprünglichen Geschmack zu erhalten, zu verfeinern und neu zu komponieren. Er kocht überwiegend mit regionalen Zutaten und stützt sich vor allem auf Lieferanten aus der Region, wobei er allerdings auf den gelegentlichen Bretonischen Steinbutt, auf Kotletts vom Iberico Schwein und vor allem auf das Geflügel aus der »Bresse« nicht verzichten möchte.

Viel Spaß beim Nachkochen!

*

Vorspeise
Carpaccio vom Thunfisch
mit Gemüsetatar und Salatherzen

Für 4 Personen
Thunfisch
1 kg Thunfisch (Gelbflossen-Thunfisch)

Gemüse
400 g grüner Spargel
200 g Karotten
160 g Staudensellerie
160 g Zucchini

Tomaten und Salatherzen
600 g Roma-Tomaten
4 Salatherzen
30 ml Sherry-Essig
60 ml Sesamöl

Mayonnaise
2 Eigelb
30 g Senf (Dijon-Senf wenn möglich)
200 ml Traubenkernöl kaltgepresst
40 ml Zitronensaft

Fertigstellung
4 Scheiben eingelegter Ingwer für Sushi (weiß oder rot)
Salz und Pfeffer aus der Mühle
Meeralgen (Salicornes, Europäischer Queller)

Thunfisch
Thunfisch parieren, Haut und fette Teile entfernen. In Zylinder (4 Zentimeter Durchmesser) schneiden. In Frischhaltefolie wickeln und 24 Stunden tiefgefrieren.

Gemüse
Grünen Spargel schälen. Karotten und Staudensellerie schälen und waschen. Zucchini waschen und die Enden abschneiden. Spargel, Karotten, Zucchini und Sellerie in Stücke schneiden. In einer Schneidemaschine (mit mittelgroßem Lochgitter) zerkleinern oder mit einer Raspel grob reiben. In eine Schüssel geben. Salzen und 30 Minuten marinieren lassen.

Tomaten und Salatherzen
Roma-Tomaten am Kopf kreuzförmig einschneiden und anschließend überbrühen (mit heißem Wasser), häuten, vierteln und Kerne entfernen. Auf Küchenpapier kühl stellen.

Salatherzen waschen und vertikal in vier Teile schneiden. Auf Küchenpapier kühl aufbewahren.

Mayonnaise
Eigelb mit Senf, Salz und Pfeffer aufschlagen. Nach und nach Öl, Zitronensaft zugeben. Abschmecken und beiseite stellen.

Gemüsetatar
Die gehackten/zerkleinerten Gemüse in einem Tuch auspressen, damit sie ihr Wasser verlieren. In eine Schüssel geben. Drei Viertel der Mayonnaise hinzufügen (restliche Mayonnaise aufbewahren) und gut vermischen.

Fertigstellen und anrichten
Sherry-Essig und Salz in einer kleinen Schüssel vermischen. Sesamöl zugießen. Tomaten und Salatherzen mit dieser Vinaigrette anmachen. Thunfisch in ganz feine/dünne Scheiben schneiden.

In die Mitte jeden Tellers eine Ausstechform – Anrichtring – (Durchmesser 14 Zentimeter, Höhe 3 Zentimeter) setzen. Gemüsetatar zu gleichen Teilen einfüllen. Form entfernen. Thunfisch-Carpaccio auf dem Tatar anrichten. Mini Salatherzen und Tomatenstücke in die Mitte setzen. Dazwischen eine Scheibe Sushi-Ingwer legen. Capriccio ringsrum mit Tropfen der beiseite gestellten Mayonnaise verzieren. Die Meeralgen kurz in Sesamöl anbraten (nicht salzen) und auf das Carpaccio ringsum verteilen.

*

Hauptgang
Kotelett vom Schwein
mit Schmorgemüse aus dem Schmortopf

Für 4 Personen

Schweinekoteletts
1 Kotelettstrang (ca. 2 kg, am besten vom Iberico Schwein)
50 g Butterschmalz
2 Knoblauchzehen
1 Zweig Thymian
200 ml Schweinejus
50 ml Sherry-Essig

Schmorgemüse

4 violette Artischocken
1 Zitrone
2 Chicorée
4 Bundkarotten (mit grün)
4 Mairüben mit Grün
½ Sellerieknolle
4 dicke Spargel weiß
1 Apfel
½ Bund große Radieschen
100 ml Geflügelfond
Olivenöl
Salz, Fleur de Sel
Pfeffer aus der Mühle

Schweinekoteletts

Aus dem Kotelettstrang vier 3 Zentimeter dicke Koteletts schneiden. Parieren (Sehnen und Fett entfernen). Auf eine Platte legen, mit Frischhaltefolie bedecken und kühl stellen.

Gemüse
Artischocken tournieren (in Form bringen). Halbieren und das Artischocken-Heu entfernen. In Zitronenwasser aufbewahren (damit sie nicht verfärben).

Den Strunk des Chicorée abschneiden. Den Chicorée waschen und trocknen. Chicorée der Länge nach halbieren. Karotten und Mairüben schälen, dabei 3 Zentimeter Grün stehen lassen. Radieschen putzen und ebenfalls 3 Zentimeter Grün stehen lassen. Sellerieknolle schälen und in Stücke schneiden. Diese Stücke halbmondförmig zurechtschneiden. Spargel schälen und die Spitzen in 8 Zentimeter Höhe abschneiden. Gemüse waschen und trocknen. Mit Frischhaltefolie bedecken und kühl stellen. Apfel waschen und in Viertel schneiden. Kerngehäuse entfernen. Ebenfalls kühl stellen.

Zubereitung des Chicorée
Chicorée hälften mit 1 Prise Salz und etwas Olivenöl bei 95 °C 5–6 Minuten garen. Chicorée in Eiswasser abkühlen (geht auch im Vakuum Beutel).

Zubereitung der Spargel
Spargel in kochendes Salzwasser geben. 8 Minuten garen (nicht kochen) und sofort in Eiswasser abkühlen. Auf einem Tuch abtropfen lassen und beiseite stellen.

Zubereitung der anderen Gemüse
Etwas Olivenöl in einem gusseisernen Schmortopf erhitzen. Karotten, Mairüben, Artischocken, Sellerie und Radieschen hinzufügen. Das Gemüse 2 Minuten dämpfen und dabei leicht anbräunen. Geflügelfond hinzufügen. Zugedeckt bei kleiner Hitze garen. Den Garzustand der verschiedenen Gemüse mit einer Messerspitze überprüfen und entsprechend der verschiedenen Garzeiten herausnehmen.

Zubereitung des Apfels
Apfelviertel mit etwas Olivenöl 5 Minuten anbraten. Warm stellen (Apfel nicht schälen).

Zubereitung der Schweinekoteletts
Fleisch mit Salz und Pfeffer würzen. Butterschmalz in einem großen Schmortopf mit Thymian und zerdrückten Knoblauchzehen zerlassen. Koteletts auf jeder Seite 2 Minuten straff anbraten. Das Fleisch zugedeckt 20 Minuten bei kleiner Hitze garen lassen und es dabei häufig begießen, damit es saftig bleibt. Auf ein Gitter legen, mit Alufolie bedecken und warm gestellt ruhen lassen. Schmortopf aufbewahren.

Fertigstellen und anrichten
Schmortopf entfetten. Schweinejus hineingießen und etwas reduzieren. Sherry-Essig hinzufügen und abschmecken. Warm stellen.

Schweinekoteletts längs des Knochens nach tranchieren, dabei den Knochen behalten. Koteletts wieder zusammensetzen und nochmals in den Schmortopf geben. Das Gemüse um das Fleisch herum anrichten. Mit Jus begießen, mit 1 Prise Fleur de Sel und Pfeffer würzen. Deckel auflegen. 2 Minuten leicht erhitzen, so dass das Gemüse wieder aufgewärmt wird. Fleisch so anrichten, dass es wieder die Form eines Koteletts hat. Gemüse abwechselnd anrichten. Mit Jus überziehen.